国家社科基金
后期资助项目

# 心理弱者与文学需求

The Psychologically Weak
and the Need for Literature

冯涛　著

中国人民大学出版社
·北京·

# 国家社科基金后期资助项目
# 出版说明

　　后期资助项目是国家社科基金设立的一类重要项目,旨在鼓励广大社科研究者潜心治学,支持基础研究多出优秀成果。它是经过严格评审,从接近完成的科研成果中遴选立项的。为扩大后期资助项目的影响,更好地推动学术发展,促进成果转化,全国哲学社会科学工作办公室按照"统一设计、统一标识、统一版式、形成系列"的总体要求,组织出版国家社科基金后期资助项目成果。

全国哲学社会科学工作办公室

# 序

## 文学的需求理论与弱者的文学理论

### 顾明栋

自从我们进入多媒体的电信时代以来,世界各地的思想家和文艺理论家对文学的未来发表了不少令人担忧的看法。早在20世纪80年代中期,法国哲学家雅克·德里达(Jacques Derrida)就曾预言:"在特定的电信技术体制中(从这个意义上说,政治制度倒在其次),整个所谓的'文学时代'(即使不是全部)将不复存在。哲学、精神分析学都在劫难逃,甚至连情书也无法幸免。"① 西方其他众多知识分子也认为文学已死。例如,自20世纪90年代以来,西方主流媒体如《纽约时报》《巴黎评论》等会隔三岔五地刊登时事分析,煞有介事地声称"文学正在死亡"或"文学已经死亡"。本人最近读到的一次,是2018年《巴黎评论》上刊载的一篇题为《文学正在死亡吗?》的文章,作者在文中与他的儿子深入讨论了文学的未来,其子把大多数年轻人对文学和阅读的看法告诉了他。他在结尾十分感伤地引用了儿子的话:"文学已经死了,这就是为何阅读文学也终结了。"② 的确,君不见在地铁上、飞机里、茶馆或酒吧中,人们大多在看手机,很少有人是在阅读文学作品。正是在此文学处于边缘的时代,不少有识之士大声疾呼要重视文学,我的良师益友希利斯·米勒(Hillis Miller)教授就是其中著名的一位。他去世前不顾八九十岁的高龄,仍然像古代的孔老夫子那样周游列国,不知疲倦地宣扬文学的重要性。尽管如此,阅读文学的人越来越少,文学的地位也在走下坡路,传统文学逐渐走向末路似乎已成定论。文学真的会消亡吗?不少文学家和理论家从各种不同的视角试图论证文学不会消亡,冯涛博士的新书也正是为此目的而创作的。

几年前,冯涛博士对于文学的命运便表现出强烈的兴趣,后来他告诉

---

① Jacques Derrida, *The Post Card: From Socrates to Freud and Beyond*, tr. Alan Bass (Chicago: University of Chicago Press, 1987), p.204.

② David L. Ulin, "Is Literature Dead?" *Paris Review* (August 27, 2018).

我，他有一些想法，并申请到了国家社科基金后期资助，准备在其资助项目的著述中进一步讨论。我当时听后十分高兴，因为我也对这个话题很感兴趣，并发表过几篇文章阐述自己的主张，因此当即表示将会在其论著完成后认真阅读，并提出我的读后感。不久前，资助项目完成，论著即将付梓，冯涛博士请我写一篇简短的序言，我于是欣然提笔。

  在众多关于文学会不会消亡的专著和论文中，冯涛博士的这本新著与已有的论著相比有何独到的见解呢？我通读了全书，发现它从文学的性质和价值以及人们对文学的需求角度来论证其未来会不会消亡，这与自亚里士多德以降无数理论家走过的路径在大方向上基本一致。但是，本书在这条老路上开辟了一个新的方向，就是从人的需求和想象性满足的视角去审视文学的产生和命运，而且，冯涛博士并不是单从文学的娱乐功能出发，而是从文学产生的心理动因和文学作为疗愈手段的功能入手。也许有人会提出质疑：这不是精神分析和接受美学等理论所探讨的内容吗？我的回答是既肯定又否定。肯定的是，冯涛博士的确是从人类的精神需求出发，与亚里士多德的"净化说"、贺拉斯的"愉悦说"、弗洛伊德的"白日梦说"是同一个大方向；否定的是，冯涛博士在回顾了中西文论家和文学家有关文学创作的心理动因以后，发现了一个为理论家和研究者所忽视的维度，即文学产生于人类为满足作为弱者所具有的精神需求而采用的一种替代性的书写形式，并提出文学的弱者理论，以此为出发点探讨文学的未来。一般认为，古今中外的文学有很多是歌颂强者的，古代文学多为帝王将相、才子佳人立传，现代文学虽有不少以卑微的小人物为主人公的作品，但人物也往往以失败了的强者或精神上、道德上的强者的形象出现在读者面前，博得读者的同情，得到颂扬。从弱者的视角审视文学的产生和价值虽不说是绝无仅有，但也属于凤毛麟角，这一新颖的视角是本书的一大创新之处。其中一个观点"文学从根本上是属于弱者的"，是一个此前几乎无人提出的新论。

  本书受到了马斯洛"需求理论"的启发，认为人们具有社会性安全心理需求，当其爱与归属、尊重、审美以及自我实现和自我超越等心理需求在现实中得不到满足的情况下，会产生种种焦虑，而处于无意识的心理弱者地位。弱者当然不会满足于其弱者的现实地位，在无法反抗现实的情况下，并没有放弃反抗，而是通过文学书写建构一种虚拟空间，在这个虚拟空间中，弱者可以进行其在现实中无法进行的反抗，从而满足心中无法实现的需求。从弱者反抗的精神需求出发，本书结合文学的性质和价值两个方面，对不同历史和文化背景下产生的文学作品进行分析，探索文学的现状和未来发展方向。本书将精神分析的无意识理论和人本主义心理学的社会心理需求理论相结合，并将文学理论和文学批评相结合，在世界文学中发现了多种类型的弱者反抗心理需求，如对立型、寄托型、成长型，并通过文本分析深挖文学作品字里行间隐藏的话语，有理有据地证明，处于现实和心理弱势地位的作者与读者都可通过审美移情建构创作的虚拟空间和阅读的虚拟空间，并且把虚拟空间与自身生活的环境和心理状态联系起来，对在现实中无法反抗的人与事进行象征性反抗，从中获得心灵的抚慰和精神的激励，从而补偿性地改善精神世界，为在现实中改造自我和世界获得启迪与行动的力量。本书的结论是，在互联网时代，文学的创作、传播和阅读方式发生了巨变，但是其基本性质和核心价值仍然存在，心理弱者还会不断出现，因此文学不会消亡。根据本书的理论探讨和文本分析，本人似可得出这样的结论：人类在某种意义上都是弱者，因此可以这么说，只要人类存在，弱者的心理需求就会存在，文学也就不会消亡。在这一点上，本书为文学不会消亡的命题提供了一种新的理论论证。

本书的主要观点与中国传统的"发愤著书说"和西方的"创作宣泄说"也有共通之处，但不同之处在于，"发愤著书说"和"创作宣泄说"涉及面较窄，而且都是对于作者而言，并不能包括读者的心理。因此，将所有人都视为需要文学疗愈的弱者是很独到的见解。更难能可贵的是，本书不仅研究了古今中外传统文学作品中弱者的反抗叙事，还专门探讨了互联网、多媒体、自媒体等刊载的文学作品中更为多样的反抗书写，并从理论的视角归纳和提升为支持文学不会消亡的有力证据。

本书融文学理论、批评分析和阅读欣赏于一体，是一本有关文学的别开生面的理论专著，如果要我以简单的一句话概括本书的主旨，也许就是：文学的需求理论与弱者的文学理论。全书围绕文学需求理论这一主题对文学将来的命运展开探讨，涉及古今中外众多思想家、理论家和文学家的思想、理论与创作实践，并将提出的弱者文学理论置于广义的文学理论、批评和阅读的大语境下，对于不同层次的读者均会有相当的吸引力。无论是资深的文学研究者还是文学研究的新手，无论是喜爱文学的普通读者还是从事文学创作的作家，都可从中得到一定的收获。当然，本序言并不是要作为一篇导读，只是谈一点个人的阅读体会，如果对读者有一点益处，笔者认为写这篇序言的目的也就达到了。

2023 年 8 月 8 日于达拉斯

# 目　录

绪论 ………………………………………………………………… 1

## 第一章　文学，你往何处去？ ………………………………… 15
第一节　文学阅读与批评的困境 ………………………………… 15
第二节　中外学者对文学命运的思考 …………………………… 18
第三节　对文学出路的初步探讨 ………………………………… 27

## 第二章　文学的基本性质与人的心理 ………………………… 34
第一节　文学的定义与范畴 ……………………………………… 34
第二节　文学的产生与人对世界的想象 ………………………… 40
第三节　文学的接受与虚拟空间的建构 ………………………… 46

## 第三章　文学需求的社会心理基础 …………………………… 56
第一节　基于本能与学习的安全需要 …………………………… 56
第二节　人类安全本能与需要的心理结构 ……………………… 62
第三节　社会性安全需要与文学 ………………………………… 71

## 第四章　文学与心理弱者的需求 ……………………………… 80
第一节　心理弱者的概念探讨 …………………………………… 80
第二节　心理弱者对文学的需要与接受 ………………………… 83
第三节　弱者文学理论 …………………………………………… 95

## 第五章　文学中弱者的对立型需求 …………………………… 105
第一节　复仇 ……………………………………………………… 105
第二节　讽刺 ……………………………………………………… 115
第三节　谴责 ……………………………………………………… 126

## 第六章　文学中弱者的寄托型需求 …………………………… 137
第一节　爱情 ……………………………………………………… 137
第二节　自然 ……………………………………………………… 148

第三节　理想…………………………………………… 159
第七章　文学中弱者的成长型需求……………………… 168
　　第一节　自我救赎………………………………………… 170
　　第二节　自我实现………………………………………… 177
　　第三节　自我超越………………………………………… 186
第八章　互联网时代文学与弱者需求…………………… 194
　　第一节　互联网时代文学的发展与传播………………… 194
　　第二节　互联网时代文学特征与弱者需求……………… 199
　　第三节　文学的跨媒介演变与文学研究的未来………… 206
后记……………………………………………………………… 211

# 绪　　论

## 一、问题的缘起

20世纪后半叶以来，传统的文学创作、阅读、传播模式面临挑战，文学的存在和发展遭遇危机，大学里的文学专业也日渐衰落，使得越来越多的文学教授和批评家开始忧虑文学的命运并且关注文学研究和批评的前途，这也逐渐成为当前的热点话题。美国著名文艺批评家J.希利斯·米勒是最早关注电信全球化时代文学命运的业内专家之一，早在2000年，米勒即已在《今日世界文学》（*World Literature Today*）上发表了《电信时代的"世界文学"》一文，论及电信时代"世界文学"教学与研究的困境，后来又多次就相关议题进行阐释①。随着米勒与中国学术界交往的深入，米勒的相关研究也引起了中国学者的极大兴趣。罗杰鹦于2006年指出："从已发表的论文来看，继米勒的两篇有关'全球化时代文学研究'的论文发表以及2001年中美比较文学双边讨论会在京举行后，国内学者兴起了一股小小的米勒研究中有关'文学未来'的热潮。"② 这股热潮至今还未消退，近20年来一直都有知名专家对文学与文学理论、文学研究的未来进行探讨，虽然具体观点与米勒的论述不一定直接相关，如王宁（2013）、张隆溪（2017）、但汉松（2021）等③。2019年7月29日，国际比较文学学会第22届大会在澳门大学正式召开，这次大会的主题便是"世

---

① 米勒关于文学命运的部分演讲和论著，可参见 J. Hillis Miller, *An Innocent Abroad: Lectures in China* (Evanston: Northwestern University Press, 2015)，该书中文版为 J. 希利斯·米勒：《萌在他乡：米勒中国演讲集》，国荣译，南京大学出版社，2016；Ranjan Ghosh and J. Hillis Miller, *Thinking Literature Across Continents* (Durham: Duke University Press, 2016) 等。

② 罗杰鹦：《J.希利斯·米勒在中国——20世纪90年代以来国内米勒研究述评》，《国外文学》2006年第4期，第38-45页。

③ 参见王宁：《后人文主义与文学理论的未来》，《文艺争鸣》2013年第9期，第27-29页；张隆溪：《过度阐释与文学研究的未来——读张江〈强制阐释论〉》，《文学评论》2017年第4期，第17-25页；但汉松：《走向"后批判"：西方文学研究的未来之辩》，《文艺理论研究》2021年第3期，第76-85页。

界各地文学与比较文学的未来"①。2021年3月18日，在温州大学举办的题为"文学与文学研究的未来"的学术研讨会上，周宪和朱国华就此话题表达了各自深刻的见解，引起了广泛的共鸣②。可以想见，类似话题的讨论以后还会发生，因为文学及其赖以生存的环境确实发生了天翻地覆的变化，而且这种变化还在不断进行当中，值得人们持续关注。

从当今的社会现状和学术界对文学命运的观察可以看出，文学面临的挑战包括后现代主义思潮和文化研究对文学主体性的颠覆，影视、多媒体、自媒体和互联网技术对基于纸质文本的文学形式的冲击，商业社会快节奏的生活方式对人们阅读习惯的影响等。进入21世纪以来，随着互联网技术的进一步飞速发展和智能手机等用户终端的普及，人类的生活方式和阅读方式都在不断改变。在这种趋势下，传统形式文学的地位已急遽下降，文学很明显已走向衰落。那么，已存在数千年之久的文学是将会消亡，还是会以新的形态继续存在？如果文学演变成了新的形态，那么它还是不是文学？如果还可被视为文学，那么依据是什么，以及这种新形态的文学具有什么样的特征？这些都是我们在这样一个巨变的时代需要探讨的兼具历史性和时代性的重要问题。从人们的一般常识或者主观感受来看，文学走向消亡或继续存在这两点似乎都有可能发生，人们各执一词，无法得到定论，因此需要对其进行全面深入探讨。但我们很遗憾地发现，过去产生的文学理论难以解释文学所面临的新环境和发生的新变化，似乎已跟不上时代的发展。因此，文学研究者一方面要对新时代文学现象和文学实践进行深入挖掘，另一方面亟须对文学的现状及其未来的命运进行理论探索。这是一个复杂而庞大的课题，可以从很多不同的方面进行阐述，很多中外学者也在不断致力于理论创新，这在2018年的新版《诺顿理论与批评选》（The Norton Anthology of Theory and Criticism）中得到充分体现。在这一版中，编者们有意识地增加了新兴学术领域的文学批评话语，"如数字人文、媒体研究、生命政治、电影研究、情感研究、电子游戏修辞等"③。可见电信时代的新形态已引起了包括文学研究在内的文化理论

---

① 参见姜福安、王巧红：《世界各地文学与比较文学的未来——国际比较文学学会第22届大会会议综述》，《中国比较文学》2019年第4期，第206 - 210页。

② 研讨的具体内容参见周宪、朱国华：《文学与文学研究的未来（上）》，《名作欣赏》2021年第5期，第33 - 39页；周宪、朱国华：《文学与文学研究的未来（中）》，《名作欣赏》2021年第6期，第33 - 38页；周宪、朱国华：《文学与文学研究的未来（下）》，《名作欣赏》2021年第7期，第52 - 57页。

③ 顾明栋：《迈向"世界文论"的坚实一步——阅读新版〈诺顿理论与批评选〉》，《读书》2018年第10期，第115 - 121页。

界的重视，并已取得了众多有价值的成果。

在时代巨变的背景下，人们也意识到文学批评的模式需要转变。自20世纪80年代以来，包括米勒和特雷·伊格尔顿（Terry Eagleton）等在内的批评家开始重视文学的施为性，即将文学看作一种做事行为。米勒和特雷·伊格尔顿将"文学活动视作人类现实活动内在的不可分割的组成部分，认为它不是一种记载人类现实活动的工具，而是一种制作或生产现实图景的行为"①。换言之，文学生产是人们在实践中参与改变自我和世界的方式之一，是创造性的，而非仅仅具有记述的作用。文学施为性的依据之一是言语行为理论，它们都聚焦于语言的功能，如米勒认为文学用语言制作人化的现实图景，而伊格尔顿认为文学用语言解决现实问题。但是，这些论点没有涉及言语行为背后的历史文化因素和这些因素影响下的深层心理机制。从文学的产生和作用视角而言，它没有解释为什么要通过文学语言而不是其他方式，来制作现实图景或解决现实问题，也没有解释文学语言如何解决现实问题。李泽厚提出的原则性的洞见则可对上述转变进行补充，给我们新的启示。他认为，语言或文本不应成为包括文学在内的哲学和人文研究的根本或基础，而基于心理的研究才应是相关研究在21世纪新的方向。这种心理不是动物的心理，而是经过历史和教育所形成的人的心理②。因此，我们既要关注文学的施为性，也要关注其背后表现的人的心理原因，这也许是文学研究的新出路之一。

## 二、文学与心理关系的既有论述

就文学的创作、阅读与人的心理之间的关系而言，古往今来已有许多文学家、艺术家、思想家进行了思考。例如，中国古代经典文论的特色之一是对创作心理的精彩描述，陆机在《文赋》中论述了心理体验如何获得、如何酝酿，以及如何以恰当的语言和篇章形式表现出来。陆机从人的生活实践出发，认为人的思想感情来自两个方面——自然世界和书本世界，即"伫中区以玄览，颐情志于典坟"（立于天地之间，深入观察万物；博览"三坟五典"，以此陶冶性灵）。通过对自然万物的观察体验和对古代

---

① 肖锦龙：《近三十年西方文学理论研究的新动向——以晚近的米勒和伊格尔顿的著述为案例》，《外国文学》2020年第1期，第106-115页。

② 参见李泽厚为顾明栋《原创的焦虑——语言、文学、文化研究的多元途径》（南京大学出版社，2009）一书所作的序言。在本书创作过程中，J.希利斯·米勒（1928—2021）和李泽厚（1930—2021）两位先生不幸相继仙逝，在此表示沉痛的悼念，愿他们伟大的探索精神和学术思想永存不朽。

经典的广泛研读，来获得对世界、生命和自我的感悟。产生感触后，神思自然就会遨游宇宙，产生无尽的美丽遐想，融于天地之中，"精骛八极，心游万仞"（神飞八极之外，心游万仞高空）。然后开始组织语言，将思想感情付诸文字，"笼天地于形内，挫万物于笔端"。该文要解决的核心问题是"意不称物，文不逮意"，即构思之意不能正确反映事物，而文章的语言又与构思之意存在距离。陆机指出，要解决这样的问题，关键不是理论上的认识，而是实践中的操作（"盖非知之难，能之难也"）[1]。在陆机《文赋》的影响下，后来很多中国学者也热衷于研究创作心理，包括刘勰《文心雕龙·神思》和严羽《沧浪诗话·诗辨》等。刘勰提出了"神思"的概念，严羽则通过"妙悟"来比较禅道与诗道。这些论著涉及作文的心理动机、思维过程，还有外在世界、思想感情与语言表述三者之间的关系等。他们的艺术创作理论建构是中国古代文论的一大特色，深刻影响了后世的文学创作和研究，至今仍有强大的生命力。

  西方哲学和美学理论中的文艺审美心理研究也取得了丰硕的成果，其代表思想家和作品包括黑格尔《美学》、叔本华《作为意志和表象的世界》、英伽登（Roman Ingarden, Ingarden 也译作英加登）《对文学的艺术作品的认识》等。这三位思想家都重视艺术创作和欣赏的审美过程中主客观世界、心理世界与现实世界之间的相互作用。黑格尔讨论了艺术创作主体内在的创造性想象、天赋、灵感等特质，从艺术家理性的形象化角度阐述了艺术之美产生的原则。黑格尔区分了想象与幻想，认为"想象是创造性的"，是"最杰出的艺术本领"[2]。黑格尔与陆机一样，也注重生活实践对艺术创作的重要性，"艺术家创作所依靠的是生活的富裕，而不是抽象的普泛观念的富裕。在艺术里不像在哲学里，创造的材料不是思想而是现实的外在形象。所以艺术家必须置身于这种材料里，跟它建立亲切的关系；他应该看得多、听得多，而且记得多"[3]。这和陆机的文思源于作家对世间万物的体验的观点如出一辙。黑格尔进一步指出，艺术家要将外在现实世界中的形象进行深思熟虑、彻底体会，产生"灌注生气于作品全体的情感"，这样"艺术家才能使他的材料及其形状的构成体现他的自我，体现他作为主体的内在的特性"[4]。这一点也和陆机论述的艺术构思过程有相

---

[1] 本段中引文见陆机：《文赋》，载党圣元、夏静主编《中国古代文论读本》，北京大学出版社，2017，第150页。
[2] 黑格尔：《美学》（第一卷），朱光潜译，商务印书馆，2011，第357页。
[3] 黑格尔：《美学》（第一卷），第357-358页。
[4] 黑格尔：《美学》（第一卷），第359页。

似之处，两人都意识到了要将艺术家所感受到的外部世界在大脑中进行创造性的加工。这种加工不是哲学式的、理性的逻辑推理，而是感性的、付出强烈主观感情的艺术创造。从黑格尔的例子中可以看出，西方近现代以来文艺审美心理研究和中国古代经典文论具有一些相似的关注点，而阐释方法和视角不同，这具有进一步研究的价值。

  上述文学与心理的研究模式或方法专注于作者的创作动机、灵感、审美情感等内在因素，探索文艺创作过程中这些因素与客观世界的关系。同时，它们都非常重视如何用准确或适当的语言表达思想情感，如何让思想情感、语言和客观世界达成一致。这些理论也为当今的文艺心理学研究奠定了基础。除了思想家们有意识的文艺理论建构，还有一些诗人或作家从自己的创作实践出发，通过反思总结出涉及作者心理或写作技巧的文学创作主张，如18世纪英国浪漫主义诗歌理论和20世纪西方意识流小说理论等。18世纪英国浪漫主义诗歌理论的提出者以华兹华斯和柯勒律治为代表，他们的思想源于其自身诗歌创作的实践，强调诗歌创作中诗人心灵的重要性。华兹华斯突破了古典主义的陈规，开创了诗歌创作的新风格，他推崇诗人感情的自然流露，认为好的诗歌应聚焦于乡村和自然，并用朴实的语言表现真实情感。以马塞尔·普鲁斯特、弗吉尼亚·伍尔夫和詹姆斯·乔伊斯等小说家为代表的意识流小说流派，以"内心独白"的方式展开小说叙事，从第一人称视角直接触及叙述者的主观精神世界和心理活动，常常将小说作者与叙述者内心的思想感情合而为一，通过自由联想、回忆、幻想等方式扩展叙事时空，表现叙述者对自我、他人和世界的认知。这些各具特色的文艺理论以自己特有的方式探索文学创作背后的规律，尤其是作家本人或者作品内容表现的心理现象和心理活动。

  然而，尽管上述种种聚焦心理的文艺理论探索取得了不俗的成就，但是它们都没有专门从心理需求角度探索文学创作和欣赏。就人的心理需求与文学的关系而言，相关性较大的主要是20世纪兴起的两类文论——精神分析和接受美学。弗洛伊德开创了从无意识角度探索人类文学创作的深层心理需求机制的模式，并且取得了突破性的成果。在其名作《作家与白日梦》中，弗洛伊德论述了儿童的游戏和成年人的幻想或"白日梦"都是为了在大脑中实现自己的愿望，这些愿望往往跟野心和性相关，而且不可告人。"一个幸福的人从来不会幻想，幻想只发生在愿望得不到满足的人身上。幻想的动力是未被满足的愿望，每一个幻想都是一个愿望的满足，都是一次对令人不能满足的现实的校正。"① 弗洛伊德进一步将作家和白日梦者进行比较,指出文学作品里的故事和人的幻想在内容与方式上具有很多相似之处,如一个英雄般的主角或自我。最终,弗洛伊德将游戏、白日梦和文学创作三者结合在一起,得出的结论是:"一篇创造性作品像一场白日梦一样,是童年时代曾做过的游戏的继续和代替物。"② 弗洛伊德在文章中没有明确提出人对文学作品的需求,但很明显他会赞成人们常常进行文学创作来满足愿望的观点。

文学除了能够替代性地满足人们源于无意识的世俗欲望,还可使人产生审美愉悦,满足审美需求,这在汉斯·罗伯特·姚斯(Hans Robert Jauss,Jauss 也译作耀斯或尧斯)的接受美学理论著作中得以体现。如果说弗洛伊德聚焦于作者的心理需求,那么姚斯则聚焦于读者的心理需求。在《审美经验与文学解释学》一书中,姚斯剖析了读者对作品审美认同的五种不同层次(联想式、钦慕式、同情式、净化式和反讽式)和审美愉悦得以产生的多种决定因素。姚斯区分了前反思的审美态度和反思的审美态度。前反思的审美态度指向日常现实之外的另一个世界,人们在审美享受时怀着一种特殊的激情,并对其信以为真,但是这常常会损害审美期待。姚斯指出,只有在审美经验反思的层次上,"自觉地扮演旁观者的角色并且喜欢这一角色,才能从审美的角度来欣赏并且怀着喜悦的心情来理解他所认识到的或与自身有关的真实生活情境"③。这样的审美经验使人既能保持旁观者的角色距离,又能对希望成为的人物作游戏式的认同,从而能够获得生活中无法获得的乐趣。可以看出,姚斯的文学审美研究注重的不是审美对象,而是审美主体对审美对象的感受和认同,当人从阅读中获得审美快感,自然就满足了审美需求。因此,我们可以认为姚斯的接受美学理论关注的是人们(尤其是读者)的审美需求。

综上所述,古往今来的文学艺术理论家和实践者们从各自的视角与经历出发,探索并取得了许多与文学和心理主题相关的理论成果,其中有一些涉及了人对文学的心理需求的某一方面,如精神分析里的作家无意识欲望和接受美学里的读者审美心理,这些都启发了本书的进一步探索。从现有主要的文艺理论著述可以看出,至今还很少有专门从人的心理需求角度

---

① 西格蒙德·弗洛伊德:《作家与白日梦》,载《达·芬奇与白日梦:弗洛伊德论美》,张唤民、陈伟奇译,上海译文出版社,2020,第25页。
② 弗洛伊德:《作家与白日梦》,第31页。
③ 汉斯·罗伯特·耀斯:《审美经验与文学解释学》,顾建光、顾静宇、张乐天译,上海译文出版社,2006,第3页。

切入文学研究并借此探索文学命运的综合性理论专著。本书是一个初步的尝试,借助跨文化和跨学科的手段探讨文学创作阅读与心理需求的关系,研究方法为历史梳理和现状分析相结合、理论建构和文学文本分析相结合,涉及的学科包括精神分析心理学、社会心理学、文学人类学、文艺美学、文艺心理学等。

### 三、本书的基本线索

本书主要切入点或出发点是文学的功能,即文学是不同文化和时空背景之下人们创造出来满足其多样化心理需求的精神产品。这种心理既指维持个人成长的个体心理,也指维护社会关系的群体心理。我们假设这样一个前提:如果文学(包括前人的作品和当今新创作的作品)仍然能够满足人们的心理需求,那么文学就能够继续存在并不断发展,反之则走向消亡。这个假设看似简单,但是试图对此进行论证却并非易事,就像数学里面的1+1=2一样。基于上述前提,在业已发生巨变并且还在不断变化发展的新环境中,我们需要重新深入审视以下几个问题,其中有些还是本领域颇具根本性的问题:(1)什么是文学或文学的范畴如何界定?(2)人们具有什么样的心理需求以及为何产生心理需求?(3)人为什么要创造文学作品来满足心理需求?(4)人的心理需求如何通过文学得到满足?(5)文学在电子网络时代具有什么样的新特征,以及能否继续满足人的心理需求?前四点可视为本书的理论探索,第五点则是运用理论来分析文学的现状与人的心理需求之间的关联,从而得到文学的命运究竟会如何的结论。综上可见,本书的特色或创新之处在于:(1)对文学的性质和价值的重新界定与发掘;(2)对人类的心理需求及其本质的深入探讨;(3)探索文学与心理需求的联结。

下面简要介绍一下全书的脉络。本书的主题是跨文化视域下的文学需求研究,即以人的社会心理需求为出发点,以不同历史文化背景下的文学作品、作者和读者为主要研究对象,探讨我们为什么需要文学或者为什么会有文学,并据此考察文学及相应的文学研究未来的发展方向。那么,文学是否会走向消亡?为了回答这个问题,本书从文学的性质和价值两个方面入手进行研究。

如上所述,本书认为文学是人创造出来替代性地满足心理需求的精神产品,这恰好将文学的施为性及其背后的心理原因结合在一起。在论证过程中,本书通过比较分析中外经典文本,围绕为何创造和如何满足这两个核心问题展开讨论。首先,在分析了一些前辈学者的文学定义的基础上,笔者提出了自己的文学定义："文学是语言的艺术，以创造和审美为主要特征，以教化和娱乐为主要目的，以伦理关系为主要表现方式，反映人在世界中的认知、情感、愿望、意志等心理体验，这些体验基于作者和读者的想象，既可能被意识到，也可能源于无意识。"文学是相当复杂的人类精神产品，不可能用寥寥数语就能进行完美的诠释。此定义突出的是文学基于人们的心理需求的实用价值，其中一个重要方面是人对现实世界不满意，就用文字建构一个虚拟世界，满足现实世界中无法实现的愿望。由此可见，文本的虚拟建构性是文学性的重要标志。一部作品是不是属于文学作品，关键看其能不能提供虚拟空间，或者能提供多少虚拟空间。法律条文措辞严谨，意义明确，要求其文字产生的虚拟空间越少越好；抒情诗则相反，允许读者进行多样化的解读。在此基础上，本书强调了读者的重要性，因为虚拟空间有赖于读者对作品的解读或诠释。能够让越多的读者发现越多隐藏话语、建构越多虚拟空间的文本，其文学性就越强，同时，满足人们的心理需求的能力也越强。所以，文学的创造其实是作者和读者共同投入思想感情的结果。作者会是自己作品的读者，而读者的阅读过程同时也是其积极参与建构有自身特点、满足自身需求的作品虚拟空间的过程，因而读者也是隐性的作者。

其次，本书探讨了读者接受作品的心理机制，即文本的虚拟空间因何产生以及如何产生。每一个读者都是拥有一定的社会身份和具有一定的社会心理需求的具体的人。本书发展了精神分析的本能观和马斯洛社会心理学中的需要层次理论，提出并论证了人的社会性安全本能和相应的安全心理需要的概念，这种需要成为人的社会行为的驱动力，包括文学的创作和接受。马斯洛曾提出需要层次理论，包括生理、安全、爱与归属、尊重、求知、审美以及自我实现和自我超越的需要等。通过深入分析，我们发现人不仅具有生物性安全本能，而且具有社会性安全本能，即希望自己在社会环境中获得安全感，而爱与归属、尊重、求知、审美以及自我实现和自我超越等需要正是基于社会性安全本能而产生的。具体而言，爱与归属、尊重主要涉及社会生活中个人与他人的关系，求知、审美主要涉及个人和环境的关系，而自我实现和自我超越主要涉及个人和自我的关系。如果人产生了上述社会性的需要而未能得到满足，就会产生焦虑，必须采取行动。而如果人们在现实生活中的焦虑无法得到缓解，文学就是一个理想的替代品，通过建构源于文学作品的虚拟空间来缓减焦虑、满足需求。

那么，文学如何满足人们的社会心理需求？本书首先对具有心理需求的人进行了分析，提出了心理弱者的概念：当人们因为社会性安全本能产生的心理需要（或需求）遇到了阻力或压力而难以实现，就会产生焦虑和挫折感，这种感受使人在心理上处于压抑状态和弱势地位，成为心理性的弱者。心理弱者的概念是从人的主体意识角度对人的存在的描述，反映了社会实践中的各种关系对人的心理的深层影响，因而弱者心理往往也是无意识的。心理弱者和社会生活中的弱势者不完全一致，社会底层人士不一定有未满足的心理需求，而有权势有地位的人不一定心理需求得到了满足。不管一个人处于什么社会地位和生活环境，只要尚有未能满足的心理需求，就属于心理弱者。古今中外的文学以其丰富的内涵和表现手段，向人们展示了各种形态的弱者反抗，心理弱者通过对表现弱者反抗的文学作品的阅读和认同来获得精神上的享受，从而替代性地满足需求。可以说，一个文学文本有多优秀，取决于它能满足多少心理需求，尤其是高层次的心理需求。一部杰出的文学作品，能够跨越时空和文化的差异，给不同历史环境中具有不同心理需求的人带来愉悦、抚慰、陶冶、启示或激励。

这时我们需要进一步解决的问题是，心理弱者如何通过阅读文学作品来满足需求。对读者来说，真正有效的阅读必须建立在"移情"的基础之上，通过阅读改变视界和审美经验，从而满足心理需求。文学作为艺术的表现形式之一，也是人的审美对象。人的审美经验是在阅读文学作品时产生的一种直觉的体验，这种体验源于原始审美情感。反思的审美经验能够使人保持与文学作品之间的距离，并与自身的实际境遇相结合。在人与文学互动的过程中，人将自己的思想感情以及对包括自身在内的世间万物的理解"灌注"到文学中，并从中获得自己与文学存在的同一感，即产生"移情"，同时获得美的享受。作者和读者都在作品中注入了自己的感情，使作品和作品中的世界拥有了生命的活力，这种感情源于人对自己生命的理解，作品的生命就是人的生命，人阅读作品就是阅读自己。文学作品中会涉及自我、他人和世界，以及其中各种各样的伦理关系。如果其中的某一段描述唤起了读者（也包括阅读自己作品的作者）潜意识中相应的未能满足的愿望，即引起"共鸣"，那么读者的心理负担就会得到缓解，压力得到释放，需求也因此得到了替代性的满足。

在前面分析探索的基础上，本书归纳出弱者文学理论。简而言之，如果文本展现了作为弱者的人的心理安全需要及其为了满足需要所做出的努力，而且文本的呈现方式能够让读者发现多种隐藏话语、建构起多重虚拟空间，那么这个文本就属于文学的范畴。文学的基本性质和价值也在于此。其最关键之处在于心理弱者与虚拟空间的建构，即心理弱者通过反思性的审美移情参与文学作品虚拟空间的建构，从中获得符合自身心理需求的精神力量。该理论以语言和文本为分析对象，以心理和伦理为出发点与目标。本书随后通过分析大量不同历史和文化背景下的经典文学作品，探索了文学中常见的弱者反抗心理需求的类型，一方面使弱者文学理论的架构更加完善，另一方面为其提供强大的实例支撑。文学中呈现的弱者反抗心理需求的类型主要分为三类：对立型、寄托型和成长型。对立型需求针对的是外界强权，寄托型需求针对的是当前命运，成长型需求针对的是自我束缚。这些反抗类型及其文学呈现，充分反映了人的各种社会性安全需求。

对立型需求主要指以暴力、控诉、嘲讽等方式反对某种相对强大的外部势力及其迫害，往往表现为试图通过击败、谴责或逃离这种势力来满足弱者的心理安全需求。文学中对立型需求的表现形式有很多，本书主要从三个方面进行了探讨：复仇、讽刺和谴责。通过对复仇类、讽刺类和谴责类的文学作品的分析，我们可以发现，面对社会不公或利益受到侵害的弱者，将文学作为武器，借助作品中的虚拟空间揭露苦难的真相，攻击造成伤害的道德败坏者或者腐朽的制度，表达实现公平和正义的诉求。寄托型需求主要指弱者在满足心理需求的过程中，常常寄托于某一精神或物质世界。之所以将其命名为寄托型需求，是因为情有所属的人一般情况下是对当前处境或命运不满，希望通过对自己目前并不拥有的某种存在状态或难以实现的目标的认同来改变处境或命运，因此这种认同或寄托也往往是源于对既有境遇的反抗，或者说寄托的目的在于改变令人不满的当下，希望能够体验到更多的快乐，过上理想的生活。本书重点分析了爱情、自然和理想这三个文学主题，探讨文学如何通过塑造追求甜蜜爱情、美丽自然和崇高理想的人物来表现弱者对命运的反抗。成长型需求主要指对自我不满的人，要通过改变自我和获得成长来反抗自身的不足。本书重点分析的涉及成长的需求主要可归纳成三种：自我救赎、自我实现和自我超越。在相关文学作品中，自我救赎表现的是修正自己以往的问题、错误或过失的需求；自我实现表现的是实现自己的才能、抱负和价值的需求；自我超越表现的是试图超过目前的自我状态或身份的需求，包括放弃自我中心、将自我融入世界等。

文学不仅表现成功的反抗，也表现失败的反抗。无论成败，都能激发起具有相似愿望的读者的认同感，因而都会受到欢迎而流传。上述的这些弱者反抗心理需求的类型或模式，在文学中不仅有丰富的呈现，而且呈现方式和叙事手段也非常多样化，反映了不同历史、文化、思想背景下人们的心态，也成为本书跨文化文学需求研究的基础。有的作品之所以杰出而为大多数人赞赏，要么是因为能够同时表现多种心理需求，要么是因为能够反映不同历史和文化中人们共有的心理需求，或者两者兼而有之。以本书中多次引用的陶渊明《归去来兮辞》为例，这篇文章满足了作者本人和不同时代、不同背景中读者多层次的需求，包括爱与归属、尊重、求知、审美、自我实现以及自我超越。而文章中体现的满足需求的方式可能有对官场的讽刺和谴责、对自然和理想的寄托、自我价值的实现，甚至对自我的超越等。这时可以发现，自我实现和自我超越既属于需求的层次，也属于满足需求的方式，具有双重属性。这些愿望在不同历史时期和东西方文化背景下都存在，如我们也能在黑塞和梭罗的散文中看到类似的思想情感表达。所以，我们有理由相信，《归去来兮辞》不仅是中国古代文人用以明志的优秀篇章，也是全人类共有的深层次的情感写照。

　　人的心理需求和文学中满足需求的方式之间的关联也是多样化的。比如寄托于理想，根据不同的理想形态和实现方式，就可能属于满足任意一个层次心理需要的尝试。当然对于理想而言，更有可能满足的是较高层次的需要，如审美和自我实现。复仇则可能是因为任意一种安全需要没有得到满足而采取对抗措施，对于复仇而言，更有可能是爱和尊重的需要未能得到满足。但是无论如何，很明显，文学中的弱者反抗心理需求和人们的心理安全需要之间存在着千丝万缕的联系，值得我们深入探讨。而这样的联系也是文学自古以来得以产生、发展并且受到喜爱的根本原因。若没有文学世界，人类面临的现实将是多么枯燥无味，而人们的心理压力也缺少了一个极其重要的缓解途径，人类的文明也绝不会如此丰富和发达。

　　人类文学的载体或传播文学的媒介在历史上发生了多次演变，从口耳相传到自然材料或人工制品，再到纸张、广播、电影、电视，直至当前的互联网和数字媒介，技术在不断进步。数字媒介的蓬勃发展对文学是一柄双刃剑，一方面使文学的创作、储存和传播形式多元化，另一方面也夺走了很多文学的受众。在互联网时代有很多文学创作电子化和网络化的尝试，如20世纪后半期始于美国的超文本小说和主要流行于日本的视觉小说，这些小说的叙事结合了多种媒介，读者可以参与情节走向和故事结局的选择，容易产生代入感。但是这些小说的制作需要专门机构或专业技术支持，因此产量不可能很大，人们参与度不高。在中国兴起的网络小说则与之相反，作者在网站上发表作品门槛低，方便快捷，因此产量巨大，具有较强的吸引力。在资本的介入下，脱颖而出的精品网络小说可以改编成影视、动漫、游戏等，进行多次开发，以多种方式扩大影响力，获得可观的经济效益。除了网络文学，对普通人来说，自媒体和社交软件也是进行文学创作和阅读的好途径。而随着人工智能的发展，有些程序已经可以通过设定好的条件进行文字组合，自主生成"文学"作品，这也是互联网时代文学的一个有趣现象。

总之，在互联网时代，文学早已不限于纸质印刷的作品，更多的是借助网络发表或传播。当代文学发展的趋势可以归纳为以下几个方面：即时迅捷，互动共享，受众广泛，形式多元，数字传播，媒介融合。文学呈现的跨媒介性日益凸显，文学研究也在往这方面发展。就本书的观点而言，无论文学的载体如何变化、形式如何更新，其基本性质和价值仍然不变，即应该具有提供虚拟空间的潜质和满足弱者心理需求的功能。通过文本分析可以得知，我们的网络文学，如长篇小说《琅琊榜》《诛仙》等，虽然通过网络传播，但是仍然通过文字在读者思想中建构虚拟空间，体现的还是人们的社会性安全需要，表现方式还是弱者的反抗。本书提出的理论设想既可用来分析当代多样化的文学作品，也可用来检验某些网络书写是否属于文学，或判断其文学价值的高低。比如现在网上常见的叙事性的新闻报道，也具有提供虚拟空间和呈现弱者需求的特征，因此将其归入文学一类并无不妥。

综上所述，互联网时代的文学依然有其旺盛的生命力。要坚守并扩大文学的领地，一方面要坚持以文字为基本表达方式，另一方面要重视以跨媒介的形式呈现和传播。脱离文字不能称其为文学，只靠文字无法适应时代发展。与此同时，无论作品采用何种方式创作和传播，仍然需要具有本书所强调的文学的性质和价值，因为无论时代如何发展，心理弱者都会不断产生，其安全需求都会一直存在，文学也会随着时代的发展不断自我更新，不断发展下去。总而言之，本书将人的心理需求和文学的基本特性相结合，进行跨学科和跨文化的比较文学基础理论研究的探索，并尝试将此理论应用到互联网时代文学的研究中，希望借此一方面拓宽比较文学研究的思路，另一方面促进中国传统思想、文化和文学融入世界比较文学研究的话语体系。

## 四、对一些易混淆概念和可能产生疑惑之处的澄清

在本书论述过程中，涉及了许多概念和一些创新之处，有的地方容易引起混淆和产生疑惑，在此专门进行简要说明和澄清。

第一，本书从社会性安全本能和心理需要视角出发讨论文学产生和存在的价值，"本能"一词会让人误以为这是从生物性角度描述文学需要，贬低了文学的价值。其实这是误会。安全是一种本能需要，但社会性的安

全需要和生物性的安全需要是不同的概念。社会性的安全需要是人在社会实践中产生的，与社会情境有关，已远远超越了其生物性的基础。社会性的安全需要包括爱与归属、尊重、求知、审美、自我实现和自我超越等，这些都是高层次的精神追求，它们的实现能给人在社会生活中带来安全感——并非生理安全需要得到满足的安全感。文学作品中绝大多数反映的也是这些高层次的精神追求。因此，这样的论述不会贬低文学的价值，反而更好地阐明了文学的价值。

第二，本书强调文学与心理弱者的关系，进而发展出弱者文学理论，但有人会认为除了弱者文学还有强者文学，文学中也会有对强者的歌颂，因此弱者文学理论的提出并无特别的价值。但是，从目前能够找到的反映强者心理的文学作品来看，其绝大多数在本质上还是对弱者反抗的描写和歌颂，表现了弱者通过抗争取得胜利之后的喜悦或豪迈之情，或弱者对非凡成就的期待等。此外，历史上确实也常有对当权者及其成就歌功颂德的作品，其文学价值往往都不高，主要是政治宣传的工具，也难以为人民大众所欣赏和传播。为弱者服务才应是文学存在的意义和核心价值所在。

第三，可能有人会提出文学作品的作者或读者不一定因为要"反抗"才需要文学。本书认为，不同的人对文学的理解和需要程度不同，有的人只是消遣，有的人纯粹附庸风雅，有的人从文学中汲取营养。消遣的人和附庸风雅的人追求的不是文学作品内容本身，而是文学作品的附加价值。但是退一步讲，如果从"反抗"角度来讨论，这其实也是他们利用文学作品进行"反抗"的特有方式，只是其反抗的对象不是我们通常所认为的事物。消遣反抗的对象是无聊的人生，附庸风雅反抗的对象是平庸的人生，它们都是读者对当前状态不满而借助文学采取的方法。

第四，本书中提到人的审美需要和文学的审美经验，这两个与"审美"相关的概念存在区别。人的审美需要是人的社会性安全需要的一种，是通过审美获得心理安全体验的方式。人的审美需要也应是具体化和多样化的，既可通过阅读文学作品得到满足，也可通过欣赏自然风景和其他艺术作品等方式获得。文学的审美经验则是人在阅读、鉴赏文学作品时的心理体验，是一种非功利性的、全身心投入文学作品中的虚拟世界，并从中获得审美快感的精神享受。文学的审美经验是人与文学之间精神交流的最佳方式，也是文学满足人的各种心理需要的应有方式。

第五，与人的求知需要相关的现实世界中的知识和文学世界中的"知识"也存在区别。人的求知需要是人了解内在和外在世界的需要，也是社会性安全需要的一种，是通过掌握更多的知识来获得心理安全体验的方式。求知需要同样是多样化的，不一定要通过掌握真实客观的信息而得到满足，它既可通过了解现实世界或书本对现实世界的客观描述来得到满足，也可通过建构文学作品中的虚拟世界而得到满足。例如《三国志》和《三国演义》，对读者来说，都能够满足其求知需要，甚至小说中的叙事更加令人满意，因为它在人物和事件描述上常常更加理想化，更好地体现了弱者反抗。

　　第六，自我实现和自我超越在本书中具有双重含义。它们一方面是人的社会性安全需要，另一方面也是实现安全需要的方式。换言之，人既有自我实现和自我超越的心理需要，也可以通过自我实现和自我超越满足心理需要。它们既是需要的内容，也是满足需要的手段。

　　第七，文学的虚构、文学的虚拟空间、网络的虚拟空间这三者是截然不同的概念。文学的虚构是创作的一种方式，作者借助想象，创造出现实生活中不存在但又合情合理的事物。文学的虚拟空间在本书中是一个专有术语，也指文学的虚拟世界，表示的是读者通过阅读文学文本在思想中产生的意象，属于读者大脑中形成的主观想象，具有主观性和个体差异性，阅读同一部文学作品的不同读者在各自大脑中产生的虚拟空间可能各不相同。网络的虚拟空间则是通过电子或数字手段建构的非实体的空间，以计算机、数据线、网络线、硬盘等作为载体。

　　第八，"需要"和"需求"这两个词的本义可能有所区别，但是它们在本书中的含义基本相同，都表示个体因为在社会实践中的各种境遇而产生心理上的种种"缺乏"，并因此力求获得满足的心理倾向。本书主题是文学需求理论研究，马斯洛提出的是需要层次理论，这两处的"需求"和"需要"可以互换，英文都可用 need 这个词表示。实际上，马斯洛的理论也常被译成"需求层次理论"。

　　本书所提出的概念和论述视角与传统论述存在一些区别，希望上述说明能够消除误会，有助于读者更好地理解。当然此处只是简要的说明和解释，关于详情还请读者从正文诸章节中了解。

# 第一章 文学,你往何处去?

## 第一节 文学阅读与批评的困境

2002年,74岁的J.希利斯·米勒在新书《论文学》(*On Literature*)中,饶有兴趣地与读者分享他在10岁左右时着迷于《瑞士人罗宾逊一家》(*The Swiss Family Robinson*)的快乐轶事。他用自己的经历告诉我们,文学作品所创造出的虚拟世界能给读者带来许多乐趣。

文学作品少不了读者的参与,但是显而易见,并非所有作品都能够引起所有读者的共鸣。倘若让10岁的米勒看《红楼梦》,当然是不妥的,而老年的米勒重读《瑞士人罗宾逊一家》时,也早已令人伤感地失去了当年那"天真的轻信",虽然他仍然深爱着这本书。究其原因,是因为随着米勒先生的成长,他学会了"缓慢地、批判地"阅读,"这意味着处处都要怀疑,质疑作品的每一细节,力图知道魔法究竟是怎样运作的"①。这种去神秘化的、缓慢的阅读方式剥夺了我们献身于作品的激情,时刻提醒我们作者或作品可能是骗人的,以至于我们不能相信自己的眼睛,必须通过"望远镜"或"显微镜"甚至"照妖镜"来对付它们。一旦世故,天真就难觅踪迹了,就像吃了智慧果的亚当和夏娃再也无法回到无忧无虑的伊甸园,那里曾是上帝——这位世界上最具原创性的作者——给他们创造的完美的"虚拟世界"。天真的阅读需要我们融入作品、相信作品,仿佛中国古代传说中武侠高手"人剑合一"的境界;而批判的阅读则让我们远离作品、怀疑作品,哪怕最终"剑毁人亡"也在所不惜。这也许就是为什么米勒会令人震惊地宣称"文学理论促成了文学的死亡"②。其实,天真的阅

---

① 希利斯·米勒:《文学死了吗》,秦立彦译,广西师范大学出版社,2007,第178页。
② 希利斯·米勒:《文学死了吗》,第53页。

读和批判的阅读并非极端对立，只是前者往往只对阅读的对象表示"好"或"坏"、"喜欢"或"不喜欢"，而后者还要说明原因。有时候靠得太近反而模糊，必须离远一点才能看得更清楚。

文学就要终结了吗？没有人能够预测未来，至少迄今为止所有对世界末日的预言都还没有实现。就像一件商品的命运取决于消费者是否会购买和使用，文学的未来就在于读者。只要有读者，就有文学，虽然有些读者阅读的目的是为了肢解和摧毁文学作品。20世纪60年代兴起的接受美学和随后的读者反应批评，将文学研究的聚光灯照到了读者身上。以往读者也会在人们的视线里一闪而过，这一次他们终于可以到前台来开口说话了。这时的读者装备了丰富的"期待视野"，拥有了对"召唤结构"中的各种"空白"和"空缺"进行填充的权力，甚至在阅读过程中的无意识心理过程也成了关注的中心[1]。经过阅读，读者焕然一新，对自身和现实世界的看法都会发生改变。

虽然接受美学和读者反应批评"发现"了读者并强调读者的力量，但它们的读者对文本的态度相对来说还是比较温和的，而几乎与此同时产生的解构主义思潮则打算摧毁一切现存的结构和权力，甚至要颠覆西方两千多年形而上的哲学传统[2]。覆巢之下，安有完卵？文本的命运就更不用说了，按照这种思想，语言符号所对应的所指已经荡然无存，文本也不可能产生明确的意义，我们还能读到什么呢？这显然会得罪除了他们自己以外的所有人，因为其他人深邃的思想都会被证明是错误的。尽管解构主义先天不足，但极具诱惑力，很多人因此发现了自己曾经被压抑的话语权，并竭力要行使这个权力。于是，就像潘多拉的盒子被打开一样，各种思潮，包括女性主义、新马克思主义、文化研究、后殖民主义、新历史主义、同性恋文化等，都到历史的舞台上来摇旗呐喊，争先恐后地冲击传统文化，甚至连历史这个舞台本身也变得摇摇欲坠。从文学角度看，这些思想的持有者，已成为各自具有相似"期待视野"的读者的代言人，或者我们可以说，读者已经学会用自己的"意识形态"来对抗权威了。所谓意识形态，在特雷·伊格尔顿看来，就是"我们所说的和所信的东西与我们居于其中

---

[1] 参见来自存在主义和阐释学的汉斯·罗伯特·姚斯、来自现象学的沃尔夫冈·伊瑟尔、来自精神分析学的诺曼·N.霍兰德等学者的相关理论。相关研究著作如金元浦：《接受反应文论》，山东教育出版社，1998。

[2] 参见罗兰·巴特、雅克·德里达、耶鲁学派等的相关后现代理论。

的那个社会的权力结构和权力关系相联系的种种方式"①。如果是这样，我们也可以说，从古到今每一个活生生的读者都拥有自己的意识形态，只不过在20世纪的后现代语境下才被凸显出来。

每位理论家都是批判性的读者，有时候他们在这条路上走得太远，以至于常常脱离现实而迷失方向。时过境迁，大师们的身影离我们渐行渐远，所有曾经振聋发聩的宣言现在都已成为回声，依稀回荡在人们的记忆中。一个伟大的时代过去了吗，还是才刚刚开始？进入21世纪之后，旧的问题还未有效解决，全球化又带来了许多新的全球性的问题。政治、经济、环境危机持续发酵，和几千年前的原始人祖先相比，我们这些骄傲的后代依然没有获得切实的安全保障。经济危机和战争能让人们在一夜之间失去一生劳动的积蓄，在各种极端自然灾害或者疾病面前人们仍然束手无策，其中有些灾害或疾病正是人类一手造成的。现实让人们感到恐慌和孤独无助，即使在美国和欧盟等当前世界上最发达的国家和地区，普通民众对政府的不满也日益加深②。与此同时，互联网和多媒体技术的迅猛发展使人类更加疏离于传统纸质文学，伴随人类几千年的文学内外交困，似乎已走向穷途末路，而且至今鲜少有人对此提出有效的解决方案。人类将往何处去？文学将往何处去？文学能不能承担起指引人类方向的重任？在这个后理论时代，还有没有理论能够帮助我们？

毫无疑问，以往所有的喧嚣都肇始于批判的阅读。归根到底，文学批评的目的应该是发掘和推介优秀文学作品，让人们充分了解作品从而更加喜爱作品，而不是相反，更不应该将文学置于人类文化和文明进步的对立面。但是有些学术论文要么采用奇怪的术语，故作高深，导致语言晦涩、逻辑混乱，令人难以卒读；要么套用陈词滥调，新瓶装旧酒，老调重弹、附庸风雅，实则并无创新。这些文章让人读之生厌，读者不仅不会因此爱上文学，反而可能更加远离文学。非常耐人寻味的是，耶鲁解构大师哈罗德·布鲁姆在20世纪90年代写出《西方正典》(*Western Canon*) 一书，对20世纪后半叶以解构思潮为代表的"后学"理论进行了激烈的批评，主张回归文学名著和文学传统③。而希利斯·米勒也转型为一位慈祥的老

---

① Terry Eagleton, *Literary Theory: An Introduction* (Oxford: Blackwell Publishing Ltd., 1996), p. 13.

② 2011年以来在美国发生的声势浩大的"占领华尔街"和"占领华盛顿"运动，在英国伦敦发生的骚乱，在希腊、西班牙和法国等国发生的络绎不绝的示威活动，以及英国的脱欧运动、美国特朗普当选总统以及他第二次竞选失败后发生的骚乱等，这些都反映了民众对政府和体制的不满以及社会的撕裂。

③ 参见哈罗德·布鲁姆：《西方正典》，江宁康译，译林出版社，2005。

爷爷，慢条斯理地告诉小朋友们天真的阅读值得赞扬①。也许有人会对此不屑一顾，认为他们毕竟"廉颇老矣"。但是，任何不正常的现象背后总有其合理的原因，也许他们正是看到了问题的本质——现在的批评者离文本已经太远了。不是他们不接触文学作品，而是他们习惯于用过于功利的目光来看待文学作品，已经忘记了文学应有的意义。很多文学专业的学生和文学研究者要么只看理论不看作品，要么只看对自己理论有用的作品，"批判性"太强，"天真性"不足。特雷·伊格尔顿亦看出问题所在，他指出："不应该把对种种文化作品的积极享受贬入小学之中，却把更为艰苦的分析工作留给年龄更大的学生。快感、享受、话语所具有的种种潜在的改造效果，对于大学的研究也是相当合适的课题。"② 与此同时，布鲁姆和米勒的"回归"也向我们表明了，新的文学理论必须来自（经得起历史考验的）文本，而不能完全照搬已有理论，尤其是当这些高高在上的理论已经脱离实际、越走越窄的时候。文学理论可以而且也必须反映社会意识形态，但是必须基于作品来反映，否则只能沦为其他领域话语的附庸。从理论到理论，可能就是理论衰落的原因。那么，如何解决新世纪社会危机乌云笼罩下的文学危机？如何重新认识传统文学的价值？如何探索互联网时代文学的特征和意义？可能还是要从天真的阅读开始，追本溯源，寻找文学得以产生和流传的最初原因，那就是人类对更高精神境界和更美好生活的追求。

## 第二节　中外学者对文学命运的思考

为了让读者对本书话题的背景有所了解，我们先简单回顾并分析一下中外学者对文学命运的关注。这一部分可能比较枯燥，本书尽量避免令人费解的术语，用平实的语言表达。在关心文学的人当中，有些学者具有强烈的忧患意识，常常担心文学的命运，试图从各个角度论证文学的生死存亡。其中许多专家都希望证明文学会永续不灭，但也有不少人仿佛看到了文学的末日。20世纪下半叶以来，反思文学现状的文章和著作层出不穷，要么声称"文学正在死亡"，要么声称"文学已死"。1971年，法国结构主义批评家雅克·埃尔曼（Jacques Ehrmann）与A.詹姆斯·阿诺德

---

① 希利斯·米勒：《文学死了吗》，第229页。
② Terry Eagleton, *Literary Theory: An Introduction*, p.185.

(A. James Arnold)合著的文章《文学之死》被翻译成英文发表在期刊《新文学史》（*New Literary History*）上①。此文令人震惊地提出，文本可以任意生成，具有自主性，作者不再是文本的主人，而是和文本"互相决定""互相创造"②。由此雅克·埃尔曼引申出，诗人也失去了对自己的诗歌的控制力，无法主宰自己的诗，文本的复杂意义由不同的读者决定，因而诗可以被解读为非诗，而任何普通的语言都可被当作诗③。因此，诗的语言和普通的语言之间的界限消失了，传统意义上的诗不复存在，任何人都可以成为"作家"或"诗人"。在此基础上，雅克·埃尔曼进一步指出，由于文本功能和意义的多变性，文学语言、普通语言和批评语言之间的区别也不存在，所以文学不再是区别于其他语言符号系统的话语，传统的纯文学"气数已尽"④。

上述文章可以立刻让我们联想到罗兰·巴特（Roland Barthes）1968年发表的著名论文《作者之死》⑤。两篇文章的论证逻辑是一致的，都认为作者不再先于其文本而存在，也不再是其文本意义的权威和源泉，文本是一个多维的立体的阐释空间，不存在所谓固定的原初意义，文本的阐释权交给了每一个具体的读者，作者因而也就失去了其重要性。埃尔曼在巴特观点的基础上，进一步论证和强调了传统意义上的文学也是具有多重阐释可能性的文本，因而与非文学文本不具有明晰的界限，从而得出结论：文学已死。在巴特之前，我们已领教了"上帝之死"和"艺术之死"等一系列宣言，现在文学似乎也难逃厄运⑥。

实际上，以剥夺文学的主体性的方式来宣告文学的死亡是摧枯拉朽的后现代思潮的一部分。当后现代风格的艺术家们摒弃传统技术，通过随意拼贴和复制的方式生产艺术品，并主观、任意地阐释这些作品，艺术品当然就失去了优越的地位。于是，我们如果看到小便器被送进艺术展、大猩

---

① Jacques Ehrmann and A. James Arnold, "The Death of Literature," *New Literary History* 3, no. 1, *Modernism and Postmodernism: Inquiries, Reflections, and Speculations* (Autumn, 1971), pp. 31–47.
② Jacques Ehrmann and A. James Arnold, "The Death of Literature," p. 32.
③ Jacques Ehrmann and A. James Arnold, "The Death of Literature," p. 36.
④ Jacques Ehrmann and A. James Arnold, "The Death of Literature," pp. 42–43.
⑤ 参见罗兰·巴特：《作者之死》，载赵毅衡编选《符号学文学论文集》，百花文艺出版社，2004。
⑥ "上帝之死"是德国哲学家尼采的著名论断（参见尼采：《快乐的科学》，黄明嘉译，华东师范大学出版社，2007）。"艺术之死"的宣言可见于马里于斯·德·萨亚斯在《摄影》1912年7月号发表的《日落》（参见孙秀昌：《所谓"艺术之死"：从马塞尔·杜尚到安迪·沃霍尔》，《博览群书》2009年第2期，第8页）。

猩的随意涂鸦被当成杰作等现象，也就不足为奇了。就文学而言，任意拼凑的一段文字都可以被称为"诗"，甚至在网络上受到猎奇者的追捧，那些曾经不食人间烟火的诗和诗人应该被丢进历史的垃圾桶。这种逻辑看似有一定的道理——毕竟时代不同了，但始终让人感觉有不妥之处：我们可以对文学等艺术形式和它们的产品进行多样化的解释，但需要以牺牲艺术的主体性为代价吗？对文本意义的阐释可以与时俱进，甚至可以将任意文本看作文学，但是否从此文学与非文学就不再有区别？决定文学本质和文学性的到底是什么？这些问题还需进一步讨论。

1982年，美国后现代文学批评早期的领军人物之一莱斯利·菲德勒（Leslie Fiedler）出版了著名的《文学是什么？——高雅文化与大众社会》(*What Was Literature? —Class Culture and Mass Society*)。在标题里，作者用了过去式"was"一词来描述文学，这暗示了文学已成为过去，或传统意义上所谓的高雅文学已经消失[①]。菲德勒在书中论及了作为文学类型之一的小说的死亡。他认为现在的小说只有两个出路：一是在课堂上成为必修读物，二是被改编成影视作品。但这两个出路其实都宣告了小说主体性的消失，因为小说本身不再有重要性，也不再有吸引力。如他所言，"……小说真正是死了——就它作为一种最终形式，本身即是目的，无须转译为另一种媒介或另一种语境而言，它是死了"[②]。但他不是说所有小说都一夜之间完全失去了生命力，他通过论述通俗小说和高雅小说的不同特点，证明了前者仍在发展，而后者虽然是评论家的宠儿，却被年轻读者抛弃。在菲德勒眼里，传统精英小说的地位已被颠覆，而流行小说也成为当今通俗文化的一部分。他通过对小说命运的分析，暗指后现代社会中大众文化对高雅文化的冲击让传统文学形式走向消亡。

关于通俗小说和高雅小说、大众文化和精英文化的区别，以历史的视角来看，其实并不像看上去那么简单。小说这个文体出现伊始是受到所谓精英的排斥的，认为其只属于市井流言，低端庸俗，难登大雅之堂。但后来竟然出现了高雅小说，成为大学课堂和评论家的宠儿。这些高雅小说，有些是作家有意专门创造的，有些是随着时光流逝和人们观念的变化从以往的低层次升级而来的。到了20世纪后半期，平民的主体意识爆发，大众文化冲击精英文化，以往的高端小说，包括那些佶屈聱牙、难以卒读的现代主义作品或各种实验小说，被大众无情地舍弃。但是，经典小说是否

---

[①] 莱斯利·菲德勒：《文学是什么？——高雅文化与大众社会》，陆扬译，译林出版社，2011。

[②] 莱斯利·菲德勒：《文学是什么？——高雅文化与大众社会》，第74页。

就此衰落甚或销声匿迹，还是会以某种方式继续生存？通俗小说能否承载小说曾经的社会地位、能否在影视和网络的冲击下继续吸引足够的读者而顺利发展？这亦需要结合现在的社会实际进行探讨。无论如何，文学若要保持生命力，就必须随着时代的发展而发展，否则必将被历史淘汰。胡适曾经断言："一时代有一时代之文学。此时代与彼时代之间，虽皆有承前启后之关系，而决不容完全抄袭；其完全抄袭者，决不成为真文学。愚惟深信此理，故以为古人已造古人之文学，今人当造今人之文学。至于今日之文学与今后之文学究竟当为何物，则全系于吾辈之眼光识力与笔力，而非一二人所能逆料也。"① 胡适此文的主要目的是鼓吹白话文对古文的革命，但他用历史的眼光来看待文学，认为随着时代的进步文学形式也会发生变化，这一原则颇具启示性。

耶鲁大学出版社于1990年出版了阿尔文·克南（Alvin Kernan）的专著《文学之死》（*The Death of Literature*），又挑起了这个话题。作为莎士比亚研究专家，克南在书的开篇就似乎带有一丝遗憾地指出，在传统的浪漫主义和现代主义文学价值被颠覆的大背景下，以往的经典文学作品，如莎士比亚的戏剧，"已不再具有意义，或一件作品被赋予了无限的意义，它们的语言变得模糊不清、充满矛盾、没有根基"②。他所指的颠覆，其始作俑者是解构主义思想。解构主义力图打破一切旧秩序，当然也包括文学所建构的秩序。文学在人类生活中的重要地位更是决定了其在一切革命运动中都会首当其冲。但是，文学的厄运不止于此，20世纪各种西方文艺批评理论层出不穷，其风头远远胜过文学本身。文学作品不再是具有独立价值的智力创造，而成为各种思潮的附属品，所有人都可以拿文学来说事、用文学来佐证五花八门的思想。克南总结道："现象学、结构主义、解构主义、精神分析、新马克思主义、女权主义是近年来宣布旧文学死亡的理论中声量最大的。"③ 文学莫名其妙地被当作政治斗争的工具而遭到口诛笔伐，在批评话语中，意识形态、霸权主义、压迫、男性威权等术语屡见不鲜，批评家们认为造成这些不公平现象的文学作品难辞其咎。此外，克南还提到了对文学造成冲击的另一个因素：新媒体出现了并且广受欢迎④。当人们的注意力被各种各样的屏幕和音响吸引过去后，就

---

① 胡适：《历史的文学观念论》，载姜义华主编《胡适学术文集：新文学运动》，中华书局，1993，第32页。
② Alvin Kernan, *The Death of Literature* (New Haven: Yale University Press, 1990), p. 2.
③ Alvin Kernan, *The Death of Literature*, p. 7.
④ Alvin Kernan, *The Death of Literature*, p. 9.

很难再回到纸质的书本。视觉和听觉的形象是如此生动,孩子们伴随屏幕长大,阅读的能力和意愿都大幅下降,传统文学也因此衰落。

无独有偶,约翰·埃利斯(John M. Ellis)也注意到了政治运动对文学的影响。在1997年出版的《逝去的文学》(*Literature Lost*)一书中,他指出大学里的文学教学已不再持政治中立的态度,而是热衷于"政治正确","种族""性别""阶级"这些词在文学研究中不绝于耳[1]。埃利斯不无讽刺地说道:"文学教授们已成为所有问题的专家。"[2] 他们从文学中发掘出了各种各样的社会学、历史学、政治学、心理学甚至犯罪学方面的问题,却忘记了研究文学本身的课题。对埃利斯而言,人文学科曾经关注的是"爱、忠诚、满足、雄心、成就、友谊、求知欲等对人类非常重要的价值观念",但现在却被外部因素取代了[3]。文学和文学批评失去了自己应有的话语领地,成为其他学问的傀儡,人文学科也因此而衰落。

上述克南和埃利斯所指出的文学的衰落,几乎都是基于20世纪后半叶的西方文艺理论和社会发展的现实,确有一定的道理。文学面临的重重危机至今不减反增,但是对于文学文本的意义如何认定、文学的核心功能是什么以及电视(和后来的互联网)对传统文学创作方式的冲击有多大,其实是有多种不同的声音的。尤其是在21世纪,随着更加先进的媒体技术的发展和人们生活方式、生存状态的变化,几十年前的结论是否依然有效,还需要进一步考察。

实际上,在克南重提"文学之死"后不久,理查德·施瓦兹(Richard B. Schwartz)就曾著书《文学之死以后》(*After the Death of Literature*),试图以18世纪英国作家、文学评论家和诗人塞缪尔·约翰逊(Samuel Johnson)的思想为出发点,探讨20世纪甚至21世纪文学和文学批评的出路[4]。如施瓦兹所总结的,约翰逊的研究方法"是根植于广泛的经典研究和同样广泛的通俗体验之上的经验主义;系统化但很大程度上不依赖理论地从事大量写作和极少量的文学评论;主要采用比较的研究方法,其目的是愉悦和理解,即让读者更好地享受和忍受生活;一种包容性而非排他性、平民主义而非精英主义、注重精神和人道而非狭隘审美的方

---

[1] John M. Ellis, *Literature Lost: Social Agendas and the Corruption of the Humanities* (New Haven: Yale University Press, 1997), p. 2.
[2] John M. Ellis, *Literature Lost*, p. 8.
[3] John M. Ellis, *Literature Lost*, p. 9.
[4] Richard B. Schwartz, *After the Death of Literature* (Carbondale: Southern Illinois University Press, 1997), p. 6.

式"①。施瓦兹呼吁人们按照约翰逊的思路和方法学习与研究文学，这种思路带来的启示主要体现为以下几个方面：(1) 文学的研究对象既要有经典作品、高雅文学或"高端"的纯文学，也要有通俗文学、大众文学或"低端"的商业性文学；(2) 文学研究者必须紧贴文本，研究要基于文学文本，而不是脱离文本空谈理论；(3) 要明确文学是生活的一部分，阅读和研究文学都应宣扬包容、理解和人道精神，通过文学更好地理解和享受人生，而不是将文学与人生隔离。

希利斯·米勒是当代对文学危机和解决方案进行深入思考的一位著名学者，自 20 世纪 90 年代以来，他在不少演讲、访谈、论文和专著中表达了对文学创作、教学和研究走向衰落的担心及反思。同样是 1997 年，米勒在北京大学做了《全球化对文学研究的影响》的演讲，演讲译文发表于《文学评论》②。在该文中，米勒指出全球化对文学和人文学科研究的巨大影响：第一，传统纸质文学受到电子化（如电影、电视、电脑）的强烈冲击，作用越来越小；第二，电子设备上的文字易于修改、剪贴、拼合，这也造成了文学研究的变革；第三，民族文学研究衰落，被多语言的比较文学或世界文学研究取代；第四，异质性的文化研究兴起，文学的地位下降，成为文化象征或产品的一种，而不再是文化的特殊表现方式。概而言之，从米勒的观点可以看出，全球化从各个层面改变了传统的文学研究方式，同时文学的地位呈下降趋势。但文学是否就因此而消亡？米勒并不这么认为，他指出，虽然文化研究促使人文学科和社会科学合并，但文学研究仍有其价值：第一，文学是文化自我表现和自我构建的一种主要形式；第二，语言将来仍会是我们交流的主要方式；第三，文学研究有助于我们了解"他者"。从该文可以看出，米勒认为全球化给旧式的文学研究带来了麻烦，但文学研究并非没有出路，这个出路正体现在他所总结的文学研究的价值中，即要在跨文化的背景中研究文学、研究文学要基于文本和语言、研究文学要多关注曾被边缘化的不为人所知的"他者"。当然，米勒所总结的文学研究的价值，主要是指探索文学在文化传承和交流中的作用，还未涉及文学存在的意义本身。

2000 年，米勒在北京语言大学演讲，演讲译文后发表在《文学评论》

---

① Richard B. Schwartz, *After the Death of Literature*, pp. 156-157.
② 希利斯·米勒：《全球化对文学研究的影响》，王逢振编译，《文学评论》1997 年第 4 期，第 72-78 页。

上，题为《全球化时代文学研究还会继续存在吗？》①。在该文中，米勒首先引用了雅克·德里达《明信片》(*The Post Card*) 一书中的观点，即文学将在电信时代终结②。通过分析德里达的观点，米勒进一步阐释了，在新的电信和通信技术的影响下，传统的思想、意识形态、民族国家、印刷出版等方面一个个的壁垒和界限被打破了，旧文学生产和传播的方式改变了，文学的统治性也渐渐模糊和淡化。与此同时，"为了文学自身的目的，撇开理论的或者政治方面的思考而单纯去研究文学"的时代已经过去了③。但是他也指出：

> （文学研究）会继续存在，就像它一如既往的那样，作为理性盛宴上一个使人难堪或者令人警醒的游荡的魂灵。文学是信息高速公路上的沟沟坎坎、因特网之神秘星系上的黑洞。虽然从来生不逢时，虽然永远不会独领风骚，但不管我们设立怎样新的研究系所布局，也不管我们栖居在一个怎样新的电信王国，文学——信息高速路上的坑坑洼洼、因特网之星系上的黑洞——作为幸存者，仍然急需我们去"研究"，就是在这里，现在。④

在这段被广泛引用的文字里，米勒用诗一般的语言表明了，在互联网的新时代，文学虽然面临诸多困难，但仍然会以某种方式生存下去，而这种新形态的文学仍需我们去研究。他并未具体阐述互联网时代的文学到底将会以什么形态存在和发展，我们又该如何去研究这种新的文学形态。但是，这段话给文学研究者打开了一扇门，为新时代的文学研究指出了一个新的方向。

米勒从新媒体的角度探讨文学的命运，这个话题也引起了许多中国学者的思考。2003年，彭亚非发表了论文《图像社会与文学的未来》，探讨图像的盛行对以文字为基础的传统文学的冲击⑤。彭亚非认为，后现代的图像文化不足以取代文学，"因为决定文学命运的终究是它固有的、特定

---

① 希利斯·米勒：《全球化时代文学研究还会继续存在吗？》，国荣译，《文学评论》2001年第1期，第131-139页。
② 参见 Jacques Derrida, *The Post Card: From Socrates to Freud and Beyond*, tr. Alan Bass (Chicago: University of Chicago Press, 1987), p. 204.
③ 希利斯·米勒：《全球化时代文学研究还会继续存在吗？》，第138页。
④ 希利斯·米勒：《全球化时代文学研究还会继续存在吗？》，第138-139页。
⑤ 彭亚非：《图像社会与文学的未来》，《文学评论》2003年第5期，第30-39页。

的人文本性和人文价值"①。从审美意义来说，基于语言文字的文学作品具有图像和影视形象所没有的优势：影视作品中的形象被固定化了，观众无须再调动自己的想象力进行加工，而文字作品的读者必须通过自己的想象建立心理形象，这种内视形象是无限个性化和理想化的，体现了读者对文学作品的深层加工。因此，彭亚非指出："文学是唯一不具有生理实在性的内视性艺术和内视性审美活动，因此与其他任何审美方式都毫无共同之处。这是文学永远无法被其他审美方式取代的根本原因之一。"② 该文的重要意义在于，作者从人的高层次审美需求出发、从人的主体性精神出发，论证基于文字的文学的不可替代性，这具有强大的说服力。不可否认，现在随着互联网技术日新月异的发展，越来越多的人开始通过便携式平板电脑和手机等工具看各种视频来消遣。但据此认为文本文学就会终结似乎言之过早，因为人的深层审美需求始终存在，人的主体意识决定了其始终需要在想象中建构世界，语言在这种需求中发挥着重要作用，仅靠图像和视频难以满足。

杜书瀛也一直关注文学的命运，在2018年的专著《文学是什么：文学原理简易读本》中，他专辟一章讨论文学会不会消亡③。作为对米勒演讲的直接回应，杜书瀛肯定了米勒观点的合理之处，承认传统的文学艺术正面临电信技术的巨大冲击，同时他也认为："文学是语言的艺术，只要语言不死，文学就不会消亡。"④ 在该文中，杜书瀛没有充分论证语言与文学的关系，只是说这是一种人们长久以来形成的朴素的观念，人们天然有对文学的需求，而语言正是这种需求得以实现的保障。此处我们可以看到一个有趣的现象：西方后结构主义颠覆了语言的可靠性，认为语言的能指不能对应特定的所指，即语言的意义漂浮不定，因而不可信赖，并且由此推断出文学文本也具有多义性，所以文学的传统统治地位也必将走向终结。同时，也有许多像杜书瀛这样的学者，认为文学的价值主要由语言所承载和体现，语言造就了文学，也必将保障文学的长久发展。这里就出现了一个悖论：文学依靠语言而产生，语言的魅力是文学吸引力和生命力的重要源泉，但语言的多义性和不确定性却导致了人们对文本的不信任，也造成了文学的衰落。语言和文学的关系是一个复杂的课题，并非三言两语可以说清，而且也会仁者见仁智者见智。从该悖论似乎可以推导出，语言

---

① 彭亚非：《图像社会与文学的未来》，第36页。
② 彭亚非：《图像社会与文学的未来》，第37页。
③ 参见杜书瀛：《文学是什么：文学原理简易读本》，中国社会科学出版社，2018。
④ 杜书瀛：《文学是什么：文学原理简易读本》，第124页。

固然是文学不可或缺的载体，离开了语言文学必然消失，但决定文学命运的，或文学存在的核心因素，并非语言本身，而是通过语言所反映的东西。因此，从语言角度探讨文学的存亡尚未触及其本质，这一点我们后面再讨论。

在 2018 年和 2019 年，顾明栋先后发表了两篇论文，分析目前文学面临的困境并试图指出未来的发展方向①。在大学中，文学的课程正越来越被边缘化，其原因有二：从外部而言，电子科技的兴盛和理工科的繁荣使文学的衰落雪上加霜；从内部而言，新式（后现代）文学理论的不断涌现，反而使学生对文学作品产生了疏离感。顾明栋从《三体》译者刘宇昆在美国异常受欢迎的讲座和目前科幻小说的成功得到启发，提出了一个解决方案，即让受益于科学和人文的科幻小说充当连接双方的桥梁，来挽救和复兴文学研究②。同时，他从乔伊斯创作《尤利西斯》和电脑程序员编写程序的相似性出发，认为改编自经典文学作品的游戏，如《三国演义》，也有与文学作品一样的叙事性，也能承载道德与教化功能，而且更加有吸引力，似乎可以是文学未来的出路之一。

由此，顾明栋提出了"小文学"和"大文学"的概念。小文学是狭义的"精英书写的文学作品"，大文学是广义的"包括数码技术产生的文本在内的一切书写形式"③。他充分论证了，文学的概念、范畴、形式和载体自古就在不断变化，当今旧的文学创作、教学和批评模式已受到巨大挑战，我们必须找到文学新的发展方向。作为一种尝试，顾明栋设计了一个包括小文学、大文学、大人文的同心圆，三个范畴依次从小到大排列④。里面一圈的小文学包含传统诗歌、小说、戏剧、散文等文学形式；中间一圈的大文学包含科幻作品、网络书写、电子游戏等体现新的科技、电信和通信技术的文学形式；外面一圈是语言学、历史、哲学、宗教等人文学科，它们是文学创作和批评不可或缺的基础。这种排列的意义在于：（1）突出了文学在人文学科中的主体身份和核心地位，避免了文学沦为其他学科附

---

① 参见顾明栋：《论"后文学"时代传统文学的出路——从科幻文学、电子游戏与乔伊斯的小说谈起》，《外国文学研究》2018 年第 3 期，第 77 - 87 页；顾明栋：《从"小文学"走向"大人文"——"后文学"时代文学新概念的理论探索》，《外国文学》2019 年第 3 期，第 71 - 82 页。

② 顾明栋：《论"后文学"时代传统文学的出路——从科幻文学、电子游戏与乔伊斯的小说谈起》，第 77 - 87 页。

③ 顾明栋：《论"后文学"时代传统文学的出路——从科幻文学、电子游戏与乔伊斯的小说谈起》，第 86 页。

④ 顾明栋：《从"小文学"走向"大人文"——"后文学"时代文学新概念的理论探索》，第 71 - 82 页。

庸的危险；（2）扩大了文学的领地，且紧密结合新技术的发展，赋予文学新的生命力。这样的排列还暗示了高雅文学和通俗文学的辩证关系。小说最初被认为低俗，现在有时却因为过于"高雅"而被边缘化，那么将来回顾起来，现在各种形式的网络书写也许就是这个时代最具代表性的文学现象。文学的形式、主题和载体在不同时代有不同的表现，如顾明栋所言，"无论时代和科技如何发展，只要人类存在，文学就会存在，只不过其形式和载体会随着时代和科技的演进而发生相应的变化"①。在文学的教学和批评中，我们不妨纳入大文学的概念，增加文学的多样性和趣味性，也许这就是文学在新时代的新出路之一。

## 第三节 对文学出路的初步探讨

上文的梳理和分析，只是历史上——尤其是近几十年来——众多对文学命运进行探讨的很小一部分，但这些讨论的话题和结论具有一定的代表性与普遍意义。从中可以看出，文学面临的挑战包括后现代主义思潮和文化研究对文学主体性的颠覆，影视、多媒体、自媒体和互联网技术对基于纸质文本的文学形式的冲击，商业社会快节奏的生活方式对人们阅读习惯的影响，等等。人类的文学从出现至今已绵延不断至少数千年，但从来没有像最近几十年这样受到挑战。这种挑战是全方位的，甚至有可能是致命的，迫使文学研究者们必须进行反思并拿出解决方案——文学将往何处去？

在过去的半个多世纪中，人们对文学命运和出路的讨论引发了这几个方面的问题：（1）文学艺术的主体性是什么？究竟什么样的文字才能被称为文学？文学有没有相对确定的本质或文学性？（2）文学的价值体现在何处？人们曾经倡导的人文价值和人道精神是否还存在？文学的教化功能和满足审美需求的功能还在不在？人还能不能通过阅读文学来享受人生？（3）决定文学存在和发挥作用的首要因素是语言本身还是语言之外的东西？文学能不能离开语言？（4）不同时代文学的形式和载体会发生变化，那么在当今互联网时代，文学的形式是什么？电子游戏是文学吗？如何看待网络书写？互联网对文学的冲击和推动是什么？这些也是本书试图回答

---

① 顾明栋：《从"小文学"走向"大人文"——"后文学"时代文学新概念的理论探索》，第81页。

的主要问题。除此之外，本书还试图进一步综合研究人对文学的需求和文学如何满足人的需求，并据此探索文学的命运，对上面这些问题的回答正可与文学需求研究共同构成一个理论网络体系，完善本书的核心论证。在正式论证之前，本节将首先结合上述内容，对文学的现状和未来作初步分析，并以此作为本书核心研究的基础和前提。

回顾历史，自20世纪后半叶以来，文学面临的外部现实主要有三个方面。第一，世界局势的巨变。二战以后，饱受战争摧残的一些西方列强和许多第三世界国家面临重建的困境，各国政治经济动荡不安，民族国家纷纷独立，世界格局不断演变。在全球化过程中，各国之间的经济联系不断加强，人们生活水平不断提高，但地区发展不平衡，各种形式的国际冲突、战争和恐怖主义袭击事件层出不穷，至今仍频繁发生。第二，人类思想的巨变。人们开始反思西方传统思想的错误和危害，关注文化和文明的多样性。20世纪60年代许多欧美国家的青年人开始反抗父辈的权威，追求个性的自由和解放，学生走上街头参加各种政治抗议活动，反对战争和西方霸权。与此同时，出现了被称为后现代主义的反西方传统哲学的思潮，如后结构主义。后现代主义思潮各个流派的共同点就是批判与颠覆旧的价值观，反抗和瓦解霸权，打破逻各斯中心主义。第三，电子通信、多媒体等技术的巨大进步。随着计算机和互联网技术的突飞猛进，电影的特效制作出神入化，电影的吸引力经久不衰。基于宽带和移动通信技术的手机与平板电脑不仅便于携带，而且提供了多样化的视听享受。现在人们在手机上可以听歌、看视频、玩游戏等，乐此不疲。

世界的变化必然给文学带来变化。第一，表现在文学创作上。现代主义和后现代主义文学流派风起云涌、此起彼伏，以各自特有的方式凸显人类存在的异化，主体意识的畸变，人类思想的荒谬、非理性和对未来的绝望。文学更多地与政治牵连，成了各种政治理念、思想观念的代言人或批判对象。文学中的宏大叙事被摒弃，出现了形式多样的书写，揭示社会各个层面人群的不同需求。文学不再被当作人类的一种精英艺术，创作变得越来越随意，文学作品的外延也无限扩大。第二，表现在文学批评上。20世纪后半叶是文艺理论的兴盛期，理论狂欢是其主要特点。各种术语层出不穷，从不同立场出发的研究者和批评家，纷纷提出体现自身意识形态的文艺理论，试图在文学批评的竞技场占有一席之地。理论的蓬勃发展也导致了文学文本为理论服务的倾向，以至于产生了理论超越文学文本、引导文学创作的现象。后现代文艺批评认为文本意义不具有唯一客观性，可以进行多样化的解读，因此很多热情的文学研究者反倒助长了文学的衰落。

第三，表现在文学教学上。选择文学专业的大学生和研究生日益减少，文学专业获得的机构拨款和社会资助也少得可怜。与之相应，高校里的文学专业也日渐萎缩。在课堂上，传统的经典文学和现代的实验文学都不再像以往那样受宠，而教授们多不屑于或不敢讲授新兴的互联网通俗文学作品。相比读小说，学生们更喜欢看各种视频节目和玩电子游戏。

总而言之，在时代大潮的冲击下，文学也发生了翻天覆地的变化。这种变化的直接结果就是文学在走下坡路，文学在人文学科中的地位已大不如前，这个世界似乎已不怎么需要文学了。在我们祖先那里，印在纸上的文学作品曾被看作"必需品"甚至"奢侈品"，现在已是可有可无，最多聊胜于无。在快节奏的商品经济社会，人们面临更大的生存竞争，同时又能够接触到多样的消遣娱乐方式，连通俗小说都难获青睐，谁还会有精力和动力去阅读、创作或学习纯文学呢？传统文学已失去了以往的风头，渐渐从人们的视野中消失，而新兴的写作又难堪重任，要重整旗鼓还需假以时日。

从上述学者们对文学命运的探讨可以发现，他们基本都承认文学面临危机（不然也不会谈到这个话题）。纵观他们的论述，文学的危机几十年前即已产生，到现在警报还未解除，不仅旷日持久，似乎还愈演愈烈。至于学者们所分析的导致文学危机的原因，我们不妨来简要论证一下是否都会对文学产生致命的影响，也借此表达本书展开论证之前所持的基本立场。

首先，后现代思想解构和颠覆文本，否认文本存在确定意义，那么可以推导出基于文本的文学也就没有什么存在的价值了。这一观点曾掀起过轩然大波，虽然有一定的道理，但毕竟是在特殊历史时期的一家之言。如果把目光放到人类过去和未来的漫漫历史长河中，这种观点也许就是一个转瞬即逝的小水花，不能成为主流。对文本的解读可以是多样化的，文本和文字的意义也可以是流动的，但对每一个具体时间和空间中的特定作家与读者来说，文本的意义必然是确定的，除非此人本来就没有打算好好阅读作品，只想用这些作品来证明自己的理论。我们不能落入绝对相对性的陷阱，也不能生搬理论。正如我们不能因为手上有把榔头就把其他东西都看成钉子一样，我们也不能因为心中有解构思想就认为其他事物都应是支离破碎的。同样，我们不能为了打破某种存在的价值，而找个借口说这种存在本来就没有价值。文学必然有其主体性和独特的价值，不能成为一些人片面正确的理论的牺牲品。

其次，文学成为许多政治和意识形态理论的附庸。很多人阅读文学作品不是由于文学作品本身或内在的吸引力,而是利用文学来满足其政治或其他外在的需要。带有某种政治色彩的批评家可能因为文学作品呈现的内容是否与他的思想一致而做出正面或负面的论断,如张江所批判的强制阐释和一些脱离文学的"文学理论"①。各种思潮和文艺批评理论都有自己的立场,有的趋于极端,有的互相对立,处于夹缝中的文学左右碰壁,难以生存。我们认为,文学可以反映政治和意识形态,但如果文学创作和批评都以此为目的,那当然会让人生厌,迟早会走向消亡。文学批评中,人云亦云的"主义"太多,有创新性的"主意"太少,连累文学也迷失了方向。然而,文学是否就因此而沉沦呢?非也。文艺批评理论的大爆发也是20世纪后半叶才开始的时代特色,目前来看已风光不再。以后还有没有新的爆发,现在尚未有定论。但无论人们的思想如何变迁,真正反映人类本质需求而不依附于某一特定思想的经典文学作品依然可以不为所动。实际上,文学作品本身的生命力往往远胜于某些标新立异的文学理论,一般来说,文学的产生和发展不需要依赖理论,而理论的产生和发展却离不开文学。当理论的狂欢烟消云散后,文学所固有的精神和价值依然能够冲出迷雾而闪闪发光。

最后,多媒体和互联网等现代电信技术对文学造成冲击。这一点毋庸置疑。例如,很多人看书是为了消遣、打发时间,如果有更有趣的消遣方式,为什么要死守书本?传统纸质文学在人们生活中的地位虽不至于一落千丈,但明显大不如前。然而,现代电信技术的蓬勃发展是否会将文学置于死地?我们认为并非如此。多媒体、互联网与从前的口头叙事和印刷技术一样,只是文学的载体。载体变了,文学的表现形式会发生变化,但本质没变。我们既可在茶馆里听人说书,也可在收音机上听;既可在剧院里看戏,也可在电视上看。同样,我们既可看纸质书,也可在电脑和手机屏幕上阅读电子书。也许某些读者对不同的文学载体有不同的欣赏感受,但不能据此认为文学衰落了。事实上,电子书拥有纸质书所没有的优势,比如大容量、易携带等。随着移动通信技术的发展,各种多媒体的手机程序能够将阅读文字、听讲解、看视频结合在一起,增加了趣味性,吸引了更多读者。同理,如果我们认为戏剧属于文学,那么也可考虑将电影、电视和电脑上播放的故事片归于文学一类,它们一般都通过对话等语言形式来推动情节发展,也都有基于语言文字的剧本,只是叙事的表现形式有所区

---

① 参见张江:《强制阐释论》,《文学评论》2014年第6期,第5-18页;张江:《理论中心论——从没有文学的"文学理论"说起》,《文学评论》2016年第5期,第5-12页。

别。由此可见，新媒体和互联网正是文学在新时代转型和蜕变的契机。

综上所述，文学确实面临危机，但作为一个整体的文学并不会因此而走向消亡，只有那些不适应时代发展的文学形式才会被淘汰。那么，文学的出路是什么，怎样实现自己的价值？一句话，文学需要顺应历史发展的潮流，与时俱进。米勒提醒人们，在新的电信王国，在因特网上，文学将会以新的形态存在，而这也是文学研究要关注的方向。顾明栋则利用科幻小说和电子游戏的成功进一步指出，在坚持传统文学核心性质和主体地位的同时，我们需要放开眼界，发掘更多的文学形式，整合出"大文学"的概念和体系，并与整个人文学科相融合。这个观点也与当前"新文科"的理念相符。

进入 21 世纪，文学在创作、研究、教学等方面都已取得不少进展和成就，好的文学作品仍然会被人津津乐道。文学若要持续发展，需要从下列几个方面着手。

第一，文学创作要具有时代性和现实意义，考虑当代人的真实需求，同时充分利用新的载体和媒体来表现与推广。每一个时代都有其特有的状况和问题，作家有责任把这些状况和问题以文学作品的形式呈现出来。在呈现方式上，既要有"阳春白雪"，也要有"下里巴人"，最好是雅俗共赏，要让最广大的读者或观众"喜闻乐见"。我国有很多杰出的现实主义长篇小说，但也不能忽视其他风格的优秀作品，如刘慈欣的科幻巨制《三体》和马伯庸的历史小说《长安十二时辰》。《三体》从科幻的角度探讨人性、人与人之间的爱情和亲情、个人的追求和集体的命运，甚至还有以天体物理学知识为背景的宇宙探索、宇宙中的丛林法则和星际殖民等主题。既有宏大的场景描绘，也有细微的心理描写；既有每个角色当前面临的冲突，也有对未来的向往。这部作品既体现了人类从过去到未来思想和感情的共性，也体现了当今科技发展和人们生存状态的个性，因此非常受中外读者的欢迎。《长安十二时辰》的故事虽然发生在一千多年前的唐代，但同样是对人性的探讨，表现了人与人之间的感情，追求个人价值和捍卫国家利益之间的冲突，人在困境中的伦理选择，等等。该小说同样取得了不俗的成绩。此外，还可对文本文学作品进行影视、游戏的改编或改造，扩大文学的影响。一部小说的影视改编不应被视为该小说的死亡，而是其新的生命力的展现，因为能被改编的小说一般都是优秀小说，而且电影和电视剧在某种意义上也属于文学的呈现方式。《长安十二时辰》就是一个典型，小说被改编成了精彩的电视剧，引起更多人的兴趣，也扩大了小说的影响力。我们也可试想，如果《三体》被拍成一部或数部杰出的电影，将会引起更大的轰动，也会吸引更多人来阅读这部小说①。

　　第二，文学研究回归文学本身，回归作品。文学研究不可避免地要涉及其他学科的理论，包括社会科学和自然科学，这样的结合本无可厚非，有时甚至还会产生创新性的成果，但是要坚持以文学为出发点和目的地，否则会模糊文学和其他学科的界限，破坏文学的独特性。文学本质上属于艺术，有其特有的表现形式，受到作家主观意识的影响，需要获得人们的接受和认同。基于作者思想感情的文学作品，其创作和被接受都有极强的主观性，通过它们来研究涉及其他学科的课题时要格外小心。我们可以将文学作品当作一个客观对象来直接研究，发掘其艺术性和文学性之所在，发现其历史地位或价值之所在，也可借助作品研究作者，或研究作者对世界的认识，但是对通过作品直接研究现实世界要谨慎。即使是一部现实主义小说或一篇叙事散文，也不能直接与客观世界画等号，否则文学的文本与历史学、政治学、经济学、社会学等领域的著作就没有区别了。当然，我们可以发掘作品中所体现的哲理或伦理等思想，也可以通过作品满足某种现实生活中的精神需求，但这些思想和需求也是作者所表达出来并被读者感受到的，是通过文本的建构产生的。文学作品源于人们对自身和世界的思考，而文学作品被创造出来后，就成为世界的一部分，属于人类精神财富，可能会对人们改变自身和世界产生影响。但我们不能因此混淆文学和人文领域中的其他学科，文学的研究还是要回到文学作品本身，而不能成为其他学科的附庸。此外，文学研究必须要"回归文学"，但回归文学不能仅仅存在于理论之中，而是要"回归文学性，回归文学经典"，这样才能真正促进文学批评理论的创建②。聂珍钊等近年来提出的文学伦理学批评的理论和实践，正是中国学者"回归文学"、建构自己批评话语体系的突出代表，因而在国内外产生了较大的影响。

　　第三，文学教学开拓新的领域，采用新的形式。如果让学生在同样难度、同样主题的文学课和电影课之间作选择，可能大多数人都会选择后者。其中的原因不言而喻——文学课的材料和课堂形式过于单调，而电影课生动有趣得多。文学专业和文学课堂如何吸引学生？这是个问题。现在电影业非常发达，但它并非书本文学的敌人，反倒可以成为其得力助手。

---

① 至笔者开始写作本书时（2020年），国内已有拍摄《三体》电影的尝试，但不太成功，其主要原因是该影片呈现给人们的感受远逊于读原著。由此也可看出，文字具有图像和视频所不具备的优势，前者能激发读者的想象力，而后者有时反而限制了想象力。

② 曾艳兵：《21世纪中国的外国文学研究的困境与出路》，《广东社会科学》2014年第2期，第139-147页。

比如,《傲慢与偏见》在英国和美国都有许多改编的影视剧,在讲小说《傲慢与偏见》时,可以借助一些影视剧片段进行分析,使学生获得感性认识,加深印象,这要比单纯讨论文本效果更好。文学在不断发展,同样,文学的课程设置和教学大纲也需要及时更新,要有新材料,体现教师最新的相关研究成果。在这方面,欧阳友权关于网络文学的研究可以给我们很好的启发。他长期研究基于互联网的文学新形态,出版了一系列研究网络文学与新媒体文化的学术著作。他关于网络文学的课程能够结合自己的最新研究成果,既有理论阐发,也有丰富的实例,生动有趣,目前他的课堂教学录像已被传到网上,让更多人有机会免费学习,扩大了影响。没有学生会对跟自己无关的知识感兴趣,文学任课教师有责任将学生吸引到课堂上来,文学教学不能高高在上、抱残守缺,而要与学生的生活紧密相关,与学生的阅读习惯相符,这样才能激发学生阅读文学、研究文学的兴趣。此外,培育出高素质的毕业生是一个专业健康、持续发展的保证。文学专业的学生靠文学可能难以找到高收入的工作,因此在教学中更要考虑学生的感受,创造良好的环境,体现人文关怀,激发学生潜能,培养其情操和人生感悟,让学生不后悔自己的选择,学有所值。

总之,在过去的半个多世纪中,在后现代主义思潮和蓬勃发展的新媒体等的轮番冲击下,传统文本文学陷入前所未有的危机。但是,这并不意味着文学必将走向消亡。从全世界来看,后现代主义已不复当年之勇,而新媒体正可为文学的无纸化和网络化蜕变带来转机,也可为文学的课堂教学提供新的工具,使课堂教学更加生动有趣,并且能够通过网络传播扩大文学的影响。在新的时代,中国经济快速发展,社会环境持续改善,人们精神需求不断丰富,文学的表现形式也有不少新的突破。在此过程中产生了包括网络文学在内的大量优秀作品,为文学教学研究提供了丰富的材料和肥沃的土壤,这正是我们立足自身、回归作品、开阔眼界,建构中国自己的文学批评话语体系的好时机。

上述内容是本书结合前人研究所得出的基本结论和初步设想,或者说是对文学未来命运的美好设想和期待,至于文学是否能够如我们所愿在新的历史时期茁壮成长,我们必须具备历史的和发展的眼光,深入文本,掌握文学的基本性质和价值,了解文学产生和流传的原因与规律,进行跨学科和跨文化的充分论证,这样才能获得清晰的线索和认知,得出有说服力的结论。

# 第二章　文学的基本性质与人的心理

文学应当既有不变的本质，又有不断演变的形式。文学的未来取决于我们能否坚持其主体地位，能否顺时而动、积极创新，持续满足人们的需求。要坚守文学的阵地，在新时代找到新的发展方向，我们就要首先分析清楚文学的本质、性质、特征、范畴、价值和功能等具有内在联系的基本概念，以及人们创作和阅读文学的心理需求与心理机制。这是本章要探讨的内容。

## 第一节　文学的定义与范畴

文学在人类思想和社会生活中扮演了重要的角色，自古至今无数人尝试对文学下定义。这些定义多涉及文学与人的感情的关系、文学与现实的关系以及文学的教化、娱乐功能等，它们早已被许多论著总结和阐释，本书不再赘述。在 20 世纪，尤其是后半叶，新批评、存在主义、精神分析、结构主义、新马克思主义等各个批评流派的学者，结合自身的理论主张对文学的本质和特征进行了多种阐释，而具有后现代思想的一些理论家，如乔纳森·卡勒（Jonathan Culler），甚至否认文学具有独特性和特有的本质。卡勒从文化研究的视角出发，认为文学、哲学、语言学、历史学、心理学、政治学等学科应该是相融合的，文学与非文学很难用某一个标准区分，因此文学不可定义，而"文学就是一个特定的社会认为它是文学的任何作品"[①]。

卡勒等人关于文学不可定义的观点，从他们自身的立场来看，是有其合理性和一定意义的，对于整个人文学科的融合发展和创新，甚至整个社会的变革，都有一定的推动作用。但是，学科的融合发展是否必须消除原

---

[①] 乔纳森·卡勒：《当代学术入门：文学理论》，李平译，辽宁教育出版社，1998，第 23 页。

有学科的核心要素和学科间的界限？这要视具体情况而定，也许随着人类社会和学科的发展，有的学科慢慢失去了其原先存在的基础和社会环境，逐渐被新的学科取代或兼并。然而文学是否也已失去了其存在的基础？它的价值和根本属性是否已消失？文化研究是否可以取代文学研究？这些还需要进一步论证。

杜书瀛旗帜鲜明地反对"文学不可定义论"。他认为文学应有其本质，只不过"文学的本质（性质）是人作为历史主体在客观的历史实践中不断建构的。人在发展变化、历史在发展变化，这不断变化着的历史主体在不断发展着的历史实践中所建构的文学本质（性质），必然是历史地变化着的"。因此，文学的本质不仅具有"相对意义上的客观规定性"，还具有"多元性和多重性"①。这就可以理解为什么古今中外对文学有无数不同的描述和定义。这些描述和定义来自不同的视角，但都没有否认文学主体性的存在。文学既是人的一种精神产品，也是一种客观存在，如果在可以预料的将来文学还会继续存在下去，那么就必然有其独有的性质保证它与其他精神产品的区别。只是文学是一个相当复杂的现象，而且是一个不断变化演进的现象。就拿诗歌来说，古往今来不知出现过多少风格、形式、流派、主题等，我们很难用三言两语讲清楚诗歌到底是什么。因此，要说明文学的本质绝非易事，尝试者往往只能说出文学本质的某一方面（本书亦如此）。

文学的特征之一就是其开放性和与时俱进性。从词源上看，"文学"这个词（或英文的 literature），并不一直具有现在的含义。在古代的中西方，"文学"都曾用来指任何一种体裁的文字书写。只是到了近代，这个词的外延才缩小，成了我们现在生活常识里所理解的一种特定的写作和表现模式。顾明栋曾考察中西方"文学"一词含义的历史演变，指出该词含义有狭义和广义之分，而文学范畴的变化往往由承载文学的技术所决定。因此，随着技术的发展，文学的外延还会变化，"网络作品、电子游戏和博客文章有一天会成为文学的一部分"②。

其实，即使对于当代人们常识里所理解的文学有何特点及如何定义，至今也依然众说纷纭，下面试举几例。意大利接受美学家弗兰科·墨尔加利（Franco Meregalli）认为伟大的文学统合了审美和伦理、技艺和灵感，是"整体人文精神"（total humanity）的产品。墨尔加利指出，与音乐和

---

① 杜书瀛：《文学是什么：文学原理简易读本》，中国社会科学出版社，2018，第 27-29 页。
② 顾明栋：《从"小文学"走向"大人文"——"后文学"时代文学新概念的理论探索》，《外国文学》2019 年第 3 期，第 80 页。

美术相比，文学中的审美因素并不占主要地位，审美快感只是文学的一部分。关于文学的道德教化作用，他认为文学并不是引导我们去接受和遵守某个外在的行为准则，而是让我们通过阅读更理解他人的生活。总之，在墨尔加利眼里，人是所有思想感情的整体，如敏感、情绪化、体贴、活泼、猜测等，而文学比其他人类活动更能表达所有这些思想感情[1]。

美国中央密歇根大学哲学教授罗伯特·斯特克（Robert Stecker）赞成比较传统的一种说法，即"文学是通过语言媒介生成的艺术品的实体，这种实体由它所包含的特定的艺术价值来界定"[2]。也就是说，构成文学的关键词是"语言""艺术""实体""价值"，它们是一件作品成为文学作品的前提，即具有艺术的功能，且应是优秀的艺术品。斯特克认为，一部作品是否属于文学或有没有文学价值，取决于三个方面的因素：审美价值（aesthetic value）、认知价值（cognitive value）和以阐释为中心的价值（interpretation-centered value）。审美价值指能够给读者带来愉悦，这种愉悦通过在想象中体验和思考作品中的世界而实现。认知价值则由两方面组成：（1）我们从作品中获得鲜明的观念，如类型、实践、理想、行为准则等；（2）从我们对这些观念的反应，可以了解自己和推测他人。以阐释为中心的价值指文学作品具有可阐释性，读者不仅要了解作者在作品里做了什么（这适用于所有类型的写作），还要创造性地参与评价作品（这是文学所特有的）。一般而言，与上述三种价值有关的基于想象的作品才称得上是文学。各种小说、故事、戏剧、诗歌等属于文学的核心类型，因为同时具有上述三种价值；如果只是显著地具有其中一种价值，就属于文学的边缘类型，如某些随笔散文，历史、哲学、社会科学和自然科学的著作，旅游图书，自然描写，日记日志，格言警句集，信件集、回忆录、传记和自传等[3]。

特雷·伊格尔顿在《文学理论导论》（Literary Theory: An Introduction）一书中，分析了一些曾经流行一时的文学定义，例如，文学为虚构意义上的想象性写作；文学是与日常语言不同的、种种特殊的运用语言的结构形式；文学是一种被赋予高度价值的（好的）作品；等等。以上定义都能给人启发，但都有其片面性。最终，伊格尔顿得出这样一个结论，即文学既不是一个客观的、描述性的范畴，也不是一个可以随意命名

---

[1] Franco Meretgalli, "What is Literature?" *Arcadia*, Berlin Vol. 0 (Jan 1, 1983), pp. 71–80.

[2] Robert Stecker, "What is Literature?" *Revue Internationale de Philosophie* 50, no. 198 (4), *Aesthetics* (Dec, 1996), pp. 681–694.

[3] Robert Stecker, "What is Literature?".

的对象，而是一种植根于深层信念结构的价值判断，这些价值判断是历史地变化着的，而且与种种社会意识形态有密切联系①。

杜书瀛认为文学"从根本上来说是一种审美文化现象，是人类审美实践活动的一种，是艺术的一种"②。因此，他对文学的定义是："文学是以语言文字为媒介而进行的人类审美价值之创造、抒写、传达和接受。"③该定义涉及文学的产生和流转过程，同时他认为，虽然文学具有多元的性质，但所有文学作品都不可缺少的一种性质就是文学的审美价值和审美愉悦性，这是文学作品区别于其他文字产品最重要的一点，也是文学作品的共性之所在。不同时代、不同地域、不同文化中的人创造的文学作品千姿百态，唯一不变的特性是它们的审美价值和读者从中获得的审美愉悦。当然，杜书瀛也指出，这只是当前历史时期他的一家之言，随着时代发展和历史变迁，以后应会有更多的文学定义出现。

希利斯·米勒将文学定义为"一种奇特的词语运用，来指向一些人、物或事件，而关于它们，永远无法知道是否在某地有一个隐性存在。这种隐性是一种无言的现实，只有作者知道它。它们等待着被变成言语"④。这个定义涉及文本、作者和读者，即作者通过词语运用创造一个想象的世界，而这个可能的世界通过读者的理解实现。在这里，我们不仅看到了文学的载体——语言，还看到了文学中作者创作的重要性和读者存在的必要性，以及作者和读者共享的一个隐性世界，虽然也许他们对这个世界的理解存在不一致。既然如此，一部作品的文学意义必然是多样化的，因为不同的读者会有不同的解释。总之，米勒眼中的文学是与现实紧密联系的虚拟世界，文学世界可能源自某种形式的存在，同时本身也是一种特殊的存在。这种存在是一种现实与虚拟交织混杂的特殊物质，是人们外在世界和内心世界共同反应的化合物。

接受美学和读者反应批评正是以读者的理解为研究核心来进行文学评论。强调读者反应的美国精神分析批评家诺曼·N. 霍兰德（Norman N. Holland）试图建立一个文学反应的动力模型，以发现文本的客观形式与读者的主观体验之间的关系。他在《文学反应动力学》一书的序言中表达自己对文学的看法：（1）文学是一种体验，而且这种体验与人类其他经验

---

① Terry Eagleton, *Literary Theory: An Introduction* (Oxford: Blackwell Publishing Ltd., 1996), pp. 1-14.
② 杜书瀛：《文学是什么：文学原理简易读本》，第32页。
③ 杜书瀛：《文学是什么：文学原理简易读本》，第32页。
④ 希利斯·米勒：《文学死了吗》，秦立彦译，广西师范大学出版社，2007，第67页。

密切相关；（2）"文学"一词不包含价值判断，即文学的不同形式没有高下之别，任何一件作品，不管是广告、日记还是电影、打油诗甚至色情文学，只要能从中找到平行的情节、重复的意象等，都属于文学范畴；（3）文学研究的方法在于寻找文本的客观理解和主观体验之间的契合点，即首先从语词角度客观地描述文学作品，再从心理学角度解释读者对那些来自文本的客观刺激的反应[①]。

从上面这些例子可以看出，当代学者给文学下定义的出发点和侧重点各不相同、各有特色。以上述定义或描述为基础，可以归纳出文学的一些基本性质和特点。

第一，审美（审美价值、审美愉悦、美感体验）是文学的核心要素。一部文学作品必须让读者产生美感，无论是语言、结构、主题、意象还是抒情、叙事、人物刻画等。审美享受的产生涉及复杂的心理加工过程。就语言而言，文学作品——从诗歌到散文、从小说到戏剧——通过使用各种修辞、象征等方式，区别于日常生活用语和实用文体的语言，让人产生美感和审美享受。作者在叙事时，可以通过叙事视角的变化和事件发生过程的重置来产生悬念，达到陌生化的效果，这也是审美享受的来源之一。至于自然风景的描写、人物外形和心理的刻画，则更是产生美感的重要方式。

第二，教化（成长教育、伦理认知、情感认同）是文学的重要功能。文学是人们认识世界的方式之一，包括了外在的自然宇宙和人的群体或个体的主观心理世界，山水花草、神魔鬼怪等都属于此。当然必须要强调的是，这种对世界的认识是间接的，其认识到的"世界"也是文学作品所建构的，不能等同于客观存在的世界和人类自身。认识文学世界的目的之一是学习如何处理好自己与真实世界的关系，包括人际关系。从文学中获得的伦理认知和情感认同是帮助人成长的重要途径，一部优秀的文学作品往往能影响人一生的伦理选择和志向，也可能改变社会群体的伦理价值观念和社会的发展方向。

第三，创造（虚构、想象、灵感）是文学生产的基本手段。文学作品多源于作者群体或某一作者的创造性思维，由此建构一个世界，在这个世界中抒发自己的情感或表达对人生世界的看法，因此文学生产的起源就是想象、思考和由此产生的创作灵感。当然这种想象不是无源之水、无本之木，而往往基于现实和现实中产生的需求，即使是极具想象力的科幻、奇幻或魔幻小说，也带有现实的影子。同时，基于人的主观想象创造的文学作品也多含有

---

① 参见诺曼·N.霍兰德：《文学反应动力学》，潘国庆译，上海人民出版社，1991。

虚构的成分。作者会用现实中的某些元素来建构某种叙事空间，在该空间中呈现各种意象，有时候这种叙事空间更接近我们接触的客观世界，有时候偏离得远一些，但或多或少都有一些虚构性，是现实和虚构的结合体。

第四，演变（类型、媒介、时代）是文学生存发展的主要保障。文学类型和表现方式在历史上随着时代发展不断演变。"文学"一词具有丰富的内涵，诗词歌赋、传奇故事、史诗戏剧等无所不包。历史时期、文化背景、传播方式等的区别或变化，都会造成旧的文学类型式微和新的文学类型兴起，以此保障文学从整体上作为一个文化现象生生不息。广告本身是一种应用文体，但现在很多产品广告的叙事性非常突出，甚至有些还采用系列连载的形式，让读者仿佛在看一个故事，而不仅仅是产品宣传，因此也具有了文学性。由此可见，具有叙事性和教化功能的电子游戏将来成为文学研究探讨的话题也不无可能。

第五，接受（选择、评价、判断）是文学价值实现的特有方式。读者是文学的接受方，这种接受不是被动的接受，而是积极主动的参与。面对浩如烟海的文学作品，读者有选择和评价的自由，而文学作品也需通过读者的评价才能实现其价值。同一部作品，可能被不同读者解读出截然不同的含义，被高度赞扬或极度贬损；同一部作品，可能在不同的历史阶段获得不同的评价，或在不同的国家得到不同的对待。这些都说明，作品的价值虽然由作者创造，但离不开读者的选择和判断。没有读者，文本的意义不能被发现，文本也就不能实现其价值，甚至都不能确定一篇文章或一本书是不是文学作品。

上述五个方面对文学性质和特点的阐释——审美、教化、创造、演变、接受——是综合了一些当代学者研究的成果，应该具有一定的代表性。当然，我们不能据此就认为已经完善了对文学的认识，这只是对文学本质和特征的部分描述。但是它们具有相当的启发意义，可为我们进一步研究打下坚实的基础。在此基础上，笔者经过思考，不揣冒昧地初步提出自己对文学的定义：

"文学是语言的艺术，以创造和审美为主要特征，以教化和娱乐为主要目的，以伦理关系为主要表现方式，反映人在世界中的认知、情感、愿望、意志等心理体验，这些体验基于作者和读者的想象，既可能被意识到，也可能源于无意识。"

首先，该定义限定了文学的艺术属性——文学是基于语言的艺术形式。既然是艺术形式之一，那么文学就具有了一般艺术所具有的原创性和审美性。换言之，文学是由艺术家用语言创造的精神产品，不是对客观世界的简单复制，因此一般都具有虚构或建构的成分；同时，艺术都要给人以美的享受，文学也不能例外，因此审美是文学的主要特征。其次，相比其他艺术，文学这种艺术形式有其特殊之处。在文学中，作者常常要通过处理各种伦理关系来实现娱乐或教化的目的，表现伦理关系时又牵涉到人在世界中的各种体验，即人在世界中进行认知、体验情感和实现愿望等心理实践时所要应付的各种伦理关系。最后，作者和读者通过文本产生联系，上述的体验实际上源自作者和读者基于文本的想象，是一种区别于文学以外的现实的替代性行为，这种想象既可能由意识驱动，也可能由无意识驱动。

此定义突出的是文学满足人们心理需求的实用价值，在此基础上，文学的性质和特征可从三个方面去认识。

第一，文学是智力创造的作品。文学是作者（个人或集体、共时或历时）创作的智力成果，具有原创性。文学作品反映了包括作者、读者在内的人类的思想，被人们谈论和评价，也会影响人类的思想和对世界的认识。

第二，文学是精神需要的产品。文学能够满足作者和读者的精神需要，他们都能从文学中获得精神上的享受和满足，这种精神享受一般是虚拟的，与现实生活不直接相关。当然，成功的文学产品也会通过带来实际的财富、名誉、地位给作者以精神满足。

第三，文学是客观存在的物品。当任何形式的文学被生产出来后，它就成了人造世界的一部分，是真实的存在，会占用一定的空间或时间，以纸质、电子或其他形式藏于家庭、书店或图书馆等，被人们购买和阅读。

因此，文学既是精神的，也是物质的；既是现实的，也是虚拟的；既是感官的，也是思想。文学是相当复杂的人造物，既看得见、听得到、摸得着，又存在于人们的意识和潜意识中。可见，文学具有多元的价值，其对于人类的重要意义不言而喻。当然，此处对文学基本性质和特征的描述相当抽象，还需将来进一步阐释和论证。

通过对文学本质和特征的概念性解读，我们对文学有了一个基本的了解。下面本书将结合上述文学的定义和特征，从产生和接受两个方面探讨人们在文学流转过程中的一般心理机制。

## 第二节　文学的产生与人对世界的想象

和其他艺术形式一样，文学是伴随人类文明而出现的，其发生发展必然有一个从无到有、从简单到复杂的过程。美术、雕塑、音乐、舞蹈等艺术都以直观的物品、声音、动作为表现方式，在产生之初，一般都是人们随性自发而为，创作的材料可在自然界直接获得或简单加工后制成，在表现过程中常常需要用动作演示，也许还伴有生物性的叫声或吼声，但不需要语言的参与。随着人类的进化，语言符号系统产生并且越来越复杂，这为文学的产生奠定了基础。

对文学产生过程中的心理描述古已有之。中国古代经典文论中有许多关于文学创作心理的探讨，包括作文的心理动机、思维过程，还有外在世界、思想感情与语言表述三者之间的关系等，比如陆机分析了艺术构思中的灵感、刘勰提出了"神思"的概念、严羽通过"妙悟"来比较禅道与诗道。西方美学理论中的文艺审美心理也取得了不少成果，包括黑格尔、叔本华和英伽登等人所重视的艺术创作和审美过程中心理世界与现实世界之间的相互作用，如黑格尔在《美学》中阐述了艺术创作主体内在的创造性想象、灵感和天赋等特质。俄国文艺理论家、语言学家奥夫夏尼科-库利科夫斯基认为在我们的日常脑力活动中有许多心理上与艺术创作过程相似的要素，当人们在思考每天常用的概念时，这些概念都会表现出自己的艺术结构，成为具有一定典型性的具体形象，而包括诗人、画家和雕塑家等在内的艺术家的创造性工作，"均不外是对我们在日常生活中所进行的思维活动本身的重复和最高程度的改进"[①]。由此可见，文学创作与人的思维情感以及人在客观世界的体验密不可分，文学世界是人的主观思想在客观世界体验的基础上用语言创造出来的虚拟世界。

聂珍钊用"脑文本"的建构来描述大脑中语言生成的过程，他指出："人对事物的认识经过思维的过程形成思想，思想保存在大脑里就变成脑文本""发音器官发出的声音不一定都是语言，只有源于脑文本的用于交流的有特定意义的声音，才是我们所说的语言"[②]。脑文本以脑概念的形式储存在大脑中，可以转换成基于符号的书写文本和基于声音的口头文本，而书写文本和口头文本也可转换成脑文本，因此人的脑文本在生活实践中会越来越丰富，不同脑概念的组合和生成能力越来越强。使用语言不代表就是文学创作，语言首先具有实用性，可以用来指示物品、发布命令、表达观点、维持秩序、交流信息、进行人际交往等，这些都不能视为

---

① 德·尼·奥夫夏尼科-库利科夫斯基：《文学创作心理学》，杜海燕译，中国青年出版社，2004，第35页。

② 聂珍钊：《论脑文本与语言生成》，《华中师范大学学报（人文社会科学版）》2019年第6期，第116-118页。

具有文学性。当人们摆脱眼前的实用目的，开始用语言讲述过去的事情、畅想未来的命运、抒发心中的情怀、构建想象中的世界时，文学就产生了。因此，基于语言的创造性被认为是文学的基本特征。当然，作为艺术形式之一，创造文学的语言与日常实用语言需要有区别。文学语言有节奏和韵律，有各种修辞，叙事时有细致入微的描写，有跌宕起伏的情节，让人得到现实生活中不曾有的体验，由此心情愉悦，产生审美享受。

关于文学的起源，自古多有论之，有源于劳动、巫术、游戏、模仿等各种假设。这些假设都有一定的道理，文学源自人的社会生产和生活实践，不一定局限于某一种活动。古人在劳动、施行巫术、游戏、模仿时，都可能加上自己的想象。他们在野外狩猎、采摘时，也许会设想密林深处、高山绝顶、大洋彼岸会有什么样奇特的生命；在围着篝火进行巫术祈祷时，也许会设想火是否具有魔力、日月星辰是否暗含启示、大自然是否也有其意志；在和伙伴一起做游戏时，也许会设想自己能否拥有超强的力量、能否获得很难得到的东西；在模仿周围的世界时，也许会设想有没有另一个看不见的世界、祖先的灵魂是否陪伴左右；等等。当这些设想没能得到确切的回答或没能真正实现时，人们就倾向于按照自己的想象，讲述自己的故事。久而久之，各种传说、传奇、神话、史诗就产生了。

因此，可以说文学的产生主要是因为源于现实又超出现实之外的心理需求，这种心理需求就是认识世界、表达感情、满足愿望的需要。在此，笔者想举一个自己偶然观察到的实例。笔者陪母亲在医院输液时，旁边病床上治疗的一位年轻妈妈带着一个健康的5岁小女孩，小女孩很活泼，喜欢跑动和发出声音。当她的妈妈躺着休息时，她说"我很无聊"，然后就自己做游戏。有时候，她会手持几个小的动物玩偶，一边编故事一边玩，想象这几只动物间的关系和活动。有时候她会唱歌，歌词与她最近刚看的动画片有关，用自己的语言描述动画片里的角色。唱完一首自编歌曲后，就问妈妈："妈妈，我唱的歌好听吗？"妈妈说好听，她就再唱一首。如果妈妈用"嗯"敷衍一下，她就问："你为什么说'嗯'，不说'好听'？"有时候她会问妈妈各种问题，还对妈妈说，她最大的愿望就是"希望下雨，雨后有彩虹，让妈妈的病快点治好"。

这个5岁的小女孩脑海中对世界充满想象，现实中的"无聊"使她更倾向于创造和生活在自己想象中的世界，我们不妨"细读"一下她的创造性活动。她的这三种活动既是游戏，也是模仿，或许还有劳动的成分（当她把玩偶和自己坐的凳子搬到一起时），甚至还有"巫术"（当她希望雨后彩虹帮妈妈治好疾病时）。笔者不是要把刚上幼儿园不久的小女孩与我们的原始人祖先相提并论，但两者在理解现实世界和创造虚拟世界方面也许有相似的心理机制：一方面，我们的早期祖先也可能会出于"无聊"或祈愿等原因来建构虚拟的世界；另一方面，他们对世界的认识和这个小女孩一样，可能都处于初级阶段，需要更多地依靠自己的想象来弥补认识上的空缺。

小女孩在设计想象中的世界时，采用了不同的策略来满足自己不同的心理需要。首先，为了解决"无聊"的问题，她开始用玩偶编故事，这是在无聊的现实世界之外建构一个有趣的虚拟世界的尝试。在现实世界中，她受制于环境和成人的管制；在虚拟世界中，她是造物主，可以随心所欲，至少可以暂时得到精神上的享受。当她用语言表述动物的行为和互动时，其实是在进行口头叙事，仿佛在讲一个童话故事，这应该属于一种初级的口头文学创作形式。低年龄的小孩往往会对童话乐此不疲，喜欢反复听、看或编同一个故事，这也许是因为他们对故事信以为真，但更可能是这些故事满足了他们在现实生活中得不到的精神享受，如虚拟世界中的随心所欲、简单明确的人际关系、美丽的自然环境、令人喜爱的（动物）角色形象等。总之，以成人为中心的现实世界过于复杂而难以理解，或者过于强大而难以控制，而虚拟的童话世界对孩子来说就好多了。

其次，小女孩唱歌的目的之一也是解决"无聊"的问题，歌词的来源是她看过的动画故事，她用自己的歌曲唱出来时，按照自己的理解进行了"改编"。就叙事而言，这与上述用玩偶编故事的行为没有什么区别。但是，为什么要用唱歌的形式呢？因为用玩偶编故事纯属自娱自乐，唱歌则含有表演的性质。唱歌是更加复杂的艺术创作，表演的感染力更强。可以设想，我们的原始人祖先在社会实践过程中，也会逐渐产生将文字和曲调相结合的歌唱形式。从小女孩和妈妈的对话可以推断，她采用唱歌的方式叙事是为了获得妈妈的认可和赞赏。由此可见，小女孩借此与妈妈进行感情上的交流，试图获得妈妈积极的评价。当妈妈的评价不那么"积极"时，她还表示不满。因此，基于语言的文学还可（结合其他艺术形式）与他人交流互动，满足自己情感的需求。

最后，当小女孩建构"下雨—彩虹—治病"的逻辑关系时，其实是用叙事表达自己的愿望。在现实中，她的妈妈病了很长时间，始终不能治愈，小女孩就想依靠一种神奇的力量来帮助自己的妈妈。这种力量来自她的语言表述，她希望能用语言召唤这种力量，来实现现实中的目标。由此可见，如果我们把小女孩创造性的描述看作文学创作的话，文学的作用之一就是以某种独特的方式描述、改写和改变现实。当然，这并非客观现实的改变，而是一种心理现实的改变，在想象中满足自己的愿望或实现自己的意志。

人类的神话、传说甚至许多迷信思想都具有这样的功能。人们常常希望能用某种超自然的方式让自己避免厄运，获得好运。尽管具体的方式因人而异，但有趣的是，人们往往都通过讲故事来表达这种愿望。这包含了两层意义：不仅故事内容能反映愿望，而且讲故事的行为本身就是愿望的表达。

朱光潜曾指出，儿童"游戏和幻想的目的都在拿臆造世界来弥补现实世界的缺陷"①。小女孩因为对现实不满，就通过多种方式，用语言建构了一个个虚拟的世界，以及伴随虚拟世界产生的各种虚拟关系，这些都反映了她在现实世界中的认知、情感、愿望、意志等体验。弗洛伊德将儿童的游戏、成年人的幻想（即白日梦）和文学创作相联系，认为它们虽然表现形式不同，但都是某种愿望的虚拟实现，"一篇创造性作品像一场白日梦一样，是童年时代曾做过的游戏的继续和代替物"②。小女孩所构思的虚拟世界仿佛文学的雏形，当然这并非说小女孩就是一个文学家，毕竟一部优秀文学作品的产生还牵涉到方方面面的要素。小女孩的例子只是反映了一些文学产生的最基本的心理需求。

由上述分析也可以看出，本书提出的文学特征中的相关要素（如文学的审美、教化、创造、演变等特性）在小女孩的一系列叙事活动中得到了很多印证。

那么，语言建构虚拟世界又有哪些深层心理机制呢？到这里，我们也不能免俗地重提早已众所周知的文学产生的模式之辩：是镜还是灯？是再现还是表现？把文学比喻成镜子，古已有之。柏拉图在《理想国》中把画家和诗人当成拿着镜子的人，在镜子中映出天地万物③。把文学比作发光体，也早已有之。钟嵘在《诗品序》中写道："照烛三才，晖丽万有，灵祇待之以致飨，幽微藉之以昭告；动天地，感鬼神，莫近于诗。"在这里，诗歌被比喻成能够照耀天地人等万物、能够感动鬼神的光辉。叶燮在《原诗》中也曾提出："诗是心声，不可违心而出，亦不能违心而出。功名之士，决不能为泉石淡泊之音；轻浮之子，必不能为敦庞大雅之响。……其心如日月，其诗如日月之光。随其光之所至，即日月见焉。"美国批评家M. H. 艾布拉姆斯（M. H. Abrams）1981年在其著作《镜与灯》中，将这两个形容心灵的隐喻放到一起讨论，"一个把心灵比做外界事物的反映者，另一个则把心灵比做一种发光体，认为心灵也是它所感知的事物的一

---

① 朱光潜：《文艺心理学》，漓江出版社，2012，第177页。
② 弗洛伊德：《作家与白日梦》，载《达·芬奇与白日梦：弗洛伊德论美》，张唤民、陈伟奇译，上海译文出版社，2020，第31页。
③ 柏拉图：《理想国》，郭斌和、张竹明译，商务印书馆，1986，第389页。

部分。前者概括了从柏拉图到 18 世纪的主要思维特征，后者则代表了浪漫主义关于诗人心灵的主导观念"①。艾布拉姆斯用镜和灯比喻文学创作的心理机制，即文学创作是被动接受还是主动表现，但他并没有完全肯定其中一个而否定另一个，只是表明了浪漫主义文论认为诗是诗人主观情感的表现②，而非对客观世界的简单模仿或再现，很明显这与上文所引叶燮的观点有相似之处。

从古至今，文学创作是再现还是表现，这两个观点都有充足的证据。文学当然是源于生活和生活中的各种体验，作品中少不了现实的影子，作者也不是天外来客，不可能完全脱离人间现实而存在。但是，文学又是人类所特有的精神产品，在反映客观世界时或多或少掺入了作者的主观认识和情感等。因此，文学应该是既有再现的成分，也有表现的可能，只是程度有所区别。有的作品则更像一面镜子，反射光线，模仿客观世界；有的作品则更像一盏灯，发出光和热，表达主观情感。实际上，就文学创作而言，完全的再现和完全的表现都几乎不可能。作者所再现的世界看似客观，却是其主观选择的结果，不可能反映全部真相；作者所表现的思想感情看似主观，却是由对客观现实生活的感悟而产生的，不可能毫无缘由。因此，对文学批评而言，既可从作品中了解作者所处的时代和历史文化特点，也可从作品中了解作者想要表达的个人思想和情感。

文学中的再现和表现都是基于社会实践的想象性创作。法国文学家勒克莱齐奥指出："艺术永远不会与时代无关。它表达时代，却不走在时代之前。如果艺术给人教益，这一教益不是面向后人，而是面向它的同时代人。因此，文学是时代和地域的产物。"③ 由于各种因素的影响，不同时代、不同地域、不同作者的创作偏好和形式都不尽相同。从形式上来看，有的文学类型再现性多一点，有的文学类型表现性多一点。诗显然是表现性非常强的一种文体。在此，我们不想重复历史上无数前辈对诗之本质的洞见，只想强调一点，即诗是人在现实世界之上建构的精神世界。诗中表现人的思想感情，有喜怒哀乐，有悲欢离合。有些诗纯以抒情为主，有些诗则主要为叙事，但即使在叙事诗中，也常常是通过叙事表达作者的感

---

① M. H. 艾布拉姆斯：《镜与灯：浪漫主义文论及批评传统》，郦稚牛、张照进、童庆生译，北京大学出版社，2004，序言第 2 页。

② 华兹华斯在其名篇《〈抒情歌谣集〉序言》中提出："一切好诗都是强烈感情的自然流露。"参见华兹华斯：《〈抒情歌谣集〉序言》，载章安祺编订《缪灵珠美学译文集》（第三卷），中国人民大学出版社，1998，第 6 页。

③ 勒克莱齐奥：《文学与我们的世界：勒克莱齐奥在华文学演讲录》，许钧编，高方、施雪莹、张璐等译，译林出版社，2018，第 52 页。

情。与诗截然不同的另一种文章体裁——历史叙事，是对史实的描述，再现性非常强，一般应属于历史学而非文学。但很多历史事实往往比虚构的作品还要离奇，而很多历史叙事语言生动、人物形象饱满、情节连贯而充满趣味性，表现出了丰富的人际和伦理关系，因而也具有了一定的文学特性和文学功能。所以，再现和表现都是文学的产生方式，就文学性而言没有高下之分。从文学创作角度来看，浪漫主义和现实主义、现代派和后现代派、史诗和抒情诗、神话和小说等之间的区别，都只属于创作方式、艺术思想和文学类型的区别。相同的类型会体现作者不同的情感和思想，相同的情感和思想也会在不同的类型中体现，但文学特性并没有因此而产生本质的差别，文学满足人类心理或精神需求的功能也没有改变。同样，一部作品是不是文学作品、是不是好的文学作品，不是由它是属于再现还是表现来决定的，而应该另有原因。

原因之一，当然就是文学作为艺术在具体创作形式和手段上的高下之分。尽管人人都可以利用语言进行想象性创造，但不是人人都能成为文学家，文学的语言与日常语言必然是不同的。例如，要成为诗人，除了拥有充沛的感情，还得熟悉语言使用的技巧和诗歌创作的特有规则与审美方式。感情要用适当的形式来表现，才能达到最佳的艺术效果，否则不是索然无味就是不知所云。同时，诗必须是人生的真实体验和情感的自然流露，没有真情实感，只会玩弄辞藻、哗众取宠，也不能创作出好的作品。诗以外的其他文学类型，如散文、戏剧、小说等，也必须符合各自类型的要求，采用合理的创作技巧和形式，恰当地表达作者真实的思想和自然的情感。由此可见，虽然这里讨论的是文学作品的形式，但还是与创作心理有关，即作品形式与创作技巧需要契合作者的主观思想感情和心理需求。没有相关的心理需求或表达思想感情的需要，产生的文学作品就难有真实而丰富的内涵，也不会为人所赞赏。

此外，文学作品的质量除了取决于其艺术特色和与作者思想感情的契合，还取决于读者赋予作品的特殊价值，我们将在下一节详细探讨。

## 第三节　文学的接受与虚拟空间的建构

文学的接受方——读者，早已受到批评界的关注。在 20 世纪，大名鼎鼎的读者反应批评和接受美学理论即聚焦于读者、赋予读者诠释作品的自由。作为接受美学的创始人之一，沃尔夫冈·伊瑟尔（Wolfgang Iser）

将注意力转向文学文本与读者的关系,强调阅读文学作品的"关键在于作品结构与其接受者之间的相互作用",因此需要着重研究读者对文本的反应①。伊瑟尔区分了文学作品与文本,并指出作品的位置介于读者和文本之间,具有艺术性的文本经由读者的阅读而演变成为具有审美对象特征的作品。当代读者反应批评的重要代表人物斯坦利·费什(Stanley E. Fish)也认为所有文学作品在某种意义上都不能排除读者的参与,因此文学分析的客体应是读者的阅读体验,而不是文本本身,"文本的客观性是一种'幻象'",而"阅读作为一种活动才是一种真实的客观存在"②。费什所描述的读者是具有不同背景的多样化的读者,"既不是抽象的,也不是现实生活中存在的,而是一种混合类型的读者——这种读者应竭尽全力成为有知识的读者"③。这样的读者所拥有的知识源于他们各自的政治文化背景,他们对文本的阅读和审美也因此千差万别。但是他们的阅读心理体验具有共通之处,因此可以成为文学研究的分析对象。

在读者反应批评和接受美学之前,持存在主义观点的萨特已明确指出了读者在文学中的重要性。萨特在《什么是文学?》中提到艺术的为他性,"精神产品这个既是具体的又是想象出来的客体只有在作者和读者的联合努力下才能出现。只有为了别人,才有艺术;只有通过别人,才有艺术"④。因此,作品在阅读过程中依附于阅读者的主观意图而存在,而作品的存在与读者的需求、意愿、状况、能力等特征相对应。萨特明确指出:"既然创造只能在阅读中得到完成,既然艺术家必须委托另一个人来完成他开始做的事情,既然他只有通过读者的意识才能体会到他对于自己的作品而言是最主要的,因此任何文学作品都是一项召唤。写作,这是为了召唤读者以便读者把我借助语言着手进行的揭示转化为客观存在。"⑤ 可见,作者的地位自不必说,而读者也是文学流转不可或缺的一环,是文学价值得以实现的一个关键点。如果文学是产品,那么作者既是生产者,也是消费者,因为作者也会欣赏自己的作品并从中获得精神享受;而读者既是消费者,也是生产者,因为读者除了欣赏,也能够给作品带来新的意义。

艾布拉姆斯指出,每一件艺术品总要涉及四个要点:作品、艺术家、

---

① 伊瑟尔:《文本与读者的相互作用》,载蒋孔阳主编《二十世纪西方美学名著选(下)》,复旦大学出版社,1988,第 507 页。
② 斯坦利·费什:《读者反应批评:理论与实践》,文楚安译,中国社会科学出版社,1998,第 158-160 页。
③ 斯坦利·费什:《读者反应批评:理论与实践》,第 165 页。
④ 让-保尔·萨特:《什么是文学?》,施康强译,人民文学出版社,2018,第 39 页。
⑤ 让-保尔·萨特:《什么是文学?》,第 43 页。

世界和欣赏者。他设计了一个类似三角形的模型，作品居中，世界、艺术家和欣赏者各处于一个顶点，三者分别与作品产生联系（见图2-1）①。

```
           世界
            ↑
            │
           作品
          ╱    ╲
         ↓      ↓
       艺术家   欣赏者
```

**图2-1　艾布拉姆斯艺术四要素关系模型**

在艾布拉姆斯看来，可以把以往"阐释艺术品本质和价值的种种尝试大体上分为四类，其中三类主要是用作品与另一要素（世界、欣赏者或艺术家）的关系来解释作品，第四类则把作品视为一个自足体孤立起来加以研究，认为其意义和价值的确不与外界任何事物相关"②。如果我们从文学视角去理解，可以发现此处艾布拉姆斯虽然没有特别强调读者的作用，但他分明也同意读者是文学作品价值实现的重要因素，因而具有和作者一样的重要性。

刘若愚认为艾布拉姆斯的图式不能涵盖许多中国传统文论的内容，于是提出了一个基于中国传统文论的图式，作为对前者的补充（见图2-2）③。

```
         宇宙
        ↗    ↘
       ↙      ↘
     读者  ←→  作家
       ↖      ↗
        ↘    ↙
         作品
```

**图2-2　刘若愚文学四要素关系模型**

该图式反映了中国传统文论对宇宙、作家、作品和读者的认识。它没有将任一要素置于中心来单独与其他要素产生联系，而是描绘了一个整体的动态世界。就读者而言，刘若愚的模型指明了读者与宇宙、作品之间的互动关系，进一步突出了读者在接触作品时的能动作用。

---

① M. H. 艾布拉姆斯：《镜与灯：浪漫主义文论及批评传统》，第5页。
② M. H. 艾布拉姆斯：《镜与灯：浪漫主义文论及批评传统》，第5页。
③ 刘若愚：《中国文学理论》，杜国清译，江苏教育出版社，2006，第13页。

第二章　文学的基本性质与人的心理

在前人研究成果的基础上，本书试图进一步挖掘并强化读者在文学流转过程中的作用，以及读者与现实世界和文学作品的联系，其初步模型见图 2-3：

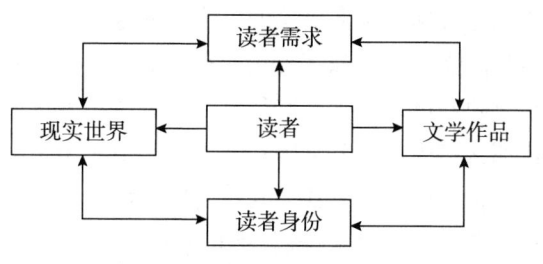

图 2-3　文学三要素关系模型

该模型的特点是以读者为中心，没有包括作者，因为虽然在口头文学或读者作者交流会、讲座、签名售书等活动中，双方会面对面交流，或者在某些网络文学创作过程中读者会通过留言和作者互动，但绝大多数情况下读者并不直接与作者发生联系，更多的是接触作品。这里将读者这一要素细分为读者需求（心理需求）和读者身份（社会身份），它们分别与现实世界和文学作品发生联系。同时，文学作品与现实世界也互相联系，因为文学作品也会包含对现实世界的描述，同时文学作品产生后也成了客观现实世界的一部分①。心理需求主要是指人在世界中的认知、情感、愿望、意志等心理体验未得到满足而产生的需求，本书在文学的定义中曾提及。社会身份是指人在实践中因性别、阶层、年龄、职业、种族等社会关系而形成的特有身份，往往在各种伦理关系中得到体现，这一点在之前的文学定义中也有涉及。心理需求也包括改变社会身份的需求，此处将两者分开讨论。读者不是抽象的，而是有具体心理需求、拥有一定社会身份的人。人的需求和身份都是在现实世界和社会的实践中产生的，如果在现实世界中需求得到满足、身份令人满意，那么与文学的联系就会弱化，不一定去读文学；如果在现实世界中需求得不到满足，对自己的身份不满意，那么就会采取行动，包括求助于文学、从阅读中得到心理满足等。很多时候这种需求是无意识的，不一定是读者发现自己有心理需求后主动去寻找某部作品，而是在阅读过程中获得心理愉悦，在无意识中需求得到满足。

那么，读者是如何接受或阐释文学的？我们首先从文学在读者意识中

---

① 刘若愚没有在"宇宙"和"作品"之间画出箭头，是因为他认为这两者必须以作家为中介，不能直接产生联系。参见刘若愚：《中国文学理论》，第 14 页。

兼具虚拟和现实的特性角度来讨论。文学的功能很强大，能够满足作者和读者的多种心理需求，但文学是人类生活中必不可少的吗？不一定。没有文学，人类精神生活和文化将会少很多色彩和趣味，在认识世界、表达感情和处理人际关系等方面少很多借鉴的机会，但这并不意味着文学是每个人生活中的必需品。文学反映和体现人的精神世界，但人的精神世界并非必须通过文学来反映和体现，人还有很多寄托感情和表达思想的途径。那么文学为什么让那么多人趋之若鹜呢？因为文学是人类建构能够满足心理或精神需求的虚拟世界的最佳方式。其主要原因如下：第一，人类的知识体系，如当前自然科学、人文社会科学（包括历史、哲学、神学等学科）主要是对外在世界和内在世界的探索，力图进行各种客观的解释，发现规律和真相，推动人类的发展和进步，而这些都与虚拟世界无关。它们能够加深人们对世界的认识，改善人们的生活状态，却不一定能够满足人们的心理或精神需求。第二，艺术领域是人类主观创造力的集中体现，与其他美术、音乐、雕塑等直观感受的艺术形式不同的是，文学所依赖的语言是一个非直观的二级符号系统，依赖读者的再加工。和基于文字的文学相比，美术、雕塑、戏剧、影视等形象艺术形式对接受者主观创造性想象的调动较少；音乐欣赏需要接受者较多的主观情感和想象的参与，但音乐的叙事能力远不如文字。同时，语言类的艺术作品具有强大的诠释力，常被用于解释其他艺术形式，其他艺术形式解释语言艺术的情况则不常出现[①]。因此文学最能够提供给读者广阔的诠释空间，为建构宏大复杂的虚拟世界奠定基础。

在《虚构与想象：文学人类学疆界》中，伊瑟尔指出，文学是人类扩展自身的方式，人类需要虚构，虚构作为自我揭示的呈现是文学一直能够存在和发展的深刻的人类学根源，"作为越界行为，文学虚构在创作中表现为一种具有意识和认知意愿的意向性行为，它穿越了社会、文化及政治

---

① 艺术类型从表现形式上可分为形象艺术、象征艺术和观念艺术。形象艺术既包括造型艺术，如绘画、雕塑、摄影等艺术种类，还包括通常所谓综合艺术的戏剧、舞蹈、电影等艺术种类，它们的共同特点是都以鲜明、生动、具体并逼近于真实的艺术形象去表现其艺术内容。象征艺术顾名思义是通过象征的手法进行表现的艺术形式，其感性的形象与所要表现的事物的形象不一样。例如，在有的国旗上用天蓝色象征自由，但自由本身却不是一种颜色；在有的国徽上用狮子或鹰象征人民，而人民却并非真的是狮子或鹰。观念艺术主要是通常所说的文学艺术。这种艺术的特点是不具有直接呈现于感性直观中的艺术形象，而是依靠作为思维和语言实体的抽象物——概念和词语来表现艺术内容，因而最需要接受者主观思维的参与。黑格尔曾从理念和形象（即内容和形式）的关系角度把艺术类型分为三类：象征型艺术、古典型艺术和浪漫型艺术。其中，浪漫型艺术的典型形式是诗歌和音乐。参见黑格尔：《美学》（第一卷），朱光潜译，商务印书馆，2011，第 94-114 页。

现实的边界,创造出一个想象成分与现实经验因素交相混合的世界"①。文学的虚拟空间由文学文本和读者通过阅读共同建构。它以文学文本为基础,掺杂了读者的情感,联结了读者在社会实践中对自己人生经历的感悟,形成于读者的思想意识中,有时甚至存在于无意识当中。它由读者的思想与文学文本的意义相结合产生的"化学反应"所生成,以不同状态存在于不同读者的大脑中。文学的虚拟空间或者虚拟世界并非指文学作品一定由作者虚构,而是指作品在读者思想或想象中的虚拟建构,这种虚拟建构性能够让不同的读者根据各自的需求解读作品,满足不同的心理需求。

当然,读者对文学的欣赏和接受不仅是因为文学的"虚",还因为文学的"实"。首先,文学虚拟世界不是天马行空、毫无依据地完全随意编造,还是要基于现实世界和现实的需求。不能解决现实问题的虚构没有意义,也不能吸引读者。其次,读者陷入文学中的世界时,往往会把其中描述的感情或事件当成真实存在,这种心理就跟人在梦境中一样,梦中人往往会对梦境信以为真,意识不到自己在做梦。每个人都有精神上的需求,会幻想某些现实中不存在的情景或难以实现的愿望,但这些转瞬即逝的思想绝大多数都不会形成文学作品,最多对幻想者本人产生一点影响。而经过精心构思创作出的完整的文学作品才能产生社会效应,让广大读者在文学提供的虚拟空间中产生真实感,甚至能够通过文学改变现实。这种基于真实的虚拟建构、源于虚拟的真实体验,正是文学的魅力所在,也是文学能够流传不息的重要原因之一。

这种虚拟空间的存在,也可被认为是区分文学和非文学的一个重要标志。顾明栋以语言学中的横组合和纵聚合概念为基础探讨文学的虚拟空间。组合是指词语通过一定的句法规则形成的线性逻辑关系,其对语序的要求相当严格,不能违反;聚合是指在语言结构的同一个位置上可用相同性质的不同词语进行替换,从而生成不同含义的句子。因此组合体是固定的、一维的,其意义必须明确而单一;而聚合体是漂移的、发散的,其意义可以含混和多元。顾明栋认为文学是能够产生虚拟空间的意义聚合体,文学性也与此有关,"文学性似乎位于由语言的无限可能性组建而成的准虚拟空间,通过聚合体启发性地提供给读者,并且通过句法变得明白易

---

① 参见汪正龙:《沃尔夫冈·伊瑟尔的文学虚构理论及其意义》,《文学评论》2005年第5期,第29页。

懂"①。他突破性地宣称:"所有的作品都可以是文学,但是并非所有作品都可赋予高度的文学性。从各方面看来,一部作品的文学性由读者的聚合或隐喻功能所能达到的范围来决定。一部作品越是能开启读者的聚合功能,它所蕴涵的文学性就越强。反之,一部作品越是能刺激读者思维中的组合功能,它所包含的文学性就越弱,越是接近于日常话语。"②也就是说,优秀的文学作品、一般的文学作品、非文学作品之间的主要区别,就在于它们的语言能够给读者提供多大的诠释空间。

对文学的开放性诠释在古今中外并不鲜见,其思想渊源和诠释批评模式多种多样③。从语言角度而言,伊瑟尔在《文本的召唤结构》这篇著名演讲中提出"文学语言是创造虚拟的形象以及表达情感的'描写性语言',包含许多不确定性和意义空白",它们"使读者得以参与文学的意义构成,并形成文学理解在不同空间和时间中的个性变异",这些空白结构"为读者提供了一个开放性的解读空间"④。此外,米勒所推崇的衍生于解构思想的"修辞性阅读"也可看作其中一种,这种阅读方式专注于文学文本中的修辞性语言,"由于文学文本的修辞性(隐喻性)特征,多义性与不确定性成为文学文本的根本特性,对文本进行多种意义的解读成为文学批评的根本"⑤。以隐喻为特点的文学话语,其聚合功能越强,作品的虚拟空间就会越大,读者就能发现越多的隐藏话语。顾明栋认为,读者在作品中发现的隐藏话语越多,就越表明他是一个有能力的读者或批评家,而读者所发现的隐藏话语也许是作者在创作时不曾想到的⑥。

一部作品的文学性,既基于作品的表现形式,也取决于读者的理解。一部作品产生后,不管作者原先写作的意图如何,只要作品在读者思想中产生了不同的虚拟世界,就会被读者看作"文学"作品。这就可以部分地解释为什么司马迁的《史记》会被当作文学作品来阅读,也可理解为什么

---

① 顾明栋:《文学的语言学基础——一个心理语言学的探索》,载《原创的焦虑:语言、文学、文化研究的多元途径》,南京大学出版社,2009,第101页。
② 顾明栋:《文学的语言学基础——一个心理语言学的探索》,第107页。
③ 参见顾明栋:《文学的开放性:中西文论双向对话的一个共同基础》,《文艺理论研究》2008年第6期,第2-14页。
④ 参见汪正龙:《文学语言的空白结构和意义生成》,《文艺理论研究》2005年第2期,第70-75页。
⑤ 毛宣国:《"修辞性阅读"与文学阐释》,《学术月刊》2019年第6期,第117-128页。
⑥ 顾明栋:《文学的语言学基础——一个心理语言学的探索》,第99-100页。

"言有尽而意无穷"能够成为中国古典诗歌美学的重要命题①。所以，可以这样说，文学是作者创造的产品，其形式是客观的，而且，对作者来说可能是客观描述，但其产生的虚拟世界存在于读者（包括阅读自己作品的作者）的主观想象中，这样就造成了不同背景的读者对同一部文学作品的不同理解。反过来，甚至可以这样认为：如果所有读者对同一部作品的理解都是一样的，那么它就不属于文学，至少不属于"好"文学。

由此可见，决定一部作品是不是文学，除了作者意图，还要看读者意图。作品在读者脑海中形成的虚拟空间越大，产生的隐藏话语越多，其文学性就越强。从这一结论出发，从读者接受的角度不仅可以帮助我们分辨与文字有关的作品中哪些是文学、哪些不是文学，或哪些文学作品的品质较高，而且可以帮助我们辨别一些混合的艺术类型或多媒体中的语言文字是否可看作文学，例如美术作品的题目、图片配文、歌词、戏剧和影视的剧本及对话等，由此更好地厘清文学的界限和拓展文学的领域。试以一段殷商甲骨卜辞文字为例："癸卯卜，今日雨。其自西来雨？其自东来雨？其自北来雨？其自南来雨？"这是三千多年前中国古人占卜的一段话。占卜的问题与实用目的有关，比如农事安排或战争，因此没有什么言外之意或审美目的，在当时属于一种具有固定含义的组合体。但是，这段文字让人感觉很像一首诗。首先，其语言结构仿佛韵文，铺陈式叙事、排比式修辞，以自然界的雨作为描写对象，似有象征意义，且与汉乐府的《江南》有相似之处："江南可采莲，莲叶何田田。鱼戏莲叶间。鱼戏莲叶东，鱼戏莲叶西，鱼戏莲叶南，鱼戏莲叶北。"可以说，该卜辞在形式上具备了诗的审美特征。其次，现在这段话早已失去了占卜的实用性质，已转变成能让今天的读者产生丰富联想的一段古文，其产生的虚拟空间也会使读者产生他们自己特定的感受。在数千年的历史长河中，这些文字已演变为具有多种隐含含义的聚合体。所以，这段卜辞虽然不太能被定性为一首诗，但对现在的读者来说却具备了文学特有的属性，可以说是中国抒情诗的源头之一。

下面来看另一个例子。1897年，法国后印象派画家、雕塑家保罗·高更完成了其创作生涯中最大的一幅油画，题为《我们从哪里来？我们是谁？我们往哪里去？》，他将自己的人生体验融入该画中，标题也反映了他

---

① "言有尽而意无穷"的观点古人多有论述，如宋代严羽《沧浪诗话·诗辨》："盛唐诸人惟在兴趣，羚羊挂角，无迹可求。故其妙处透彻玲珑，不可凑泊，如空中之音、相中之色、水中之月、镜中之象，言有尽而意无穷。"

深刻的人生思考。撇开画的内容不谈,仅这三个充满哲理的问题就具有一定的文学特性。首先,它们都以"我们"作为主语,通过重复、排比等修辞手段产生了语言上的审美效果。其次,三个问题之间存在逻辑关系,具有时间上的延续性(过去、当下、未来)和空间上的流转性(来处、当下、去处),反映了自我在复杂世界中的困惑体验和人的主体在多维时空联结中的持续演变,具有一定的叙事特征。最后,"我们"似乎将读者包括在内,因而容易让读者联想到自身而思考自己的命运,对自己的主体性做出不同的诠释。因此,可以说这三个问题具备了文学作品的关键因素,可被视为一部文学作品的初级形态。

我们还可据此探讨戏剧和影视在文学性上的区别。根据人们一般的感觉,戏剧属于文学,但影视则另当别论,这是为何?原因当然有很多,从本书之前的分析来看,主要是呈现方式的不同造成了人们的不同感受。戏剧在舞台上表演,一般需要大量的对白来表达人物思想和推动情节发展,观众也必须通过理解对白来欣赏戏剧。同时,舞台布景和人物造型往往是抽象化的,在形式上时刻提醒观众这是表演,并非现实,因此戏剧的观赏更多地需要观众的主观想象。大量对白和抽象的舞台表演要求观众积极地思考并参与建构,就主观思想的参与而言,戏剧观众的心理与小说、诗歌读者的心理更为接近,这样戏剧更容易被归入文学一类。相比戏剧,电影和电视呈现的往往是逼真的场景和人物形象,可以不用对白(比如早期的默片),更多地靠演员的行为动作和画面场景的变化来推动情节的发展,观众不需要借助大量的语言就能够很好地理解,一般也无须调动自己太多的想象力来解读作品。在这种情况下,观众对影视作品就很难在主观思想中做出多样化的诠释,影视激发隐藏话语的能力就弱于戏剧,其文学性也相对较弱,所以常常被认为不属于文学研究的领域,或被当作文学的边缘类型。

通过上面几个例子可以看出,文学流转的途径就是作者在社会现实中产生的思想感情诉诸文字,文字又激发读者的感情和深化对世界与自我的认识,作品文字建构的世界虚实相间,文学性就存在于这种亦真亦幻的虚拟空间中。由此也可得出这样的结论:文学是基于文字的艺术作品,其形式的多样化远远超出人们通常的理解,不仅诗歌、小说、散文等可以归入文学类作品,而且美术作品的题目、图片配文和一些应用文等也可被视为具有文学特性,只要它们能够在不同时空中的多样化背景的读者脑海中产生多重虚拟空间。

至此,我们已对文学的本质和特征进行了概念性的解读,分析了文学发生和接受的一般心理机制，这是本书主题的理论基础。本章初步阐明了人们需要用文学来满足自己的心理需求，文学也确实能够通过建构虚拟世界来满足各种心理需求。上述问题前人已或多或少有所讨论，不少学者也曾给出了各自的答案，但是有一个更深层次的问题至今鲜有人问津，也就是为什么文学所建构的虚拟世界能够满足作者和读者的心理需求。要回答这个问题，我们应先探讨的是，作者和读者到底有什么样的心理需求？因此，在前两章初步分析了文学会不会消亡和文学批评的出路、初步解读了文学是什么以及在文学的生产和接受过程中人的一般心理机制之后，第三章将从社会心理视角重点探讨文学发生的原因。

# 第三章 文学需求的社会心理基础

上一章初步探讨了文学的性质以及文学产生和接受的一般心理机制，简要说明了文学所建构的虚拟世界能够满足人的心理需求，本章将进一步发掘文学所满足的是人类什么样的心理需求，为后面探讨文学为什么以及如何能够满足心理需求奠定基础。当然，正如先前所述，文学伴随人类文明发展已经经历了数千年，与其有关的心理、社会、种族、文化、历史、哲学等各方面因素相当复杂，不是某一个理论就能涵盖一切的。本书只是从一个方面进行阐述，希望把这一个方面说清说透，为开拓跨文化的文学研究做出一点微薄的贡献。本章开头暂时转换一下视角，从一部纪录片开始，追本溯源，讨论人类的社会心理需求产生的原因，以此探索人们创造文学的心理根源。

## 第一节 基于本能与学习的安全需要

英国广播公司（BBC）拍摄并于2011年首播的8集电视系列片《人类星球》（*Human Planet*），生动地讲述了人类如何在各种复杂的地球环境中生存的故事。其中有一个非常令人震撼的片段，足以让所有的观看者终生难忘：三个非洲土著男人，几乎衣不蔽体，手持简单的弓箭和刀，在大草原上并排阔步向前，在他们的前方是一群（至少15只）饥饿的狮子，正在分享一只刚刚捕获的角马。这三个人的目标就是从狮子口中抢这只角马的肉。狮群当然很快就发现了这三个不速之客，随着他们的步步紧逼，狮子们害怕了。有一只狮子放下口中食物，扭头就跑，其他狮子也跟着纷纷逃窜。但狮子们并没有跑远，而是躲在不远的地方观察。这三个猎人迅速用随身携带的长刀割下角马的一只后腿，在狮子们醒悟过来之前扬长而去①。

这场力量对比悬殊的较量竟然以看似弱小的人类完胜而结束，我们不禁想弄清楚究竟是什么原因。先从狮子的角度来看。狮子是天生的猎手，在狮子的捕猎图式里，弱者（如角马）看到强者（如狮子）必然要拼命逃跑以保住性命，而强者看到弱者定要奋力追赶以获得食物。但是现在出现了令狮子们意想不到的情况，竟然有三个动物（人）向它们包围过来，在这一瞬间，狮子感到自己变成了弱者，于是它们就按照弱者的图式行事了——逃跑。但是狮子并不甘心放弃辛苦获得的食物，在跑出一定距离后，就停下来观察情况。所以留给猎人的只有几分钟时间，一旦狮子发现危险不大，逐渐聚拢回来，猎人想全身而退就很难了。

再从猎人的角度来看，较量还未开始，猎人就已经控制住了局面。他们利用狮子的捕猎图式，伪装成强者，出其不意地吓退狮子。在狮子反应过来之前抢到战利品，从容撤退。而狮子不会去追赶他们，一方面是受到剩下的角马尸体（美食）的诱惑，另一方面可能感觉不知虚实，追赶他们过于冒险，没有必要这么做。如果从文学视角分析，可以说猎人用自己的行为作为叙事手段，以大草原为舞台建构了一个虚拟空间和此空间中的强弱关系，诱导狮子"阅读"这个虚构的强弱关系并迫使它们做出反应，从而实现预先设定的效果。狮子"读懂"了猎人的"叙事"，却"误读"了现实。

在这个"叙事"中，狮子和猎人既是故事的创作者，也是参与者，那么他们有没有什么心理上的共同之处？也就是说，在生与死的考验中，狮子和猎人产生这种举动的深层心理原因是什么？而我们作为电视观众或"读者"又会有什么感受？探讨这些问题，或许会给我们对文学需求心理的研究提供一些启示。很明显，猎人和狮子这样做的目的都是使自己能够安全地生存下去，或者是获得更加安全的感受。狮子在貌似强大的敌人面前没有抗击而是选择逃跑，是因为它们在面临突发事件时，第一个反应或者说本能的反应就是要保证自身的安全。正如俗语所说，"好汉不吃眼前亏"。于是它们姑且先撤，到安全地带后再停下来分析形势。而猎人选择在狮子面前大步向前，强行靠近，在别人看来危险之极，其实对他们来

---

① 2018年，BBC承认在纪录片《人类星球》中造假，主要涉及为了还原曾发生过的事实而进行的一些场景的摆拍和拼接镜头的使用。如此看来，本文所分析的内容也可能是为了这次拍摄专门安排的，但其中人和狮子对抗的场景应该是大自然中真实存在的。此外，纪录片的这种拍摄和制作方式是否属于造假，至今仍未有定论。

说，这样做正是最安全的。换句话说，猎人在此时此刻的行为保障了他们的人身安全。因此，我们可以说，正是对安全的追求，才产生了这样的现象。电视观众显然是站在猎人一边的，仿佛在看一部惊悚片，看到猎人有惊无险地脱身后才松了一口气，自己内心的安全需求也得到了满足。

在非洲大草原上，每天都在发生弱肉强食的故事，这一切都是进化的结果。人类进化出了相当发达的大脑，足以对抗百兽之王狮子。害怕的狮子出于安全的本能而逃跑，那么猎人克服恐惧、追求安全的行为是否也源自本能？"本能"这个词让人充满了遐想。每个人好像都能对此评论一番，但似乎又感觉说不清楚，不能穷尽其意。先看看词典里是怎么解释"本能"的。《新牛津英语词典》对 instinct（"本能"）的解释是：动物为应对特定的刺激而产生的一种与生俱来的、具有典型固定模式的行为[①]。该定义确定了本能的"刺激—反应"模式，而且这种反应是先天的、固定的，但是对"刺激"的含义却没有具体界定，也没有说明刺激是指人体内部刺激还是外部刺激，或两者都包括。《现代汉语词典》的解释则更加详细一点："1.人类和动物不学就会的本领，如初生的婴儿会哭会吃奶、蜜蜂酿蜜等都是本能的表现。2.有机体对外界刺激不知不觉地、无意识地（做出反应）：他看见红光一闪，本能地闭上了眼睛。"[②] 这个解释的第一点是指人类和动物的生存本能，要生存就必须吃食或找食吃。当然，很明显，繁殖后代的本能也包含在第一点解释里，因为繁殖后代意味着某种生物在整体上能够繁衍下去而不会灭亡，即物种的生存。第二点实际是指生物趋利避害的本能，遇到强光立刻闭眼以保护眼睛不受伤害即是如此。前者的刺激源可看作来自生物体内的需要，后者的刺激源来自生物体外环境。这两点解释中"本能"的共同特点就是：先天的、不需要学习的、自动化的、不经过大脑意识的反应。

如果我们再把以上两点归纳一下，不难看出，本能的作用有两点：一是维持生物个体或物种的生存，二是保障生物个体或物种生存的安全。当然，保障安全也属于对生存的保障，两者并行不悖。一般而言，没有人会否认人类像低等级的动物一样具有本能，这既出于我们的常识，也在包括神经科学在内的很多领域得到了印证。比如，在人的前脑中有两个重要的结构：杏仁核和下丘脑。前者负责人的情绪记忆，是情绪信息的中转站；

---

[①] Judy Pearsall ed., *The New Oxford Dictionary of English* (Oxford: Oxford University Press, 1998), p.946.

[②] 中国社会科学院语言研究所词典编辑室：《现代汉语词典》（第7版），商务印书馆，2016，第62页。

后者接收来自身体内部的信息,保持平衡,如降低体温、管理性功能、控制食欲等。同时,在人的大脑中运行着一些化学物质,被称为神经递质,它们带着信息从一个神经元传送到另一个神经元。就人的生存安全而言,在产生恐惧或出现危险的时候,杏仁核和下丘脑会启动应激反应,引起应激化学物质——肾上腺素和皮质醇——的释放。肾上腺素可以让身体瞬间运动起来,而皮质醇则连同肾上腺素一起,协助人体做出"战斗还是逃跑"的反应。对应急状况的反应常在大脑皮层对相关信息进行检视之前,就已经被激发出来,显然更有可能属于本能的反应,其目的是保障人的生存安全。但是需要指出的是,这些化学物质会阻断人的思考,使人无法区分情绪性危险和身体性危险,如果过量分泌,也会危害人的健康,或使人因为情绪或行为上的过度反应而处于尴尬的境地①。

　　由此,我们可以推断出,和人的应激反应一样,狮子在猎人面前逃跑也是因为它们在感觉出现危险的时候产生的应激反应。但是,人类毕竟是智商高度发达的生物,特别擅长学习。从本能对人的重要性来看,通常人们的观点是,诚然某些先天的本能对于人类必不可少,但人类的生存和发展主要建立在后天学习的基础之上。就像同样是为了安全,狮子看到猎人逃跑是本能,而猎人走向狮子则不大可能是本能,而更可能是大脑思考和学习的结果。猎人通过实践明白,他们只有勇敢地走向狮子,才可能安全地得到食物。有趣的是,人利用了狮子的安全本能,又克服了自身的安全本能,于是达到了这种戏剧化的叙事效果。我们可以设想,这也许是人类建构虚拟空间的早期尝试和初级形式,其原因正是出于安全的考虑,即为了安全而虚构一个强弱关系,最终以弱胜强。当然此处的安全主要是指身体安全,而非心理安全,而且建构的方式是动作而非语言。随着人类社会日益复杂和发达,人类将会更多地使用语言建构虚拟空间,同时所满足的更多的是心理需求。

　　研究本能及其对文学创作和批评所带来的启示,我们无法绕过奥地利精神分析心理学家弗洛伊德。弗洛伊德一方面承认本能是对心理的一种刺激,另一方面又将产生本能的刺激限定为人体内部持续不断的力,如饥、渴、性等,而把外来的刺激(如刺眼的强光)所造成的逃避行为排除在本能研究范围之外。他认为,外部刺激"总是作为一种单一的冲击力出现,因此只会引起与之相应的单一的反射行为",而本能则是"一种永恒的力

---

① 玛丽琳·斯普伦格:《脑的学习与记忆》,北京师范大学"认知神经科学与学习"国家重点实验室脑科学与教育研究中心译,中国轻工业出版社,2005,第24-27页。

量","任何逃避行为都不能将其消除"①。弗洛伊德赋予他所定义的人类本能强大的力量,这种力量以性冲动为核心,被称为"力比多"(libido)。它是巨大的原始驱动力,仿佛活火山下随时可能喷发的岩浆,驱动本我不断向自我冲击,以实现欲望的满足。对弗洛伊德来说,人最基本的本能只有两种:爱欲本能和破坏本能(也可理解为生存本能和死亡本能)。其所谓的爱欲本能,是一个最广义的"爱"的本能,目的是要不断地建立更大的统一体并极力维护它们。而破坏本能则具有破坏性和攻击性,它要割断各种联系以达到损坏事物的目的,倾向于使人类回复到原生状态,即生命尚未开始的状态②。弗洛伊德还认为,爱欲本能和破坏本能总是同时混合存在,贯穿于人类文明发展始终,它们既能造就人类的文明,也能摧毁人类的文明③。

此外,弗洛伊德提出了著名的本我和超我、自我的概念。这些概念似乎并不难理解,本我可看成人的欲望,超我是人的道德感,而自我就是同时具有欲望和道德感并努力协调双方关系的人的存在。弗洛伊德还提出了无意识、前意识和意识。虽然在他提出该理论之前有一些哲学家和心理学家反对将不可捉摸的"无意识"纳入研究领域,但我们根据常识也能知道"无意识"是可能存在的,人作为有机体在不停地进行新陈代谢,这不需要我们的大脑去控制,而且人也会做出某些自身无法解释的、不经过大脑思考的行为。换句话说,有些事情确实是在没有进入人的意识时发生的。而且,超我等概念的提出,似乎可以为人类道德感的来源和良好伦理关系的维护提供证明。然而,弗洛伊德试图阐述的重点之一是:人类的本能(尤其是以性本能为核心的爱欲本能和产生破坏的死亡本能)被超我通过自我压抑到了本我中,构成了本我重要的组成部分和人类行为的强大的动力源泉,决定了人类的行为方式;本我又是无意识的核心,在人类无法意识到的情况下驱动人的自我产生欲望和行为的偏好④。此独创性的观点使精神分析成为人类非理性思想研究的代表,也为从无意识和生物本能视角进行文学研究开辟了道路,在20世纪的文学创作和研究中一度非常流行。

---

① 弗洛伊德:《本能及其蝉变》,载夏光明、王立信主编《弗洛伊德文集:文明与缺憾》,傅雅芳、郝冬瑾译,安徽文艺出版社,1996,第334-337页。
② 弗洛伊德:《精神分析纲要》,载车文博主编《弗洛伊德文集》(第三卷),葛鲁嘉译,长春出版社,1998,第655-658页。
③ 弗洛伊德:《文明及其缺憾》,载车文博主编《弗洛伊德文集》(第五卷),杨韶刚译,长春出版社,1998,第267-270页。
④ 弗洛伊德:《自我与本我》,载车文博主编《弗洛伊德文集》(第四卷),杨韶刚译,长春出版社,1998,第141-160页。

在对作家创作心理和文学主题的研究中，弗洛伊德的无意识和本能理论都占有重要地位，取得了丰硕的成果，但也引起了不少争议。

弗洛伊德的研究限于人体内刺激的本能，而排除对外来刺激造成的本能反应的研究，可能是因为他认为外来刺激不能使人产生持续内驱力，因而没有研究价值。但将人类对外来刺激的本能反应排除在外，也就失去了对环境和社会因素的研究，人们因此指责他"极端夸大人的生物性，贬低人的社会性"，"实质上完全抹杀了人的意识的社会历史制约性和主观能动性，从根本上否定了意识在人的心理活动中的主导作用"①。很多精神分析专家和心理学家纷纷尝试修正弗洛伊德理论的不足之处，文学研究领域的学者们也逐渐意识到了这一点，不是简单套用精神分析的理论来分析文学文本，而是在此基础上不断创新，以免研究的路径越来越窄甚至陷入绝境。

弗洛伊德认为，人的无意识主要由本我构成，而本我又主要由本能欲望构成，而本能欲望又主要是被压抑进无意识的。人类天生就具有这种被压抑的无意识吗？显然不是。我们再来看狮子。从无意识的角度来看，狮子的生活似乎比人类要幸福得多，因为它们没有被压抑的无意识。野兽的世界没有人类特有的伦理道德标准。一只雄狮可以拥有数只雌狮，而当雄狮老了，它被赶走的儿子会回来与它争夺"王位"，将它赶走，将它未成年的幼狮全部杀死，并将全部雌狮据为己有。作为幼狮的母亲，雌狮虽然会试图保护幼狮，但失败后也会坦然接受命运，为新"国王"服务，而新"国王"并不会受到所谓"俄狄浦斯情结"的影响，从容地生活着，直到自己老了以后被赶走。

人类的进化显然早已脱离这种原始的状态，在物竞天择的漫长历史中，灵长类动物在自身构造和群体结构两方面都在进行着不停的进化和发展，以适应环境的变化和与其他物种竞争。自身构造进化产生的最优秀的成果就是发达的大脑，群体结构高度发展的特点就是社会成员关系的演变和社会分工的变化。在此过程中，各种形式的语言扮演了不可或缺的重要角色。

人类社会化的过程中，在语言的帮助下产生了各种各样的规则，用以维持群体的统一、和谐、可持续性发展。简而言之，就是要使人类社会安全地发展下去。在这个过程中，一方面，如果产生了危害群体发展或违反社会传统习俗的行为，则要通过法律制裁、道德谴责、经济剥夺等方式进行约束和改善。这时候，超我产生了。超我一旦产生，立刻将个体可能会危害群体发展的思想压抑到无意识中去。因为如果个体不这么做，群体就

---

① 叶浩生主编《西方心理学的历史与体系》，人民教育出版社，1998，第318-319页。

会剥夺他生存的安全，甚至终止他的生存。由此我们可以看出，对某一文明社会中的特定个体而言，是先有超我后有本我的。如果人类社会和狮子的社会一样，就不会有超我，也不会有本我，更不会有被压抑的无意识欲望。另一方面，人类社会和自然界一样，也有优胜劣汰，个体要努力适应社会发展，满足社会对个体发展的基本要求。如果不能做到，就可能被社会性的竞争淘汰。所以，每个人内心深处都会有忧患意识。被压抑的欲望和忧患意识触发社会性安全本能产生，而个体的安全又是和群体的安全紧密结合在一起的。

上文已提及，本能的作用有两点：一是维持生物个体或物种的生存，二是保障生物个体或物种生存的安全。前者主要产生于机体内部刺激的需要，后者主要产生于机体外部刺激的反应。人类最根本的本能之一当然是生存本能。要生存，就必须要吃、喝、繁殖后代、占有更多的资源等。但是，人类已经进入一个高度发达的系统性社会，在这个环境中，更加能够保护人的是其趋利避害的本能（以及基于该本能的给人带来更加安全处境的学习）。在人类进化过程中和人类社会发展过程中，人时刻都要与环境和环境中的其他人、物进行沟通、互动甚至对抗。因此，对人类的发展来说，不仅要活着，而且要活得舒适、活得有安全感；不仅要身体安全，还要心理安全。心理安全是社会性的人的根本需求，人类很多行为都可归因于对心理安全的追求。没有人愿意整天生活在不适、恐惧、痛苦、担忧、焦虑不安之中。每个人都有其活着的理由，其中一个普遍性的理由是，活着是安全的，或通过努力将会更加安全。

从这个意义来看，人类为了应付环境的刺激而产生的趋利避害的安全本能更加重要，有时甚至要超过生存本能和死亡本能。社会环境中的安全本能也是人进行文学创作的深层心理原因，这一点将在下文详细讨论。

## 第二节 人类安全本能与需要的心理结构

那么我们怎么去认识和分析安全本能呢？可以从两个方面去研究，其一是个体生长过程中的安全本能分析，其二是个体在社会生活中的安全本能分析。前者可称为生物性安全本能，后者可称为社会性安全本能。生物性安全本能和社会性安全本能起源相同，共同特点是趋利避害，且都是不经大脑思考的无意识反应。但社会性安全本能是人对社会环境中刺激的反应，需要事先通过学习对这种刺激的意义有所了解——当然这种了解也可能是误解。

关于生物性安全本能,最常见的就是对感官刺激的逃避。如遇到强光就闭眼,看到飞驰而来的汽车就立刻躲避,等等。一个著名的实验,即"视觉悬崖"实验,也可以证明这一点。在实验中,36 名 6.5~14 个月的婴儿中,只有 3 名"冒险者"愿意爬过"悬崖",而大多数婴儿看到母亲在"悬崖"另一边招呼时,不是朝母亲那边爬,而是朝离开母亲的方向爬,还有一些婴儿哭叫起来[①]。该实验的目的是测试婴儿的深度知觉,但利用了婴儿的生物性安全本能,从另一个侧面证实了从婴儿期开始,人类的生物性安全本能就能在自然环境中保护自己。

随着婴儿的长大,在社会生活中,安全本能丝毫没有减弱的迹象,因为他们时刻都有害怕的对象,尽管这些对象发生了变化。据研究,2 岁到 5 岁的儿童,对噪音、陌生的物体或陌生人、痛、坠落、突然失去身体支持和突然的移动等刺激的害怕降低了,但是对想象中的生物、黑暗、动物、嘲笑、有伤害性的威胁和有潜在危险情境的害怕增加了。7 岁到 12 岁的儿童,想象中的生物和个人安全感的害怕有随年龄下降的趋势,但同时,与学校和社会有关系的一类害怕明显地增加了[②]。至于成年人,我们知道,最常见的压力和忧虑来自社会生活与工作。

产生害怕、压力或忧虑是因为感到安全受到了威胁。生物性安全本能抗拒的主要是威胁人身安全的动作或场景,往往很直观,一目了然。随着人认知能力的提高、社会联系范围的扩大和层次的深化,生物性安全本能对人的生存的作用逐渐降低,而社会性安全本能的作用逐渐增强,以抵抗社会情境中出现的或潜在的威胁。

那么,在社会性安全本能的驱使或保护下,人又会产生哪些需要,采取什么行动?所谓社会性安全本能,其实就是人的生物性安全本能在社会环境中的实践。生物性安全本能的机能比较简单,它使人躲避遇到的客观自然环境中的各种危险的刺激,帮人逃到安全的地方。在社会性安全本能的驱使下人的反应则复杂得多,因为,虽然人的行为都是基于安全的考虑,但鉴于社会情境的复杂性,人对社会情境(刺激)的认识是不一样的,而且人的社会性安全的需求也是不一样的,所以人的反应也会有差别。换句话说,在社会环境中,人具有主观能动性,会按照自己的理解来应对遇到的环境刺激,从而建构自己所认为的安全环境。这就造就了大千

---

① 刘金花主编《儿童发展心理学》,华东师范大学出版社,1997,第 92 页。
② 刘金花主编《儿童发展心理学》,第 235-237 页。

世界中的人生众相，但是，无论人与人之间的行为方式和思维方式有何不同，每个人都是按照自己所认为的安全模式生活的。

如果将上述原理应用到人对文学需求的分析中，可以说人对文学的选择同样基于人对世界的理解和感悟，文学中的世界能够满足人的心理需求，因而能够给人带来安全感，每个人心中特别的安全模式是其选择和评价文学作品的重要标准。霍兰德认为每个人都有一个内在的本体主题，"无论我改变多少，总是存在着一个连续的我"[1]，这个具有明确个人风格的"我"是人与人在行为方式上产生区别的原因，也是每个个体在具体情境中做出各自不同选择的深层原因。就文学阅读而言，霍兰德指出，每个读者在阅读和释意方面都有其独特的风格，这些风格的背后就是他们的本体主题。每个人独特的本体主题可用来解释为什么不同读者对同一文本的解释会有区别[2]。如果霍兰德提出的本体主题有其合理性，那么本体主题如何产生？或者说，其得以产生的基本影响因素是什么？按照本书的观点，让人保持内在一致性的本体主题（至少在很大程度上）源于个体生长过程中形成的社会性安全本能。社会性安全本能使人在具体的社会环境中产生特有的心理安全需求，而每个人特有的心理安全需求又决定了对文学作品不同的选择和解释，表现为在欣赏和解释文学作品过程中的独特风格。

也许有人会说，世界上有不少铤而走险的人，也有很多明知有危险却义无反顾的人，好像都在主动踏入险境，并没有追求自身的安全。此处要说明的是，社会性安全本能产生的安全需求是复杂的，有的甚至潜藏于人的无意识深处。对一些人来说，看似以身犯险的行为却能够换得心理上的安全感，这种心理上的安全感成为他们实施某种行为的动力。一个母亲，如果看到自己的孩子面临危险，就会奋不顾身地去救自己的孩子。母亲自己可能因此受到伤害，但只要孩子安全，母亲无意识中的安全本能就得到了满足。对人类来说，危险既可能是身体上的伤害，也可能是社会身份的伤害。那么，怎么证明母亲牺牲自己去救孩子是源于本能？我们还是可以从动物的行为中得到启示。有一段短视频曾在网上传播，一只小羚羊正在渡河，它没有发现一只鳄鱼正从后方快速向它靠近，这时它的妈妈看到了，奋力从后面赶上来，在水中将自己挡在鳄鱼和孩子之间。羚羊妈妈瞬间就被鳄鱼咬死拖走了，而小羚羊不知发生了什么，游上岸后还在寻找妈

---

[1] 诺曼·N. 霍兰德：《后现代精神分析》，潘国庆译，上海文艺出版社，1995，第134页。
[2] 诺曼·N. 霍兰德：《后现代精神分析》，第138页。

妈①。羚羊妈妈在抢到鳄鱼和孩子之间时突然减速，显然是要牺牲自己去救孩子，临死前它的眼睛还紧紧盯着自己的孩子。羚羊妈妈的救子行为显然是源于本能，不可能经过学习才能明白自己应该随时保护孩子。不言而喻，这种本能的反应也会发生在人类身上。

　　社会环境中的刺激能够激发社会性安全本能，但由社会性安全本能产生的需求和引发的行动并非完全源自本能，还与后天的学习有关。就动物而言，羚羊妈妈不需要学习就具有保护自己孩子的本能，但对鳄鱼危险性的认识和它阻挡在鳄鱼面前的行为可能是在现实中观察学习的结果。人基于社会性安全本能产生的社会性需求和相应的行为就更复杂了。比如，人还会为了维护其他非物质的东西，比如自己的信仰，而献出生命。人献身于信仰，当然是教育的结果，但究其根源，是社会性安全本能所致——要竭尽全力保护自己的信仰，让信仰安全，这样自己的安全需求才能得到满足。文天祥被俘后宁死不投降的行为即是如此。从小受到儒家忠君爱国思想熏陶的文天祥愿意用自己的生命去捍卫信仰，即使国家的灭亡已不可避免，他也不改其志，以身殉志对他来说是最心安理得的选择。而从心理需求与文学的关系来看，文天祥以死报国的意志也通过他创作的诗歌体现出来，并流传于世。绝非巧合的是，我们还可以看到很多通过文学创作来表明誓死报国决心或者忠贞爱国心迹的例子，而阅读这样的文学作品，则可使具有相似报国之志的读者心理需求得到激发和满足。这些思想的产生、基于这些思想而采取的行动，以及创作和阅读呈现这些思想的文学作品，都可视为在社会性安全本能基础上学习的结果。

　　人本主义心理学家马斯洛指出："人的欲望或基本需要至少在某种可以察觉的程度上是先天给定的。那些与此有关的行为或能力、认识或感情则不一定是先天的，而可能是经过学习或引导而获得的，或者是表现性的。"② 从本书论证的视角来看，马斯洛所说的"人的欲望或基本需要"可以理解为人的社会性安全本能和基于这种本能产生的需求。本能是先天的，而由此产生的需求则是先天和实践的综合结果，为了满足需求采取的行动则更多地来自学习实践。那么社会性安全本能在人的社会生活中到底能在多大范围发挥作用呢？我们不妨先来回顾一下马斯洛的需要层次理论。马斯洛认为人的基本需要"通常大部分是无意识的"，他详述了人类需要的层次：生理需要、安全需要、爱与归属的需要、尊重的需要、求知

---

① 参见 https://3g.163.com/v/video/VP6SOKMOI.html。
② 马斯洛：《动机与人格》，许金声、程朝翔译，华夏出版社，1987，第92页。

需要、审美需要和自我实现的需要①。可用图 3-1 表示：

```
          /\
         /自我\
        /实现的\
       / 需要  \
      /————————\
     /  审美需要  \         高
    /——————————\
   /   求知需要   \
  /——————————————\
 /   尊重的需要    \
/————————————————\
/  爱与归属的需要   \        低
/——————————————————\
/     安全需要      \
/————————————————————\
/     生理需要       \
——————————————————————
```

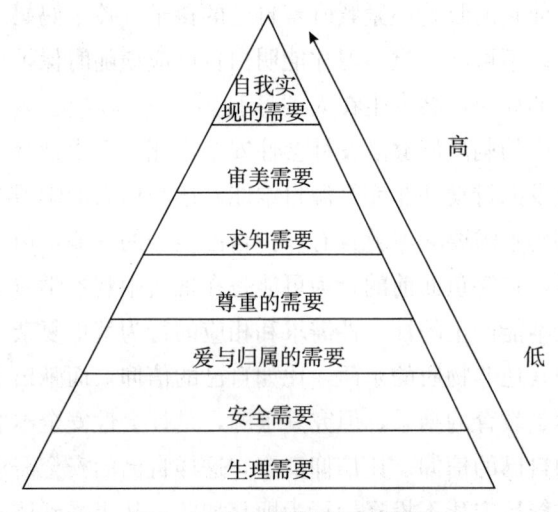

**图 3-1　马斯洛需要层次理论**

　　马斯洛所说的生理需要即类似于弗洛伊德所重视的本能和内驱力，在其他方面则大大突破了经典精神分析学所限定的研究范围，更符合现代社会生活中人的心理状态，因此受到广泛的赞誉。当然，这并不意味着马斯洛的需要层次理论是无懈可击、普遍适用的。在马斯洛的思想中，需要层次理论本身就有一个发展的过程，他在去世之前还在对此进行探索。同时，其他研究者也结合各种实际情况，不断地思考改进该理论。因此这是一个开放性的理论体系，它提供了一个基本框架，允许人们在此基础上不断发展。就需要层次的理论建构而言，这么多不同层次的人类需要排列在一个框架中显得有些凌乱，没有一个有说服力的标准将它们统一起来。同时，这些需要的分类也并非完全合理。例如，在论及安全需要时，马斯洛将其解释为对安全、可预料、有组织、有秩序的世界的追求，但其他一些需要，如爱与归属的需要和尊重的需要，也能体现对组织性或安全感的需求。此外，马斯洛没有区分与自然环境有关的安全需要和与社会环境有关的安全需要。根据本书前面的论述，我们尝试从生存本能、生物性安全本能和社会性安全本能的角度对马斯洛的需要层次进行调整和具体化的解释（见表 3-1 和表 3-2）。

---

　　①　马斯洛：《动机与人格》，第 40-68 页。马斯洛在去世之前，提出了比自我实现更高层次的需要，即自我超越的需要，这一点将在第七章详细论述。

表 3-1　人类本能的基本分类和相应的基本需要

| 本能的性质 | 刺激的来源 | 需要的形式 |
|---|---|---|
| 生存本能 | 人体本身 | 生理需要 |
| 生物性安全本能 | 自然环境 | 身体安全需要 |
| 社会性安全本能 | 社会环境 | 心理安全需要 |

表 3-1 归纳了前文所述的人类本能的基本分类和相应的基本需要，将本能细分为三种：生存本能、生物性安全本能和社会性安全本能。它们共同存在于人的无意识当中，只不过在不同情境下每种本能的重要性存在区别。这三种本能分别主要由人体本身、自然环境和社会环境决定，但某一本能的决定因素并非唯一，而是以某一个因素为主，其他因素也会参与，只是程度不同。表中的自然环境一般指人类干预较少的原生环境，但也不排除人为背景之下的次生环境和生活方式，其中有些会对生命安全产生威胁，如大到战争或经济危机造成的饥荒、流离失所和朝不保夕的生活，小到汽车川流不息的马路。表中的社会环境主要指人社会生活中的关系网络并由此带来的对人心理的影响，如家庭、工作、学习中产生的人际关系，人在社会化过程中对世界的认识，等等。上述几种本能、刺激的来源和相应的需要并非完全界限分明，而是互相衔接、连续统一的存在。

这三种不同的本能产生的需要分别对应不同的反应行为，但一般能够同时作用于一个人身上。生存本能产生生理需要，如饮食、睡眠、性与繁衍后代；生物性安全本能产生身体安全需要，即保障自身生命安全，如健康的食品、舒适的睡眠环境；社会性安全本能产生心理安全需要，如稳定的工作、良好的人际关系或较高的社会地位带来的安全感。按照这样的分类，可以清晰地看出马斯洛提出的安全需要主要是身体安全需要。有趣的是，马斯洛没有分析人对权力和金钱的需要，其主要原因可能在于权力和金钱大体上还是满足各种需要的手段，而非需要本身。从文学角度来看，很显然文学也是满足需要的手段，而且文学的产生虽然可能源于上述所有需要，但主要还是源于社会环境中产生的需要，主要反映人对社会生活中心理安全的理解和对更好的社会环境的追求。

表 3-2　人类社会性基本需要

| 行为的动力 | 产生联系的对象 | 需要的形式 |
|---|---|---|
| 社会性安全本能 | 社会环境中的他人 | 爱与归属 |
| | | 尊重 |

续表

| 行为的动力 | 产生联系的对象 | 需要的形式 |
| --- | --- | --- |
| 社会性安全本能 | 社会环境本身 | 求知 |
| | | 审美 |
| | 社会环境中的自身 | 自我实现 |

表3-2区分了马斯洛提出的不同层次的社会性需要在社会环境中产生联系的对象以及这些需要的原动力。为了避免"社会性安全本能"这个词可能会造成的生物性误解，表3-2中将"刺激的来源"改为"产生联系的对象"，其意义没有变化。从表3-2可以看出：

第一，爱与归属和尊重的需要来自个体与社会环境中其他人的联系。无论是在学校还是在工作场所，无论是面对家人还是朋友，人都需要某种亲密的感情和归属感。在与他人的交往中，个体需要爱与被爱，需要属于自己向往的某个群体、接纳他人和被他人接纳，需要受到尊重和尊重他人。这样，个体才会感到安全。

第二，求知和审美的需要是更高层次的需要，反映了人对世界的探索和欣赏。这两种需要在很大程度上也来自个体与社会环境本身的联系。首先，求知和审美的需要基本上都是人在社会生活和学习的实践中产生的，受到其所接触的文化、历史等因素的影响；其次，求知和审美的对象常常带有人类社会的因素，如人创作的艺术品或人造风景等；最后，即使有些对象似乎没有任何人类活动的参与，人在试图了解或欣赏它们时，也是出于人自身的目的。换言之，即使人们求知和审美的对象与社会环境无关，但求知和审美的行为的出发点和目标都与人在社会生活和社会环境中的需求相关。例如，我们探索宇宙，是为了人类生存环境的拓展和人类未来的发展；我们看天气预报，表面是了解自然界天气的变化，其实关心的是天气对我们生活、生产的影响；我们喜欢欣赏大自然的美景，是因为它们给我们带来了放松的享受和愉悦的心情，或会给我们带来其他的好处——也与人类利益有关。正如高尔太所认为的，美的本质就是"自然之人化"，没有与人无关的美①。埃德蒙·伯克（Edmund Burke）也早已指出："那些能够令人愉悦，令人感觉到实在的、原初的愉悦的东西，非常适合于产生美感。"②

---

① 高尔太：《论美》，甘肃人民出版社，1982，第8页。
② 埃德蒙·伯克：《关于我们崇高与美观念之根源的哲学探讨》，郭飞译，大象出版社，2010，第111页。

从求知与安全的关系来看,人的恐惧往往来自无知。关于世界的知识越丰富,人就会越有安全感。同样,审美产生的愉悦也能带来安全感,而安全感也是审美情感产生的前提。反过来说,不安全的环境不会让人产生美感,因为这样的环境对我们的生存产生了威胁,形成了利害关系。壮丽的自然风光能够带来美的享受,但是如果即将天崩地裂,给人的感受就会截然不同。使人产生美的体验的事物首先必然是安全的,美好的事物不会威胁我们的安全,而归根到底会使我们体会到一种更加舒适安全的社会生活。

第三,自我实现的需要主要来自个体和社会环境中自身的联系。这样的人关心的是如何把自己的社会价值发挥到最大,也就是说如何尽可能实现自己作为社会的人的价值。如果一个人能够以自我实现为人生目标,并且达到了自我实现,那么他必然会产生一种彻底的放松心态与安全感,而且是一种更加深刻的安全感,因为他摆脱了他人和社会环境对自己心理上的束缚,在一个更高的层次上建立了自己的评价系统。

安全感来自某一种稳定的关系,如果说爱与归属和尊重是为了与他人建立稳定的关系,求知和审美是为了与社会环境及其组成部分建立稳定的关系,那么自我实现则是为了与自己建立稳定的关系。或者我们可以进一步说,随着人的成长,能够给自己带来安全感的首先是他人,然后是社会环境,最后是自己。

马斯洛曾提出人类有自己特殊本性的可能性(他称之为似本能),上述的社会性安全本能似乎能够解释人类确实具有自己特殊的本性[①]。值得一提的是,虽然本书竭力强调社会性安全本能中社会环境因素的影响和人对社会环境理解的主动性,但仍然会有批评者认为该理论将人类行为的动机等同为与动物一般,认为它过于狭隘。尽管会冒这样的风险,我们仍然认为,社会的人来自自然的人,自然的人所具有的安全本能也有可能被迁移到社会生活中的方方面面,因为自然的人需要安全地生存,社会的人也需要安全地生存。

下面,我们进一步探讨社会性安全需要的发展过程及其表现方式。社会性安全本能是生物性安全本能在社会环境中的体现,这种本能随着人的成长,不仅没有减弱,还在不断地加强。因为人在社会化的过程中不断加深与社会各个方面的接触,当发现自己的许多思想不被社会接受,感受到外界各种各样的压力和威胁时,就必须采取某些策略来保证自身的安全,

---

① 马斯洛:《动机与人格》,第 104-106 页。

这些策略就是尽量满足前述的几种社会性需要。需要如果得到满足，就会有安全感。当然，并非每个人都必须满足所有的需要才会有安全感。正如前文所说，每个人对社会环境的理解都不一样，那么对社会安全的解释也会不一样，实现安全的需要也就各不相同。有些人只渴望爱与归属，有些人沉迷于求知和审美，而也有人会执着于自我实现或者自我超越。

那么人的各种社会性需要是如何形成的呢？当然与人在成长过程中的社会化实践有关。在这里，皮亚杰的建构主义发展观可以给我们很好的启发，他认为："认识既不能看作是在主体内部结构中预先决定了的——它们起因于有效的和不断的建构，也不能看作是在客体的预先存在着的特性中预先决定了的，因为客体只是通过这些内部结构的中介作用才被认识，并且这些结构还通过把它们结合到更大的范围之中（即使仅仅把它们放在一个可能性的系统之内）而使它们丰富起来。"① 如果建构发生在人的智力发展过程中，那么，根源于人的社会性安全本能的社会性需要，也是随着人的社会化而逐渐建构起来的。

人处于刚来这个世界不久的混沌状态时，只关注生存和身体安全。随着与喂养者和保护者的接触增多以及身体的发育，逐渐将人（包括自己和他人）与环境区分开，开始产生爱、归属和尊重的需要。渐渐地，人意识到社会环境本身也是系统性的，环境（如学校、马路、人化自然）也能对人发生作用，就产生了求知和审美的需要。随着人的进一步成熟，有的人意识到自己可以独立，不一定要被动地依赖他人和社会环境，能够更加主动地利用环境和实现自己的价值，这就产生了自我实现的需要。总而言之，在社会生活中，人对周围的环境和人产生了不同的认识，不同的认识也引发了不同的安全需求。

由此可以看出，爱与归属、尊重、求知、审美、自我实现以及自我超越等这些需要的层次是越来越高的，随着人的成长，需要的是更加自由的生活。需要的层次越低，对环境和他人的依存度就越高，就越不自由，反之亦然。

这时候，我们产生了一个新的问题：如果人已经产生了的社会性需要没有得到满足，会出现什么情况？首先会产生焦虑。当然并非每个人都会有上述的所有需要，例如，如果一个人从未想过要自我实现，他就不会为没有自我实现而烦恼。但是，如果一个人产生了自我实现的需要或其他需要而没有得到满足，他就会感到焦虑。持存在主义哲学观点的美国人本主

---

① 皮亚杰：《发生认识论原理》，王宪钿等译，商务印书馆，1981，第16页。

义心理学家罗洛·梅（Rollo May）深刻地研究了人的焦虑，他认为："焦虑是因为某种价值受到威胁时所引发的不安，而这个价值则被个人视为是他存在的根本。"① 现代社会中人的焦虑来源于价值观的丧失，包括采取不健康的竞争形式、看重理性而忽略非理性的情感、在复杂的经济环境中缺乏尊严等②。总而言之，焦虑攻击的正是人对自己存在的安全感。

在焦虑的影响下，人必须采取行动，否则，将会"求之不得，辗转反侧"。从这个角度来看，越是没有安全感的人就越有可能取得大的成就。但是，如果一个人不能明智地采用合适的方式来灵活地处理好各方面的关系，而是固执地按照自己对社会环境、他人或自身的错误理解，执着于某些不切实际的需要，就可能产生变态人格。精神分析社会文化学派的领袖人物卡伦·霍尔奈（Karen Horney）认为，一个孩子如果在成长过程中没有归属感，就会深深地感到不安全和害怕，产生"基本焦虑"，可能会演变成"神经症人格"。"神经症人格"会表现为下列三种态度的某一种，即顺从、挑衅或退避。其安全感的逻辑是，如果我顺从、拥有权力或者退缩了，我就不会受到伤害。正常人可以灵活处理这三种态度，而神经症病人缺乏变通的能力，仅仅运用其中一种来应付生活中所有问题，陷入更深的焦虑③。人往往将自己的社会性需要寄托在某样东西、某种行为或某个人身上以获得安全感，如神灵、宗教、君主、金钱、工作、爱好、明星、偶像、电子游戏等，甚至探险行为也可能源于心理安全需要。但是，如果不能灵活地保持各种关系的平衡，过度投入在某一点上，就可能产生某种"情结"。其需要的满足很可能是不正常的，比如有些过于投入的收藏家可能会有恋物癖。此外，如果不能处理好各种关系，就可能产生盲目的从众心理。对生物自我保护的本能而言，在群体中可以隐藏自己而获得安全感，但对社会化的人来说，盲目从众反而会失去自我和主体性。也就是说，从众或许能够满足低层次的安全需要，但难以满足高层次的安全需要。

## 第三节　社会性安全需要与文学

现实生活中，社会性安全本能得到满足的人一般不太需要文学，或至

---

① 罗洛·梅：《焦虑的意义》，朱侃如译，广西师范大学出版社，2010，第172页。
② 罗洛·梅：《焦虑的意义》，第193-196页。
③ 卡伦·霍尔奈：《神经症与人的成长》，张承谟、贾海虹译，上海文艺出版社，1996，第2-3页。

多读一些休闲性的文字来打发时间，不会对某些作品着迷，更不会产生依恋。但是，极少有人在整个一生中所有的社会性安全本能都能得到满足，总会在某些时候、某些地方、某些人或事情面前遇到挫折。如果基于社会性安全本能而产生的各种需要在现实生活中无法、很难或尚未实现（这些情况时常会发生，如古人所言"人生不如意事十之八九"），人会采取什么行动？人会采用什么方法来缓解甚至消除内心的焦虑？

第一种选择，也是最正常的方式，就是努力奋斗，用实际行动解决现实的问题。历史上有无数人通过奋斗实现了人生价值，满足了自己的社会性需要，成为人生赢家。这种选择是建设性的，能给自己和他人带来积极正面的影响。第二种选择是采用不正常的方式。如有的人面对挫折会产生变态心理、采用变态的行为，以一种畸形的方式满足心理需要，如恋物癖和避世者；有的人抱着鱼死网破的心理，就算自己难受也不让别人舒服，通过侵犯别人的权利来满足自己的心理需要，如虐待狂和杀人犯。这种选择是破坏性的，给自己和他人带来消极负面的影响。

除此之外，还有第三种选择，即采用虚拟的方式。如果源自本能的需要在现实中无法得到满足，又不想采用消极负面的方式，那么求助于文学等虚拟叙事似乎是最佳选择，文学中的虚拟空间是人精神寄托最好的领域之一。有的人虽然在现实生活中因为各种条件所限，不能实现人生目标，但可以通过阅读文学作品里描写的人生奋斗的故事，获得满足。即使是为了打发时间而阅读的特定的文学作品，也可能来自无意识中特别的需要，并不完全是随机选择。对作者来说，创作文学作品既是现实中的奋斗，也可以是虚拟的精神寄托，而读者通过阅读能得到的主要是虚拟空间中的替代性满足，但替代性满足也可以是相当重要的精神享受。弗洛伊德曾说过："一个幸福的人从来不会幻想，幻想只发生在愿望得不到满足的人身上。幻想的动力是未被满足的愿望，每一个幻想都是一个愿望的满足，都是一次对令人不能满足的现实的校正。"[①] 这本是针对作家创作的心理动力而言的，但用在读者身上也不无道理，而诺曼·N.霍兰德正是发现了这一点。他用了一系列弗洛伊德式的术语，如"幻想""防御""内驱力"等，来表示读者通过阅读文学作品能够把潜在欲望或恐惧转变成社会可接受的内容[②]。也就是说，在社会现实中无法满足的需要，能够通过阅读文

---

① 西格蒙德·弗洛伊德：《作家与白日梦》，载《达·芬奇与白日梦：弗洛伊德论美》，张唤民、陈伟奇译，上海译文出版社，2020，第25页。

② 参见 Norman. N. Holland, *The Dynamics of Literary Response* (New York: Oxford University Press, 1968).

学来安全地替代性地实现。

文学不仅能陶冶情操,也是一个很好的疗伤和激励手段,能给人以深刻启示,因为文学天生具有博大的内涵,远远超越了其他艺术形式。叔本华认为在表现较低级别的意志客体性时,如自然和单纯动物性的自然,因其本质容易把握,造型艺术的表现一般比文学艺术强,但是在表现人时,文学才是最佳形式,因为人不仅有"单纯的体态和面部表情",还有"一连串的行为以及和行为相随的思想和感情","就这一点来说,人是文艺的主要题材,在这方面没有别的艺术能和文艺并驾齐驱,因为文艺有写出演变的可能,而造型艺术却没有这种可能"①。文学中的世界是读者在现实中远远不能经历和想象的。其中既有大漠孤烟,也有小桥流水;既有生离死别,也有破镜重圆;既有胜利的欢颜,也有失败的泪水;既有善者的教导,也有恶人的悔过;既有内心的窃窃私语,也有当众的慷慨悲歌;既有对似水年华的追忆,也有对美好生活的憧憬;既有面临选择的痛苦犹豫,也有身处困境的一往无前……文学产生于人的需要,也因人的需要而被接受。姜文振指出:"如果我们从'需要'或'有用'的角度去看待文学的价值,就必须强调一点:人的最大的需要是源自人的心灵与生命的精神需要。……人生在世,物的层面的匮乏只是最基本的忧患,最大的忧患则来自心灵的匮乏和精神的枯萎。……因此,满足人内在的精神与心灵之需,是文学最重要的价值。"②

一部文学作品受欢迎的程度、范围、时间,固然与作品的主题和呈现方式有关,但更与读者的需求相关。不同的安全需要寄托于不同的文学作品,而相同的文学作品也可反映出不同的安全需要。一个沉迷于20世纪40年代张爱玲小说的家庭主妇,可以从中读出复杂的人际关系、甜蜜的爱情、高档享受的生活、妇女的解放、多年前的社会现实等。而另一位具有其他需求的读者,可能对这些都不屑一顾。读者对作品的接受方式和认同程度既有一定的相似之处,也会因人而异、因时代而异,因为不同时代、不同环境中的不同个体都会有其特别的心理需求。经典小说《西游记》在成书过程中甚至形成定稿后,一直都不断经历各种各样的改编和改写,在20世纪后现代主义思潮的影响下,甚至出现了一些颠覆性的再创造,如唐僧和孙悟空等主要人物形象的重新刻画、在西天取经的主线中加上了爱情的元素、突出了人物在现实的欲望和理想之间痛苦选择的荒诞性

---

① 叔本华:《作为意志和表象的世界》,石冲白译,商务印书馆,2011,第336-337页。
② 姜文振:《文学何为:中西传统文学价值观比较研究》,人民出版社,2014,第2-3页。

等，与原作的表现形式和主旨大相径庭。具体例子包括以网络小说《悟空传》和电影《大话西游》为代表的一系列小说、影视、戏剧改编，这些改编都受到一定程度的欢迎。人们通过改写传统文学作品来表达自己区别于前人的、符合自己时代特征的需求和情感，这样的现象在文学史中屡见不鲜。

　　我们早已知道不同读者对于同一部文学作品会有不同的解读，为人所熟知的名言"一千个读者就有一千个哈姆雷特"正是对该现象生动形象的描述。鲁迅对《红楼梦》主题的论述也有异曲同工之妙："经学家看见《易》，道学家看见淫，才子看见缠绵，革命家看见排满，流言家看见宫闱秘事……"① 诸如此类的种种陈述都表明了，文学作品的接受者并非被动消极地接受作品，而是会对作品进行有意或无意的主观解读，甚至在自己的思想中进行改编和再创造。读者对作品的解读具有主观性的原因可从多方面进行分析，如读者的文化程度、生活经验、个人兴趣、人生理想、艺术追求等，按照本书的观点，其根源在于每个读者自身的安全需要，即每个人都根据自己无意识中的安全需要来解读作品。鲁迅对《红楼梦》的看法正是一个很好的佐证："在我的眼下的宝玉，却看见他看见许多死亡；证成多所爱者，当大苦恼，因为世上，不幸人多。惟憎人者，幸灾乐祸，于一生中，得小欢喜，少有挂碍。然而憎人却不过是爱人者的败亡的逃路，与宝玉之终于出家，同一小器。"② 鲁迅自己从小就经历了家境的衰落和困顿，饱受世人冷漠的对待，因此他对普通人的不幸深有感触，对人情冷暖及其背后的社会和历史原因有着深刻的思考，希望能够通过文学来呼吁改革腐朽的制度和落后的思想，唤醒国人的救亡意识，振兴中华民族。这在他创作的文学人物形象中有不少体现，因此鲁迅特别关注《红楼梦》中的死亡、苦恼和不幸，并且也对宝玉最终出家的结局表示不满。通过《红楼梦》，鲁迅一方面注意到了他一向关心的社会和家庭中的弱者的命运，另一方面也体会到了封建社会家族衰亡的必然性。

　　作者和读者对文学需求的出发点是一样的，有的人因为其艺术天赋、受教育程度或其他条件的帮助，能够创作文学而成为作者，其他更多的人则成为读者③。但两者从文学中获得的心理体验是相似的，因为作者和读

---

　　① 鲁迅：《集外集拾遗补编·〈绛洞花主〉小引》，载《鲁迅全集》（第八卷），人民文学出版社，2005，第 179 页。
　　② 鲁迅：《集外集拾遗补编·〈绛洞花主〉小引》，第 179 页。
　　③ 在互联网和自媒体时代，这种状况发生了改变，人人都有可能成为新形态文学的作者，详见后述。

者的身份在心理上可以相互转换。一部文学作品产生以后，作者就不再处于中心位置。当原作者在阅读自己的作品时，他的身份已转变为读者，而包括转变了身份的作者在内的所有读者，其解读作品都是在自己头脑中对该作品进行再创作的过程，可以说读者也就是隐性的作者。因此所有人都可以通过创造或改造文学作品来介入和利用文学，满足自己的心理需求。罗兰·巴特从后结构主义视角出发，提出了"可写"文本的概念，表明文学文本的意义经过读者参与建构而具有广泛的复义性和不确定性[①]。本书在此借用这一概念来说明读者参与意义建构的心理原因："可写性"乃是文本的虚拟空间在满足读者心理安全需要过程中产生的心理效果，需求不同，阅读中获得的心理效果也就不同，其结果是对文本意义理解的多样化，于是表现为文本每经过一次阅读就仿佛被重构了一遍。

至此，我们可以这样归纳人和文学的关系：人在社会化过程中，其社会性安全本能引发了各种社会性的心理需求，这些心理需求源于本能，因此必须得到满足，否则就会产生难以排解的心理焦虑，这些焦虑往往深藏于无意识之中，成为人行为的驱动力。心理需求如果不能或者尚未在现实生活中实现，文学就是一个极好的选择，因为文学的丰富性和文学创造的虚拟空间能够赋予读者诠释的权力，也让读者有了诠释的可能。读者通过解读文学作品可以实现心理需求替代性的满足，从而产生一定程度的安全感。从这一点可以看出，文学的产生和存在不是无缘无故的，而是人类精神世界发展的必然结果，更是人社会性安全本能的必然要求。

总之，文学的作用之一就是实现对真实世界中人们心理需求的替代性的满足。那么，文学是否确实能够（替代性地）满足马斯洛所提出的各种需要？先回顾一下本书对文学的初步定义："文学是语言的艺术，以创造和审美为主要特征，以教化和娱乐为主要目的，以伦理关系为主要表现方式，反映人在世界中的认知、情感、愿望、意志等心理体验，这些体验基于作者和读者的想象，既可能被意识到，也可能源于无意识。"再复习一下马斯洛提出的各种需要：生理需要、安全需要、爱与归属的需要、尊重的需要、求知需要、审美需要、自我实现和自我超越的需要。如前所述，本书将马斯洛的观点稍作改变，把他提出的各种层次的需要重新归纳为身体安全需要和心理安全需要。可以发现，文学和人的心理安全需要有许多可以沟通之处。

文学提供的是精神上的享受，而人的需要也主要是精神上的。对于身

---

[①] 罗兰·巴特：《S/Z》，屠友祥译，上海人民出版社，2000，第56-63页。

体安全需要这一非精神需要，文学作用不大，但对于心理安全需要，文学可以大展身手。爱与归属的需要涉及的是人与人之间的关系，人们都渴望建立良好的人际关系，被人喜欢、属于某个自己喜欢的群体。文学中常常表现的就是人与人之间的伦理关系，作者或读者要么将自己认同为某一角色，要么以第三人的眼光审视某一角色，产生同情或厌恶，从文学中获得伦理体验和归属感。很多人应该都有这样的体验，文学中描写的人物和场景是如此美好或有趣，我们阅读时全身心投入，甚至不愿从里面出来返回到自己所生活的现实世界。这在一些童话故事或奇幻小说中尤其明显，如《纳尼亚传奇》、"哈利·波特"系列、《绿野仙踪》、《爱丽丝漫游仙境》等。与其相似，尊重的需要同样涉及人际关系，我们与人交往时都希望得到尊重。尊重也是文学伦理关系的一个重要方面，文学中有很多通过个人努力而取得成功、获得他人尊重的叙事，能让人产生强烈的认同感，读之心里会充满自豪，希望自己能与书中人物一样取得丰功伟业、受人景仰，因此现实生活中尊重的需要在文学中也能得到满足。这一点常见于一些史诗和传奇中的英雄人物，也可体现在小人物奋斗的故事里。反过来，当某部作品中良好的人际关系和归属感被破坏而呈现悲剧性的结局，或道德败坏的角色取得了成功，读之我们会充满失望，甚至感到愤怒，因为在这部作品里我们相应的需要没有得到满足。

　　求知需要和审美需要都涉及人与环境，尤其是与社会环境的关系。人需要了解世界和自身，但不可能亲身经历一切，因此会求助于书本。文学的世界虽然不是对客观世界一模一样的复制，但也是源于客观世界，与其密不可分。依靠人们阅读过程中的想象力，文学可以将人带到从未去过的地方，见到从未体验过的风土人情和生活方式，了解异域文化，畅想古人和后人的世界。同时，阅读文学也可以让我们更好地了解自己，让我们知道自己的处境和身心状态，指导我们更加明智地工作和生活。总之，文学能够让我们获得丰富的知识，帮我们更加深刻地理解世界和我们自己，满足我们求知的需要。人还有审美的需要，文学的一大功能就是审美。文学可以自由地描绘各种奇异的风光，大到浩瀚的宇宙，小到一粒微尘，更不用说山川河流、市井楼阁、金戈铁马、风花雪月、明眸笑靥等意象中表现的美感。文字本身也有魅力，作品精心设计的结构、绝妙的比喻和恰到好处的抒情等，都能让人产生审美享受。各种类型写景、抒情的诗歌和散文是这方面的最佳体现。

　　自我实现和自我超越的需要与前面所有的精神需要都有一定联系，但是存在根本的区别。前面四种需要都是为了与外界和他人进行更好的联系，了解世界、享受人生，而自我实现的需要则是从自我出发，超越自身的缺陷，实现自身的价值，建构自身的主体性。这是超越一般精神需要的更高层次的需要。有的人写作是为了赚钱、赢得更高的社会地位，而有的人写作是因为写作本身就能让其快乐，能够从中获得不一般的精神享受，当然也有人写作的目的是两者兼有。对读者来说，一些文学作品也能让其产生更深刻的人生感悟，发现现象背后的世界的本质，体会到所有行为思想之上的终极境界，从而明白自己人生应有的方向，自我实现和自我超越的需要也因此得到满足。这一点可见于大量个人奋斗成长的故事，也可见于一些表现深刻思想境界的作品，比如美国超验主义的散文和中国的禅诗。

  从以上分析可知，文学能够反映人不同层次的需要。从需要层次角度出发也可以帮助我们阐明一个重要问题，即如何区分"好"文学和"坏"文学，也就是说，为什么有的作品看上去要比其他作品更"好"一些？关于作品是"好"还是"坏"，主要有两层含义：一是为什么有的作品在文学史上被公认为是优秀作品，引起评论家和读者的广泛关注，而有的作品却无缘这样的殊荣？二是为什么不同的读者往往对作品褒贬不一，各有所好？一部文学作品的质量当然首先与其表现的方式和技巧有关。勒奈·普列托（René Prieto）曾经在课堂上说过，每一部杰出的文学作品都有其形式上的过人之处。他主要通过词汇、语法、修辞和篇章结构的细读去阐释作品，但这不是本书分析的重点。

  根据需要层次理论，人的需要从生理方面到心理方面，从身体安全到心理安全，从感情上的爱与归属到精神上的自我实现，级别层层提高。自我实现和自我超越属于人类最高层次的需要，也是人类与其他较低等动物的最大区别。将需要层次理论和文学相结合，就可得到一些清晰的评判作品优劣的线索。首先，如果一部作品如实反映了人们更高层次的心理需要，就可视为更好的作品。人们一般认为"纯文学"比"通俗文学"层次更高。对于这个现象，不同的人可以有不同的解释，比如通俗文学注重商业性，所以文学性就弱了。但这种解释尚未触及本质，其实一个重要原因是，所有文学作品都能满足某些社会性需求，但所满足的需求的层次是不一样的。桫椤指出："低层级的文学作品，反映的正是写作者低层次的基础需求；高层级的文学作品，反映的恰是作者高层次的成长需求。"[①] 纯文学更注重人们高层次的心理需要，而通俗文学更偏重低层次的心理需要

---

① 桫椤：《文学品质与马斯洛需求层次理论》，《光明日报》2014年10月13日第13版。

（甚至还包括生理需要）。这跟文体似乎关系不大。诗可以言志、抒情、写景状物、描写日常生活等，其表达的心理需要不同，境界自然迥异。就小说而言，色情小说不登大雅之堂，是因为其主要满足生理需要。以黑帮、灾难、恐怖、打斗等为主题的作品，主要满足人们的身体安全需要，心理需要不是重点，所以文学价值一般相对较低。众多的言情小说和武侠小说主要满足爱与归属的需要，因此显得"通俗"，同样，如果只看《金瓶梅》的情爱描写，则层次不高，但如果探讨其中妇女的社会地位，就另当别论了。追求更高精神境界的散文，如梭罗的《瓦尔登湖》，自然会受到普遍的称赞。总而言之，无论是诗歌、小说、戏剧还是其他形式的文学，侧重于更高层次的心理安全需要的，文学价值也会更高。

其次，如果一部作品满足了更多层次的心理需要，就可能受到更多人的欢迎，也会得到更佳的赞誉。文学作品的命运非常奇特：有些炙手可热，另一些却少人问津；有些只能风行一时，另一些却永世留芳；有些只被特定的人群欣赏，另一些却让所有的人都喜欢。造成这种现象的原因之一，就是作品是否能够吸引不同时代、具有不同需求的读者。伟大的文学作品往往具有深刻的内涵，呈现复杂的主客观世界，从而能够满足多种心理需要。例如，列夫·托尔斯泰的《战争与和平》、威廉·福克纳的美国南方小说系列等，分别以特定的波澜壮阔的历史时期为背景，充分呈现了历史中各种人物和冲突，揭示了时代变迁的深层次原因，因而被誉为经典。与其相似，《简·爱》和《红楼梦》能够成为经典是因为它们满足了几乎所有层次的社会性基本需要，而且小说虽然聚焦于某一类阶层的人物，但其中呈现的需要跨越时代、地域和文化而广泛存在。因此，如果作品具有相当的深度或广度，从方方面面探索和揭示人性的本质与影响因素，就会成为历史性的杰作。

最后，如果一部作品恰好反映了某个读者当前的心理需要，该读者就会认为这是一部好作品。对作品价值的评判并不总有统一的认识，文学批评家热衷的作品普通读者不一定喜欢，而一些屡屡被拒稿的小说侥幸得到出版机会后却广受世人追捧，甚至有些作品刚出版时反应平平，过了几十年甚至上百年后，人们才发现它们的价值，如艾米丽·勃朗特的《呼啸山庄》在 20 世纪比 19 世纪还要受欢迎。这背后隐藏了什么秘密呢？其原因就在于读者的需要和作品中表现的需要之间的契合程度。读者的阅读过程就是寻找文本中与自身需要一致的隐藏话语的过程，如果找到了，其心理需要就会得到满足，从而产生阅读快感。但是，人们的生活经历和心理体验是不一样的，对自己在社会环境中的安全的概念也会有所区别，而且随着环境和经历的变化，安全需要也在变化，所以对同一部作品就会产生不同的评价。《呼啸山庄》在20世纪被读者和评论家"重新发现"，也许是它能满足新时代人们新的需要，如女性的解放和觉醒、无意识和非理性心理的探索等。很多经典小说，如《傲慢与偏见》和《西游记》，被一遍遍地改编成影视，一个重要原因就是不同的影视呈现方式满足了不同时期和地域人们的审美以及其他心理需求。

总而言之，当人类进入文明社会后，在社会性安全本能的驱动下，产生了诸多心理安全需要，而文学的世界能够反映人在现实世界中的认知、情感、愿望、意志等心理体验，并在此过程中满足人绝大多数的精神需求。人的精神需求源自其无意识心理，往往是综合性的，爱与归属、尊重、求知、审美、自我实现、自我超越等的需要可以同时存在于一个人身上；人的精神需求也是流动性的，在人生的不同时期、阶段和处境中，人的核心需要会发生变化。一部好的文学作品能够同时满足人们多层次的需求，其提供的虚拟空间能让读者解读出多种意味。这种满足是对现实的替代性的满足，提供的是替代性的安全感。尽管文学的虚拟安全感和现实生活中获得的安全感来源不同，但是人产生的相应心理感受可以是相似的。现实生活中的行为也可理解为人们通过行动进行的叙事，如走向狮子的那三位猎人。每个人都有自己的文学，因为每个人每时每刻都在表演和讲述自己的故事，试图解释世界和自我，建构自己的主体性。文学产生和接受的过程既是人主体性建构的过程，也是克服焦虑、满足心理安全需要的过程。

# 第四章　文学与心理弱者的需求

上一章着重分析了文学满足的是什么样的心理需求，以及这些心理需求的根源是什么。本章将探讨文学为什么能够满足以及怎样满足人的心理需求。前三章主要用归纳推理的方式展开论证，通过分析前人的相关研究，推断出自己的结论。从本章开始采用演绎法，先提出观点，再论证观点。关于文学为什么能满足作者和读者的心理需求，笔者经过长期学习、观察和思考，得出的初步结论是，因为现实世界中充满了各种心理弱者，而文学的虚拟空间中也大量描述了心理弱者和弱者的反抗，文学通过呈现各种各样弱者反抗的方式，满足现实世界中人们不同的心理需求。

## 第一节　心理弱者的概念探讨

提到"弱者"这个词，人们一般首先会联想到社会上的弱势群体或在工作单位、学校、家庭中地位较低、被歧视或被虐待的对象等，也会联想到政府或民间设立的对弱者的救助机制，如残障人士保障、法律援助、流浪者救助、低收入者福利和医疗等。社会越进步、发达，对弱者的帮助就会越多。《新牛津英语词典》中，weak（"弱"）用来形容人时，主要指缺乏体力或活力、没有能力完成对体力要求较高的任务的人，而 the weak（"弱者"）则指缺乏政治或社会权力、影响力的人[①]。可见弱者的概念主要是社会性的，是指各种社会关系中的弱势人群。

因此，弱者一般是政治学、社会学的研究对象。讨论国家政治和社会生活中弱势群体的状况和救助情况，以及如何保障社会公平，这样的著作屡见不鲜，如《弱者的武器：农民反抗的日常形式》《弱者的抗争：美国

---

① Judy Pearsall ed., *The New Oxford Dictionary of English* (Oxford: Oxford University Press, 1998), p. 2090.

宪法的故事》《弱者的正义：转型社会与社会法问题研究》①。哲学和伦理学也会论及弱者的地位和身份，以及应如何看待和对待弱者。很多相关论述会通过善恶等概念来探索人的本性、价值以及人际关系，也会讨论如何善待老人、儿童、穷人、妇女等弱势群体。古今中外这样的论述相当多，散见于许多思想家的著作中，如《墨子》中倡导的对贫贱者的关爱、卢梭在《论人类不平等的起源》中对封建等级关系的批判等，此处不一一赘述。

前人所定义的弱者可分为生理性的弱者和社会性的弱者。生理性的弱者是指因疾病、伤害等造成身体（包括脑部）缺陷而无法执行正常功能的人，或由年龄、性别、身体素质、遗传、人种等差异带来的身体上弱势的人。社会性的弱者是指在社会生活和社会关系方面（如经济、政治、地域、法律、族群、职业等）处于弱势地位的人，也包括前述因身体原因造成的社会生活上的弱势，如残障人士难以找到好工作。

然而，此处试图重点探讨的并非上述两种弱者，而是第三种——心理弱者。上述弱者的界定主要取决于外部因素，即通过比较人的身体条件或社会地位来判断相对的强弱。但是，真正的强弱并非仅仅由外部因素决定，还取决于每一个独立的个体在现实生活中对自身、他人和社会关系的理解。身体残障者并不一定自惭形秽，位高权重者不一定高枕无忧；家境贫寒者不一定低声下气，富可敌国者不一定称心如意。从主观心理来看，人人都有可能遇到某种形式的挑战，成为某种意义上的弱者。当然，身体和社会地位弱势的人一般情况下容易遭到更多的挫折，需要得到更多的帮助。心理弱者更有可能从前两种弱者中产生，但所有人都有可能遭遇心理创伤，在心理上处于弱势地位，只是程度和表现形式不同。

从社会性安全需要视角来看，所有人都具有社会性的安全本能和由此产生的安全需要，而因身体或社会关系因素造成的弱势群体，其社会性的需要比其他人更难以得到满足，比如贫困人群更难得到他人的尊重。这并非说社会中的强者就没有需要，只不过不同的人有不同的需要。社会生活中处于强势地位的"人生赢家"，其社会性安全需要不一定就完全得到了

---

① 参见詹姆斯·C.斯科特：《弱者的武器：农民反抗的日常形式》，郑广怀、张敏、何江穗译，译林出版社，2011，该书通过剖析马来西亚农民通过消极怠工的方式与剥削者对抗，揭示其社会学根源；陶龙生：《弱者的抗争：美国宪法的故事》，中国政法大学出版社，2014，该书用生动的案例描述了美国穷人、少数族裔等社会弱者在法治进程中，通过不屈不挠的抗争，赢得属于自己的合法权益；余少祥：《弱者的正义：转型社会与社会法问题研究》，社会科学文献出版社，2011，该书探讨了社会弱势群体法律保障的制度建构及实施机制。

满足，还需要不断地去挑战世界、挑战自我。很多创造了巨大商业或金融帝国的富人投入慈善事业帮助他人，或去从事挑战性的活动，如攀登雪山、去外太空旅游等，正是这样的表现。用辩证的方法来分析，可以发现强弱是一对矛盾，它们是对立统一的，在一定条件下会向对方转化。弱者有变强的心理需求，而强者也会出现弱势心理。人的一生就是在心理强弱矛盾不断转化的过程中，伴随着需求的不断产生和解决而向前发展的。

综上所述，心理弱者普遍存在。关于心理弱者，我们可以这样描述：在生活实践中，人们往往会因为社会性安全本能产生某些心理需求，如果需求遇到了阻力或压力而难以实现，就会产生焦虑和挫折感，这种感受使人在心理上处于压抑状态和弱势地位，成为心理弱者。由此可见，心理弱者的概念是从人的主体意识角度对人的存在的描述，反映了社会实践中的各种关系对人心理的深层影响。

弱者心理往往是无意识的，却是人行为的强大驱动力，是人的成就动机的重要来源。人克服困难取得成就的动机越强大，说明其无意识中的弱者心理及驱动力越强大。只有采取行动，通过某种方式克服焦虑和挫折感，人的社会性安全本能才能得到满足，人才能享受到内心的平静。关于如何克服社会性安全本能带来的焦虑，本书在前一章已有所论及，如人们可能采取建设性、破坏性或虚拟的方式。在这里，我们不妨从弱者心理的视角进一步论证。

一个心理上的弱者，最好的选择当然是在现实中通过建设性的方式让自己变成强者，比如拥有财富和权力。一般而言，财富和权力能够带来成就感，是社会性的需要能够得到满足的基础。社会性需要满足了，心理焦虑就会减轻甚至消除，就会感觉到自己变得强大。上述解决方法主要是从外部入手，通过改变外部条件来解决心理冲突，但心理现实往往不会那么简单。一方面，新的焦虑会产生。一种需要得到满足了，还会有其他需要出现，而且随着环境的变化，同样的需要还会反复出现。以尊重的需要为例，人随着成长会不断接触新的环境，在原有环境中尊重的需要得到满足了，但是在新的环境中，必须继续努力以满足新的尊重的需要，否则还是会觉得自己处于弱势地位。因此，从历时角度来看，社会性安全需要和由此产生的弱者心理始终难以消除，推动人们不断地奋斗。另一方面，各种需要之间也存在冲突。人往往同时具有多种需要，但有时候很难同时满足所有的需要，这样就会陷入痛苦的抉择之中。这时人必须做出选择，重新解释自己和这个世界，通过取舍找到最适合自己的方向，比如为了自我实现而放弃其他需要的满足。因此，从共时角度来看，这种痛苦选择的存在，也使心理弱者难以得到解脱。

总而言之，心理弱者的安全需要很难一劳永逸地得到满足，弱势心理很难得到改变。环境改善、收入增加和地位提高并不一定就能让人的心理体验由弱转强。也就是说，抛去破坏性的方式不谈，即使是建设性的方式也很难改变人的弱势心理。现在我们不妨来看看虚拟的方式。前一章提到，为了缓解或去除焦虑和挫折感，人们采用的方法之一是求助于文学。可是文学也主要是一种替代性的方案，又如何能满足弱者的需求？我们将在下一节讨论这个问题。

## 第二节　心理弱者对文学的需要与接受

人类非常幸运地进化出了发达的大脑并建立了严密的社会组织，得以克服身体上的劣势，在与其他物种的竞争中立于不败之地。人类还发展出了丰富的语言，创造出了多种形式的精神产品，能够表达情感并展现自己对世界的认识。但人类也因此产生了其他物种所没有的一些问题，尤其是心理问题。强大而复杂的心理需要是人类所特有的，伴随而来的是各种满足心理需要的方式和行为，其中包括文学以及文学作品的创作和阅读。

前文介绍过，人的心理需要可以概括为三个方面，即爱与归属和尊重的需要、求知和审美的需要、自我实现和自我超越的需要，它们分别主要体现为人与他人、环境和自身的关系。由于各种社会性需要无法得到满足，人们在心理上失去了安全感，处于弱势。文学可以在重获安全感的过程中扮演重要角色。在讨论文学中体现的人类需要之前，我们不妨先分析一下文学虚拟空间之外体现的，又与文学或多或少有联系的人类需要满足方式。

我们可能见过这样一些情况，有些人会在家里的书橱里整齐地摆放许多世界名著，但从来不阅读，或者偶尔象征性地翻一翻，永远都不会读完一本书；还有一些人，他们看某一部文学作品是因为身边很多人都说该作品好，或老师要求他们看，但在感情上并不接受这样的作品，或因为该作品与自己没有关系而提不起兴趣。在诸如上述情况的文学阅读中，读者只有功利上的目的，而对作品内容并不重视。这时，文学作品并没有发挥应有的价值，最多只以抽象的概念来满足人的需要，让名著的主人显得很有知识和品位，或让学生考试获得高分。这种形式的需要的满足不是文学存在的本意，也不是文学作用的主要方面。

那么文学本身是如何作用于人并且满足人类需要的？这涉及人在阅读

文学时的心理体验（或称阅读经验）。阅读文学的经验不止一种，比如上文所列举的功利性或者工具性的阅读经验，当然它们只是将文学当作通常意义上的工具，与文学虚拟空间满足人们精神需要的特殊价值无关。英伽登（也译作英加登）把阅读经验区分为非审美经验和审美经验，非审美经验指将文学作品当作历史学、语言学等的材料进行研究性的阅读而产生的心理体验，审美经验是源于原始审美情感的阅读体验[1]。原始审美情感是指我们在知觉一个实在事物时，被该事物带有的"一种特殊性质或一系列性质，或一种特殊的格式塔性质（例如一种色彩或色彩的和谐，一种旋律或节奏的性质，等等）"打动而产生的一种特殊情感[2]。伴随这种原始情感的审美经验不是"对一种性质纯粹被动的、消极的、非创造的'观照'……。相反，审美经验构成一种非常积极的、细致的、创造性的人类生活的一个阶段。然而，它所包含的'活动'并没有在我们周围的世界中造成什么变化，而且它的'目的'也不是做这些事"[3]。因此审美经验具有两个特征，一个是主观创造性，另一个是虚拟替代性，它们正是文学艺术能够作用于人内心精神世界的特殊价值的体现。

可以看出，非审美经验同样具有工具性，与文学的虚拟空间关系不大，审美经验则没有工具性或功利性，直接受到文学虚拟空间的影响。让读者产生非审美经验一般情况下并非作者创作文学的本意，而能够发挥文学根本作用、更能满足读者心理需求的还是阅读过程中的审美经验。需要着重指出的是，此处的"美"不是一般意义上的美丽或美好，而是人对世界直觉的感受，因此审美经验就是"直觉的经验"，当然这样的经验给人带来的是审美愉悦。在文学等艺术鉴赏过程中，直觉的对象呈现为形象，所以审美经验可以理解为"形象的直觉"[4]。

英伽登认为，当读者超出现实世界进入作品中再现的纯粹客体的领域时，并不一定会调动审美经验，文学作品中再现的对象也不一定是审美对象；只有当作品中出现一致或和谐的审美相关性质，审美对象才会产生[5]。那么，怎样理解"一致或和谐的审美相关性质"？朱光潜从心理距离视角深入分析了人对客观世界或文艺作品产生审美经验的原因，也许可

---

[1] 罗曼·英加登：《对文学的艺术作品的认识》，陈燕谷译，中国文联出版公司，1988，第230页。

[2] 罗曼·英加登：《对文学的艺术作品的认识》，第197页。

[3] 罗曼·英加登：《对文学的艺术作品的认识》，第205页。

[4] 朱光潜：《文艺心理学》，安徽教育出版社，1996，第12页。

[5] 罗曼·英加登：《对文学的艺术作品的认识》，第233页。

以给我们一些启发。他指出，当外物与人之间有较强的实用或利害关系时，就没有审美的心理距离，而当人和物的关系由实用变为无利害关系的欣赏时，便产生了审美的心理距离。艺术创作就是将事物摆在某种"距离"以外去看，但是艺术家一方面要超脱，另一方面还要和事物存在"切身"的关系，这就产生了"距离的矛盾"，即在审美过程中，人既要脱离现实生活，又要将感情附着在审美对象上；既要做到忘我，又要拿"我"的经验来印证作品。就排除实用性而言，需要距离；就审美情感而言，需要忘我，达到物我同一。因此在欣赏艺术作品时，人要把握"距离"的尺度，太近会产生实用的动机，太远则无法了解作品。就艺术创作而言，也需要处理好"距离的矛盾"：既要写出真情实感，又要把这种情感放到一定的"距离"之外去观照①。也许在这种保持一定"距离"的情况下，读者就能够感受到"一致或和谐的审美相关性质"，而文学作品才成为审美对象。

总之，作为审美对象的文学作品、让人产生审美经验的文学作品，才可称为具备了满足读者心理需要的基本性质，其能够满足心理需要的关键之处就在于读者与作品之间微妙的心理距离。如何把握这样的距离？或者，在处于特定心理距离时，人应该具有何种审美心理状态？姚斯（也译作耀斯或尧斯）对此进行了解释，他分析了人在生活中面对自己或环境等时所处的审美角色距离，并将其区分为前反思的审美态度和反思的审美经验这两种心理体验。前反思的审美态度指向日常现实之外的另一个世界，并对其信以为真，但是这常常会损害审美期待，在现实中陷入沮丧失望。至于反思的审美经验，"只有在审美经验的反思的层次上，当人们自觉地扮演旁观者的角色并且喜欢这一角色的时候，才能从审美的角度来欣赏并且怀着喜悦的心情来理解他所认识到的或与自身有关的真实生活情境"②。前者可视为一种初级审美情感的表现，审美主体无条件地完全认同审美对象而获得审美快感，缺陷是这种认同容易使审美经验与日常经验相背离，从而不能真正满足审美主体在现实中的心理需求，或者那样的满足只是一种假象。后者则复杂得多，可视为高级的审美情感，"它使人们能够认识过去的或者被压抑的事情，由此使人们既能保持奇妙的旁观者的角色距离，又能与他们应该或希望成为的人物作游戏式认同。它使我们得以享受

---

① 朱光潜：《文艺心理学》，第 25 - 27 页。
② 汉斯·罗伯特·耀斯：《审美经验与文学解释学》，顾建光、顾静宇、张乐天译，上海译文出版社，2006，第 3 页。

生活中可能无法获得或者难以享有的乐趣"①。因此，反思的审美经验是一种超越性的"元"经验，它意味着审美主体可以从第三方的视角来观照和审视自我，与自我保持距离从而获得审美愉悦和成长体验。如姚斯所指出的，"在与角色和情境相脱离的情况下，（反思的）审美经验还提供机会使我们认识到一个人的自我的实现是一种审美教育过程"②。

如果将上述两种审美心理状态应用在文学欣赏中，可以说它们都是对文学虚拟空间的主观解读，只是解读的方式不同。持有前反思的审美态度的读者会无差别地认同文学世界，并沉迷于其中，将其与现实世界隔离，有丧失自我的风险，更难以借助文学满足自我的精神需求。例如1774年歌德的《少年维特之烦恼》出版后，不少青年模仿主人公维特饮弹自杀，以致该书一度被禁止。这些自杀的读者所持的正是前反思的审美态度，将自己的人生完全等同于作品叙事，盲目采取与作品主人公同样的行为，导致自我的毁灭。持有反思的审美经验的读者在欣赏文学作品时，能够意识到文学的虚拟空间与现实之间的区别，从而使自我与文学虚拟空间保持一定的心理距离，利用文学满足自我的需求。这样的审美经验是文学的虚拟空间与读者的心理需求进行互动的最佳方式，也是最合适的审美心理距离。文学审美过程中心理距离的平衡非常重要，"距离太大或是距离太小都会变成与所描绘人物的无兴趣分离，或者导致在情感上与这一人物形象的融合"③。显然，无兴趣的分离和完全的融合都不利于产生有益于文学欣赏的审美经验。姚斯从审美经验的五个层次阐释读者与文学作品主人公认同的互动模式，包括联想式、钦慕式、同情式、净化式和反讽式④。作品中不同的主人公呈现方式让读者产生不同的审美经验，以多样化的方式建立与主人公的互动，例如《西游记》的读者对孙悟空的审美经验就可能包括上述五种方式中的任意一种。

至此，我们已基本阐明了人接受与欣赏文学虚拟空间的心理机制。简而言之，人在阅读文学作品时会产生一种直觉的体验，即审美经验，源于原始审美情感，这种情感因读者与作品之间的心理距离而产生。若读者的审美经验处于反思的层面，就能够将心理距离调节到平衡状态，让读者将对作品或作品人物的认同与自身的实际境遇相结合，通过与文学虚拟空间的多种模式的互动来满足不同心理需求。

---

① 汉斯·罗伯特·耀斯：《审美经验与文学解释学》，第10页。
② 汉斯·罗伯特·耀斯：《审美经验与文学解释学》，第10页。
③ 汉斯·罗伯特·耀斯：《审美经验与文学解释学》，第187页。
④ 汉斯·罗伯特·耀斯：《审美经验与文学解释学》，第190页。

## 第四章 文学与心理弱者的需求

从上述原理出发，我们可以进一步提问：读者与作品或作品中的主人公等人物进行认同式互动时，心理状态如何演变？一般认为，对读者来说真正有效的阅读必须建立在移情的基础之上，借此改变视界和审美经验。"一旦发生了移情现象，就产生出一种奇怪的同想象中的人物及其状态的直接交流或友谊。我们产生的情感非常类似于我们在现实中接近这样的人和他的心理状态时可能具有的情感，喜爱他、羡慕他或仇恨他的情感。这个想象中的人物和他的生活中的所有东西都仿佛是现实的存在。"① 就诗歌而言，梁宗岱认为，一首好诗首先要能够"在适当的读者心里唤起相当的同情与感应"②。我们来看看英国诗人威廉·布莱克（William Blake）的一首小诗："一颗沙里看出一个世界，一朵野花里一座天堂，把无限放在你的手掌上，永恒在一刹那里收藏。"③ 这首诗读来令人感动，区区四句，竟有转换时空的神奇力量。无独有偶，唐代诗人陈子昂也曾发出感慨："前不见古人，后不见来者，念天地之悠悠，独怆然而涕下。"这首诗同样令人感动，斗转星移、沧海桑田仿佛发生于一瞬，展现了刹那的永恒、永恒的刹那。这两首诗的写作动机和时代背景完全不同，但为什么都有让人感动的神奇力量？因为作者和读者在其中注入了自己的感情，将自己融入了诗中的宇宙。是人的感情，使作品和作品中的世界拥有了生命的活力。这种感情来源于人对自己生命的理解，作品的生命就是人的生命。

德国美学家特奥多尔·利普斯（Theodor Lipps）将这个现象称为"审美的移情"。根据朱光潜的研究，利普斯从三个方面界定了审美的移情作用，这三个方面要综合在一起，不能割裂开来：首先，审美的对象不是对象的存在或实体，而是体现一种受到主体灌注生命的有力量、能活动的形象，因此它不是和主体对立的对象；其次，审美的主体不是日常的"实用的自我"，而是"观照的自我"、只在对象里生活着的自我，因此它也不是和对象对立的主体；最后，就主体和对象的关系来说，它不是一般知觉中对象在主体心中产生一个印象或一种观念那样对立的关系，而是主体就生活在对象里，对象就从主体受到"生命灌注"那样统一的关系④。因此，对象的形式就表现了人的生命、思想和情感，一个美的事物形式就是

---

① 罗曼·英加登：《对文学的艺术作品的认识》，第 212-213 页。
② 梁宗岱：《〈一切的峰顶〉序》，载《梁宗岱译集》，华东师范大学出版社，2016，第 3 页。
③ 这是英国浪漫主义诗人威廉·布莱克（1757—1827）的长诗《天真的预言》（Auguries of Innocence）的前四行，原文是 "To see a world in a grain of sand, And a heaven in a wild flower, Hold infinity in the palm of your hand, And eternity in an hour"。该诗有许多中文译文，本书引自梁宗岱的译文，参见梁宗岱：《梁宗岱译集》，华东师范大学出版社，2016，第 37 页。
④ 朱光潜：《西方美学史》（下卷），人民文学出版社，1979，第 591-597 页。

一种精神内容的象征。

中国特有的美学概念"兴"也阐发了类似的审美心理与审美体验。"中国的'兴'的第一个鲜明特点就在于它是感兴起情。当审美主体面对其审美对象时，会因原有的心态模式与景、物对应，激发而勃然起情。"① 胡经之指出："中国美学的'兴'的感物起情，与移情说主体将生命灌注对象而情感化有某种相似之处……（两者）都是主客体相交，都是情感投射，都是表现为感情互置和兴奋。"② 因此，"兴"可被看作中国美学中与"移情"处于同一范畴的审美概念，虽然侧重点不同，但它们都反映了物我交融的审美感受。

文学作为艺术的表现形式之一，也是人的审美对象。在人与文学互动的过程中，人将自己的思想感情以及对包括自身在内的世间万物的理解"灌注"到文学中，并从中获得自己与文学存在的同一感，即产生"移情"，同时获得美的享受。在上述的两首诗中，读者如果将自己的感情放在由"一颗沙""一朵野花""古人""来者"等所体现的宇宙时空当中，达到"物我合一、物我两忘"的理想境界，就能体会到真正的"诗"之美。

王国维的"境界说"与此有异曲同工之处，"境非独谓景物也。喜怒哀乐，亦人心中之一境界。故能写真景物、真感情者，谓之有境界。否则谓之无境界"③。他在《文学小言》中指出文学中景和情的关系，"文学中有二原质焉：曰景，曰情。前者以描写自然及人生之事实为主，后者则吾人对此种事实之精神的态度也。故前者客观的，后者主观的也；前者知识的，后者感情的也。……要之，文学者，不外知识与感情交代之结果而已。苟无锐敏之知识与深邃之感情者，不足与于文学之事"④。王国维认为文学的根本在于对世界敏锐的认识和深邃的感情，境界是情与景的统一，人在观察世界时，仿佛世界也带上了自己的感情。真的感情能产生有境界的作品，言情写景都形象鲜明、深入人心，极富感染力。

可见，文学的魔力来自移情，移情乃是人将文学作为审美对象而与文学互动的基本方式（当然也不排除其他方式的存在）⑤。固然人不一定非

---

① 胡经之：《文艺美学》，北京大学出版社，1989，第80－81页。
② 胡经之：《文艺美学》，第83页。
③ 王国维：《人间词话》，载姚淦铭、王燕编《王国维文集》（第1卷），中国文史出版社，1997，第142页。
④ 王国维：《文学小言》，载姚淦铭、王燕编《王国维文集》（第1卷），中国文史出版社，1997，第25－26页。
⑤ 朱光潜：《西方美学史》（下卷），第615页。

要通过移情才能对文学作品产生好感，但是，如果具有各种需求的读者对一部文学作品普遍不产生移情，那么其文学性就值得怀疑，至少不是一部优秀的作品。

建立在移情基础上的文学欣赏才能体现文本作为文学作品的价值，就像人的消化吸收是食品价值实现的前提一样。食物的消化吸收是一个过程，那么，文学作品"消化吸收"的具体过程又是什么呢？在对接受美学的研究中，朱立元以姚斯的"期待视界"和伊瑟尔的"召唤结构"为出发点，将个体的文学阅读过程描述为：

> 从原有的期待视界（前结构）出发，在与作品召唤结构的具体接触、碰撞中，通过语符-意象思维的作用，调动读者感情经验积累和想象力，对作品空白与不确定性进行"具体化"与重建，达到意象、意境、意义的初步感性总合。在此基础上，介入主体反思，设定具体的"问答逻辑"，通过辩证的"对话"深入作品的内层，理性地把握并阐释作品的底蕴，最终达到读者视界与作品视界的沟通与交融。这种视界交融，不仅标志着对作品阅读、认识、理解和阐释的完成，也意味着读者自身视界的改变与更新、审美经验的开拓与积累。①

这段话从感性认识和理性思索两个层面全面描述了读者在阅读过程中的心理变化。读者经过一系列心理活动，参与作品的"重建"并最终与作品融为一体，这标志着成功阅读的完成。我们曾讨论过读者对文学作品中虚拟空间的解读，在此可以进一步明白读者探索文学虚拟空间、发现其隐藏话语的心理历程。这个历程是介入和重建作品空间的过程，也就是移情的过程。

那么这个过程和弱者又有什么关系？第一，弱者更容易产生移情；第二，文学是为弱者而写的。前面已经论证了，人人都有可能是心理弱者，而他们的社会性安全需求在现实中难以得到满足，为了缓解焦虑，就会借助文学作品，作为对需求的一种替代性的满足。在阅读过程中，他们会因为自身经历而认同作品中的人、事、情、景，体验到喜、怒、哀、乐，产生共鸣，获得心理上的慰藉。也就是说，这种心理体验不仅能让人获得审美享受，而且能够通过审美享受缓解心理负担，释放无意识中累积的压力。在阅读中读者是带有心理期待的，他们读别人时实际上是在读自己，

---

① 朱立元：《接受美学》，上海人民出版社，1989，第163页。

将自己的心情投射到作品中,对作品做出自己的解读。因此,每一个读者对作品的理解都是独特的,在作品中找到自己的影子。而广受欢迎的作品,就是那些能够为心理弱势的读者提供众多解读可能的作品,也就是能提供更大虚拟空间、更多隐藏话语和投射对象的作品。

  我们从弱者需求的角度回顾一下陈子昂和布莱克的诗,两位诗人都由当前或眼前的景象联想到广阔无垠的时空,诗中既有"象",也有"意"。在永恒面前,人是孤独的旅客,也是无助的弱者;和宇宙相比,人是多么渺小和脆弱。但两首诗呈现了不一样的弱者反抗。陈子昂独自立于天地之间,过去和未来都遥不可及,他感受到与浩瀚的宇宙时空相比,每个人的生命都微不足道,转瞬即逝,留不下一丝痕迹。他找不到出路,只能"怆然而涕下"。布莱克也看到了个体和宇宙的区别,他没有因此而悲叹自己的弱小,反而将代表个体的"一颗沙""一朵野花""手掌"与代表宇宙的"世界""天堂""永恒"紧密结合在一起。个体只有将自己融入宇宙,与宇宙合而为一,才能实现永恒。读者也会产生与两位诗人一样的心境,体会到自己的孤独弱小。只不过,每个读者都会因自己的人生经历和境遇不同而产生不同的需要,他们所认识到的"古人""来者""天地""一颗沙""世界""天堂"等意象也会带有各自的特点,因此他们在读这两首诗时就会做出各自不同的解释,既有共性,也有个性。陈子昂作《登幽州台歌》时,正处怀才不遇、不受重用之际,读者却不一定是因同样的原因而受到感动。两首诗的意境都提供了较大的虚拟诠释空间,能够较自由地产生丰富的审美体验,所以广受后世读者的喜爱。换言之,这两首诗让无数心理弱者替代性地满足了现实中产生的心理需要,这种满足是通过阅读中的移情而实现的。

  上述诗歌篇幅短小且高度凝练作者的思想感情,给读者提供了广阔的诠释空间,但对评论者而言却缺少足够的论证材料,因此本书对这两首诗的分析总的来说还是抽象的、概括性的,并没有具体指出是什么样弱者的什么需要,似乎说服力不足。下面将会详细分析《山茶文具店》这部作品,力图从中发现一部优秀的作品是如何多层次、多视角地呈现弱者的需求和反抗的。同时,笔者打算通过介绍阅读这部小说的亲身经历,证明文学仍然具有强大的生命力。[①]

  《山茶文具店》是日本知名作家小川糸的作品,其中的 16 封手写书

---

[①] 笔者的博士生导师之一、曾经师从于罗兰·巴特的勒奈·普列托(René Prieto)教授曾告诫过,做文学批评,尤其是文本分析时,不要将自己放在里面,不要谈论自己。但此处笔者提到"我"时,是将自己作为一名普通读者,探索一个普通读者的阅读心理,而非一名文学评论者,特此说明。

信，掀起"书信时代"怀旧风潮。我阅读这部小说纯属偶然。2019年国庆长假之前几天，我用手机在网上搜索弗雷泽的人类学著作《金枝》，希望能够找到该书的在线阅读网站。这时网页上弹出一个广告，声称某手机阅读应用软件可以免费提供整本的《金枝》，我需要做的只是下载一个手机App。于是，数秒钟之后，我发现自己成了这个手机阅读应用软件的新用户。此前我也曾用过其他手机阅读软件，还购买过两本连载的大众小说。当我打开这个阅读软件时，最吸引我的不是其中海量的读物，而是一个广告：新用户全场免费读一个月。于是我随机挑选了包括《山茶文具店》在内的大约20本书，当然也包括《金枝》，打算以此度过国庆假期。

到了假期第四天，纯粹为了休息和打发时间，我打开了《山茶文具店》，之前对它一无所知，除了由作者名字得知这是一部日本小说。对我来说，这部小说的开头平淡无奇，第一人称叙事，介绍时间、地点，叙事者即主角的自我介绍，以一个平常的早晨作为故事的开始，慢慢引入越来越多的人和事。我感觉自己随时都可能放弃这部节奏缓慢的小说而转向另一本书，毕竟阅读软件里有无数选择。最初引起我注意的竟然是第五页上关于垃圾分类的描述："可燃垃圾每周收两次，其他纸类、布类、宝特瓶和修剪的树枝、树叶，以及瓶瓶罐罐，每周只收一次；周六和周日不收垃圾；不可燃垃圾每个月只收一次。"[①] 因为中国正在推广垃圾分类，我也听说过日本早就开始垃圾分类了，想了解一下日本的做法，于是这一段话我看得特别认真。

即使如此，过了这一段后，我还是快速翻阅着手机页面，随时都有可能停止阅读。渐渐地，我发现，女主角雨宫鸠子从事的是帮人写字或写信的工作，我没想到日本竟然有这样的职业，因此对故事的兴趣又增加了一些。虽然我知道小说故事是虚构的，但心里希望这是真实的。女主角每次帮人代笔，都要根据顾客的特点、写信的目的来精心选择笔墨、纸张、格式、字体、信封甚至邮票，其专业的工匠精神令人叹为观止。跟随着主角的日常活动，我感受到了日本镰仓美丽的景色，各种古老的神社、庙宇中的活动和相关的传说，还有当地不同餐馆的美食，让我这个读者也乐在其中。但是，更吸引我的还是来自不同背景、怀着不同目的请求代笔的顾客，每个人都有其人生中需要解决的问题，希望通过被代笔的信件解决。于是我不时地面对一个个新的"闯入者"，欣赏着一个个新的故事。这些故事都很生动感人，但最让我感动的是一位即将被子女送入养老院的老奶奶对已去世的丈夫的思念。老人不肯离家，她说丈夫会给她寄信，搬走了

---

[①] 小川糸：《山茶文具店》，王蕴洁译，湖南文艺出版社，2018，第5页。

就收不到信了。无奈之下，她的儿子只好来请雨宫鸠子模仿老人已故的丈夫写一封信，试图以此劝说老人。雨宫鸠子经过精心准备，将信写得真切动人，仿佛就是其亡夫所写。老人收到信后明白了自己的现状，不再坚持己见，搬入养老院后不久就安详地去世了。我之所以特别感动，一方面是因为这个故事描绘了普通人在无情的岁月中所坚持的爱情，另一方面是因为我寡居的母亲在之前一个月刚刚去世，我感同身受。不知不觉，我在一天之内就读到了小说的最后一页（惭愧的是，直至假期结束，《金枝》也仍未读完）。读完电子版后，我决定上网购买一本纸质版的《山茶文具店》。三天后，纸质书寄到了我的案头，印刷精美，带着淡淡的书香，里面还夹着中日双语印制的作者致读者的短信，让人爱不释手。

在上面的文字中，笔者以自己为观察对象，重现了一个普通读者阅读过程中的心理变化，从中可以总结出以下几点。第一，精心创作和制作的文学会受到读者欢迎。作者对整本小说的结构、情节、人物和场景描写以及代笔的16封书信都进行了精心设计，考虑了读者的阅读感受，通过细致的安排不断激发读者的兴趣。第二，在阅读过程中，读者的心理需求得到了满足。小说虚实结合，以现实中的镰仓和当地人的日常生活为背景，将读者（尤其是外国读者）置身于美丽的风光和独特的风俗中，使其增长了见识、享受到了美景。同时，小说又精心虚构了许多人物和各种人际关系，其感情描写生动而深刻，很容易让读者感同身受。在审美移情的作用下，读者感觉自己仿佛也来到了镰仓，生活在小说建构的虚拟空间中，体会到关爱与归属，因而获得了阅读的愉悦。第三，文学叙事的治愈功能。人们会将自己现实生活中的遗憾和匮乏压抑到无意识当中，如果阅读时遇到与自己生活经历或心理体验相似的内容，就会形成联想，将压抑到无意识中的感情释放出来，缓解心理压力，平复心情，因而达到心理治疗的作用。这就是上文所述反思层面的审美经验，也是移情得以发生的深层心理原因。所有的文学作品都应该有治愈作用，只不过主题不同，方式不同，受众也不同。上述三点，正是本书所归纳的文学满足读者心理需求、使读者获得安全体验的具体方式，由此也可以发现文学具有强大生命力的原因所在。此外，通过笔者的阅读经历，我们可以发现电子阅读和纸质阅读各有所长，可以互相取长补短，使阅读体验更加完美，而电子时代的文学也会与时俱进，不断发展。这一点并非本章主要内容，因此不展开论述。

那么，小说中表现了哪些社会性安全需求未能得到满足的弱者？纵观整部小说，作者所要表达的重点在于人与人之间的情感纽带，小说中的人物普遍欠缺的是爱与归属需要的实现，他们要求代笔的信可分为三类。第一类是维护因为工作而形成的人际关系，如鱼店老板娘打算通过寄盛夏问候卡给顾客的方式，与顾客保持联系和交流。这类需要在人们的社会交往中可能有很多，但在小说中只占一小部分，因为这种关系并不涉及什么个人情感，并非小说要表达的重点。第二类是解决现实中面临的情感问题，包括：小学生对老师朦胧的暗恋；帆子小姐的父亲病重，她犹豫是否要嫁给自己不爱的人来安慰父亲，并为此而痛苦；字很丑的花莲为婆婆60岁生日贺卡而烦恼，因为后者一直很瞧不起她写的字；白川清太郎希望不愿离家的90多岁的妈妈能安心地住进养老院；鸠子的外婆曾经因为和鸠子的情感冲突而伤心；小野寺舞希望能够逃避要求过于严格甚至心理不太正常的茶道老师；等等。小川糸笔下的人物在生活中遇到或产生的亲情、友情、爱情等不能遂其所愿，给他们带来痛苦，使他们产生焦虑，需要通过某种方式来缓减。第三类是弥补已经发生的不幸或遗憾，如亲人或宠物去世、结婚多年后不得不离婚、与前女友未能终身相守等。在业已发生的不幸或遗憾面前，人无法改变现状，因此会感到痛苦，他们唯一能做的是抚慰心灵，改变自己对现实的期待，重新解释自己的命运。

　　人是有感情的动物，情感的纽带有时候比血缘关系还要深刻。感情能够让人产生亲密和归属感，也会让人产生心理依恋，从而获得心理上的安全体验。如果亲密或依恋的对象消失了，或没有达到自己的期望，就会感到痛苦，也就失去了安全感，成为心理弱者。整部小说有一条若隐若现的主线，即女主人公鸠子本人的情感问题。她的母亲10多岁时未婚先孕，生下她后被赶出家门，她跟随外婆长大。外婆的严厉管教让她产生逆反心理，最终逃出家门，躲到国外。外婆去世后，她回到家乡继承家业。逐渐了解外婆的内心后，鸠子终于与过去达成了和解，心中的伤痕也得到了修复。鸠子从小就没有感情依恋的对象，她逆反并逃离家园时，实际上是逃避心理上的压力。但是逃避并不能让人成为强者，她回家后面对现实、积极换位思考时，才真正地克服心理障碍，摆脱有缺陷的情感。

　　小川糸在整部小说中所要表达的，正是形形色色的普通人的情感体验。她的故事以当代的日本镰仓为背景，但在其他地方、其他时代人们也会有相似的心理感受。这样，她的小说也就具有了普遍意义，可以被更多的读者欣赏。人的爱与归属的需要普遍存在，如果无法得到满足，那么可以采用两种方式——采取实际行动或者重新解释，或两者兼而用之。换言之，人们可以通过采取实际行动满足心理需求，如果实际行动无法做到，也可通过重新解释现实来替代性地治愈心灵的创伤。小说中有些写信的行为既是实际行动，也可看作重新解释。例如那位前夫写信向亲朋好友告知离婚一事,一方面是通过信件确定了离婚的事实,并用实际行动告诉别人,自己和前妻会各自更好地生活;另一方面也通过信中的语言表达自己良好的愿望,"希望有朝一日,能笑着谈论今天"①。寄希望于未来,这是抚慰当下心理创伤最好的解决方案。

　　在这部小说里,人们通过书信的方式抒发情感、增进交往、理解人生、弥补缺憾。书信既是人物生命中的重要组成部分,也是叙事的核心内容,构成了小说的主体。换言之,小说中的心理弱者反抗的手段就是书信。写信、寄信的行为和信中的文字正是他们解释和改变主客观世界的尝试。一封信的产生给世界增添了一个实体,而且信中的内容也影响了人们的心理,从而改变了客观世界。每一封信中的文字都可看作一个独特的叙事、一部次级的文学文本,与小说的主要线索一起构成了一个庞大的叙事网络,网络上交织着人们的情感和愿望。值得一提的是,小说的主要线索,即女主角雨宫鸠子与外婆的感情纠葛,也是通过写信得到解决的。每当一封信发出后,信件作者心中的负担就会得到缓解,压力得到释放,而信件读者(如果有读者的话)也会得到某种程度的心理安慰,发信人和收信人以书信为媒介共享喜悦或者分担忧愁。小说中还详细描述了祭拜并焚烧旧信件的习俗。当一封信通过祭奠的仪式被付之一炬后,人们心中的感情纠葛和遗憾也会随之烟消云散,从而轻松地面对未来。总而言之,这部小说中的人物用信件和文字表达自己的认知、情感和愿望,力图借此建构更好的自我和世界。

　　同时,这些信件也能够深刻影响小说的读者,帮助后者更好地理解自我和各自的世界。小说通过信件叙事,构建了一个平行的双层诠释系统:

　　角色:心理缺憾或愿望——构思和发出信件——解决问题
　　读者:心理缺憾或愿望——阅读故事和信件——解决问题

　　连接这两个平行结构的人,一边是作者小川糸,另一边是读者。双方通过中介——第一人称的叙述者兼女主角雨宫鸠子——产生联系,共同完成整部小说的意义建构。小说角色都是具有未能满足的情感需求的心理弱者,而作者和读者既是情感需求的经历者也是发现者。小川糸意识到了人们情感上的缺憾,将其纳入小说叙事中,读者则通过小说叙事解读自己的人生。文学作品中常会有一些意象能够触发参与者的心理共鸣,《山茶文具店》中的触发意象就是各式各样的信件。每封信都是一个独特的故事,

---

① 小川糸:《山茶文具店》,第59页。

这些故事或多或少与读者的心路历程相似，而相似的心理感受能将这个平行的双层诠释系统牢牢地连接在一起，形成一个完美的虚拟空间。至此，小说的任务圆满完成。

通过这部小说，我们了解了文学如何通过叙事中的虚拟空间展现心理弱者及其反抗，也剖析了读者（即现实生活中的心理弱者）如何通过阅读满足自己的需求。很明显，在此过程中读者反思的审美经验和移情扮演了重要角色。当然，一部小说显然不能涵盖所有类型心理弱者的所有需求，上述分析只是管中窥豹。这部小说着重呈现的是如何满足处于心理弱势的人的爱与归属的需要，其他的社会性安全需要表现得不太明显。好在古今中外产生了无数文学的类型和风格，展现了丰富多彩的主题和思想，可以涵盖人类的各种精神需求。

## 第三节　弱者文学理论

人是弱者，有建构想象中的世界以获得安全感的原始欲望；文学是人类的精神产品，是人类用语言创造的世界，人类用自己头脑中创造的世界来反抗或完善所被迫投身的现实世界。在这里面，人类是造物主，拥有强大的力量。文学中的反抗，归根到底就是对世界的重新解释。作者和读者都对这个虚拟世界信以为真，依靠虚拟的世界满足自己的安全需要。

在本章伊始，我们提出文学的虚拟世界中充满了弱者的反抗，文学通过呈现丰富的弱者反抗的方式，满足人们不同的心理需求。然后论证了心理弱者的普遍存在，并通过实例阐释了心理弱者能够通过移情在文学中替代性地满足心理需求。但是，要建构弱者文学理论，我们不仅需要基于心理学的弱者定义，还要从文学角度探索有哪些弱者。

霍兰德基于精神分析建立起来的"文学反应动力学"模型解释了与阅读有关的心理机制，但他关注得更多的是被动的、抽象的、生物性的读者，而较少涉及主动的、具体的、社会性的读者。每一个具体的人都有其具体的社会性的基本需要，虽然人人都有可能成为心理弱者，但属于"强势群体"的人，其需要在现实世界中更易得到满足，他们对文学中虚拟世界的依赖或兴趣就差一些，甚至不屑一顾，来自"弱势群体"的人则相反。因此，要寻找具体的读者，最好到社会中的"弱势群体"中去。

哪些人是社会中的"弱者"呢？相对于成年人，儿童、老人是弱者；相对于正常人，智障者、残疾人是弱者；相对于罪犯，受害人是弱者；相对于男性，女性是弱者；相对于富人，穷人是弱者；相对于统治者，被统治者是弱者；相对于入侵者，被入侵者是弱者；相对于殖民者，土著是弱者；相对于本地主流人群，外来的非主流人群是弱者；等等。以上这些都可归于人和人之间的强弱差别，而且关系是相对固定的。还有一种强弱差别是人类作为整体与其他形态对抗，如人与自然、人与动物、人与科学、人与宇宙、人与外星生物、人与想象中的神或怪物甚至人与自身等。这种二元对立中人往往是弱者，但在文学作品中也可能会将人表现为强者，其他形态为弱者，这时常将他者隐喻为人，而人隐喻为他者。也就是说，当文学中的人作为强者时，其他形态的弱者往往具有人的心理，而强势的人却被异化，丧失了应有的本性。

在二元对立的现实中，不同年龄、性别、种族、职业、阶层的人都会有无法满足的心理需求，人作为整体在强大的自然、宇宙面前也会有无法满足的心理需求。纵观文学史，对人类产生重大影响的作品，或广泛流传的经典作品，往往反映上述对立中的弱者的需求或弱者的反抗。在这里，我们不得不佩服雅克·德里达打破二元对立的洞见，而女性主义、新马克思主义、后殖民主义等理论的出现也就不足为奇了，因为这些都属于弱者反抗的理论。但是，需要说明的是，弱者反抗的文学理论和文学中的弱者反抗虽然具有相关性，但侧重点不同。前者常常多了一层对作品进行批判的意味，如朱迪斯·费特莱（Judith Fetterley）在其著作《抵抗读者》（*The Resisting Reader*）中通过女性主义视角解读文学作品，表明美国的很多经典小说往往是以男性为中心的，女性读者阅读这种作品相当于受到某种强制来反对她们自身，因而可视为在遭到男权的欺凌[1]。这是读者依据自己的意识形态对作品的反抗。而后者旨在挖掘作品表现的弱者反抗和反映的弱者需求，是从需求角度发掘作品的价值，这更接近汪晖在《反抗绝望》中的论证思路。他通过分析鲁迅的《野草》等文学作品，剖析了鲁迅在昏暗、冷漠和敌意的世界中对令人绝望的现实和命运奋起反抗的人生哲学，认为这是鲁迅对自身存在状态的挑战和对自我的超越[2]。

汪晖看到了鲁迅思想中"历史的孤独感和寂寞感"，并指出这一方面"来自对自我和社会的分离并高于社会的自我意识"，另一方面"来自意识到自身与历史、社会、传统的割不断的深刻联系"[3]。这样的评价似乎也

---

[1] Judith Fetterley, *The Resisting Reader: A Feminist Approach to American Fiction* (Bloomington: Indiana University Press, 1978), p. viii.
[2] 汪晖：《反抗绝望：鲁迅及其文学世界》，河北教育出版社，2000，第 174 - 183 页。
[3] 汪晖：《反抗绝望：鲁迅及其文学世界》，第 109 页。

可用于很多其他作家身上，比如经典小说《押沙龙，押沙龙!》的作者、美国南方文学巨匠威廉·福克纳，短篇小说《沉沦》的作者、著名作家郁达夫。这些具有深刻历史感的作家反思令人痛苦的生活环境或创伤性的亲身经历，他们一方面疏离于旧秩序和腐朽落后的社会现实，另一方面又无法消除这样的现实在自己灵魂深处的烙印，于是只有借助文学来表达自己无助甚至绝望的反抗。真正具有历史深度和厚重感的作品背后，都潜藏了弱者对强大的现实进行反抗的努力。朱光潜曾一针见血地指出，很多艺术家穷困终身却矢志不渝地追求艺术创作，原因在于艺术是一种情感的需要，"真正艺术家心中都有不得不说的苦楚"①。这种"不得不说的苦楚"正是弱者的心理需求或精神追求，而包括文学在内的艺术创作正是满足心理需求的重要方式。文学产生于弱者的需求，也因弱者的需求被阅读和流传。从作者角度看，从因科举屡战屡败而写出《聊斋志异》的蒲松龄，到遭受爱情挫折万念俱灰写出《少年维特之烦恼》的歌德，从因反抗压迫同情弱小而创作《西风颂》的雪莱，到因家道中落贫病交加而写作《红楼梦》的曹雪芹，这些在现实生活中遭受各种挫折的"弱者"无不将满腔热情诉诸文字，留给人间不朽的作品。具有各种社会心理需求的读者，则在各种文学作品中寻找自己的影子，在替代性的或虚拟的满足中获得安全感。当读者沉迷在文学中的世界时，暂时摆脱了现实中的烦恼，要么是将烦恼一时抛之脑后，要么是在文学中得到了心理安慰。

"9·11"事件给很多美国人带来了前所未有的恐慌，巨大的心理创伤迅速在文学上体现出来。事件发生后，截至 2007 年 10 月，在亚马逊网络书店的"'9·11'小说书单"上列有 28 本相关小说，后"9·11"文学叙事也备受关注②。人们的安全本能急剧爆发，一方面产生了以《2012》为代表的一系列灾难电影，另一方面出现了像《复仇者联盟》这样极端的、将以往影视中的众多超能英雄主角汇聚在一起拯救人类的电影——一个英雄已不足以给人们带来安全感了。这些影片都大受欢迎③。这种描述星球

---

① 朱光潜：《文艺心理学》，安徽教育出版社，1996，第 194 页。
② 但汉松：《"9·11"小说的两种叙事维度：以〈坠落的人〉和〈转吧，这伟大的世界〉为例》，《当代外国文学》2011 年第 2 期，第 66—73 页。
③ 虽然电影的文学性不如文本创作的文学性强，但其基本功能和文本创作类似，也应属于文学范畴的一种。截至 2019 年，全球电影票房榜的前 10 名中，《复仇者联盟》系列的 4 部电影就占据了 4 席，其中由乔·罗素和安东尼·罗素（Joe Russo and Anthony Russo）执导的《复仇者联盟 4：终局之战》(Avengers: Endgame, 2019) 票房将近 28 亿美元，高居榜首。参见"All Time Box Office: Worldwide Grosses," https://www.boxofficemojo.com/alltime/world/, accessed on Oct. 15, 2019。

毁灭的灾难科幻电影直接反映的是人们的身体安全需要，但在这样的背景下，电影刻画的人物也会具有各自不同的心理安全需要。

由此可见，文学中和生活中一样充满了弱者，生活中的弱者通过文学克服心理上的弱势而产生安全感，获得心理慰藉，进而激发起奋斗的动力，其最关键之处在于心理弱者对虚拟空间的建构，即心理弱者通过反思性的审美移情参与文学作品虚拟空间的建构，从中获得符合自身心理需求的精神力量。弱者文学理论可以为厘清文学的界限提供新的思路，让我们透过文本的重重迷雾，直达文学的本质。简而言之，如果文本展现了作为弱者的人的心理安全需要及其为了满足需要所做出的努力，而且文本的呈现方式能够让读者发现多种隐藏话语、建构起多重虚拟空间，那么这个文本就属于文学的范畴。文学的基本性质和价值也在于此。

虽说文学从根本上是属于弱者的，那么有没有非弱者文学甚至是强者文学？文学中当然会涉及强者，但强者不是文学存在的本质，只是文学中的一个要素。第一，在文学史上确有少量特意为强势者所作的歌功颂德的所谓文学作品，它们更像政治性的宣言，文学价值一般都不高，也不为人所欣赏，更难以流传；第二，很多作品中的强者往往作为弱者的对立面受到抨击；第三，本书对强者和弱者的区分不是依据外在标准，而是依据每一个主体对心理需求是否得到满足的主观感受，因此胜利者不一定是强者；第四，强者也会有脆弱的一面，其脆弱的一面更让人同情，表面强大其实内心弱小的人物心理矛盾冲突产生的艺术效果更加强烈；第五，弱者反抗的目的之一是让自己变强大，但这并不意味着作品是歌颂强者的，强大是奋斗和反抗的结果，作品歌颂的其实是弱者的奋斗和反抗。所以文学的价值在于呈现弱者，在于为弱者发声，而非为强者代言。

上述前四点都好理解，但是第五点也许会引起争议，我们可以分析一些赞颂强者，抒发成功者、胜利者或得偿心愿者喜悦豪迈心情的文学实例，来看是否确实如此。且看李白诗作中流传最广的名篇之一《早发白帝城》："朝辞白帝彩云间，千里江陵一日还。两岸猿声啼不住，轻舟已过万重山。"该诗是李白在乾元二年（759年）流放途中遇赦返回时创作的，全诗运用夸张和奇想，把遇赦后欢快的心情和江山的壮丽多姿、顺水行舟的轻快流畅融为一体，情景交融，飘逸自然。就诗句本身而言，确实抒发了诗人摆脱长期辗转流离生活、重获自由的畅快欢欣之情，此时此刻他不是弱者，因为他获得了政治上的新生，又有机会一展宏图为国尽力，人生即将展开新篇章。但是，如果将该诗放在一个更大的背景中理解，可以发现它实际上表现的是一个长期以来怀才不遇、政治抱负无法实现的心理弱者对成功的渴望。这时候的李白并未实现人生抱负，获得赦免只是他每况愈下的人生境遇中一个小小的转折，仅仅三年后他便抱憾离世。因此，该诗是一个心理弱者努力实现自我价值的心声的艺术表现，仍然属于弱者反抗的范畴。退一步说，如果没有之前的人生境遇，李白不会创作这首诗，这首诗的艺术感染力也不会这么强。此类表现弱者长期艰苦奋斗而取得成功或胜利的文学作品并不少见，如孟郊的诗《登科后》等，此处不再赘述。

同时，成功往往并非一劳永逸，有时还会产生新的难题，而新的难题又会让刚刚占据强者地位的成功者陷入心理弱势。汉高祖刘邦的名诗《大风歌》是表现这种心理的典型文学作品之一："大风起兮云飞扬，威加海内兮归故乡，安得猛士兮守四方！"一统天下、登上帝王宝座的刘邦应该是强者，但是外有虎视眈眈的匈奴，内有此起彼伏的叛乱，他面临着如何守好皇位、巩固政权的新挑战。公元前196年，刘邦击败反叛的淮南王英布后顺路回到故乡沛县与亲朋欢聚，宴席上即兴创作了这首《大风歌》。该诗前两句气势恢宏——风起云涌、海内归心，生动表现了一代君主功成名就、傲视天下的强者心态。但是这并不意味着该诗是赞颂强者的作品，反而从第三句可以看出诗人内心对国事的忧虑，心理弱势表现无疑。因此，这首诗还是属于弱者文学。如果该诗仅仅表达了前两句的强势心理，没有最后一句的弱者需求，其艺术性会大打折扣。强与弱的状态不是非此即彼，也不是一成不变，而是具有共存性、暂时性，并且会向相反方向转化。弱者文学并不一定自始至终只表现弱者状态，还会涉及强弱转换，如由弱变强或强中带弱，但最根本的目的还是呈现心理弱者的愿望与追求。

从弱者文学的视角，我们可以尝试解释很多与文学有关的问题。例如，诺贝尔文学奖为什么会偶尔颁发给非传统意义上的文学家，或一些并非典型文学类型的作品？这些文学家和作品包括（但不限于）：1927年获奖的亨利·柏格森，代表作《创造进化论》；1950年获奖的伯特兰·罗素，代表作《婚姻与道德》和《幸福之路》等；1953年获奖的温斯顿·丘吉尔，代表作《第二次世界大战回忆录》；1964年获奖的让-保罗·萨特，代表作《词语》；2016年获奖的鲍勃·迪伦，代表作是歌词《答案在风中飘荡》等。虽然广义的文学包罗万象，适用于各种文体，而且自古文学、历史和哲学就具有一定的相关性，但此处我们尝试从当今狭义的文学特征本身来探讨这个问题。

在具体讨论之前，我们先回顾一下诺贝尔文学奖的基本要求。根据阿尔弗雷德·诺贝尔先生的遗愿，文学奖应授予"在文学领域里创作出具有理想倾向的最杰出作品之人士"，根据这个指导原则，诺贝尔基金会在相关章程中进一步把"文学"界定为"不仅是纯文学,而且包括因其形式和风格而具有文学价值的其他文字作品"①。在此描述中,"纯文学"似乎比较好理解,"文字作品"也很清楚,但"因其形式和风格而具有文学价值"则留给人们较大的评判空间。关于文学价值的内涵,仁者见仁智者见智,一般而言文学价值应取决于文本的呈现形式和思想表达。根据本书之前的论述,文学的价值之一在于通过艺术性地呈现弱者及其反抗来满足人们在社会生活中心理安全的需要,我们不妨分析上述几位"非主流"的获奖者,看他们的代表作品的特征是否符合或接近本书的观点。

首先来看丘吉尔、萨特和迪伦。他们三人都不是纯粹的文学家,丘吉尔是政治家,曾任英国首相;萨特是法国哲学家,他的文学作品主要体现其存在主义哲学思想;迪伦是美国民谣歌手。丘吉尔的《第二次世界大战回忆录》详细描述了他在二战中的见闻和决策,其领导英国人民反抗德国法西斯侵略的斗争毫无疑问当属弱者的反抗。萨特的《词语》回顾了自己在10岁之前是如何通过书本来不断地认识世界、改造自身、建构主体意识的。他依靠读写与世界抗衡,获得独立性和成就感。如其所言:"我是从写作中诞生的,在写作之前,有的只是镜子的把戏,自我的第一篇小说诞生后,我已知道,一个孩子溜进了玻璃宫殿。我通过写作而存在,并由此摆脱了大人。"② 一个孩子在接触世界的过程中获得独立性和实现自我价值也是一种弱者成长和反抗的形式。迪伦不仅是著名的歌手,也是美国民权运动代言人。以他创作的歌曲《答案在风中飘荡》的第一段歌词为例,"一个男人要走多少路/才能称得上男子汉?/一只白鸽要飞越多少片海/才能安歇在沙滩上?/炮弹要飞多少次/才能将其永远禁止?/朋友,答案在风中飘荡/答案在风中飘荡"。作者用长途跋涉的男人和白鸽的意象来表现个人成长的艰辛,用无数发射的炮弹象征强权政治和霸权主义的侵略,整首歌曲表明维护人民权利和安全的艰难,意在唤醒为弱势民众的安全、自由和权利而抗争的意识。总之,这三位获奖者代表性的作品都表现了某种形式的弱者和弱者需求。

罗素是20世纪英国著名哲学家、历史学家,他创作了很多让人津津乐道的小品文或论述性散文,阐述他在社会和政治方面的伦理思辨,目的在于呼吁改善遭受苦难的普通人的生存状况,帮助世人谋求自由和幸福。

---

① Kjell Espmark, "Nobel's Will and the Literature Prize," in *The Nobel Prize in Literature: A Study of the Criteria behind the Choices* (Boston: G. K. Hall & Co, 1991). https://www.nobelprize.org/prizes/themes/the-nobel-prize-in-literature-3, accessed on Oct. 20, 2019.

② 萨特:《词语》,潘培庆译,生活·读书·新知三联书店,1988,第109页。

如在《婚姻与道德》中，罗素从家庭、婚姻和性等方面讨论了妇女的地位，分析了妇女被社会歧视的根源，提倡男女平等、妇女应摆脱不合理的宗教思想的束缚，获得解放①。瑞典皇家科学院秘书长安德斯·奥斯特林在诺贝尔文学奖授奖词中指出，罗素一直在捍卫个人的权利，反对工业文明对人类纯朴幸福的威胁，提倡人道主义理想和思想自由②。我们可以发现，这样的写作主旨和所获得的评价也适用于很多纯文学作品。再举一例，罗素认为各种不快乐有一个共同之处："典型的不快乐者，是少年时给剥夺了某些正常的满足的人，以致后来把这一种满足看得比一切其余的满足更重要，从而使他的人生往着单一的方向走去，并且过于重视这一种满足的实现。"③ 从这句话中我们看到了弗洛伊德思想的影子，也可看到许多文学作品中呈现的童年记忆对人物成长的影响。

此外，在论证过程中，罗素常用一些例子来说明各种各样的家庭伦理关系。这些例子当然是抽象的，不涉及具体的人和故事，但也能让读者产生联想，读之仿佛是对一些文学作品中和现实生活中的人际关系以及各种情感的概括。在阐述人们因为过于重视竞争的成功而产生烦恼时，他描述了一个中产阶级的丈夫及父亲是如何身陷事业困境而丧失了生活的乐趣的④。这种叙事性的内容给他的作品增添了文学的意味。总之，罗素议论性的著作虽然在类型上不似诗歌和小说等典型文学作品，在主题思想上却和众多文学作品的内涵一致，讨论各种伦理关系，关心社会生活中的弱者，文字论述生动形象，具有建构虚拟空间的可能，因此也具备文学价值。安德斯·奥斯特林曾将罗素与萧伯纳相比，"阅读哲学家罗素的著作，恍若倾听萧伯纳喜剧中直言不讳的主人公慷慨激昂地大发宏论，总是令人十分愉快"⑤。

《创造进化论》是法国哲学家亨利·柏格森的哲学著作，该书提出了以生命冲动为核心的哲学体系，探讨生命哲学的本质。如果柏格森主要凭此书获得诺贝尔文学奖，那么它的文学价值体现在何处？首先，从主题上看，柏格森的生命哲学关注的是生命的进化和人类的超越。他论述了绵延的概念，认为绵延不仅是时间上的一个瞬间代替另一个瞬间，而且在不断

---

① 参见罗素：《婚姻与道德》，李惟远译，上海文艺出版社，1989年。
② 安德斯·奥斯特林：《授奖词》，载伯特兰·罗素《哲学·数学·文学》，蓝仁哲等译，漓江出版社，1992，第572－573页。
③ 伯特兰·罗素：《幸福之路》，载《傅雷译文集》（第十四卷），安徽人民出版社，1984，第130－131页。
④ 伯特兰·罗素：《幸福之路》，第148－150页。
⑤ 安德斯·奥斯特林：《授奖词》，第573页。

延续的宇宙中，随着时间的持续流逝，"绵延意味着创新，意味着新形式的创造，意味着不断精心构成崭新的东西"①。绵延是生命的发展过程中一种创造性的进化，这种创造源自生命个体和群体无意识的原始冲动。柏格森从生物进化视角来看待人类个体和社会结构，表明意识是人在与环境互动的过程中，不断使自己变得强大的本质因素。人类的意识和智力也是进化的结果，是在与其他物种竞争过程中慢慢获得的。由于智力的发展，人类的意识获得了突飞猛进的创造性②。柏格森非常重视人的意识的力量，认为意识通过行动，使人类获得了区别于其他动物的自由。只有拥有了这种高级的意识，人才能成为人。因此，柏格森的理论虽然以宇宙和生物的一般性的绵延为出发点，但最终落脚点还是人的成长，是从生物进化角度论证人是如何由弱到强、最终获得生命自由的。换言之，柏格森在此书中论述的生命哲学也是一种弱者成长和发展的理论，该理论为人类实现生命意义和自身价值的思想奠定了基础，也深刻影响了20世纪西方现代派文艺理论，如意识流和荒诞主义等。

其次，从论述方式上看，柏格森用大量的比喻、拟人等修辞来表达自己的观点，使枯燥的哲学思辨变得生动。例如，他将生命比喻成河流，用漩涡、波浪、大河、小溪、河床等表现生命之流的各种状态③。此外，他对人性的描述如下："动物以植物为支持，人类则跨越了动物性。在空间和时间当中，人性的整体就是一支庞大的部队，它在我们每个人的身边和前后急行军，并发起压倒一切的冲锋，它能战胜一切抵抗，能清除那些最严峻的障碍，甚至能战胜死亡。"④ 这段话将人性比喻为庞大的军队，充满激情地表现了人性的发展历程及其强大的推动力量，具备激动人心的艺术感染力，能够让读者产生丰富的联想。柏格森还将意识的概念拟人化："意识若将自己转变为智力"，就"因此而使自己适应了来自外部的对象，它才得以在这些对象当中移动，才得以超越这些对象为它设置的障碍，因而为自己敞开无限广阔的天地。不仅如此，意识一旦得到自由，还能够向内转向其自身，唤醒仍在其中沉睡的直觉的种种潜力"⑤。通过这种带有叙事特征的暗喻和拟人，读者仿佛在观看一段以"意识"为主角的视频，有助于形象化地理解抽象的哲学概念。总之，柏格森此书中的思想主要指

---

① 亨利·柏格森：《创造进化论》，肖聿译，华夏出版社，2000，第16页。
② 亨利·柏格森：《创造进化论》，第122-125页。
③ 亨利·柏格森：《创造进化论》，第229页。
④ 亨利·柏格森：《创造进化论》，第230页。
⑤ 亨利·柏格森：《创造进化论》，第154页。

向人的发展，为人服务，其语言生动形象，可认为具有一定的文学价值，获得诺贝尔文学奖实至名归。

不能说每一个诺贝尔文学奖获得者的作品都有明确的文学特征和文学性，即使是"纯文学"作品，其文学价值也会有高有低。但是，上面分析的这几位获奖者，尽管他们作品的体裁和题材各不相同，但都或多或少体现了一些和"纯文学"作品相似的价值和特征：第一，语言生动形象，即使是理论探讨也大量采用了文学语言的修辞，因而具有形式上的文学特征；第二，关注处于弱势地位的人的安全、需要和自由，阐述弱者的成长或为弱者发声，在主题上也呈现了文学的特征。总而言之，从弱者文学的角度来看，这几位获奖者名副其实。

从弱者文学理论出发，不仅可以帮助我们开发许多新的文学研究课题，比如研究《诗经》里呈现的弱者及其反抗模式，还可以帮助我们为一些令人困惑的问题找到答案，比如《史记》为什么常常被视为文学作品，《古文观止》是不是一部文学作品集，等等。《诗经》在内容上分为"风""雅""颂"三个部分，其中"风"是周代各地的歌谣，是《诗经》中的精华部分，既有对爱情、劳动等美好事物的吟唱，也有怀故土、思征人和反压迫、反欺凌的怨叹与愤怒。如《关雎》描述了对心仪的贤良美好女子的相思之情；《卷耳》表达了女子对离家远征的夫君的思念；《甘棠》描写了老百姓对已去世的英明统治者召公的赞美与怀念；《小星》表现了征夫抱怨生活艰辛、命运不公；《硕鼠》揭露了奴隶主对奴隶的剥削；等等。古人通过诗歌传唱真挚的感情，借助诗歌表达对生活艰辛的无奈、对饱受欺压的不满、对与所爱之人相聚的渴望，这些都是弱者表达不同心理需求的不同方式，也是后来两千多年的文学创作中常见的主题。

《史记》是一部严谨的历史著作，却常常被当作文学作品。在本书第二章中已提及该书被视为文学作品的原因之一，即它包含了大量精彩生动的叙事，这些叙事在读者脑海中建构起了丰富多彩的虚拟空间，因而具有文学特性。但是，《史记》被当作文学作品还有一个重要原因，即这些叙事中呈现了大量的弱者反抗。如《项羽本纪》中的破釜沉舟、《越王勾践世家》中的卧薪尝胆、《淮阴侯列传》中的胯下之辱、《廉颇蔺相如列传》中的完璧归赵等，这些各种形式的弱者反抗正是《史记》广受世人关注、流传两千多年的重要原因，也应是其被当作文学作品的主要原因之一。

《古文观止》是一部古代美文的汇编，形式上以散文为主，文体和功能多样，要界定这些文章是否属于文学作品比较困难，但从弱者视角也许能为我们提供一些启示。纵观这些作品，我们可以发现，很多传记、议论文甚至应用文中都体现了不同方式的弱势者的斗争、弱小者的成长或弱者反抗的精神。书中这样的例子不胜枚举，如《郑伯克段于鄢》（左丘明）、《为徐敬业讨武曌檄》（骆宾王）、《归去来兮辞》（陶渊明）、《北山移文》（孔稚珪）等。我们在此处无法详细分析《古文观止》中收录的每一篇文章，但是如果其中大多数都带有上述特征，那么此书也可视作一部文学作品集。从这个视角也可发现，文学的范围实际上比我们传统认为的要广阔得多，文学在新时代的前途也会更加光明，因为世界上从来就不缺心理弱者，无论是在现实中还是在文学中。

综上所述，一部作品的质量或文学价值，往往取决于作品本身所表达的人类需要和读者自身需要之间的相互作用。至此，我们已初步论证了弱者文学理论，从弱者心理需求出发探讨了文学产生和接受的主要方式，并据此界定了文学的范畴、描述了文学的基本性质和价值。但此时还有一个重要问题尚未解决：如果文学的界限在于弱者的反抗，文学的价值在于需要的满足，那么文学中会有哪些满足需求的反抗方式？首先需要说明的是，这里的"反抗"不仅是指人们一般所认为的武装暴力、阶级斗争等，而且是指人在满足心理需要时面对困难和阻力所采取的对策，其中更多的是不随波逐流、通过积极进取等方式来解决难题甚至改变命运的尝试，不一定牵涉激烈的人际矛盾冲突。所以文学叙事中弱者反抗的一般路径是，在实践中产生心理需求——需求实现过程中遇到阻力——尝试克服阻力满足需求，最终可能会成功，但也可能会失败。而文学弱者反抗的具体方式则非常多样化。概而言之，最明显的当属前面所提到的遇到压迫奋起武装反抗、暴力斗争等，以斗争夺取应有的权利。甲骨文占卜，通过文字来预测吉凶，是作为弱者的人预测和改变自己命运的努力。当然，逃避现实、放弃反抗也是一种反抗方式，文学中屡见不鲜。古代文人如果怀才不遇，就寄情于山水，用诗文抒发情感。反抗是人类特有的精神体现，也是文学的核心性质。读者通过文本中的反抗获得审美享受，因此反抗也应是美学范畴之一。我们可以据此建构反抗美学，探讨文学等艺术创作中弱者反抗的审美心理，论证反抗与美感产生联结的心理机制。这方面并非本书核心内容，故不展开论述。

在长期的文学阅读、鉴赏和研究中，笔者发现文学中呈现的弱者反抗心理需求可以大致归纳为三种类型，分别命名为对立型、寄托型和成长型。换言之，文本作者通过对立、寄托或成长的形式表现突破困境、寻求认同、改善命运的需求。从下一章开始，我们将会从这三个方面进行详细探讨。

# 第五章　文学中弱者的对立型需求

我们知道，文学通过表现弱者反抗的方式满足人们的心理需求。一般而言，文学作品中呈现的对立型需求，主要是指以暴力、控诉、嘲讽等方式反抗某种相对强大的外部势力及其迫害，往往表现为试图通过击败、谴责或逃离这种势力来满足弱者的心理安全需求。对立型反抗的表现形式有很多，最典型且最常见的是反抗侵略或人身伤害的战争及生死搏斗场景的描写。本书主要从三个方面进行探讨：复仇、讽刺、谴责。需要说明的是，这三种对立型反抗有一定的相关性，比如讽刺或谴责也可能是为了复仇，或讽刺是谴责的一种形式等，本书如此分类主要是为了突出重点，方便分析。这三种方式既是作品中人物的行为和思想的表现，也可能反映了作者的思想和写作意图，是作者和作品相结合的产物。

## 第一节　复仇

对立型反抗最常见的方式之一就是复仇，而复仇也是一个常见的文学主题[①]。本书所涉的复仇类作品也包括一些冲突程度相对较轻的报复或惩罚行为。在复仇类作品中，相关人物往往感觉自己遭到了不公正的对待，情感受到严重伤害，为了弥补伤害而采用某种方式报复加害者，以此获得内心的满足。报复行为的驱动力往往来自内心深处或无意识中的欲望。杨德煜指出，复仇是人的一种本能性反应，他分析了攻击本能、护种本能、护雌本能、荣誉本能与复仇动机和行为之间的关系[②]。按照本书观点，上述本能多属于人的社会性安全本能的范畴，而复仇是心理弱者的本能反应之一。

---

① 关于文学作品复仇主题的研究，已有不少相关成果。可参见王立：《中国古代复仇文学主题》，东北师范大学出版社，1998；王立、刘卫英：《中国古代侠义复仇史料萃编》，齐鲁书社，2009；杨德煜：《希腊神话传说中的复仇主题探究》，浙江工商大学出版社，2016；等等。

② 杨德煜：《希腊神话传说中的复仇主题探究》，第9—16页。

复仇行为的心理起源在于，当一个人无意识中的社会性安全本能及其需求未能得到满足，或原本已满足的安全本能及其需求受到侵害，就可能采用某种极端的方法攻击阻碍或伤害自己的人，试图通过毁灭对方或在精神上打击对方来取得或恢复原有的满足。这种鱼死网破式的反抗显然不可能让人回到最初的状态，至多是一种心理补偿，即通过让对方受到损失来在精神上补偿自己的损失。因此，复仇式反抗实质上没有胜利者，是一种双输的选择。这一点大多数人都心知肚明，因此人们通常不会采用极端的做法，而是克服直接的本能需求，采用某些替代的方式，比如文学。作者和读者都可以通过文学作品发泄不满，通过作品中的复仇在想象中代替现实中的反抗，从而在不造成直接或实质伤害的情况下满足心理需要。这种类型的代替显然是文学满足人们精神需求的一种方式。

从文学创作角度来看，复仇式反抗常常呈现出激烈的冲突和对抗，充斥着搏斗、杀戮、毁灭、恐惧，所以最能震撼人心。史诗中常以复仇来推动情节的发展和人物形象的塑造，这一点在荷马史诗《伊利亚特》中得到了集中体现。一般认为，《伊利亚特》在公元前9世纪至公元前8世纪由古希腊诗人荷马根据传说初步编成，以神话的形式演绎了发生在公元前12世纪的特洛伊战争。从复仇视角出发，可以清晰地发现该史诗中的三层平行结构。第一，在神的层面，英雄阿喀琉斯的父母举办婚礼时未邀请"不和女神"厄里斯，后者为了报复，在宴席上扔下一只金苹果，上面写着"给最美的女神"，引发天后赫拉、智慧女神雅典娜和美神阿芙洛狄忒的冲突。后来，雅典娜为了报复特洛伊王子帕里斯没有将苹果判给她，挑起了本已握手言和的特洛伊战争双方继续战斗。第二，在希腊各部落与特洛伊之间冲突的层面，帕里斯在阿芙洛狄忒的帮助下拐走了斯巴达国王的妻子海伦，并掠走了大量财富，希腊各部落深感屈辱，在盛怒之下起兵攻打特洛伊。第三，在战争参与者的个人感情层面，将领们之间也存在错综复杂的恩怨，如阿喀琉斯因为自己的好友帕特罗克洛斯阵亡，愤而重新上战场，为朋友复仇。这三个层面的复仇行为互相交织、互相影响，构成了整个故事的主线。

无独有偶，中国历史上也出现过类似的文学创作，即《封神演义》。《封神演义》也是以神话的方式描述历史上发生过的战争——武王伐纣，这些神话一直存在于各种民间传说中，最终成形于明代。该小说同样存在三层平行结构：第一，在神怪层面，女娲娘娘因为受到纣王的冒犯，大怒之下派狐狸精入宫惑乱君心，破坏纣王的天下；第二，在国家层面，因纣王无道，听信妖言滥杀忠良，周武王姬发替天行道，出兵东伐反其暴政；

第三，在个人层面，敌对双方统帅和将领常因亲人朋友被害而怀有复仇之心，如纣王囚禁姬昌，杀其长子伯邑考，还强迫姬昌吃下伯邑考的肉羹，姬昌逃回后立志要为子报仇。很明显，复仇或报仇心理驱动了主要角色的行为，也成为小说情节的推动力。

  这两部作品具有相似之处，或许可为我们理解该类型文学创作的动因提供启示。它们虽然歌颂最终的胜利者，但都为胜利者提供了一个弱者反抗的模式，即先受辱或受迫害，再以武力或谋略等方式报复，最终击败对手大获全胜。不仅普通人需要复仇，连天神也被赋予了人的感情和心理特征，不能受委屈，若天神感觉被人亵渎或不敬，也会产生复仇心理。这样的创作模式，一方面暗示了人类的命运被天意安排，不可逆转；另一方面让战争胜利者站在了道德的制高点，因为矛盾和冲突由对手的残暴或荒淫无度引发，而正义的一方是被迫卷入战争或冲突的。可以说这两部文学作品都反映了早期人类对自己命运的解读：弱小人类的命运主要受外力左右，如天神或天理伦常。神话故事试图告诉我们，人若不敬神，必受惩罚，人若违背天理伦常，也必遭受悲惨的下场；反之，族群和个人才会兴旺发达。因此，人类在通过文学艺术的创作来理解世界和自我时，塑造出代表正义力量的复仇者，希望能够借助他们驱除邪恶，保护人类的繁衍兴盛。

  随着人类文明的发展和主体意识的增强，文学作品更多地聚焦于个体的反抗。与上古流传的神话中的宏大场面以及集体叙事不同，个体反抗的作品虽然也涉及社会的方方面面，但往往只聚焦某一个体（及其家庭、族人）在受到迫害、陷害或冤屈后，侥幸逃离险境，在善良或有实力之人的帮助下，卧薪尝胆、积蓄力量，最终大仇得报。这一类型的复仇作品宣扬的是惩恶扬善、因果报应的朴素伦理，常常突出复仇者由弱转强的奋斗历程，叙事拉长了复仇的时间和空间跨度，往往具有复杂曲折、惊心动魄的情节。它们的一般叙事结构是受害——逃脱——积蓄力量——复仇成功，最典型的包括元代纪君祥创作的杂剧《赵氏孤儿》和法国大仲马的小说《基督山伯爵》。《赵氏孤儿》中叙事结构如下："受害"，春秋时晋国上卿赵盾遭到大将军屠岸贾的诬陷，全家三百余口被杀，为了斩草除根，屠岸贾下令搜捕赵氏孤儿赵武；"逃脱"，赵家门客程婴与老臣公孙杵臼定计救出婴儿赵武，为保护赵武，晋公主、韩厥、公孙杵臼等人先后献出生命；"积蓄力量"，赵武由程婴抚养二十年长大；"复仇成功"，赵武获知家族冤情后，禀明国君，亲自抓到屠岸贾并处以极刑，终于为全家报仇。《基督山伯爵》中叙事结构如下："受害"，19世纪拿破仑一世"百日王朝"时期,"法老号"大副爱德蒙·唐泰斯受船长委托,为拿破仑党人送了一封信,遭到两个卑鄙小人和法官的陷害,被打入黑牢;"逃脱",狱友法利亚神父死后,唐泰斯钻进他的裹尸袋,被狱卒当成尸体扔出了监狱;"积蓄力量",在狱中神父向唐泰斯传授各种知识,并在临终前把埋于基督山岛上的一批宝藏的秘密告诉了他,唐泰斯越狱后找到了宝藏,成为巨富;"复仇成功",唐泰斯以基督山伯爵等各种身份,经过精心策划,报答了恩人,惩罚了仇人。由上述结构分析可见,这类复仇叙事善于通过突出主体的成长过程来表现其心理需求的满足,更具说服力和教化作用。主角一开始处于无辜的弱者地位,在遭到生命危险或被剥夺了社会身份后不得不反抗,其精彩叙事中的各种伦理冲突更易让读者获得审美享受和产生心理认同,因此广受欢迎,文学魅力经久不衰。

此外,复仇还是悲剧作品中常见的表现形式,它们着重反映个人在追求幸福过程中因受到打击而产生的报复,对弱者复仇心理的表现方式也更加细腻、深刻和多样化,其中女性的反抗尤其让人感动。古希腊的悲剧作家欧里庇得斯所创作的《美狄亚》可被视为西方女性复仇文学的源头之一,也是其典型代表。剧中具备了复仇文学的核心要素:爱与恨、结合与分裂、背叛与阴谋、暴力与伤害等。美狄亚虽具有神的属性和法力,但剧中反映的主要是人间的权力斗争和家庭伦理关系:一个女性对强大的父权和夫权的反抗。美狄亚为了自己所爱的伊阿宋不惜与父亲决裂,还杀了自己的弟弟,婚后却遭到伊阿宋的背叛,还要被驱逐出境。美狄亚盛怒之下,杀死了丈夫的新欢和自己亲生的两个幼子。戏剧塑造了一个用极端方式追求幸福生活的女性,她渴望得到挚爱,遭到挫折后愤然通过杀戮宣告了与负心的丈夫的彻底决裂,也与曾经寄予希望的生活彻底决裂。虽然她有神力,但也需要爱与归属、追求自我价值的实现。她希望通过帮助伊阿宋来获得幸福生活,但伊阿宋既不能给她平等的社会地位,也不想给她一个温暖的家,于是她的追求遭到了彻底的失败,使她在心理上陷于极端弱势。因此,美狄亚的复仇堪称文学中典型的弱者反抗。

对既有感情的剥夺造成的极度失望还会触发其他一些复仇方式,如明代《警世通言》中"杜十娘怒沉百宝箱"的故事。坚强的青楼女子杜十娘遇到富家子李甲后,自以为找到了理想的伴侣,将全部希冀寄托在李甲身上,却因李甲的懦弱和背信弃义而万念俱灰。最终杜十娘痛斥李甲,把多年珍藏的百宝箱里的宝物抛向江中后投水自杀。在以中国封建社会环境为背景的小说中,杜十娘不像美狄亚一样可以逃离,她无处可逃也无力扭转命运,只有通过自我毁灭的方式表现对李甲及其所代表的世界的反抗。这两个复仇故事的相似之处在于：第一，主人公都是处于社会弱势地位的女性，她们有一定的能力却没有办法自立，希望通过爱情和帮助所爱的对象来转变身份、改善境遇，从而获得幸福，但在整个社会男尊女卑的大环境中，这种方法不能让她们如愿以偿；第二，她们的复仇都没有以毁灭复仇对象本人的肉体为目标，而是以剥夺复仇对象最钟爱或最重视的人或财富为手段进行精神上的打击，让对方感到悔恨、羞愧，复仇造成的打击效果因此更加强烈。

女性主体意识的觉醒造就了文学史上许多丰富多彩的复仇叙事，为女性应有的平等的社会身份和地位发声，如中国传统剧目《铡美案》中的秦香莲。秦香莲被丈夫抛弃后，没有屈从于命运，而是积极寻求外力救济。在遭受了一系列磨难甚至生命危险之后，秦香莲最终在包拯的帮助下通过司法手段复仇成功。从剧中女主角九死一生的经历来看，中国古代女性在家庭和社会中的地位都非常低下，自己没有任何能力反抗，若不想自杀或被杀，就只有依靠外力，但现实中外力的帮助一般是很难获得的，往往只能在文学的虚拟世界中实现。中国封建社会中的女性无力为自己争取应有的权利，但遭受的苦难又如此深重，以至于产生了在冤死后靠鬼魂复仇的文学形象，如《聊斋志异》中的窦氏。普通农家女子窦氏被地主南三复诱骗生下一子后，后者却拒绝娶她为妻，并弃之门外。母子俩冻死后，窦氏化作鬼魂，最终让南三复家破人亡。文学中的故事实现了现实中无法获得的公平正义，读之既不胜感慨又觉得大快人心。此外，有些作品中女性复仇的表现方式比较隐晦，如《简·爱》中关在阁楼里的罗切斯特的妻子——一个发疯的女人。整部小说的叙事以简·爱追求独立、尊严、自由和平等的奋斗为主线，而那个被囚禁的疯女人被迫与世隔绝，始终若隐若现，无法出现在阳光下，成为可怕的阴影，最终在纵火烧毁豪宅的同时也自焚身亡。她纵火的行为可看作绝望中的反抗，读者不禁猜测是什么导致她发疯以致做出这么极端的行为，她在成长过程中一定遭受过沉重的心理打击，最终与社会和家庭格格不入[①]。

从古到今，女性在社会和家庭中的地位虽然在不断提高，但要实现真正的男女平等还需假以时日。上述文学作品中，女性复仇的直接原因大多是被负心人抛弃，根本原因则是社会地位的低下。她们渴望爱情和美满的婚姻，但命运给了她们巨大的打击，残酷剥夺了她们的权利，使她们不得

---

① 从阁楼上的疯女人视角分析《简·爱》，参见桑德拉·吉尔伯特、苏珊·古芭：《阁楼上的疯女人：女性作家与19世纪文学想象》，杨莉馨译，上海人民出版社，2015。

不通过报复的方式反抗所受的遭遇。这显然已成为古今中外一个普遍的文学创作主题，将来也许还会继续存在。

与此同时，有些文学作品将女性刻画为反面形象，具有贪婪、自私、歇斯底里、目光短浅等负面品性，并且这些女性会伤害与她们关系密切的男性，因而产生了一些男性向女性复仇的叙事，例如英国诗人弥尔顿的长篇诗歌《力士参孙》和中国古典文学《水浒传》中的相关描述。在《力士参孙》中，以色列大力士参孙被贪财而邪恶的情人大利拉出卖，腓力斯人抓到参孙后刺瞎了他的双眼并折磨虐待他。参孙毫不屈服，立志复仇，重获上帝赋予的神力后推倒庙宇，与三千名腓力斯敌人同归于尽，大利拉作为一名腓力斯人也很可能命殒其中。这种复仇与上述女性复仇的方式的区别在于，复仇者参孙原本很强大，被出卖后成为弱者，只有通过报复来惩罚敌人并为自己挽回尊严。

由此可见，男性复仇者不一定从一开始就是弱者，而是在某一具体情境中发生强弱转换，在心理强弱转换过程中产生复仇心理。这在文学作品中并不鲜见，《水浒传》中有很多这样的例子，如宋江怒杀阎婆惜、武松为兄报仇等。宋江曾救济阎婆惜，却遭其背叛，不仅与他人私通，还威胁要揭发他与通缉犯晁盖的关系。在此场景中，原本在双方关系中处于强势地位的宋江陷于被动局面，情势危急，而阎婆惜则占据了强者地位。宋江安全受到严重威胁，只得报复性地杀死阎婆惜。在另一段故事中，武松武艺高强，曾徒手打死猛虎，在官府有一个稳定的工作，应算是一个强者。但是，潘金莲和西门庆毒死了他自幼相依为命的哥哥，剥夺了他在世界上唯一的精神寄托，他对哥哥的亲情转化为对仇人的痛恨，驱使他大开杀戒。上述例子中的复仇对象都是原本处于弱势的女性，但因为自身的贪欲或淫欲而成为加害者，最终给自己带来灾祸。此处我们不探讨上述作品是否存在对女性的偏见或歧视，只从复仇和心理强弱关系来分析。这些例子反映出，有些仇恨源于人际伦理关系中的心理反差，反差越强，仇恨越大，复仇心理越强烈，造成的后果也越严重。

至此，我们已分析了弱者复仇的几种亚类型，它们都可被看作文学复仇叙事的简单模式，即复仇者无论出于何种原因而受到伤害，都意志坚定，毫不怀疑自己行为的正当性，竭尽全力报复、惩罚加害者。这种简单模式的叙事虽然也会相当精彩，复仇者也可能会有某种程度的犹豫，但大多忽视或不充分表现复仇者内心的矛盾和冲突。实际上，复仇者和仇人之间的关系不一定完全势不两立、不共戴天，有时候还牵涉了复杂的情感纠结，双方都有复杂的心理变化和冲突，复仇的行为及后果也因此扑朔迷离，这就造就了复仇文学的复杂模式。换言之，复杂的复仇模式中，复仇者往往会陷于心理冲突，例如在是否实施复仇行为和如何实施方面犹豫不决，或造成伤害后产生悔恨等，给自己带来巨大的痛苦。这样的文学形象塑造让读者更加印象深刻。

  复杂模式下典型的文学作品之一，就是莎士比亚的戏剧《哈姆雷特》。故事的基本线索是哈姆雷特的叔叔克劳狄斯谋杀了哈姆雷特的父王，篡夺了王位，并且娶了哈姆雷特的母后。哈姆雷特王子的地位一落千丈，历经磨难，在父亲鬼魂的提示下，查明真相，最终为父亲报了仇。但是，哈姆雷特的复仇过程远非一帆风顺。一方面，叔叔时刻提防着他，派人监探他的动向，他还遭到了朋友的背叛；另一方面，在复仇计划准备和实施过程中，哈姆雷特遭受了强烈的心理冲突的煎熬。他原本是一个养尊处优的王子，突然遭到了巨大的变故，还要承担复仇的重任，因此莎士比亚并没有简单地将哈姆雷特刻画成一个充满勇气和力量的复仇者，而是生动地表现了他内心的激烈斗争和痛苦。在复仇计划实施过程中，面对敌人强大的压力和自己价值观与理想的破灭，哈姆雷特陷入了迟疑和犹豫不决，甚至还一度不堪压力想到自杀。如果复仇者心理软弱，甚至怀疑自己的行为是否具有正当性，那么其整个复仇过程将会充满挫折，不仅会遭遇外部力量的阻碍，而且会遭遇内心深处驱动复仇和阻止复仇这两种动机的冲突。对复仇者心理矛盾的深度剖析，正是这一戏剧的魅力所在，也是其成为经典的重要原因。

  英国19世纪女作家艾米丽·勃朗特的《呼啸山庄》是复仇文学的另一部经典。小说的情节看似平淡无奇，无非是被领养的希斯克利夫因年少时受辱和被初恋女孩凯瑟琳抛弃愤而出走，成年后发了财回来报仇的经历。和哈姆雷特的软弱相比，成年的希斯克利夫拥有实力，复仇的愿望很强烈，实施的手段也很残酷，似乎胜券在握。但在勃朗特的笔下，复仇者也有弱点，即对凯瑟琳畸形的爱。他既要报复凯瑟琳，但看到凯瑟琳受苦后自己也无比痛苦。勃朗特对希斯克利夫和凯瑟琳的心理与精神状态的描写入木三分，他们试图反抗命运，但一次次的反抗却加剧了自己的痛苦。复仇者体会到的，不是报复的快感，而是永远无法排遣的失落感和挫折感。对手的潦倒无法换来自己久已失去的美好情感，再多的胜利也无法重获当年纯真的欢愉。最终希斯克利夫意识到了报复并不能使自己获得幸福，他放弃了对下一代的迫害，殉情于含恨而亡的凯瑟琳，狂暴的内心终于得到了安息。这部小说将强烈的反压迫的斗争精神和离奇、紧张的气氛融合在一起，让读者和主人公一样被压抑得喘不过气来，从而在文学史上脱颖而出。毛姆曾这样评价《呼啸山庄》："我不知道还有哪部小说能像它这样，把爱情的痛苦、迷恋和残酷如此执着地纠缠在一起，并以如此惊人的力量将其描绘出来。"①

对复仇者心理的深刻剖析在陀思妥耶夫斯基的《罪与罚》中也有深刻体现。《罪与罚》与《呼啸山庄》都聚焦于被社会家庭压抑而异化了的个人感情，但《呼啸山庄》中的复仇者希斯克利夫到故事的最后才开始醒悟，不再伤害他人，而《罪与罚》主要描写了主角拉斯柯尔尼科夫杀人后的心理冲突和恐惧，以及他克服心理障碍获得精神上的重生的过程。穷大学生拉斯柯尔尼科夫目睹社会不公，出于义愤，谋杀了心狠手辣的放高利贷的老板娘，并在慌乱中杀死了老板娘无辜的妹妹。之后他受到了良心的惩罚，在妓女索尼娅的劝说下向警方自首，服刑过程中通过虔诚信仰上帝，以忏悔的心情承受一切苦难，最终拯救了自己。可以看出，陀思妥耶夫斯基要表达的重点不是复仇本身，而是借助信仰来表明复仇并不能让弱者变得强大，也不能解决任何问题，反而会带来更多的问题。

上述两部作品中的复仇心理都涉及爱情。《呼啸山庄》中是因为凯瑟琳的背叛而激起希斯克利夫的复仇之心，《罪与罚》中是因为索尼娅爱情的感召而帮助拉斯柯尔尼科夫实现灵魂的救赎。实际上，爱情因素在复仇文学中占了相当大的比例。年轻人之间纯真的爱情往往受到各种压力的影响和伤害，如家族之间的仇恨。如果一个小伙子爱上了仇人的女儿，他应该怎么办？在这类文学创作中，仇恨和复仇往往成为叙事的背景，主要描述爱情如何对抗仇恨。莎士比亚在戏剧《罗密欧与朱丽叶》中表现了爱情的力量使两个年轻人敢于面对家族世仇，敢于向命运中的阻碍发起挑战，不惜付出生命，最终他们的抗争使两个敌对的家族言归于好。罗密欧曾因为家族间的冲突不得不决斗杀人，他希望能够尽力解决矛盾，但无法逃脱强大的世俗压力，又不愿放弃爱情，只有用自己的生命作为代价进行对抗。付出自己的生命是弱者在爱情和仇恨的双重压力之下最悲惨的选择。当然，在这样的双重压力下也可有其他出路，如高乃依的著名戏剧《熙德》中罗德里克的决定。罗德里克和施曼娜相爱，但两人的父亲是死对头，罗德里克为了父亲杰葛的荣誉而杀死了情人施曼娜的父亲高迈斯，而施曼娜为了捍卫父亲的荣誉，又请求国王处死罗德里克。于是，两个相爱的人陷入了深深的痛苦中，爱情似乎败给了仇恨。但出人意料的是，当罗德里克手里拿着剑请求施曼娜杀死他时，施曼娜因为深爱罗德里克而原谅了他，仇恨最终败给了爱情。这两部戏剧都表现了弱者如果想要击败仇恨而获得爱情，

---

① 毛姆：《毛姆读书随笔》，刘文荣译，上海三联书店，1999，第134页。

往往需要付出沉重的代价，他们在痛苦的抉择过程中受到巨大的压力。

在之前的简单复仇模式中，我们已讨论过因爱生恨的叙事。一般而言，简单模式中的复仇者代表着正义的一方，在与复仇对象的关系中，复仇者没有什么过错，也没有什么品德上的问题。但是，有些文学作品中的复仇者自身的爱就是不纯洁或畸形的，当他们感觉愿望得不到满足或利益被侵犯，就会迁怒于所爱的对象，实施复仇而造成悲剧。这也属于因爱生恨的复杂叙事，典型的例子是让·拉辛的《费德尔》和司汤达的《红与黑》。《费德尔》中的女主人公费德尔一直都陷于情感纠葛中，她爱上继子，却又被名誉、耻辱、嫉妒、悔恨等情感侵扰。继子伊波利特拒绝了她的求爱后，她陷入了羞愤和怨恨，于是向丈夫诬告继子对她怀有不轨之心，造成继子的死亡。之后她又产生了悔恨，承认一切罪责后服毒自尽。这种畸形的爱和因此产生的恨导致了悲惨的结局。费德尔的爱是罪恶的，而《红与黑》中于连的爱是功利性的。出身低微而贫穷的于连一心想跻身上流社会，他爱上市长夫人是因为她的高贵、美丽，可以提升自己的社会地位。被迫离开市长夫人后，他又爱上了玛特尔小姐，同样是因为对方能给自己带来更高的地位。后来，市长夫人的信揭露了于连的过去，同时也断送了他的前途，因此他一怒之下枪击市长夫人。这种复仇显然是心理变态所致，好在故事的结尾于连获悉那封信是为人强迫所写，他原谅了市长夫人。最后，于连拒绝上诉，也拒绝做临终祷告，以示对封建贵族阶级专制的抗议。这两个故事中的主角都为了自己不正常的爱情和追求付出了生命的代价，他们有过激烈的心理冲突，最终醒悟。

不正常的心理状态下的复仇也会由爱情以外的因素导致。在麦尔维尔的长篇小说《白鲸》中，亚哈船长在一次捕鲸过程中，被凶残而聪明的白鲸莫比·迪克咬掉了一条腿，因此他满怀复仇之念，一心想追捕这条白鲸，竟至失去理性，变成一个独断专行的偏执狂。他的船几乎寻遍了全世界，终于与莫比·迪克遭遇，在搏斗中船被撞翻，几乎所有人都葬身大海。小说中亚哈船长的形象比白鲸更为邪恶残忍，被白鲸伤害后，他的自尊严重受损，自大让他成为黑暗与邪恶的象征，而其所作所为缺乏道德底线和理性，只随意任由本能去驱使行动，最终酿成了悲剧的发生。与此相似，威廉·福克纳的长篇小说《押沙龙，押沙龙！》中的萨德本因为少年时感觉被一个庄园的黑人仆人侮辱了，就立志要报复，要让自己成为拥有黑奴的富人。他发现自己的妻子有黑人血统后，就抛弃了她，并在多年后拒绝认领与这个妻子所生的儿子，还唆使另一个儿子杀了这个混血儿。萨德本的复仇既源自阶级矛盾，也有种族歧视，这使他心理失控，最终被杀。亚哈船长和萨德本原本都具有优秀的品质，勇于奋斗、积极进取，但因为一个挫折使其心理自尊受到极大的打击，他们逐渐走向变态和极端。

复仇心理的巨大压力常常将复仇者击垮，使其人生失去方向，最终导致自身的灭亡。如果能够幡然醒悟，认识到某些复仇情感的荒谬性和极端破坏性，就能够超脱出来，建构正常的人生，这一点在汪曾祺的短篇小说《复仇》中得以体现。这又是一个为父报仇的故事，主人公长年累月寻找仇人，即使疲倦、孤独、失望，也不放弃。复仇的信念让他失去了自我，忘记了生命本身应有的意义。当他终于找到仇人的时候，却忽然发现，仇人的手臂上刺着自己父亲的名字。原来自己的父亲也是别人的仇人，被别人复仇而死。他恍然大悟，不再复仇，由此获得新生。汪曾祺将因果伦理融入复仇心理的剖析中，让读者明白，冤冤相报永无止境，应及时醒悟，放弃不应有的执着。他在小说的开头还引用了《庄子·达生》中的一句话来表达主旨："复仇者不折镆干，虽有忮心，不怨飘瓦。"意思是，复仇的人并不会去折断曾经伤害过他的宝剑，即使报复心极重的人也不会怨恨那偶然坠落、无心地伤害到他的瓦片。换言之，复仇的最终目的应该是消解仇恨，而不应始终背负复仇的枷锁。这篇小说将东方传统思想与西方现代主义文学创作手法相结合，探讨东西方共同具有的复仇主题，提出了超越性的解决方案，堪称用文学手段满足相应心理需求的杰作。

从上文分析可以看出，复杂型复仇叙事能够深刻挖掘复仇者的心理，剖析他们复仇的心理根源，发掘他们复仇过程中的心理变化，还表现他们复仇后心理状态的转变，在心理强弱转变的描述中展现复仇文学的魅力。在这些文学叙事中，复仇是弱者反抗的主要手段之一，但复仇往往给各方带来更大的伤害，并不必然使弱者变为强者。很多作品都暗示了，人们应更明智地对待仇恨这种感情，让自己超越仇恨。从中西方复仇文学主题表现手法的区别来看，似乎西方作品中的复杂型复仇叙事要更多一些。王立、晋桂清认为中西方复仇文学反映了中西方不同的价值取向和对复仇不同目的的理解：西方文学叙事偏重复仇主体灵魂世界的冲突，突出主体性格和人格的成熟过程，重在对人性的深刻挖掘，从而引发人们对个体与命运抗争的悲壮感；中国文学叙事多强调复仇的社会伦理效果和惩恶扬善的教化作用，常注重刻画复仇行为的实施过程而省略复仇者的心灵冲突，追求皆大欢喜的结局[①]。这一观点可以很好地解释中西方复仇叙事模式的区

---

[①] 王立、晋桂清：《比较中西方复仇文学中的手段方式及目的》，《温州师范学院学报》（哲学社会科学版）2005年第1期，第39-47页。

别,也可为进一步从心理需求视角探索中西方复仇文学的差异提供启示。

## 第二节 讽刺

从心理强弱的关系来看,如果说复仇必须要涉及行为,复仇文学一般是对复仇行为的描述,那么讽刺文学则完全是一种语言"暴力",是弱者利用语言创作文学作品所进行的反抗,具有强烈的批判性。只不过这种"暴力"是通过调侃、揶揄、戏谑、戏仿、夸张、荒诞等方式丑化、嘲笑反动的强势地位者、压迫和剥削人的制度或腐朽落后的事物等,将其丑态暴露出来进行批判。处于弱势的作者和读者利用讽刺的文字发泄不满,释放精神压力,得到情感愉悦。文学中有没有强者对弱者的讽刺?或许有,但绝不是讽刺文学的主流,也不能称其为优秀的文学,更与文学应有的价值相悖。至于讽刺和谴责的关系,讽刺类文学在作品中塑造人物或描写某些现象,其目的当然也包括谴责这些人物或现象的丑陋或荒谬,不过讽刺是文学一个特有的类型,影响深远,因此本书在此单辟一节讨论,文学其他类型的谴责将在下一节探讨。

在人类的思想史中,通过讽刺进行思想和灵魂的拷问,是中西方自古就有的共同特征。在西方,我们领略了苏格拉底式的反讽。苏格拉底是个能言善辩的哲学家,他的辩论方式是不断发问,让对方回答,使对方在他的追问下不知不觉露出破绽,陷入自我矛盾,从而批判对方错误的理念,宣扬自己的观点。在柏拉图的《对话录》中有多处体现了这一点,如苏格拉底和伊安对诗人文艺才能产生原因的探讨,即诗人的创作是凭借专门的技艺还是靠灵感。伊安以吟诵荷马史诗为业,一次参加诵诗竞赛归来,正为自己获得头奖而得意,不料遇见苏格拉底假装向他求教,提出许多令人困惑的问题,使伊安自相矛盾,难以招架。这种反讽虽然只是一种论述或修辞的技巧,但也可看作具有一定的文学性。在讨论的开始,苏格拉底扮演一个无知或困惑的提问者,经过多次来回交锋,最终驳倒对方原先持有的观念。这不是常见的哲理思辨,其对话过程具有叙事性,而且蕴含了以弱胜强的意义。

在中国古代,道家的庄子擅长通过寓言来讽刺,常常以物喻人,通过不同的小故事讥讽社会的黑暗面和人们错误的价值观。在《庄子》一书中可见许多相关事例,如《秋水》中用鹓鸰的故事讥讽梁国宰相惠子。庄子到梁国去,惠子以为他要取代自己做宰相,派人到处搜寻庄子。庄子找到惠子后，以高贵的鹓鸟作喻，告诉惠子自己根本不屑于梁国宰相之位，惠子纯粹是小人之心。此处庄子辛辣地讽刺了掌权者，他们手中的权势利益在庄子眼中就是一只腐烂的老鼠。这则寓言和其他许多寓言一起体现了《庄子》这部论著的文学性，反映了道家思想对社会自然的看法：弱小者不是靠依附于权贵而变得强大，让他们强大的是自身的修为和对世俗的超越。

用讽刺的方法讲道理让人理解更加深刻，直指人心，能取得更好的效果。讽刺是弱小者挑战强大者的有力武器，弱者在现实中常常因为利益受到侵害而无力反抗，甚至连话语权也被剥夺，但可以创作文学作品来讥讽、嘲笑强权阶层和专营取巧的小人，从而在思想和道义上占据上风，通过文学的虚拟空间取得心理优势并且纾解心理压力。和复仇类文学一样，讽刺类的作品在人类文学史上早已有之。《诗经》里就不乏讽刺式的呈现，如《国风·鄘风·鹑之奔奔》："鹑之奔奔，鹊之彊彊。人之无良，我以为兄！鹊之彊彊，鹑之奔奔。人之无良，我以为君！"这首诗表达了一位感情受到伤害的弱女子对无情男人的嘲讽和谴责。该诗两节分别用"鹑之奔奔"与"鹊之彊彊"起兴，一方面朗朗上口，增强艺术性；另一方面暗指禽兽尚有固定的配偶，而诗中男主人公腐朽堕落、禽兽不如，枉为"兄""君"。同时，该诗很短，但重章叠句，只有"兄"和"君"两字没有重复。重复是为了强调，而重复之中偶尔没有重复的地方更容易引起读者注意。这种基于对比和强调的嘲讽具有很强的感染力，鞭辟入里，让人印象深刻。

上文所讽刺的对象可能是诗歌创作者自己的爱人，也可能是卫国国君。如果是后者，那这首诗就有了政治讽刺诗的属性。这样的诗在《诗经》中不止一处出现，如《国风·魏风·硕鼠》《国风·召南·羔羊》等。它们从普通民众视角，讽刺了官员、奴隶主、国君等社会上层和剥削阶级。中国古代诗歌中有大量对腐败的统治者和趋炎附势者的讽刺与揭露，代表作之一就是刘禹锡与玄都观桃花相关的两首诗。几起几落的刘禹锡写下"种桃道士归何处？前度刘郎今又来"的诗句，是对多年前的当权者和趋炎附势者的绝妙讽刺。该诗具有跨越时代的象征意义：多行不义的当权者虽能显赫一时，但终将被历史淘汰和遗忘，坚持真理和道德高尚的人则会被历史牢记，获得最终的胜利。无独有偶，苏轼也曾因为官场斗争被贬官，他在谪居时戏作《洗儿》："人皆养子望聪明，我被聪明误一生。惟愿孩儿愚且鲁，无灾无难到公卿。"这首诗表面上是为孩儿写诗祝福，而实际上是对权贵的讽刺。他将聪明和愚鲁对立，阐述了尽心报国者无法得志，愚笨的弄权者却能够占据高位。和刘禹锡、苏轼相似，唐寅的人生也大起大落，他在《桃花庵歌》中通过讥讽富贵者表达自己超脱的心境，"若将富贵比贫者，一在平地一在天。若将贫贱比车马，他得驱驰我得闲。别人笑我忒风颠，我笑他人看不穿。不见五陵豪杰墓，无花无酒锄作田。"当才华横溢的唐寅不得不忍受逆境时，他对人生有了深刻体验，自觉地将自己与权贵划清界限，从一个弱小者的视角审视世界，表达对自由的渴望，摒弃对权势的追求，认为这毫无价值。刘禹锡、苏轼和唐寅都通过写诗来表达不满和反抗，他们如果没有这样的人生经历，不一定能写出这些诗歌来。杜牧的仕途还算顺利，他的讽刺诗如《过华清宫绝句三首》，则是他在宦海浮沉中所体会到的深重历史感的体现。在这三首诗中，杜牧深刻揭露和鞭挞了统治者的骄奢淫佚最终酿成国家动乱、生灵涂炭。其中"一骑红尘妃子笑，无人知是荔枝来"选取为贵妃飞骑送荔枝一事，通过设置妃子笑红尘的悬念，辛辣讽刺了帝王之家为满足一己口腹之欲，竟不惜兴师动众，劳民伤财。借助这三首诗，杜牧巧妙地实现了借古讽今。

　　政治讽刺诗在西方文学中起源也很早，古罗马时期的尤维纳利斯就以讽刺诗闻名于世。他在诗中采用借古讽今的手法影射当时的社会现状，讽刺皇帝的专制、朝廷上下的荒淫和贵族的谄媚。文学史上，西方政治讽刺诗的创作一直绵延不绝，如法国诗人、文学批评家尼古拉·布瓦洛，英国诗人亚历山大·蒲柏、萨缪尔·约翰逊和乔治·拜伦等，他们对宫廷、贵族和势利小人进行了讽刺。约翰逊在讽刺长诗《人欲皆空》中这样写道："报刊人都为鹊起的名声撒谎/献书人趋附兴隆的钱财去捧场/哪一个房间挂了地方的大台柱/哪一个房间就有画像给撑出/送厨房去熏烟或者送拍卖场卖掉/把一幅金框子留给了更好的面貌……"[①] 这段描述是对势利者的生动写照，刻画了他们是如何弃旧逐新、趋炎附势、阿谀奉承的。拜伦也以政治讽刺诗闻名，在《唐·璜》中他对英国的政客描述如下："……我们对于政客们/以及他们的口是心非表示鄙夷/他们凭撒谎吃饭，但又扭扭捏捏……"接着又用反语评论道："哦，谎言万岁！一切说谎的人万岁！/现在，谁再说我的缪斯愤世嫉俗？/她高唱这世界的赞诗，而为那些/不肯追随她的人感到耻辱……"[②] 拜伦通过唐·璜的奇异经历，讽刺了欧洲王室及官场的腐朽反动和放荡堕落。总而言之，这类讽刺诗采用似褒实贬、讽古喻今等方式揭露了反动堕落的统治阶层为了维护既得利益和权威，剥削

---

[①] 萨缪尔·约翰逊：《势利》，载黎华选编《外国讽刺诗精选》，卞之琳译，百花文艺出版社，1994，第35页。

[②] 乔治·拜伦：《英国的官场》，载黎华选编《外国讽刺诗精选》，查良铮译，百花文艺出版社，1994，第61－62页。

欺压底层人民、迫害正直人士的真实面目。

  综上可见，讽刺诗的确是世界各民族具有共性的诗歌体裁，政治性的讽刺是其中主要内容。用文字来讽刺是有效的工具，但也是社会低阶层人民反抗权威和挑战压迫的无奈之举。关于中西方讽刺诗表现方式的区别，王珂指出：由于中西方文化背景的差异，中国讽刺诗"针砭时弊的讽刺都常常在'礼义'之内，具有直面社会的写实风格和谐隐怨刺而又节制宽容的创作传统，讽而无怨、怨而不怒、谑而不虐，嘲世和自嘲的多、曲笔隐趣的多、文字游戏的多。西方讽刺诗大多采用直笔方式，鲜明辛辣，多是与讽刺对象对抗的恶意的讽刺，讽刺的程度较深，嘲人的较多"①。就本节所引政治讽刺诗的实例来看，这样的区分是很有道理的：中国对讽刺对象的形象和行为描写较为抽象，而西方多直接描绘其丑陋的嘴脸；中国侧重教化和正面引导，而西方侧重负面揭露；中国多反映作者的人生态度和思想，而西方多嘲讽错误的思想。但是，无论采用何种方式，我们都从中听到了社会政治权力框架中弱者的正义呼告。

  除了诗歌，对腐败的政府或官场等的讽刺也大量出现在小说和戏剧中，其中典型的作品包括吴敬梓的《儒林外史》、果戈理的戏剧《钦差大臣》和马克·吐温的《镀金时代》等。《儒林外史》描绘了社会中各色人等对功名富贵的热衷，揭示人性被腐蚀的根本原因，从而对当时吏治的腐败、科举的弊端、封建礼教的虚伪等进行了深刻的批判和嘲讽。例如，在"范进中举"这一段中，通过对范进及其丈人胡屠户在其中举前后言行变化的描述，反映了封建科举考试对人们价值观的异化。中举之前，范进身份低下，到处受歧视，甚至被丈人当面唾骂，毫无尊严可言。一旦中举，顿时乌鸡变凤凰，成为众人追捧的对象，胡屠户的态度相比之前仿佛天壤之别，将其比作天上文曲星下凡。清代科举是读书人改变社会身份的重要途径，可以借此换得功名利禄。吴敬梓对范进得知自己中榜之后喜极而疯的夸张描写，表现了当时科举制度压力下读书人心态的极度扭曲，也是对人们趋炎附势追求权贵的讽刺。与此相似，在《钦差大臣》中，果戈理描写纨绔子弟赫列斯塔可夫与别人打赌输得精光，正走投无路一筹莫展时被误认为钦差大臣，引起当地官僚的恐慌，闹出许多笑话。在戏剧开头，作者通过贪赃枉法的市长和一群腐败官员的对话，生动地展现了他们谄媚钻营、卑鄙庸俗的本性。随后，市长和赫列斯塔可夫见面时各怀鬼胎、互相试探的场景，更加形象生动地刻画了他们的虚伪。当市长确认对方就是

---

 ① 王珂：《论中西讽刺诗的文体特征及差异》，《阴山学刊》2004年第1期，第28-35页。

"钦差大臣"后,竭尽全力阿谀奉承,甚至不惜奉上自己的女儿作为仕途上升的资本。整部戏剧将贪官们丑陋的形象刻画得淋漓尽致。在长篇小说《镀金时代》里,马克·吐温刻画了一系列道貌岸然的议员和政客,其中参议员迪尔华绥以为黑人建诺布斯大学为借口,唆使国会通过一项20万美元的巨额拨款,企图从中获取暴利。而其他议员也是一丘之貉,收受贿赂,互相包庇。迪尔华绥的阴谋被揭穿后,受攻击的反而是揭发者。小说辛辣地讽刺了在美国内战后经济迅速发展的"黄金时代"中,政治投机者们利用各种机会贪污腐化、中饱私囊,使社会上一片乌烟瘴气,风气败坏。这三部作品语言风趣幽默,人物形象生动,嘲讽了各自特定的历史和文化环境中的官场腐败。

在欧洲,还有许多抨击腐朽和黑暗的封建专制中教会特权的文学作品,意大利作家乔万尼·薄伽丘创作的《十日谈》即鲜明地表现了反封建、反教会特权的思想。《十日谈》的特色之一,就在于通过有趣甚至惊世骇俗的小故事,大胆地揭露教会利用特权压榨民众,控诉教士们丑恶伪善、荒淫无耻。在第一天的第六个故事中,一个正直的平民因为酒后并不严重的戏言,被异端裁判所里的神父以重罪拘禁,而神父的目的是夺取平民的家产。后来,该平民用教会宣扬的"今世的奉献会在来世得到百倍回报"来讥笑他们的假慈悲,让神父颜面尽失。在第九天的第二个故事中,修道院中女院长正在痛斥一个犯了奸情的修女,不料情急之中将与自己偷情的教士的短裤当作头巾戴在头上,于是她的奸情也被发现了,而她立刻改变态度,不再追究,还鼓励其他人也去寻欢作乐。诸如此类意在讽刺封建专制下虚伪的禁欲主义、宣扬对人世幸福追求的故事还有不少,薄伽丘因此为教会所不容,作品被查禁,本人也长期受到教会的迫害。

总之,古今中外的政治讽刺文学虽各有其不同的批判角度和表现方式,但其所批判的对象,主要是与人民大众利益相对立的、代表封建贵族或资本主义统治阶层的权力、财富和官场,以及受其负面影响的社会各个方面等。这类文学作品突出了外在因素对人的异化:在被权力和金钱扭曲的社会关系中,对人的评价取决于他们是否拥有权力或财富。若答案是肯定的,就受到人们的普遍赞誉和追捧;若答案是否定的,就被人们鄙夷和抛弃。同样一个人,仅仅社会身份或社会标签发生变化,就会受到他人不同的对待。这些作品的创作也反映了人们对世界真相的认识和对权贵的反抗,是用讽刺性的语言文字作为武器维护社会正义的尝试。

不过,文学讽刺不仅是政治性的,还会涉及生活的方方面面,有的讽刺政治色彩较弱，主要是对社会生活中道德败坏、利欲熏心的人进行讽刺性的批判。如果说对统治阶层及其走狗的讽刺是从社会权力关系角度出发的弱者反抗，那么对于日常生活中的道德败坏者的讽刺就是从人性品德角度出发的弱者反抗，因为正直诚实、遇事忍让、心地善良的人在与这类人交往时往往会成为受害者。社会上从不缺乏极度自我中心或心理畸变的人，下面将会分析文学中常常出现的对这三种人的讽刺：唯利是图的吝啬鬼、道貌岸然的伪君子、损人利己的心理阴暗者。

就吝啬鬼形象的刻画而言，17世纪莫里哀塑造的阿巴贡和19世纪巴尔扎克笔下的葛朗台堪称经典。两位作者用夸张的笔调分别描绘了这两个极度贪婪的人物，他们嗜钱如命，财富是他们唯一的精神依靠。阿巴贡是黑心的放高利贷者，不仅利息奇高，而且知道对方急于用钱就附加苛刻的条件，不管别人死活。例如，他强行将不到一千法郎的杂物抵价三千法郎贷出去，还恬不知耻地在贷款文书里说原价四千五百法郎，现在折价相让，"价格尽量优惠，体现出放债人的善意"①。而葛朗台则是一个十足的奸商，为了利益不择手段，囤积居奇、哄抬物价、高息放贷，如作者所评论的："说到理财，葛朗台先生兼有老虎和巨蟒的本领。他会蹲在那里，长时间窥伺着猎物，然后扑上去，张开钱袋的大口，吞进大堆的金币……在索漠城，谁不曾被他的钢铁利爪干净利索地抓过呢？"②将葛朗台比喻成贪婪而凶猛的老虎和蟒蛇，是对其本质的最佳描绘，他成了经济丛林中的猎食者，疯狂地攫取不义之财。文学中的吝啬鬼往往不仅是凶狠掠夺的强盗，还是变态的守财奴。他们竭力渴望占有金钱，金钱是他们唯一的精神寄托和快乐源泉。阿巴贡为了攒钱非常俭省，莫里哀描述了一系列阿巴贡抠门的行为，如往酒里掺水来招待客人，为省钱延长吃斋的日子、偷马料，甚至为了钱放弃心爱的姑娘，等等。葛朗台也极其抠门，花钱能省则省，拥有万贯家财却住在阴暗破烂的老房子中，家里每天的食物和蜡烛等都由他亲自配给。他们的眼中只有钱没有亲情，为了钱他们可以非常苛刻地对待亲人，让亲人成为金钱的受害者。这两个人物不约而同地用金钱关系来代替与妻子儿女的亲情，他们处理人际关系的标准就是能否给他们增加财富或减少花销。

总而言之，和讽刺诗一样，西方讽刺戏剧和小说也善于揭露批判对象的丑态。相比之下，中国讽刺小说《儒林外史》中的著名吝啬鬼严监生似

---

① 莫里哀：《吝啬鬼》，载《法国戏剧经典：17—18世纪卷》，李玉民译，浙江大学出版社，2011，第255页。

② 巴尔扎克：《欧也妮·葛朗台》，张冠尧译，人民文学出版社，2000，第9页。

乎没有这么极端。严监生因为其临终前举起的两根手指而臭名远扬，但这种行为和葛朗台临终前试图抢神父镀金的十字架大不一样。首先，严监生虽然吝啬，但并非完全嗜钱如命，他也重视亲情，原配夫人生病时不惜重金治疗；其次，他咽气前要熄灭一根灯芯不是为了自己，而可能是希望其他人也能勤俭持家。小说还对严监生的命运进行了全面描写，剖析了他在哥哥影响下产生的负面心理状态，分析了他这种行为的深层原因。也就是说，在吝啬鬼类型的文学中，强弱关系可能是比较复杂的。吝啬鬼因为对金钱强烈的欲望产生了心理需求，有些文学作品强调的是他们在满足自身心理需求时对他人的伤害，因此这些文学中的吝啬鬼是强者，他们所伤害的人是弱者。而有些文学作品中吝啬鬼是因为受到心理创伤才执着于财富的，表现了他们堕落的心路历程，他们也是被金钱支配的受害者。因此这些人物本身就是弱者，只不过他们选择了错误的反抗方式，最终导致自身和亲人的悲剧结局。

文学喜欢讽刺的另一种人是道貌岸然的伪君子。这种人表面上道德高尚、满口仁慈，其实内心肮脏龌龊、利益至上。伪君子们的真实意图都是为了个人利益，但还要显得不在乎个人得失，或者表现出所做的一切都是为了奉献给他人。英国剧作家谢里丹在其杰出作品《造谣学校》中讽刺了英国上层社会的虚荣、贪婪和虚伪。剧中的太太绅士们以造谣诽谤为时髦的乐事，他们总爱聚集在一起散布流言蜚语，议论贬斥他人。他们掌握了话语权，通过贬损抹黑他人来让自己获得道德优越感，而自己却做着见不得人的勾当。讽刺文学作品中刻画的这种人物往往最终被揭露，成为嘲笑的对象，如《造谣学校》中的约瑟夫。他表面上是文质彬彬、善良仁慈的君子，实则是个贪婪伪善的小人，还通过贬低污蔑弟弟来证明自己道德高尚，最后在叔叔奥立佛爵士的考验中原形毕露。莫里哀的戏剧《伪君子》也塑造了一个相似的人物，即伪装圣洁的教会骗子答尔丢夫。经过一系列善恶之间的较量后，答尔丢夫最终也被揭开了真面目，得到了应有的惩罚。通过伪装和阴谋获利的伪君子在讽刺文学中常常没有好下场，但在现实中不一定如此，人们通过文学来发泄不满，在文学的世界中揭露阴谋，取得虚拟的胜利。

莫泊桑在《羊脂球》中也塑造了一群虚伪的人。他同样制造了二元对立的叙事框架：上等人对下等人，利己者对利他者，自私者对爱国者。具有讽刺意味的是，小说中的上等人都是利己者和自私者，而出身低微的妓女羊脂球反而是真正具有爱国心和同情心的人。羊脂球不仅把食物分给其他人吃，还舍身忍辱来帮助他们获得自由，但那些贵族和资产阶级的老爷太太则极其虚伪。他们一开始轻视和侮辱羊脂球，吃了她的食物后又赞美和亲近她；被普鲁士军官扣下马车后，他们想尽办法诱骗羊脂球牺牲自己挽救其他人；一旦获救，他们对羊脂球的态度又回到了鄙视和唾弃，没人在乎她的死活。通过这样的对比，莫泊桑表现了对虚伪小人的辛辣讽刺和对生性正直却处于弱势地位的人的同情。

　　莫泊桑的故事发生的地点是逃难的马车，讽刺的是虚伪的贵族和资产阶级，而钱锺书在《围城》中则刻画了一群混迹于大学的披着文人学者外衣的伪君子。这些人看上去衣冠楚楚，言行举止温文尔雅，但大多内心龌龊、浅薄猥琐、结党自固、唯利是图。他们将真面目掩盖起来，利用潜规则获取利益或进行利益交换。他们关心的不是教书育人和做学问，而是坑蒙拐骗，竭力捞取好处，不愿加入他们肮脏圈子的老师会被边缘化，永无晋升的机会，甚至还会被他们污蔑、陷害乃至解聘。知识分子及其从事的教师、医生和律师等行业是社会道德和良心的基础，他们具有相对较高的地位，受人尊重，但也容易陷入伪善和钻营的陷阱。钱锺书集中笔墨揭露了这些人物口是心非的真面目，精彩讽刺了现实中虚伪的文人学者。

　　除了吝啬鬼和伪君子，文学喜欢讽刺的对象还有损人利己的心理阴暗者。这些人不一定视财如命或口蜜腹剑，但往往同样道德败坏，而且毫不掩饰自己的心胸狭窄。他们为了自己变态的需求或利益不惜伤害他人，通过让他人受苦受难来获得心理快感。莎士比亚戏剧《威尼斯商人》中的夏洛克是这种人的典型。夏洛克是一个黑心的放高利贷者，他十分痛恨威尼斯商人安东尼奥，因为后者是个宽厚的富商，借钱给别人不要利息。当安东尼奥为了帮助朋友向夏洛克借钱时，夏洛克提出了苛刻的条件，如果安东尼奥到期还不上钱就用他身上的一磅肉来抵债，这样他就可以置安东尼奥于死地。在剧中，夏洛克的阴谋未能得逞，正直善良的人最终获得了胜利。莫里哀的戏剧《无病呻吟》讲述了另一种心理阴暗者。主人公阿尔冈身体健康却怀疑自己有病，不断被周围的庸医骗钱，还被第二个妻子贝丽娜欺骗。因为自己心理变态，思维混乱，他竟然粗暴干涉女儿的爱情，希望通过女儿的婚姻使自己获得更好的治疗。整部戏剧揭露了一系列骗子和损人利己者的丑态。同时，阿尔冈本来是个受害者，但他也为了满足自己的需求而伤害别人，受害者变成加害者，加害的结果却是继续受害，这种悖论使戏剧达到了更为深刻的讽刺效果。

　　日本作家夏目漱石创作的长篇小说《我是猫》讽刺了心胸狭窄的资本家。小说里建构的主要对立关系之一，是穷教师苦沙弥与暴发户金田之间的矛盾和冲突。苦沙弥虽然迂腐守旧，但正直安贫，从不屈服于金钱。他因为琐事怠慢了金田的老婆，财大气粗的金田便兴师动众地三番五次打击苦沙弥，如买通落云馆的顽童到他家来骚扰，搞得他不得安宁，身心受到严重摧残。小说从一只猫的视角观察人际关系，用生动有趣的语言揭露了资本家的贪婪，如金田宣称，要想发财，必须实行三缺术：缺义理、缺人情、缺羞耻①。苦沙弥的朋友迷亭对以金田为代表的资本家这样批判道："金田这家伙，算是什么东西！难道不就是个在钞票上安上鼻子眼睛的货色吗？……他不过是张会活动的钞票而已。"② 通过这样的嘲笑，小说揭露了金田奸诈可憎的面目，无情地讽刺了市侩哲学的丑恶本质，批判了社会盛行的金钱崇拜。

　　从上文示例和分析可以看出，文学中对这三种道德败坏的人的讽刺实际上就是对社会经济地位、金钱关系的讽刺。具有较高社会经济地位或更富有的人往往掌握更多的资源而处于强势，他们如果道德败坏，就会采用种种手段欺压社会经济地位上的弱势者。更有甚者，他们依附于或受制于金钱、利益关系等外在力量，心理扭曲，产生变态的精神需求，这迫使他们用极端的方式对待他人，把他人当作自己利益的牺牲品。这种人的强势地位和变态人格使其成为讽刺文学的最佳批判对象，为各种体裁的讽刺作品提供了源源不断的创作素材。

　　和其他以揭露真相为目的的叙事手段相比，讽刺文学有其特定的叙事方式，即通过语言的特别运用和对情境的精心设计达到一种戏剧化的效果，让人们获得审美愉悦。如果说复仇文学往往是悲剧，那么讽刺文学则往往是喜剧，通过喜剧的形式揭露和批判。本书多次引用的莫里哀的喜剧作品里充满了各式各样的讽刺，他同情劳动人民，揭露剥削阶级的丑恶，这使他成为法国17世纪伟大的喜剧作家。就讽刺文学的修辞和叙事手法而言，主要有三种方式：夸张、对比、反语。讽刺文学常常用夸张的语言，对人物形象、性格、语言、行为等进行偏离常态的描述，突出讽刺对象的某一特质，从而达到幽默或滑稽的喜剧化效果。简·奥斯汀在《傲慢与偏见》中对班纳特太太的夸张描写非常精彩。班纳特太太操心几个女儿的婚事，急于找到乘龙快婿，于是利用一切机会安排相亲推介女儿们，以至于常常出丑造成尴尬的场面，自己却浑然不知。夸张叙事在塑造人物时，还常常通过对某一社会弱者的夸张描述，揭示人物荒诞的思想行为，

---

① 夏目漱石：《我是猫》，刘振瀛译，上海译文出版社，2011，第119页。
② 夏目漱石：《我是猫》，第130页。

从而进一步揭露对其造成影响的保守反动的思想或让其人格变态的黑暗腐朽的社会制度，例如鲁迅的《阿Q正传》《孔乙己》、塞万提斯的《堂吉诃德》、契诃夫的《套中人》等。

对比和夸张一样，能够突出讽刺对象的丑态，引起喜感，进行有效揭露。对比的修辞和叙事手法主要分为两种类型：其一是人物自身的表面形象与本质内涵不一致（表里不一、言行不一）；其二是不同品质的人物之间的反差（高尚与卑劣、利他与利己）。这两种对比有时会同时出现在一部作品中，如上文所提到的谢里丹的戏剧《造谣学校》。这部剧中有两个对比结构，即弟弟查尔斯和哥哥约瑟夫的对比，以及兄弟二人各自表面形象和内在本质的对比。弟弟表面放荡不羁，实则待人真诚；哥哥表面忠厚老实，实则伪善狡诈。在这样的强烈对比中，约瑟夫的虚伪得到了充分展现，观众也从他最终的原形毕露中得到观赏的愉悦。

反语也是讽刺文学常用的表达方式，包括正话反说和反话正说等。作者用意义相反的词来表达真实意图，让读者在上下文中解读出本意，达到幽默揶揄的效果。在《欧也妮·葛朗台》中，巴尔扎克这样介绍老葛朗台："他不当官倒没什么遗憾，因为他在任上早已为本地区的利益修建了几条优质公路，直达他的地产。"① 这里的"为本地区的利益"似褒实贬，讽刺了葛朗台实质上是利用公权为自己谋私利。马克·吐温也是反语讽刺的高手，这在《镀金时代》的卷首语中便得到了体现。在介绍小说素材时，他写道："在我们这个国家里，要想为我们虚拟的这么一部想象国的小说找材料，当然是找不到的，因为在这里既没有投机的狂热，也没有顷刻致富的炽烈的欲望，所有的穷人全都心地单纯、安分守己；所有的阔人全都正直慷慨；社会风气仍然保持着原始的纯朴；从事政治的都是有能力的爱国之士。"② 他表面是在赞扬美国的诸多优点，其实是在讥讽当时美国社会各个层面在拜金主义冲击下的腐化堕落。

除了上述三种修辞和叙事手法，就讽刺类文学的风格和流派而言，黑色幽默的叙事方式和表现手法别具一格。黑色幽默一般特指美国20世纪60年代的一个文学流派，它以荒诞的叙述方式表现变态甚至病态的社会现状，属于现代派文学。黑色幽默中的幽默主要并不体现在语言本身，而是体现在人们无常的遭遇和无奈的命运中。因此，它把人（尤其是小人物）的痛苦与欢笑、面临的荒谬事实与作出的平静冷漠的反应、曾经的愿

---

① 巴尔扎克：《欧也妮·葛朗台》，第7页。
② 马克·吐温、查理·华纳：《镀金时代》，李宜燮、张秉礼译，上海译文出版社，1979，第3页。

望与最终的绝望交融在一起,让人读之如鲠在喉、笑中带泪。美国作家约瑟夫·海勒的长篇小说《第二十二条军规》便是该类文学的典型,主人公尤索林是一个被长官任意摆布的小人物,他怀抱爱国热情,正直勇敢,却因荒谬的军规陷入进退两难的境地:自己的追求无法实现,又永远不能逃离。权势、金钱或腐朽的陈规陋习所构成的世界就像一张大网,将无能为力的弱者团团困住,他们不管如何挣扎都逃不出陷阱和束缚,最终成为统治者的牺牲品。黑色幽默是一种更高境界的讽刺,被压迫者以自己的生命和尊严为代价直刺荒诞变态的社会权力和意识形态,是不甘被异化的弱者在无奈中进行控诉的最后手段。

讽刺文学常常使用影射的方法间接揭露社会的黑暗,如借古喻今、以动物拟人、假托异域讽刺本国等。就动物拟人式的讽刺而言,古今中外不胜枚举,如《诗经·魏风·硕鼠》、古希腊阿里斯托芬的喜剧《鸟》、古希腊的《伊索寓言》、英国乔治·奥威尔的中篇小说《动物农场》、法国让娜·勒鲁瓦-阿莱的《列那狐的故事》、英国乔叟《坎特伯雷故事集》里的动物寓言等。异域游记式的讽刺则假借虚构的世界、国家等异域风土人情,对作者所处时代和国家进行比较和讽刺,包括法国拉伯雷的《巨人传》、英国乔纳森·斯威夫特的《格列佛游记》、法国伏尔泰的《老实人》、清代李汝珍的《镜花缘》等。借古喻今的文学作品就更多了,本书不再赘述。这些叙事形式充分利用了文学能够提供的虚拟空间,一方面使叙事更加生动有趣,给人耳目一新的感觉,能够吸引更多读者,流传更加广泛;另一方面,这种相对而言较为间接的表达能够更好地保护处于弱势地位的作者,避免受到强权者的迫害。当然,即便如此,因为讽刺文学强大的批判力量,讽刺作家们还是会常常受到强权势力的攻击和伤害,莫里哀的遭遇就是证明。

总之,人类历史上发展出了形式多样的讽刺文学作品,它们为受欺压的弱者代言,用辛辣幽默的语言揭露拥有强权的统治者和道德败坏的上层人士,是弱者反抗压迫的有力手段。本节最后,以晚唐诗人曹邺的一首打油诗《官仓鼠》为例,来看看讽刺作品的生命力和影响力:"官仓老鼠大如斗,见人开仓亦不走。健儿无粮百姓饥,谁遣朝朝入君口。"该诗的艺术性在唐代诗歌中显然不能称得上是佳作,却流传至今,且具有一定的影响。究其原因,一方面是诙谐幽默的隐喻,另一方面是对巧取豪夺的腐败官员的揭露。该诗在主题、内容和形式上都能满足广大底层读者相应的心理需求,因而具有强大的生命力。

## 第三节 谴责

谴责是弱者文学的一个重要目的和功能。前述的复仇类文学和讽刺类文学归根到底也都带有谴责的意味,但此处的谴责类文学是指除上述两种类型之外,明确而直接地控诉社会黑暗、抱怨人生不公的文学作品。因此,本书所归纳的谴责类文学主要是批判现实的,呈现的方式也以写实和直抒胸臆为主,这也是它与前两类文学的主要区别之一。人类自古就有用语言文字进行控诉、抱怨和谴责的需求。唐代文学家韩愈在《送孟东野序》中指出:"大凡物不得其平则鸣。……人之于言也亦然。有不得已者而后言,其歌也有思,其哭也有怀。凡出乎口而为声者,其皆有弗平者乎!"孟郊的诗多写世态炎凉和民间苦难,他终生困顿,不能舒展抱负。韩愈以此文为孟郊表达不满,"不平则鸣"一词后被用来指受到委屈和压迫而发出不满和反抗的声音,或用语言进行谴责和控诉。

不仅生活中有不平而鸣,文学中也同样如此,或者说,生活中的不平常常通过文学创作而"鸣"。中国古代的杰出作品中,首屈一指的不平而鸣者当属屈原的抒情长诗《离骚》。屈原在《离骚》中表达了自己一心为君王、为国家却遭受谗言之害的悲愤:"忽奔走以先后兮,及前王之踵武。荃不察余之中情兮,反信谗而齌怒。余固知謇謇之为患兮,忍而不能舍也。指九天以为正兮,夫唯灵修之故也。"① 屈原这几句诗不仅表达了自己的忠君爱国,还痛斥了宫廷里污蔑自己的阴险小人,谴责了不能明辨是非的昏庸的君王。屈原的遭遇浓缩了后世两千多年中国封建社会朝廷和官场的正邪、忠奸、贤庸、廉腐之争。正直清廉、胸怀社稷的忠臣贤臣往往受到贪污腐化、结党营私的奸臣佞臣的打击陷害,仕途受阻,甚至结局悲惨。因此中国历史上从不缺乏各种批判官场黑暗的作品,成书于元末明初的《水浒传》也是其中之一。

《水浒传》以北宋宣和年间的宋江起义为基础,进行了艺术的想象和创造,绘制了一幅波澜壮阔的斗争图卷。整部小说的特色之一就是谴责了腐朽的官僚制度下恃强凌弱、中饱私囊的贪官污吏。故事中的梁山好汉大多都有一段曲折的经历,原本清正廉明、一心报国的能人志士,

---

① 这几句诗的大意是:前前后后我奔走照料啊,希望君王赶上先王脚步。你不深入了解我的忠心,反而听信谗言对我发怒。我早知道忠言直谏有祸,原想忍耐却又控制不住。上指苍天请它给我做证,一切都是为了君王的缘故。

却因种种原因被追杀或陷害，不得不落草梁山，走上武装反抗的道路，"逼上梁山""替天行道""官逼民反"等体现弱者反抗的表述成为小说叙事的关键词。杨志这个人物就是其中的典型，小说不断地打破杨志"边庭上一枪一刀，博个封妻荫子"的梦想和努力，他在当时的社会环境中根本没有施展才华的机会，稍有不慎还会受到不公正的惩处，最终只得放弃梦想。在杨志饱受各种挫折打击而走投无路之时，作者评论道："花石纲原没纪纲，奸邪到底困忠良。早知廊庙当权重，不若山林聚义长。"这几句诗总结了《水浒传》叙事的主线：社会黑暗、朝纲不正、奸人当道，老老实实依靠真才实学者难敌溜须拍马、趋炎附势之徒，与封建统治阶级决裂才是出路。

但是，彻底决裂并非易事。小说中的主要对立关系是朝廷和梁山，从叙事伦理来看，前者势力强大但道义上处于劣势，后者势力弱小但道义上占据高地。然而，两者之间又有千丝万缕的联系和相似之处：朝廷是批判的对象，但小说中宋江等一部分梁山领袖反贪官不反皇帝，仍然认同封建统治；梁山是法外之地，象征着自由和快乐，但梁山上其实也有等级制度，也压制不同政治主张。所以朝廷和梁山并非绝对不同，梁山是封建朝廷的初级形态，梁山若能发展壮大，可能也会成为另一个朝廷，最终梁山被招安也表现了这两个集团的内在一致性。所以，小说中的强弱关系非常复杂。梁山将领中的激进派主张以推翻现有朝廷为革命目标，而宋江等温和派则希望能以恰当的方式归附朝廷，还有不少没有主张、随波逐流者；朝廷中有高俅这样的贪官，也有相对清廉而同情梁山的官员，更有一个昏庸的、只图享乐不辨是非的皇帝。于是，各色人等怀着各自的目的，互相牵制、倾轧、利用，都想使自己的利益最大化，其中思想单纯的人物就成了权力斗争的牺牲品。梁山被招安，标志着理想中的梁山式反抗的彻底失败。那些曾经意气风发、啸聚山林的英雄豪杰要么命丧疆场，要么苟且偷生。梁山的本质注定了其反抗自始至终就是一场悲剧。

中国文学中对黑暗封建官场的谴责和反抗从未断绝，鲁迅在《中国小说史略》中专辟一章，探讨清朝末年的谴责小说，包括李宝嘉的《官场现形记》、吴趼人的《二十年目睹之怪现状》、刘鹗的《老残游记》和曾朴的《孽海花》。鲁迅指出，戊戌变法和义和团运动之后，"群乃知政府不足与图治，顿有掊击之意矣。其在小说，则揭发伏藏，显其弊恶，而于时政，严加纠弹，或更扩充，并及风俗。虽命意在于匡世，似与讽刺小说同伦，而辞气浮露，笔无藏锋，甚且过甚其辞，以合时人嗜好，则其度量技术之相去亦远矣,故别谓之谴责小说"①。鲁迅在其著作中曾专门分析并高度赞赏了讽刺小说《儒林外史》,此处他指出谴责小说与讽刺小说都意在揭露黑暗、匡扶正义、挽救社会,它们的主要区别在于:谴责小说直截了当地进行批判,言辞直露肤浅,符合普通民众的口味;讽刺小说则在嬉笑中批判,语言相对含蓄,艺术感染力更强。谴责小说中直露的批判,可见于《二十年目睹之怪现状》的主人公"九死一生"对官员的抨击:"这个官竟然不是人做的。头一件先要学会了卑污苟贱,才可以求得着差使。又要把良心搁过一边,放出那杀人不见血的手段,才弄得着钱。"② 一语道破封建官场血淋淋的本质。此外,作者还借小说人物卜士仁("不是人"的谐音)之口揭露做官成功的秘诀:"……第一个秘诀是要巴结。只要人家巴结不到的,你巴结得到,人家做不出的,你做得出。……你千万记着'不怕难为情'五个字的秘诀,做官是一定得法的。如果心中存了'难为情'三个字,那是非但不能做官,连官场的气味也闻不得一闻的了。"③ 毫无疑问,这样的谴责小说也属于弱者文学,是清朝末年的老百姓借助文学对统治阶层的反抗。在《官场现形记》的结尾,作者表达了重建一个新世界的愿望,他借助小说人物充满象征意味的梦境,将晚清的官场比作一个充满豺狼虎豹的"畜生的世界",并且希望采用世界各国通行的做法,让受过良好教育的人出来做官,认为在这种好官的治理下,中国一定会天下太平。

除了对官场的直接批判,在中国古代文学中,也不乏通过描写和哀叹老百姓生活的艰难来揭露社会黑暗不公的作品,尤其是诗歌。杜甫创作的"三吏三别",深刻揭露了安史之乱时期统治者的残酷压迫给人民带来的灾难,表达了作者对备受战祸摧残的老百姓的同情。杜诗善于描写战争给人民带来的巨大不幸和困苦,如《新安吏》中强征十八岁的青年人服役,"白水暮东流,青山犹哭声";《石壕吏》中强迫丧子的老妇去战场服务,"吏呼一何怒,妇啼一何苦";《无家别》中战乱后农村的凋敝荒芜,"寂寞天宝后,园庐但蒿藜"。在老百姓的灾难面前,诗人发出了"天地终无情"(《新安吏》)的哀叹。以"诗史"闻名于世的杜甫聚焦于一般正史当中所忽视的弱者,他们被裹挟在统治者发动的战争当中,无力反抗,命运悲惨,像蝼蚁一样生灭。诗人能做的,也只是在文学中为百姓呐喊,利用文学伸张正义。

---

① 鲁迅:《中国小说史略》,上海古籍出版社,1998,第205页。
② 吴趼人:《二十年目睹之怪现状》,凤凰出版社,2007,第294页。
③ 吴趼人:《二十年目睹之怪现状》,第623页。

古诗中还有大量从百姓日常生产生活角度入手，描述普通平民艰辛生活的作品。最著名的包括白居易《卖炭翁》，"满面尘灰烟火色，两鬓苍苍十指黑。卖炭得钱何所营？身上衣裳口中食。可怜身上衣正单，心忧炭贱愿天寒"；李绅《悯农二首》其一，"春种一粒粟，秋收万颗子。四海无闲田，农夫犹饿死"；苏轼《山村五绝》其三，"老翁七十自腰镰，惭愧春山笋蕨甜。岂是闻韶解忘味，迩来三月食无盐"；梅尧臣《陶者》，"陶尽门前土，屋上无片瓦。十指不沾泥，鳞鳞居大厦"；张俞《蚕妇》，"昨日入城市，归来泪满巾。遍身罗绮者，不是养蚕人"；等等。这些作于不同时代的诗分别描绘了卖炭翁、农夫、山村老翁、陶者、蚕妇等普通劳动者生活的疾苦和生存的不易，指出造成这种现象的根源是统治者和上层社会的剥削。这些诗普遍采用强弱对比的方式，如劳动者辛勤劳动却生活艰难，达官贵人不劳而获却养尊处优，突出了农民和手工业者等社会底层普遍的辛酸，从弱者视角谴责上层社会骄奢跋扈、罔顾百姓死活。从这些诗作可以看出，在封建社会，无论是哪个朝代，国家是兴盛还是衰败，受苦的都是平民百姓。元代张养浩因此发出感慨："伤心秦汉经行处，宫阙万间都做了土。兴，百姓苦；亡，百姓苦。"（《山坡羊·潼关怀古》）

谴责和反抗封建礼教与家族压迫也是中国古代文学的重要主题。中国封建社会等级森严，儒家思想敬重天地君亲师，这一方面有助于维护和谐的人际关系和稳定的社会结构，另一方面也不可避免地对这个等级制度中的弱者造成伤害。汉乐府长篇叙事诗《孔雀东南飞》中就描述了东汉末年焦仲卿、刘兰芝夫妇这两个受害者。在封建大家庭中，年轻夫妇必须听命于家长，不能自作主张。焦母对有独立思想的儿媳甚为不满，决意干涉，她对儿子说："此妇无礼节，举动自专由。吾意久怀忿，汝岂得自由！"这里连续两次出现的"自由"正是家长和子女斗争的焦点：家长限制子女的自由，而子女志在追求思想和言行的自由。尽管双方家长施加了强大的压力，焦刘夫妇还是坚守婚姻的誓言，至死不渝。诗中两人最后一次见面时，妻子所说的"黄泉下相见，勿违今日言"是万念俱灰的受迫害者相约与现有制度彻底决裂的宣言。焦仲卿并没有让妻子失望，得知妻子投水自杀后，也吊死在自家庭院的树上，用生命捍卫自由和诺言。这首诗表现了家长制环境中的弱者以生命为代价做出的反抗，强烈控诉了封建礼教的残酷无情，歌颂了两位主人公的真挚感情和反抗精神。

在中国两千多年的封建社会中，遵循家长制、男尊女卑思想的宗法礼教和以八股取士的科举制度都曾造成相当大的负面影响。到了清代，蒲松龄和曹雪芹先后用自己的杰出作品进行了深刻揭露和谴责。这两位才华横溢的文人都是封建制度的受害者,他们愤而著书,通过作品表达愤懑之情。蒲松龄的短篇作品集《聊斋志异》和曹雪芹的长篇小说《红楼梦》虽然风格形式迥异,但从主题来看,堪称清代小说中反封建宗法和科举制度的两个高峰。《红楼梦》中的人物贾宝玉和林黛玉是作者创造的两个叛逆的典型。贾宝玉抗拒科举考试和仕途,尊重女性,鄙视功名利禄;林黛玉孤傲纯真,勇于抗拒命运,追求自己的爱情。两人惺惺相惜,互相欣赏和爱慕,试图共同追求自由自在的生活。但最终现实击碎了梦想,这两个大家族中的叛逆者未能如愿结为连理,黛玉含恨夭亡,宝玉愤而出家。与曹雪芹现实主义的叙事不同,蒲松龄通过塑造鬼魂、狐仙等超自然生物,为受害者伸张正义,满足其未能实现的愿望。《聊斋志异》中有多篇故事表现了年轻人不惧封建礼教,勇敢追求自由和爱情,如《小谢秋容》《宦娘》《连城》等,同时也有不少故事抨击科举制度对读书人的摧残,如《叶生》《于去恶》《司文郎》等。这些小说中的主角常常是一个富有才华却穷困潦倒的书生,在追求爱情或参加科举考试时遇到种种迫害和不公,最终在善良有法力的鬼魂或狐仙的帮助下取得成功。而鬼魂或狐仙往往也受控于更强大的神力,命运悲惨,在书生或他人的帮助下冤屈得以昭雪。现实终无情,历史上无数像焦仲卿、刘兰芝和贾宝玉、林黛玉这样的情侣,只能通过幻想在超越现实的文学作品中实现自己的愿望。

中国文学常常谴责腐朽的封建等级制度,而西方近现代文学则常常谴责残酷的资本主义制度。在欧洲,流行于19世纪的批判现实主义文学是人们揭示社会矛盾、阶级冲突和人民苦难的重要手段。巴尔扎克的《高老头》通过主人公高老头的悲惨结局,揭露了法国资本主义社会建立初期,资产阶级和封建贵族如一丘之貉,骄奢淫逸,压榨普通百姓,攫取财富和利益。人与人之间的交往受到贵族势力和资本主义金钱关系的双重冲击,小说中高老头和他的两个女儿也深受影响。高老头以为可以用钱买到父女亲情,于是无怨无悔地付出,而两个女儿对父亲没有任何感情,只需要他的金钱,将父亲的财富作为跻身上流社会的垫脚石。巴尔扎克谴责了社会的道德沦丧,小说中的杀人犯伏脱冷对想往上爬的大学生拉斯蒂涅说:"您知道在这里人们是如何寻找出路的吗?不是凭借天才的光辉,就是进行腐蚀、巧设骗局。不是像炮弹那样轰进这群人之中,就是像瘟疫那样侵蚀进去。正直顶个屁用。"[①] 在这种吃人的社会,善良的人注定要生活在食物链的底层。小说的结尾,拉斯蒂涅目睹了高老头和伏脱冷的下场后,终于下定决心,

---

① 巴尔扎克:《高老头》,韩沪麟译,译林出版社,2013,第111页。

将自己由一个淳朴的大学生完全蜕变成了一个铁石心肠的资本主义社会的竞争者。一个弱者，必须泯灭良心，加入弱肉强食的游戏场，才能有机会成功。

萨克雷的小说《名利场》是19世纪英国批判现实主义的一部杰作，反映了英国上流社会没落贵族和资产阶级暴发户等各色人等的丑恶嘴脸和弱肉强食、尔虞我诈的人际关系。萨克雷在小说前言中这样描述一个市场的场景："领班的坐在戏台上幌子前面，对着底下闹哄哄的市场，瞧了半晌，心里不觉悲惨起来。市场上的人有的在吃喝，有的在调情，有的得了新宠就丢了旧爱；有在笑的，也有在哭的，还有在抽烟的，打架的，跳舞的，拉提琴的，诓骗哄人的……是了，这就是我们的名利场。这里虽然是个热闹去处，却是道德沦亡，说不上有什么快活。"① 在腐化颓败、拜金主义盛行的资本主义社会，弱者不得不通过自我堕落进行反抗。然而，这种自我堕落式的反抗从一开始就注定失败，《名利场》的女主角蓓基·夏泼小姐正是如此。从小家境不好的夏泼在学校受到势利校长的冷眼相待，培养起坚强冷酷的个性。离开学校后，她深谙自私奸诈的处世之道，利用自己的机智和美丽，靠欺骗和背叛跻身上流社会。文学作品意在谴责这种建立在金钱利益基础上的虚伪的人际关系，夏泼试图利用名利场的游戏规则来追名逐利，但最终得不偿失，在财富地位的竞争中落败。

《名利场》以1810年到1820年的英国社会为叙事背景。19世纪初期英国国力强盛，工商业发达，富商们靠压榨殖民地的人民或剥削本国劳工攫取了大量财富。社会贫富差距极大，社会底层的贫苦百姓生活艰辛、食不果腹，而上层统治者们恣意挥霍、贪婪奢靡。这种状况在20世纪初的美国重演，从1919年到1929年，资本主义的美国一片兴旺，经济增长、市场繁荣、新技术层出不穷。财富又一次成为评判社会地位的标准，人们盲目地赚钱和追求物质享受。但是，依然有大量的底层贫民挣扎求生、朝不保夕，阶级矛盾愈演愈烈。菲茨杰拉德的小说《了不起的盖茨比》以当时的大都市纽约为故事背景，生动叙述了资本主义制度下出身贫寒的人美国梦破灭的故事。穷小子盖茨比深爱黛茜，为了得到黛茜的青睐，他不惜通过非法交易赚钱，试图利用手中的财富与她多年后再续前缘。但盖茨比不知道黛茜早已成了一个执着于金钱和地位的势利女人，根本不关心他的死活，最终盖茨比成了金钱社会的牺牲品。

《高老头》中的拉斯蒂涅、《名利场》中的夏泼、《了不起的盖茨比》

---

① 萨克雷：《名利场》（上），杨必译，人民文学出版社，1959，第1页。

中的盖茨比等这些出身低微的年轻人，都发现了在资本主义社会中取得成功的诀窍，就是放弃天真、泯灭良心，利用现有的社会规则或潜规则往上爬。资本是无情的，在资本主义社会中也有等级制度，即金钱等级。资本主义认为有钱就能拥有一切，因此为了钱必须不择手段。人们将自己认同于金钱，提升社会地位依赖金钱，幸福感的来源也是金钱。弱者必须占有更多的财富才能取得成功，强者若失去财富就失去一切。这些小说往往利用主角在金钱社会中的悲剧结局，强烈地批判、谴责金钱至上的观念。

  批判现实主义的小说除了描述上层社会的纸醉金迷和贪得无厌，还有很多聚焦各类穷苦人群的叙事，通过描述底层人民的艰难困苦来谴责社会制度，包括狄更斯的《奥立弗·退斯特》（又名《雾都孤儿》）、雨果的《悲惨世界》、斯托夫人的《汤姆叔叔的小屋》和欧·亨利的短篇小说《警察与赞美诗》《麦琪的礼物》等。狄更斯笔下的孤儿奥立弗自一出生便失去母亲，被人藐视，得不到任何怜悯，在寄养所里受尽折磨："他在这里度过的幼年是那样阴暗，始终没有被一句亲切的话语或一道亲切的眼光照亮。"① 奥立弗九岁时被带到教会办的济贫院，在这里遭到更加悲惨的对待，一日三餐只能喝到很少的定量配给的稀粥。当奥立弗请求多添一点粥时，立刻受到济贫院理事会的严惩，被当作罪犯关到黑屋子中虐待，"白天，他只是伤心地痛哭，当凄凉的长夜来临时，他就张开两只小手遮住眼睛挡开黑暗，蜷缩在角落里，竭力想睡着。他不时颤栗着惊醒过来，身子向墙壁愈贴愈紧，只要感觉到墙壁的表面，即使又冷又硬，仿佛也能抵御周围的黑暗与孤寂"②。《雾都孤儿》完成于1834年英国《济贫法（修正案）》通过之后不久。《济贫法（修正案）》要求穷人从事苦役来获得公共援助，表面是济贫，其实是阻止贫民获得救济。济贫院里生活悲惨，贫民大量死去，因此许多穷人宁死也不愿寻求公共援助。狄更斯通过塑造奥立弗的形象和描述他的遭遇来抗议社会的不公，希望唤起社会舆论的关注，使处于水深火热中的贫民得到真正的救助。

  与狄更斯相似，雨果也志在通过文学作品揭露社会的黑暗，反映底层人民生活的疾苦并且呼吁社会的变革。他在《悲惨世界》的序言中写道："值此文明的鼎盛时期，只要还存在社会压迫，只要还借助于法律和习俗硬把人间变成地狱，给人类的神圣命运制造苦难；只要本世纪的三大问题，男人因穷困而道德败坏、女人因饥饿而生活堕落、儿童因黑暗而身体

---

① 狄更斯：《奥立弗·退斯特》，荣如德译，上海译文出版社，1984，第10页。
② 狄更斯：《奥立弗·退斯特》，第17页。

孱弱,还不能全部解决;只要在一些地区,还可能产生社会压抑,即从更广泛的意义来说,只要这个世界还存在愚昧和穷困,那么,这一类书籍就不是虚设无用的。"① 小说中的主人公冉·阿让原本是个诚实的工人,年轻时一直努力帮助穷困的姐姐抚养七个可怜的孩子。有一年冬天,他找不到工作,为了不让孩子饿死,他只得去偷了一块面包,因此被判处五年徒刑。在服刑期间,冉·阿让不堪忍受狱中之苦而试图逃跑,刑期也从五年累加到了十九年。假释出狱后,苦役犯的罪名永远地附在冉·阿让的身上,他到处被人歧视,找不到工作,连住宿的地方都没有。作者通过冉·阿让、妓女芳汀等人物的遭遇,绘制了那个时代穷人悲惨生活的画卷,揭露使人走上犯罪道路的社会现实,并严厉谴责司法制度的不公正。

在弱肉强食的资本世界,法律从来就是上层对百姓进行严酷统治、巧取豪夺的工具,保护的是统治阶层的利益。《汤姆叔叔的小屋》中,作者借小说人物黑奴乔治之口,对司法制度进行了猛烈抨击:"威尔逊先生,你有国家,但是我有什么国家?那些像我一样的母亲是奴隶的人有什么国家?我们又有什么法律呢?我们不制定法律——我们不赞成这些法律——我们跟这些法律毫无关系,它们只是要压制我们,镇压我们。"② 白人奴隶主借助所谓的法律来维护奴隶制度,将他们对黑人的剥削和残酷压迫合理化。更有甚者,很多白人还凌驾于本已很严酷的法律之上,滥用私刑,随意虐待黑人。1850 年,美国通过了第二部《逃亡奴隶法》,将协助奴隶逃亡定为非法行为予以惩处,并限制逃亡者与自由黑人所拥有的权利。斯托夫人的《汤姆叔叔的小屋》就是为了回应这部法律而作的,揭露法律对黑人的迫害。

资本主义社会的法律维护统治者的利益,却忽视穷人的需求,穷人难以通过法律获得援助,反而更易受到法律的伤害。欧·亨利在短篇小说《警察与赞美诗》中描述了流浪汉苏比另类的寻求法律援助的方式:通过扰乱社会治安来寻求被抓到监狱去度过寒冬。穷困潦倒、无家可归的苏比是真正的草根阶层,他甚至都没有任何向上爬的机会。生活朝不保夕,到了冬天只有通过违法被抓才能活命。具有讽刺意味的是,开始时苏比的犯罪企图一再失败,而当他被教堂里的赞美诗感动,想要改邪归正重新开始的时候,却无缘无故地被警察送进了监狱。苏比荒谬的境遇似乎暗示了,宗教引导下层人民向善的力量敌不过荒谬的法律和执法者对他们的迫害。

---

① 雨果:《悲惨世界》(上),李玉民译,光明日报出版社,2013,第 7 页。
② 斯托夫人:《汤姆叔叔的小屋》,林玉鹏译,译林出版社,2005,第 126 页。

20世纪初美国资本主义在工业化进程中取得极大的成功，美国人的生活方式也随之发生巨大变化，贫富两极分化日益加深。发表于1904年的《警察与赞美诗》正是对当时美国不公正的畸形社会的谴责。

契诃夫的《六号病房》（又名《第六病室》）中的伊凡对沙皇专制暴政下的司法制度进行了剖析和反思："法庭错判在如今的司法程序中是非常可能的，这中间什么事都难以预料。与他人的苦难具有公务、业务关系的人，例如法官、警察、医生，天长日久，由于习惯成自然，已经磨炼到了随心所欲的地步，他们对待自己当事人的态度，除了表面应付，不可能有其他。从这方面说，他们和在农舍后面荒地里宰羊杀牛而对满地血污视而不见的农民毫无区别。"① 这使伊凡非常恐惧，于是被认为精神错乱而关进了环境比监狱还糟糕的精神病院。小说由此控诉了专制暴政下的病态社会对人灵魂的污染和性格的扭曲。被当作精神病人的伊凡，没有停止思考，他寄希望于未来，他在和叶非梅奇医生的争论中说道："美好的时代终将到来！就算我说的话落了俗套，您要嘲笑就嘲笑吧，但是新生活的曙光终将放射出光芒，真理终将取得胜利，而且在我们这条街上将会出现节日的喜庆！我是等不到了，我会死去，但是总有人的子孙后代会等到那一天。我衷心地欢迎他们，感到高兴，为他们高兴！前进！愿上帝保佑你们，朋友！"② 这段话也是作者契诃夫对未来没有压迫、没有反动专制的美好世界的期盼。

除了批判现实主义的文学表现形式，西方现代主义甚至后现代主义文学也用其特有的方式揭露畸形的社会和司法制度对普通人的迫害和对人性的扭曲。卡夫卡的长篇小说《审判》的主人公、银行高级职员K是一个非常理性的人，他没有任何罪行却无缘无故被捕，在腐朽荒谬的官僚制度和司法体系的笼罩下，他所有的抗争都无效，最终被莫名其妙地处决。K早就看清了整个司法体系腐败黑暗的本质，他在初审法庭上慷慨陈词，宣称逮捕和审讯他的庞大机构以及其中受贿的看守、愚蠢的监察员、无能的法官和各种为虎作伥的帮手，为了贪赃枉法，惯于"滥捕无辜的百姓，把毫无意义而且多半毫无结果的审讯强加在他们头上……让其在大庭广众之下受辱"③。卡夫卡的小说以异常冷静的口吻讲述了一个荒诞可怕的故事，在这种官僚机构的黑幕下，无辜群众成为强权眼中的鱼肉，不仅没有尊

---

① 契诃夫：《六号病房》，载《契诃夫中短篇小说选集》，沈念驹译，漓江出版社，2012，第50页。
② 契诃夫：《六号病房》，第64页。
③ 卡夫卡：《审判》，王印宝、张小川译，中国书籍出版社，2007，第41页。

严，连生命财产都无法得到保障。加缪的中篇小说《局外人》也凸显了世界的荒诞和无意义，人在荒诞的世界中没有任何希望，任何愿望和举动都没有意义，要么堕落要么灭亡。主人公莫尔索似乎已洞悉这种荒诞，他对一切都无动于衷，甚至当母亲在养老院去世时也毫无情感上的波动。小说的重头戏是对莫尔索的审判，因为他在一场斗殴中开枪杀死了一个阿拉伯人。这是一场持久却荒谬的审判，因为控辩双方的注意力都不在杀人案本身，而是对莫尔索的道德评价。最终莫尔索被判处死刑，主要依据是他在母亲下葬时没有哭。莫尔索对自己即将被处死也无动于衷，他关心的是处决那天是否有很多人来围观。加缪在小说中试图揭示人在畸形世界中的孤独、自我的异化，以及罪恶和死亡的不可避免。

资本主义社会和工业化对人性的异化与摧残，造成了人们精神上的压抑与惶惑不安，生活上的焦虑、孤独、空虚与无聊，肉体上的欲望与沉沦。波德莱尔的诗集《恶之花》集中表现了西方社会的病态，反映了现代都市的丑恶虚伪以及现代人精神世界的贫乏空虚。在"告读者"中，波德莱尔写道："在恶的枕上，三倍伟大的撒旦，/久久抚慰我们受蛊惑的精神，/我们的意志是块纯净的黄金，/却被这位大化学家化作轻烟。/是魔鬼牵着使我们活动的线！/腐败恶臭，我们觉得魅力十足，/每天我们都向地狱迈进一步，/穿过恶浊的黑夜却并无反感。"① 这段话揭示了现代资本主义社会病态与异化力量的强大，表达了诗人对资产阶级观念和道德的否定以及对人性堕落的担忧。与波德莱尔相似，英国诗人 T. S. 艾略特创作的长诗《荒原》表现了西方人精神上的幻灭。诗人将西方社会描绘为万物萧瑟、生机寂灭的荒原，从第一句诗人就奠定了全诗的主题："四月是最残忍的一个月。"在诗人眼中，伦敦的春天不是万物复苏、生机盎然，而是一片枯萎②。《荒原》发表于 1922 年，当时西方社会传统的价值观衰败，人们对社会充满了绝望。诗人把社会比作地狱，把现代人视为没有灵魂的幽灵。全诗渲染现代文明中人的堕落，处处充斥着死亡的气息。

现代社会人类精神的堕落使得人与人之间的关系也充满了痛苦和荒诞性。萨特的戏剧《隔离审讯》（又名《禁闭》）围绕三个死后被投入地狱的罪人——邮局小职员伊奈司、巴黎贵妇埃司泰乐、报社编辑加尔森——展开。他们生前都有各自的罪恶，在地狱中仍保持着自私的欲望，追逐自己所爱而又伤害自己的灵魂，既不能如愿以偿也无法停止追逐，饱受煎

---

① 波德莱尔：《恶之花》，郭宏安译，广西师范大学出版社，2002，第 199 页。
② 参见 T. S. 艾略特：《荒原》，赵萝蕤、张子清等译，北京燕山出版社，2006，第 45-58 页。

熬，不得安宁。最终，加尔森领悟道："你们的印象中，地狱里该有硫磺，有熊熊的火堆，有用来烙人的铁条……啊！真是天大的笑话！用不着铁条，地狱，就是他人。"① 萨特用"地狱就是他人"（这句话常被演绎为"他人即地狱"）形象地概括了人精神上和心灵上的堕落给人际关系造成的影响，人人都希望实现自己的自由，同时又妨碍了他人的自由，给自己和他人造成痛苦。与《隔离审讯》中无止境的追逐和伤害相似，贝克特的戏剧《等待戈多》里是无止境的等待：两个流浪汉苦等"戈多"，而"戈多"却从不露面。该戏剧的荒诞性在于，明知等待是无意义的，而且也不会有结果，但还是别无选择地等下去，在永远的等待中人与人的交流也毫无意义，只能各自孤独地消耗生命。这种人际关系的痛苦、冷漠和人与人交流的无意义也体现在契诃夫短篇小说《苦恼》中的车夫姚纳和鲁迅短篇小说《祝福》中的祥林嫂身上。这两个人物在生活中都遭受了丧子的不幸，却无人理解、无处诉说，反映了社会底层小人物苦恼孤寂的心态和悲惨无援的处境。

总而言之，封建社会和资本主义社会建立了各种形式的等级制度，以及制度之下的各种规则、法律、规范。这些制度大多维护着统治者、上层社会的利益，却以底层人民的自由或幸福被剥夺为代价。腐朽的制度造成了人类道德的沦丧和精神的崩溃，使人际关系和人与世界的关系异化，让人的行为和思想陷于荒诞的境地。文学通过建构虚拟的空间，呈现弱势者的苦难，深刻挖掘人类制度和思想的黑暗面，谴责和控诉阻碍人类社会健康发展的反动势力，指明人类未来的方向。本章从复仇、讽刺和谴责三个方面阐述了文学作品中弱者的对立型需求。从分析中可以看出，呈现对立型需求是文学的一个重要功能，也是文学存在的重要价值。

---

① 萨特：《隔离审讯》，载沈志明、艾珉主编《萨特文集：戏剧》，李恒基译，人民文学出版社，2000，第146－147页。

# 第六章　文学中弱者的寄托型需求

　　文学中不仅有暴风骤雨式的对抗，还有和风细雨式的享受；不仅有暴力和痛苦，还有欢笑和追求。弱者在心理需求满足过程中，会将自己的感情寄托在某个精神或物质世界，包括甜蜜的爱情、美丽的大自然和崇高的理想，当然也包括给人带来愉悦的金钱、名誉、地位等。这种寄托型需求实质上也是一种反抗。原因在于，情有所属主要是因为对当前处境或命运不满，希望通过认同自己目前并不拥有的某种存在状态来改变处境或命运，因此这种认同或寄托也往往源于对既有境遇的反抗，或者说寄托的目的在于改变当前令人不满的处境，希望能够体验到更多的快乐，实现愿望，过上理想的生活。从流传千载的经典作品到即兴创作的网络小说，从爱国情怀、人类命运，到个人情感、私人愿望，文学中表现的心理弱者的寄托型需求比比皆是。本章意在聚焦于爱情、自然和理想这三个文学主题，探讨文学如何通过塑造沉浸于爱情、徜徉于自然或执着于理想的人物角色来表现弱者的心理需求。

## 第一节　爱情

　　爱情一般指男女相爱的感情，这是一个涉及个体体验的复杂概念，因此每个人对爱情的理解也许都不相同。为什么会有爱情？我们可以从生物学、社会学、心理学等角度给出多种解释。或许可以这样说，爱情基于人的生物性和社会性的心理需求，同时其产生和维持受到文化和历史等多重因素的影响。因此，人类文学中表现的爱情既有共性也有个性，爱情故事丰富多彩，持久不绝。爱情是对所爱对象的依恋，希望能够亲近对方，并且获得对方相同感情的回应。但或许一方付出的爱往往不一定得到理想的回应，或许两人的爱情遭到第三方力量的阻碍，或许感情发展过程中产生畸变心理，这些情况就会造成悲剧的结局，也是文学作品喜欢表现的内容。就强弱关系而言，弱者是爱情心理需求没有得到满足的人，可以分为三类：第一，付出爱的一方相对于未付出爱的一方往往是弱者；第二，处于恋爱关系的双方相对于第三方干涉力量是弱者；第三，因爱而产生仇恨或愤怒心理的人开始处于弱势地位，但如果他们给他人造成了伤害，则他们相对被伤害对象而言处于强势地位，但总的来讲还是属于弱者，因为他们最初的心理需求未能得到满足。本节将会从上述强弱关系相关的几个方面对爱情文学进行探析。

爱情文学中表达较多的是对爱人的想念或思念，这尤其体现在抒情诗当中。中国古代著名诗歌集《诗经》的第一首《关雎》就是其中典型。这首诗流传数千年，是因为它用优美的文字表达了人们真挚的感情。该诗用大自然中的雎鸠和荇菜起兴，联想到心中爱慕、日夜思念的淑女："关关雎鸠，在河之洲。窈窕淑女，君子好逑。参差荇菜，左右流之。窈窕淑女，寤寐求之。"作者对贤良美好女子的思念如此之深，以至于翻来覆去无法入眠："求之不得，寤寐思服。悠哉悠哉，辗转反侧。"中国人一向注重天人合一，对待爱情时也不例外。作者将自己所爱的淑女与美好的自然景物紧密联系，一方面突出了女子的美好德行，另一方面表现了这种感情自然真挚、不加掩饰。雎鸠、荇菜、淑女这些意象深刻体现了中国古人对美好生活的向往，也体现了人与自然和谐共处的良好愿望。

实际上，中国古代爱情诗中表达的强烈的爱慕之情往往与天地自然相联系，主要目的是希望爱情能够天长地久，永不磨灭。汉乐府民歌《上邪》是一首感情强烈、气势奔放的爱情诗，诗中女子为了表达她忠贞不渝的感情，对着天地发誓，要和情人永生永世相亲相爱："上邪！我欲与君相知，长命无绝衰。山无陵，江水为竭，冬雷震震，夏雨雪，天地合，乃敢与君绝！"女子将自己的感情等同于永恒的天地，永不衰退。诗中采用反向思考和类比的手法来表达这种永恒，即当大自然的存在发生了改变，宇宙也毁灭了，"我"的爱才会消失。将纯真持久的爱情与永恒的天地相结合的表现方式也体现在白居易的《长恨歌》中。诗人在叙述了唐玄宗与杨贵妃的爱情悲剧后，用四句诗总结："在天愿作比翼鸟，在地愿为连理枝。天长地久有时尽，此恨绵绵无绝期。"这里用比翼鸟和连理枝这两种传说中的生物来表达两人长相厮守的决心。对爱人的思念、对爱情的追求，如果不能如愿以偿，就可能会因爱生恨，这里的恨不是仇恨，而是深深的遗憾和惆怅。"此恨绵绵无绝期"表现了因为不能长相厮守而产生的遗憾能够超越天长地久，这也意味着他们之间的爱永不消失。类似的表达也出现在宋代李之仪的词《卜算子·我住长江头》之中："我住长江头，君住长江尾。日日思君不见君,共饮长江水。此水几时休,此恨何时已。只愿君心似我心,定不负相思意。"女主人公与心中思念的爱人分居长江两端,每天共饮一江水却无法相见。此处词人将离别之恨与悠悠东流的长江水相类比:滔滔不绝的江水不知道什么时候才能休止,而自己的相思之情也不知道什么时候才能停歇。思念如江水一般绵延不绝,这艺术化地表现了爱情的深刻和持久。

人在浩瀚的宇宙当中是极其弱小的,人的生命也微不足道,与漫长的宇宙的发展史相比,一百年时间转瞬即逝。但是人又不甘心屈从于命运,希望能够在短暂的人生中实现某种永恒的价值,爱情是弱小的人类实现永恒的重要方式,也是人类重要的精神寄托。爱情和与相爱之人的相守对人的意义至少有两个方面:一是相爱之人互相亲近而能够繁衍后代,个体生命总有消失的一天,但人类却因此能够持久存在;二是相爱之人互相陪伴而能消除孤独,这是个体身心健康和幸福感的重要来源。然而,爱情是捉摸不透的,受到许多内在和外在因素的影响,再强烈的爱也有冷却消失的可能。同时,感情的付出往往得不到回报,思念也不一定总能有美好的结果,相思之人的欲求不一定能够实现。因此未来充满了不确定,寄托于爱情的人常常在心理上充满焦虑,既担心感情变淡,又担心所托非人。这些焦虑都能在文学上得到体现,于是我们可以看到大量表达相思之情的文学作品,在作品中主人公往往用海誓山盟表述自己坚守爱情的决心,发誓对爱人忠贞不渝,直至天荒地老、海枯石烂。这样,存在于人的主观思想感情中的爱就和永恒的自然宇宙紧密结合在了一起,使爱情有了具体而形象的表征,也让相爱的双方有了稳固的感情基础。同时我们也可发现,文学是表现爱情的良好载体和手段,也是寄托于爱情的心理弱者不能得偿所愿时的理想替代物。

中国传统爱情诗会提及爱恋的对象,但主要聚焦于思念的感情本身,西方诗歌则倾向于通过对所爱对象的直接描述、赞美爱人的美好来表达爱意。莎士比亚十四行诗第十八首是其中的典型。在诗中,作者将恋人与夏日相比较,认为她比夏日更加温婉可爱。诗人知道所有的美终有消失之时,但发誓用自己的诗让所爱之人的优美形象流芳百世:"……你的长夏永远不会凋落,/也不会损失你这皎洁的红芳,/或死神夸口你在他影里漂泊,/当你在不朽的诗里与时同长。"[①] 很明显,该诗中也体现了永恒的思想,这里的永恒是指希望爱人之美永不褪色,用自己真情流露的诗句来保

---

① 莎士比亚:《莎士比亚十四行诗》,梁宗岱译,四川文艺出版社,1983,第20页。

持爱人形象的永生。英国诗人罗伯特·彭斯的爱情诗《一朵红红的玫瑰》用比喻的方式赞扬爱人："呵，我的爱人像朵红红的玫瑰，/六月里迎风初开。/呵，我的爱人像支甜甜的曲子，/奏得合拍又和谐。"① 诗句用六月鲜红的玫瑰和优美的乐曲来形容恋人之美，她不仅有迷人的外表，还有柔美的心灵。这种生动形象的比喻激发起强烈的情感，自然而然引发出诗人炽热的爱："我的好姑娘，你有多么美，/我的情也有多么深。/我将永远爱你，亲爱的，/直到大海干枯水流尽。"② 叶芝的诗《当你年老时》从一个新的视角描写爱情，即对将会老去的心上人持久不变的爱。诗中用对比的方式向爱人表白，抒发感情："多少人爱你风韵妩媚的时光，/爱你的美丽出自假意或真情，/而惟有一人爱你灵魂的至诚，/爱你渐衰的脸上愁苦的风霜。"③ 叶芝写这首诗时，他所爱恋的对象茅德·冈只有二十七岁，仍然拥有靓丽的容颜和迷人的风韵，但是诗人脑海中已经出现了垂暮之年的爱人的形象，想到当她白发苍苍、满脸皱纹、身躯佝偻时，自己还是一样地爱慕她，因为自己爱慕的不仅是她的外表，还有她高贵的灵魂。这里同样描述了爱人美好的内在品质，由这种内在美产生的爱将会是持久的，不随时光的流逝而消退。

值得一提的是，西方爱情诗的创作手法也体现在了中国一些现当代诗人的优秀作品中，比如舒婷的《致橡树》。该诗对爱人直抒胸臆，采用一系列比喻，如将爱人比作高大繁盛的橡树，将诗人自己比作挺拔秀美的木棉，一方面表达了自己炽热的情意，另一方面否定了常见的错误的爱情模式。最后，诗人总结了自己对爱情的态度："仿佛永远分离，/却又终身相依。/这才是伟大的爱情，/坚贞就在这里：/爱——/不仅爱你伟岸的身躯，/也爱你坚持的位置，足下的土地。"④ 诗人用充满哲理的语言告诉人们，爱情不仅要基于对方的外貌或外部条件，还需要认同对方的理想信念、人生追求。更重要的是，相爱双方是平等独立的主体，既要互相依赖、互相帮助，也要欣赏对方、尊重对方的独立性。这一点是《致橡树》在思想上的过人之处，也是它能够获得读者高度赞赏的重要原因。

与上述诗词中炽热的想念和追求不同，苏轼曾在词中表达了对亡妻痛苦的缅怀和悼念。苏轼的结发妻子王弗二十七岁病逝，孤坟远在千里之外，两人生死相隔十年，苏轼仍丝毫没有淡忘，甚至还梦见妻子："夜来

---

① 彭斯：《彭斯诗选》，王佐良译，人民文学出版社，1985，第56页。
② 彭斯：《彭斯诗选》，第56页。
③ 叶芝：《叶芝诗精选》，傅浩译，华文出版社，2005，第32页。
④ 舒婷：《中国当代名诗人选集·舒婷》，人民文学出版社，2007，第108页。

幽梦忽还乡，小轩窗，正梳妆。相顾无言，惟有泪千行。"（《江城子·乙卯正月二十日夜记梦》）在梦中，苏轼又来到了熟悉的旧居，看到了妻子梳妆的场景，只是两人相见唯有流泪，悲伤得说不出话来。精神分析理论认为梦是人的愿望的曲折的实现，苏轼把对妻子的思念压抑到潜意识当中，只有在梦中出现，通过梦境与妻子相会。词中的"明月夜，短松冈"既是妻子孤坟所在，又是苏轼内心深处对妻子怀念的具象化。在这里，作者的现实处境、梦境、思想和情感融为一体，通过语言表现出来。整首词的描写虚实相间，用朴素的语言表现了作者对现实中失去挚爱的悲痛以及希望重获挚爱的补偿性的心理需求。元稹也曾经作诗怀念亡妻韦丛，如《离思五首》（其四）："曾经沧海难为水，除却巫山不是云。取次花丛懒回顾，半缘修道半缘君。"元稹用沧海之水和巫山之云作喻，表现他和妻子曾经的恩爱是如此之深，以至于失去妻子后，元稹再也无心领略别的美景。此处诗人同样将爱情与取自天地自然的意象相比较，抒发了他对妻子深深的爱恋与怀念之情。

中国的悼亡诗常常将思念之情与自然山水相联系，希望以此实现永恒的存在，而西方的悼亡诗往往结合宗教思想，希望在宗教所描述的天国中获得永生。弥尔顿的《梦亡妻》一诗描述的也是在梦中与妻子相会的场景。该诗为他的第二任妻子凯瑟琳所作，凯瑟琳和他一起生活了十五个月就因为产褥热不幸去世。在梦中，妻子又回到了他身边，此时妻子纯洁而神圣。诗人欣喜地看到这一切："这样，我确信自己清清楚楚，/充分地重见到天堂里她的清辉。/她一身素装，纯洁得像她的心地；/她面罩薄纱，可在我幻想的视觉，/那是她的爱、妩媚、贤德在闪熠，/这么亮，远胜别的脸，真叫人喜悦。"[1] 因为受宗教精神感染，弥尔顿的梦境丝毫不感伤，反而因为妻子在天国中获得永久的自由和新生而喜悦，这与苏轼梦中的悲痛完全不同。布朗宁于1864年秋创作了《前瞻》，悼念妻子、同为诗人的伊丽莎白·布朗宁。在此诗中，诗人没有显露丝毫对死亡的悲伤和恐惧，认为死亡不是人生命的终点，而是勇士对抗死神的战斗："但强者必须向前，/如今峰顶已经抵达，旅途已经走完，/栅栏已经放倒，/虽然还要打一仗，在获得酬报以前，/那一切战斗的酬报。/我永远是战士，那么——再作一次战，/这最漂亮、最后的一手！"[2] 在勇敢地反抗死神之后，诗人相信自己终将和妻子在天堂相见，在那里永远安息。

---

[1] 屠岸编译：《英国历代诗歌选》（上册），译林出版社，2006，第144页。
[2] 屠岸编译：《英国历代诗歌选》（下册），译林出版社，2006，第99页。

无论悼亡诗中表现出诗人何种情感状态，爱人都已永远离开，诗人只能将爱人托付给自然、天国或另外一个美好的世界，希望这种感情能够永远持续。除此之外，还有许多表现纯真爱情未能如愿以偿而令人哀叹的文学作品。中国古代文学中最著名的殉情者之一是尾生，《庄子·盗跖》中提到，尾生跟一女子相约在桥下见面，女子没有如期赴约，河水上涨，尾生仍不愿离去，竟抱着桥柱淹死。庄子认为尾生为了名节而死不值得，但从此尾生抱柱的典故常常被文学作品引用，人们普遍赞赏他对恋人的一诺千金。例如李白在《长干行二首》（其一）中写的"常存抱柱信，岂上望夫台"，表现了一个刚结婚不久的妻子对夫妻感情至死不渝的信念。长篇叙事诗《孔雀东南飞》的主人公焦仲卿、刘兰芝夫妇的感情也在外力压迫下以失败而告终，夫妻双双被迫自尽。中国历史上另一个著名的爱情悲剧的主角是陆游与唐婉，他们的故事仿佛是现实版的《孔雀东南飞》，区别是陆、唐二人在被陆游的母亲等外部力量拆散时没有选择自尽。但两人对不能白头偕老深感痛苦，在诗词中表达了不尽的悔恨、遗憾和惆怅。陆游一生都对夫妻分手耿耿于怀，曾在《钗头凤》一词中写道："东风恶，欢情薄。一杯愁绪，几年离索。错！错！错！"在他眼里，春风变得可恶，酒杯中满是哀愁，山盟海誓依稀还在耳边，夫妻却再也无法相聚。这是他人生中犯的大错，但已无法弥补，只能一遍遍地在诗词中诉说悔恨。

　　中国的封建家长制环境下，父母对子女爱情婚姻的干涉普遍存在，出现了很多相爱的年轻人无法结合或者被迫与不爱的人结婚的悲剧，到了近现代亦是如此。张爱玲的中篇小说《金锁记》深刻反映了这种现象。与大多数表现父母干涉子女婚姻的作品不同的是，张爱玲独辟蹊径，在作品中深刻剖析了主人公曹七巧变态心理产生的原因。曹七巧年轻时是这种家长制的受害者，父亲包办婚姻，为了攀高枝将她嫁给一个高度残疾的豪门子弟，婚后夫妻没有任何感情，她在夫家的大家族里过了毫无尊严的三十年。七巧的性格被长期压抑的情欲和财欲扭曲，当母亲后，她将自己变成了家长制里的加害者，亲手毁掉儿女的婚姻和幸福。变态的七巧控制欲极强，压制儿女的社会交往，女儿被迫与相恋的对象分手，两任儿媳都死于她的精神折磨。《金锁记》的叙事集中体现了中国封建家长制对年轻人纯真爱情的毒害。年轻人在封建大家族中是天然的弱者，他们没有自由和自主权，无力也无法追求自己渴望的爱情和幸福，因此他们向往的爱情往往以悲剧而告终。

　　至此我们可以发现，爱情悲剧的发生往往源于两种矛盾：一是付出爱情者追求感情的永恒，但现实中爱情难以实现或维持；二是爱情属于两个人之间的私密感情，但受到各种外在因素干扰。因此，弱小的恋人们不得不与各种压力和阻力对抗，也往往受到极大的伤害。卢梭的书信体长篇小说《新爱洛伊丝》取材于12世纪阿波莱尔和爱洛伊丝的爱情故事，描述了平民知识分子圣普乐与贵族小姐朱丽的恋爱悲剧。朱丽的父亲埃唐什男爵的封建等级观念根深蒂固，竭力反对女儿的恋情，要将她嫁给在战场上救过自己的俄国贵族沃尔玛。朱丽起初勇敢地反抗，后来却在父亲的恳求下屈服了。小说表现了两个情窦初开的恋人在陷入热恋后痛苦的抉择，爱情将两人拉近，而出身和家庭的差异又将两人分开。虽然小说中的恋人最终没能结合，而是向命运妥协，但卢梭的小说让当时的人们意识到了以门当户对为基础的封建婚姻的谬误，宣扬婚姻应建立在真实自然感情的基础之上。

追求平等和自由的爱情无法抵挡不平等的社会地位和身份的束缚，外力的粗暴干涉会让涉世未深的年轻恋人不知所措，他们不仅被迫做出违心的决定，有的甚至还会因爱生恨而伤害对方。席勒的悲剧《阴谋与爱情》和小仲马的小说《茶花女》都反映了这一点。《阴谋与爱情》中，平民琴师米勒的女儿露伊丝和宰相的儿子斐迪南少校深深相爱，但是因为两家门不当户不对，双方父亲都竭力反对他们的关系。斐迪南的父亲滥用宰相的权力，将露伊丝的父母关进监狱作为要挟，露伊丝为了救父母不得不屈服，却因此受到斐迪南的误解，斐迪南骗她喝下毒药后，自己也服毒身亡。《茶花女》讲述了巴黎名妓玛格丽特和贵族子弟阿尔芒的爱情悲剧。玛格丽特的妓女身份决定了她不可能享有一般人所拥有的爱情，她对爱情的渴望和追求实际上就是与自己的命运抗衡，但是她的力量显然非常弱小，为了维护恋人的幸福只能退出，并因此受到阿尔芒的误会，最终含恨而亡。阿尔芒对玛格丽特的爱也严重违背了自己的社会身份，受到父亲的干涉，他还多次误会玛格丽特，最后自己也深感痛苦和悔恨。这两个故事在叙事模式上存在相似之处：第一，恋爱双方的社会地位不平等，男方高于女方，但双方还是努力突破出身的不平等，真心相爱；第二，年轻人的爱情遭到男方家长的阻碍和压制，他们遭受了极大的痛苦，社会地位低的女孩不得不妥协；第三，女孩的妥协受到男孩的误会和无情的指责，最终双方的爱情以女方或双方的死亡而告终。

从上述文学作品可以看出，家长的粗暴干涉是纯真爱情失败的主要原因，而家长的干涉又是基于不平等的社会和家庭的等级制度给予他们的权力。但是，年轻人勇于突破世俗门第观念追求平等和自由的爱情，他们将改变命运和追求幸福的愿望寄托在爱情上，这种无畏的精神正是古今中外文学作品所颂扬的。文学中也不乏有情人突破家庭阻力终成眷属的作品，如王实甫的杂剧《崔莺莺待月西厢记》和英国作家简·奥斯汀的长篇小说《傲慢与偏见》。在这两部作品中同样有家长的阻力和社会地位的差别，但作者给年轻的恋人安排了大团圆的结局，也给寄托于爱情的人们（包括作者和读者）一丝安慰。

在文学作品里，成功的爱情是相似的，而失败的爱情却各有不同。纯真爱情的失败不一定都是由于家长的干涉，有的由客观环境造成，有的因所爱对象的拒绝，有的受宗教或其他势力的影响，等等，而爱情失败带来的不同负面心理体验和心理创伤也在文学中有丰富的呈现。文学作品中失败的爱情和成功的爱情相比，更能突出相爱之人的弱小，其精神寄托或反抗命运的失败更能打动人心，令人遗憾的结局也更能让读者印象深刻。这一点可见于美国作家埃里奇·西格尔创作的中篇小说《爱情故事》。小说讲述名门之后奥利佛与普通人家女孩詹妮一见钟情，两人口角不断却又愈爱愈深，但这深情的爱，却因二十四岁的詹妮患病离世而陷入无限凄凉的结局。小说的前四分之三轻松幽默，充满阳光。虽然也有种种生活中的压力、困难和纠纷，但奥利佛和詹妮互相支持、互相理解，境况越来越好。正当两人取得初步成功、憧憬未来时，詹妮被诊断出了白血病。故事的后四分之一立刻转入忧郁、悲伤的氛围。叙事情感的前后对比给读者带来强烈的冲击，令人深感遗憾，也使得该作品成为美国最畅销的小说之一。霍桑的长篇小说《红字》讲述了一个以北美殖民时期为时代背景的爱情悲剧。小说中海丝特·白兰和丁梅斯代尔牧师私通并生下一个女儿，白兰不愿供出丁梅斯代尔牧师，她甘愿一人顶下两人的罪，但丁梅斯代尔牧师却内心饱受煎熬而亡。白兰和牧师的爱情受到宗教思想和当时社会伦理的审判，白兰的丈夫齐灵渥斯也在精神上折磨他们，这些因素共同导致了两人的不幸。

爱情心理和文学叙事并非同一范畴的事物，但在某种意义上也存在相似之处，即它们都表现出了弱者反抗的虚拟空间。关于爱情的弱者反抗属性，前文已有所分析，那么爱情的虚拟空间又是什么？爱情产生时，往往是朦胧而模糊的，充满了遐想，是对所爱之人的主观体验甚至是美化，如人们常说的"情人眼里出西施"。这种主观体验常常是不真实的，甚至是人们为了自身的需要而产生的心理投射，或者在想象中创造的美好的心理世界。因此，某些爱情心理也可被视为一种具有虚拟空间的叙事，能够和文学相融合。王维的《相思》可以看作一种爱情与文学相结合的虚拟空间："红豆生南国，春来发几枝。愿君多采撷，此物最相思。"红豆原是南方一种植物结出的籽，呈鲜红色。传说古代有一位女子，因丈夫死在边地，在树下痛哭而死，化为红豆，于是人们又称呼它为"相思子"。王维并没有在诗中提到爱情，其实他所说的"相思"也可能表达的是思念朋友或家乡，这首诗原题为《江上赠李龟年》，是王维为好友李龟年而作。然而，红豆的意象和相思的情感在诗中共同构成了一个广阔的虚拟空间，很多读者倾向于将它们理解为爱情，并且各人都会根据自己的经历赋予其特定的含义，从而让这首诗广为流传，深入人心。

　　崔护的《题都城南庄》也是一种基于主观想象的爱情："去年今日此门中，人面桃花相映红。人面不知何处去，桃花依旧笑春风。"关于这首诗有不少传说，甚至还演绎出了以崔护和门中女子为主角的爱情故事，但故事是否真实发生过，我们不得而知。此诗的特色在于将人面和桃花置于时空转换的两个场景当中。一个是去年今日，诗人在桃花树下邂逅佳人；另一个是一年之后，桃花仍在，佳人却已无踪。诗人是否暗恋桃花人家的女孩？不一定。如果真是如此，他不会等到一年后再去拜访。实际上，崔护在此诗中建构了一个虚拟空间，让读者解读出爱情的意味，而很多读者也情愿这么理解。诗中还有更深层的寓意，即物是人非、时光不再，令人思之怅然若失。这种通过场景对比表现物是人非的方式在文学作品中多有体现，如"古人无复洛城东，今人还对落花风。年年岁岁花相似，岁岁年年人不同"（刘希夷诗）和"去年元夜时，花市灯如昼。月上柳梢头，人约黄昏后。今年元夜时，月与灯依旧。不见去年人，泪湿春衫袖"（欧阳修词）。刘希夷的诗没有涉及爱情，崔护的诗不一定是写爱情，而欧阳修的词则明显是对恋人的思念，在节日的欢声笑语中，恋人不再出现，诗人只能流下伤心的泪水。

　　陷入爱河的一方或双方希望在主观建构的爱情虚拟空间中获得完美的结局，但往往事与愿违，最终只能品尝痛苦。文学中有很多爱情虚拟空间建构失败后的心理体验描写，爱情的虚拟空间和文学的虚拟空间合而为一，席慕蓉的诗《一棵开花的树》给我们提供了很好的范例。首先来看诗的虚拟空间是如何发挥作用的。此诗和崔护的《题都城南庄》一样，不一定是一首爱情诗，只不过它的叙事和人物设置易被人们解读为爱情，甚至很多人把诗中的"我"视为一个怀春的少女——当然这个少女不太可能是凡人。她钟情于一个男子，祈求佛能够帮她与这个男子结缘，于是佛把轮回中的少女化作一棵树，让他们有机会相遇。如果读者通过解读，认为这就是一首爱情诗，那么诗中爱情的虚拟空间是怎样的呢？少女建构的爱情故事是她要在最美的时刻遇到自己所爱的人，而那一刻爱人定会注意到她的美丽，并因此也爱上她。然而，这个爱情建构没有成功，因为最终她被所爱的人无视，那满树的花如同破碎的心一般凋落。由此可见，爱情文学的虚拟空间往往基于爱情的虚拟空间（对爱情的寄托）和文学作品的虚拟空间（对作品的解读）的结合，结合得越融洽，作品就越完美。同时，虚拟性越强的作品，其隐藏话语就越多，给读者留出的想象空间就越大，也越能吸引读者的关注。

奥地利作家茨威格创作的中篇小说《一个陌生女人的来信》同样采用了双层虚拟空间的结构：一个是男主人公阅读信件的小说叙事，另一个是女主人公以书信的方式自述对爱情的寄托和对爱人的思念。小说的主体结构是女主人公临终前写给长期单恋的作家的一封长信，而小说的开头和结尾分别简短地叙述了作家开始阅读信件和读后的感受。从信中我们可以发现女孩如何试图通过寄托于爱情获得自己梦想中的人生而最终失败的整个过程。女孩从小家庭不幸，父亲早逝，跟着母亲深居简出、穷困潦倒。她一直郁郁寡欢，直到十三岁情窦初开时遇到了邻家搬来的一位英俊潇洒的年轻作家，从此就终生依恋于他，将自己全部的爱寄托在他身上。但是，这种爱显然是畸形的，是女孩自己建构的虚拟空间。比如，她对作家的认识就基于主观臆想，如她本人所言："在你还未真正进入我的生活之前，你头顶的光环，围绕着你的富有、新奇、神秘的氛围已经先到了。"① 这种认识影响了女孩一生，她每天的一思一念、一举一动都与作家有关。女孩十几年忍受种种艰苦，痴情等待，希望作家能够认出她、爱上她，但终于徒劳无获。我们可以发现，女孩建构了一场扭曲的甚至根本不存在的爱情，并信以为真，沉迷于其中。这样的建构也出现在茨威格的小说《一个女人一生中的二十四小时》之中。虽然两部作品的情节、人物不同，但小说女主人公建构爱情虚拟空间的方式如出一辙，此处不再赘述。

爱情能让人得到陪伴、获得归属，消除孤独感，也能让人获得某种永恒的存在感。弱者把改变自己命运的希望寄托于爱情，但有时候这种方式反而让心理弱者受到更大的打击，因为爱情受到多种因素的影响，很难美满。于是感情被诉诸语言文字，从而产生了表现失望、失落、悲伤、痛苦甚至愤怒等负面心理体验的爱情文学作品。除了上述作品，歌德的书信体小说《少年维特之烦恼》中也描述了一个失败的爱情故事：出身于市民阶层的青年维特内心感情非常丰富，深爱着已与他人订婚的女孩绿蒂，这种求之不得又无法表述的爱情使他极其痛苦，最终不堪忍受而自杀身亡。毫

---

① 茨威格：《一个陌生女人的来信》，席闯、刘欣译，安徽教育出版社，2012，第156页。

无疑问，维特建构了一个爱情虚拟空间，幻想与绿蒂相亲相爱，长相厮守。他武断地认为绿蒂也爱他，并因此欣喜若狂："我在她那黑眼中读出了她对于我和我命运的真的同情。是，我觉得，并且我满心相信她那眼中，她——哦，我敢，我可以把这句话向上帝明言吗？——她在爱我！"①正是这个被感情冲昏了头脑而产生的错觉使维特越陷越深，无法自拔。这种对暗恋对象目光的误读，也在《一个陌生女人的来信》的女孩自述中得以表现："从我接触到你那温柔多情的目光开始，我就深深地爱上你了。不久后我就发现，你的目光像是要把一个人抱起来，拉到你身边，是那么地多情又摄人心魄，这是天生的诱惑者的目光。"② 作家不大可能用目光诱惑一个十三岁的女孩，这只存在于女孩的臆想当中。

　　歌德笔下的维特虽然陷入爱情的幻想，但本质上单纯而善良，他在遗书中说不愿伤害绿蒂和她丈夫，只想自己一人承受后果。然而，文学中也不乏描写因为失恋或爱情需求未能得到满足而产生偏执甚至变态心理的作品。《呼啸山庄》中的希斯克利夫因为早年被恋人抛弃而回来复仇，造成很多伤害，但最终意识到复仇不能让自己获得幸福；《了不起的盖茨比》中的盖茨比否认过去已不可重来，还幻想能够通过财富重获多年前失去的爱情，最后也以失败告终；纳博科夫的长篇小说《洛丽塔》中，男主角亨伯特少年时的初恋对象病故于十四岁，他因此患上了恋童癖，与自己十二岁的继女洛丽塔乱伦。爱伦·坡的恐怖爱情小说《丽姬娅》则是一个亡灵复活的故事。叙述者因妻子丽姬娅病逝而非常伤心，在鸦片的作用下他精神恍惚，买下了一个人迹罕至的修道院并将其中一间大屋子进行了怪异的装饰。他把这间阴森的屋子作为和第二任妻子罗维娜结婚的新房，但很快罗维娜病死，而丽姬娅借尸还魂。在爱伦·坡这个诡异恐怖的故事中，我们有理由相信，叙述者为了跟爱人重新相聚不择手段，这种执着驱使着他在无意识中召唤丽姬娅，并且以罗维娜的生命为代价帮助丽姬娅复活。

　　总而言之，从文学中纷繁复杂的爱情叙事可以发现，爱情是一把双刃剑，它可以给人们带来欢乐，也会让人更加痛苦；它可以升华一个人的精神境界，也可能使其变成魔鬼。把爱情当成寄托是弱者反抗命运、追求美好人生，获得平等、自由和幸福的重要手段。虽然常会事与愿违，甚至结局悲惨，但人们对爱情的期待永远不会停止，就像《霍乱时期的爱情》中的阿里萨，他拥有不可战胜的决心和勇敢无畏的爱，在苦苦等候了五十三

---

① 歌德：《少年维特之烦恼》，郭沫若译，人民文学出版社，1955，第43-44页。
② 茨威格：《一个陌生女人的来信》，第159页。

年七个月零十一天之后,终于能摆脱一切羁绊,和心上人一生一世长相厮守,虽然他们此生的时间已所剩无几。

## 第二节 自然

爱情是个抽象概念,存在于人的脑海中,难以捉摸,看不见摸不着,只能通过人的言行举止表现出来。同时,爱情是双向的,需要所爱对象的积极反馈,可能还要应付外力的干涉。因此,想要拥有爱情就意味着将会面临诸多挑战和较高的失败风险。和寄托于爱情相比,寄托于自然就简单多了。自然是客观存在的世界,包括我们所生活的环境。自然本身没有主体意识,我们爱自然不需要自然也爱我们;自然没有社会属性,我们爱自然不需要考虑自然来自哪个阶层。人们常常将爱情与自然联系,来表现爱情的纯真和伟大,这也间接表明了自然本身就具有纯真和伟大的属性。人类本来就是自然的一部分,随着进化慢慢有了自我意识,发展了语言,建立了文明,有计划地利用自然和改造自然。但是人类还是离不开自然,人依赖自然生存,在自然中生长,欣赏自然之美,自然是我们的家园。

但是,寄托于自然并非看上去那么简单,在不同的时代、地域、文化和社会环境中,人们对自然的感受是不一样的,对自然的态度和需求也有多样性。这给我们带来了极其丰富多彩的自然类文学,让我们从文学作品中领略自然的妙处。此处所说的自然类文学是指对自然的描写和感受,因此文学中的自然是与人有关的自然,是能够给人带来安慰和享受的自然。也可以说,文学中的自然不是纯客观的存在,而是人的眼睛选择性观察到的自然,甚至是人主观思想中根据自身需要建构的自然。心理弱者通过寄托于自己心目中的自然得到抚慰,而人们通过文学作品寄托于自然、实现弱者反抗的过程,就是人从客观自然出发,建构能够融入自身的主观自然的过程。这种主观的自然是人心灵的寄托,是人美好愿望的落脚点,也是人为了逃避尘世的喧嚣和烦恼而找到的理想世界。

天地本无情,但人类赋予了它积极的意义,首先就是它带给我们的美的享受。乔治·桑曾感慨:"大自然永远是年轻、美丽和仁慈的。它向所有生灵、所有植物倾泻诗意和魅力,让它们在那儿如愿地成长。它掌握着幸福的秘密,谁也无法从它那儿夺走这秘密。"[①] 无论是壮观、秀丽还是

---

① 乔治·桑:《魔沼》,李焰明译,漓江出版社,1996,第7页。

其他形态的美丽风光，我们欣赏时都会感到心旷神怡，内心获得一种难以描述的愉快体验。这种体验是深刻的，仿佛在大自然中认识到了生命的真谛；这种体验也是复杂的，让人们的情绪有时表现为无比的激动，有时则表现为无限的安宁。《庄子·知北游》中说："天地有大美而不言。"天地之美是根本性的美，因为它是由天地自身的"道"所派生出来的。这里的美含义丰富，包括美丽的景色、美好的品德，甚至还有大自然完美的运行规律。康德在探讨人类崇高的感情和优美的感情时，首先基于人在不同的自然场景中的感受：一座顶峰积雪、高耸入云的山峰或一场暴风骤雨会让我们产生崇高的感情；一片鲜花怒放的原野或一条溪水蜿蜒、羊群漫步的山谷会让我们产生优美的感情[1]。这两种美感属于美的最高境界，不包含任何功利性目的。它们既可通过我们对自然身临其境的观察而获得，也可通过阅读文学作品中对自然的描述而获得。

对大自然之美的描绘在诗歌中有无数体现，此处仅试举数例。在对山林的描写中，唐代诗人祖咏的《终南望余雪》堪称一绝："终南阴岭秀，积雪浮云端。林表明霁色，城中增暮寒。"从长安城里远眺秀丽的终南山，岭上皑皑积雪仿佛白云飘浮在天际。雪后的阳光将林梢照亮，却给黄昏的城里增添了阵阵寒意。该诗短短二十字，诗人的视角由远到近、由高到低，勾勒出冬季雪峰山林的壮观气象，读之不免感觉一丝寒意。歌德的名作《浪游者的夜歌》则是另外一幅景象："群峰一片/沉寂，/树梢微风/敛迹。/林中栖鸟/缄默，/稍待你也/安息。"[2] 山林当中，夜晚渐至，一切寂静无声，连晚归的群鸟都已休息，很快，在山中流浪的诗人也将入睡。诗歌意象的呈现也按照一定的顺序，即从大到小、由远而近，表现了在一天的辛劳和喧嚣过后，大自然和其中的生物都享受着夜晚的安宁。这两首创作于不同时空的诗，观察的对象都是山林，但创造了截然不同的意境，一个聚焦寒冷，一个突出寂静，都给了读者忘我的美的享受。

关于秋色的描写，古今中外文学作品中也相当地丰富多彩，给我们带来不一样的风景和体验。先看日本平安时代女作家清少纳言笔下的秋天："秋天是傍晚（最好）。夕阳很辉煌的照着，到了很接近山边的时候，乌鸦都要归巢去了，便三只一起，四只或两只一起的飞着，这也是很有意思的。而且更有大雁排成行列的飞去，随后变得看去很小了，也是有趣。到

---

[1] 康德：《论优美感和崇高感》，何兆武译，商务印书馆，2001，第2-3页。
[2] 歌德：《浪游者的夜歌》，钱春绮译，载邹绛编《外国名家诗选》（第一册），重庆出版社，1983，第33页。

了日没以后，风的声响以及虫类的鸣声，也都是有意思的。"① 她认为秋天的黄昏是最美的，落日、归鸦、飞雁、虫鸣等共同构成了一幅和谐的画面，让人赏心悦目。马致远的小令《天净沙·秋思》则表达了秋天里浪迹天涯的游子孤寂落寞的心情："枯藤老树昏鸦，小桥流水人家，古道西风瘦马。夕阳西下，断肠人在天涯。"在秋天的黄昏，异乡人更容易关注到与自己心境相似的景物，眼前的枯藤老树、昏鸦瘦马与人内心的悲寂产生了共鸣。与之相反，英国浪漫主义诗人济慈的《秋颂》呈现了一片火热欢快的秋景："雾霭的季节，果实圆熟的时令，/你跟催熟万类的太阳是密友；/同他合谋着怎样使藤蔓有幸/挂住累累果实绕茅檐攀走；/让苹果压弯农家苔绿的果树，/叫每只水果都打心子里熟透……"② 济慈歌颂秋天的五彩斑斓、硕果累累，给人们带来欢欣与希望，完全没有常见的悲秋之情。

　　人类不仅很早就发现了自然之美，而且还将自己对美好生活的向往寄托于美丽的天地万物。《诗经》中有许多描述和赞美自然风光的诗句，这些诗句往往是叙述者结合人的经历有感而发，因此花草树木也承载了人的情感。《桃夭》篇中描写了盛开的桃花，并且用起兴的手法从桃花联想到即将过门的美丽的姑娘："桃之夭夭，灼灼其华。之子于归，宜其室家。"诗句生动地表现了像桃花般充满青春气息的少女，将其娶回家后，会给全家带来美满幸福。很显然，怒放的桃花鲜艳如火，这种景象让人心情愉悦，对未来美好的生活充满希望。《诗经》善于采用比兴的方式以物喻人，如"瞻彼淇奥，绿竹猗猗。有匪君子，如切如磋，如琢如磨"（《淇奥》）。这几句由弯弯的淇水和翠绿的竹林引起对追求精湛学问、高尚品德的高雅君子的赞叹。桃花、翠竹以及大自然中的很多动植物在中国自古就有美好的寓意和象征。桃花常象征着面容姣好的少女、富贵的人生或大展宏图的事业，而竹子常象征着正直的君子及其清雅脱俗、高风亮节的品格。

　　《诗经》中还描绘了人与自然和谐共处的动人画面。在《蒹葭》篇中，"蒹葭苍苍，白露为霜。所谓伊人，在水一方"描绘的画面仿佛一幅水墨山水画，画中河水潺潺、芦苇茂盛、露水结成白霜，而意中人正在河对岸。人在美景中悠然自得，让人读之不胜神往。在《斯干》篇中，"秩秩斯干，幽幽南山。如竹苞矣，如松茂矣"这几句描述了宫室周围的风景：前有欢快流淌的清澈小溪，后有沉静深远的终南山，山水之间有丛生的翠竹和茂密的松林。紧接着，用"兄及弟矣，式相好矣，无相犹矣"表达了

---

① 清少纳言：《枕草子》，周作人译，中国对外翻译出版公司，2001，第3页。
② 济慈：《济慈诗选》，屠岸译，人民文学出版社，1997，第21页。

在这样美好和谐的环境中,兄弟之间也情深意长、亲密无间。和发达的现代社会相比,古代时人们更加亲近自然,在秀美的环境中人的精神境界也随之得到提高。

西方早期文学中也有许多人在美丽的自然中抒发感情的篇章。西方文学常常将自然和神话传说中的神联系在一起,认为山川河流、天空大海之中都有神的存在。维吉尔的田园抒情诗《牧歌》生动地描绘了意大利田野的自然景色、乡村恬静的生活和牧人的情感,其中也穿插了对自然中神灵的歌颂。在《牧歌》(其二)中,他刻画了陷入热恋中的牧人柯瑞东的形象,柯瑞东对漂亮的恋人说:"啊,你跟我到卑陋的乡村去吧,/住在平凡的茅舍里以猎鹿为生涯,/你可以挥动木槿的绿叶来赶着群羊,/并且跟我在树林里学着山神歌唱。"① 这是一片古罗马美丽的田园风光,充满了乡村的浪漫气息,虽然生活有些艰苦,但人们在旖旎的风光中猎鹿、牧羊,林中的山神还能赋予人们歌唱的灵感。柯瑞东又进一步描绘山中盛开的鲜花:"来吧,漂亮的孩子,看,那些山林的女神/带来了满篮的百合花,那纤白的水中精灵/也给你采来淡紫的泽兰和含苞欲放的罂粟,/把芬芳的茴香花和水仙花也结成一束,/还把决明花和其他的香草都编在一起,/金黄的野菊使平凡的覆盆子增加了美丽……"② 林中女神让各种花朵竞相开放,美不胜收,让人看了心情无比愉悦,爱情也会在自然中欢快地发芽生长。由此可见,人类美好的感情和生活的希望会受到美丽自然的感召而激发,当读者在诗歌中欣赏到美景时,也会激发起相同的感情。

人对自然充满感情,愿意亲近自然、回归自然,当人对社会生活的某些方面不满或人生经历不如意时更是如此。中国古代文人常因为仕途不畅或不满官场腐败而归隐田园或山野,这时候大自然成为他们逃避世俗纷扰的最佳归宿,他们能够从中获得心理慰藉。正如南朝梁文学家吴均惊叹于富春江天下独绝的奇山异水而发出的感慨:"鸢飞戾天者,望峰息心;经纶世务者,窥谷忘反。"(《与朱元思书》)陶渊明厌恶官场,热爱自然和农村,曾在回归田园后作诗句"户庭无尘杂,虚室有余闲。久在樊笼里,复得返自然"。这几句出自他的组诗《归园田居》,该诗展现了他从事辛苦农耕生活却欣然自得的心态。其《归去来兮辞》一文也叙述了辞官归隐后的生活状态和内心感受,如"倚南窗以寄傲,审容膝之易安。园日涉以成趣,门虽设而常关。策扶老以流憩,时矫首而遐观。云无心以出岫,鸟倦

---

① 维吉尔:《牧歌》,杨宪益译,人民文学出版社,1957,第7页。
② 维吉尔:《牧歌》,第8页。

飞而知还。景翳翳以将入，抚孤松而盘桓"。此处陶渊明以一种浪漫主义的精神描述了他在简陋的乡间小屋里惬意的生活，小院内外随时可以接触到自然风光，自己就像天上飘动的云和飞翔的鸟一样，随意自在。陶渊明的诗文表现了他对官场的清楚认识以及对人生的深刻思索，表达了他洁身自好、不同流合污的情操。

中国古代文人在救国济民、建功立业的理想遇到挫折时，会寄情于山水，从大自然中获取力量。欧阳修被贬到滁州后，陶醉于山水美景，留下了一篇《醉翁亭记》。他在文章中生动描述了滁州的山水美景和自己的心迹："醉翁之意不在酒，在乎山水之间也。山水之乐，得之心而寓之酒也。"以醉翁自居的作者似乎已完全沉浸于山水当中，无暇他顾。然而，与陶渊明主动彻底摆脱官场的决心相比，欧阳修并没有对仕途死心，还想有所作为，希望与民同乐，因此他的寄情山水在一定程度上是迫不得已之举。很多文人都像欧阳修那样，身处江湖却心在庙堂，因政治失意而退隐田园山水只是一时权宜之计，若有机会还是想为国效力。明代的唐寅，才华横溢却命运不济，没有机会踏上仕途，最终不得不放浪于山水之间。唐寅在《桃花庵歌》中写道："但愿老死花酒间，不愿鞠躬车马前。车尘马足贵者趣，酒盏花枝贫者缘。"长期遭受的挫折使唐寅能够以洒脱超然的心态来看待人生的起起伏伏和世间的功名利禄，唯有回归自然、赏花品酒、吟诗作画才能抚平他的创伤。

自然往往作为人类社会的对立面出现在人们的思想中。人类社会常被描述为充满欲望、抢夺和斗争，而自然是天真、纯洁、自由的象征。对人类社会的不满和对自然的神往也是西方文学的一个重要主题。德国文学家赫尔曼·黑塞深谙东西方哲学思想，他因为反对德国参加第一次世界大战而在自己的国家成为众矢之的，遭到迫害。战争期间和战后，精神苦闷的黑塞在瑞士南部风光秀丽的小山谷堤契诺隐居多年，希望能够远离战争带来的苦难和生活中的烦恼，从美丽的大自然中吸收养分，重获健康的精神状态。黑塞始终深刻反思病态的现代西方文明，他在堤契诺生活困顿，但从旖旎的自然风光和古朴的田园生活中找到了内心的安宁和心灵的归宿。他曾记述道："从书房向外望，那景致、露台及茂密的树木，比房子和其他家具物品更重要，是我生命中的一部分。它们才是我真正的朋友，是我最亲近的人，它们留住我，陪伴我，值得我信赖。"[①] 这段话的意趣和陶

---

[①] 赫尔曼·黑塞：《堤契诺之歌：散文、诗与画》，窦维仪译，上海译文出版社，2011，第135页。

渊明弃官归隐后的感受如出一辙，表现了大自然是被污染了的人类心灵的最好的洗涤剂，是人据以重获自由的最佳选择。一次黑塞徜徉于风景如画的山隘中时，对人生有了新的觉悟："世界变美了。我孤独，但不为寂寞所苦。我别无所求，我乐于让阳光将我完全晒熟，我渴望成熟。我迎接死亡，乐于重生。"① 这种仿佛与自然融为一体而获得新生的体验，也见于《归去来兮辞》："悟已往之不谏，知来者之可追。实迷途其未远，觉今是而昨非！"虽然黑塞和陶渊明归隐田园的起因和目的不同，但他们对自然的渴望和从中获得的感悟是相似的。

美国诗人惠特曼用自由奔放的诗行表现自己对理想和自由意志的渴望，他的诗歌中也常常用大自然来比拟自己。他渴望像雄鹰一样自由地飞翔，"充满力量、欢乐、意志"②。他也敬佩孤独屹立的橡树，"它没有任何同伴却生长在那里倾吐着欢乐的、深绿色的叶子，/它的相貌粗鲁、挺拔、健壮，使我想到我自己……"③ 但是，显然这只是他的理想和奋斗目标，现实往往不能如人所愿，充满挫折。美国内战后惠特曼在内政部工作，但内政部部长因为讨厌他的诗歌而将他解雇，这让人们看到了美国式的官场黑暗。1865年林肯被暗杀对惠特曼而言是一次重大的打击，诗人充满悲愤地创作了数篇诗歌悼念和纪念林肯，其中包括《最近紫丁香在前院开放的时候》。这首长诗用一系列的意象表现了诗人的复杂情感。西方夜空陨落的巨大的星星象征着不幸去世的伟人林肯，盛开的紫丁香可被视为充满生命力的美好的大自然。诗歌一开始就将两者进行了对比："最近紫丁香在前院开放的时候，/而那颗巨星又老早在夜空的西方陨落的时候，/我悲痛，而且年年在春归时也一样悲痛。"④ 紧接着，诗歌描述了巨星陨落的残酷现实和诗人的悲怆，转而又描述盛开的紫丁香给诗人带来的精神抚慰。此情此景，使诗人的内心转向纯洁而生命力旺盛的自然，试图逃离让人悲伤的现实，于是顺理成章地引出了小鸟（鸫鸟）的意象。小鸟象征着诗人自己："在幽深僻静的沼泽地，/一只羞怯的躲藏着的小鸟在婉转地唱着一支歌。"⑤ 诗人感觉自己就像小鸟一样，躲在无人之处，独自吟唱一首悲歌，这也暗示了诗人试图隐入自然的愿望。惠特曼通过小鸟充分抒发了自己对世界的感情，在诗的末行，他最终和世界合而为一：

---

① 赫尔曼·黑塞：《堤契诺之歌：散文、诗与画》，第6页。
② 惠特曼：《草叶集》，赵萝蕤译，上海译文出版社，1991，第1005页。
③ 惠特曼：《草叶集》，第219页。
④ 惠特曼：《草叶集》，第571页。
⑤ 惠特曼：《草叶集》，第572页。

"……为了亲爱的他，/紫丁香、星星和小鸟才和我的灵魂之歌交缠在一起。/在芬芳的松树和昏暗的杉木林里。"① 诗人的情感和林肯伟大的精神一起融入了大自然，永不消亡。

人们在生活中能够接触到的山川河流、花鸟树木等，不仅是理想受挫后的精神支撑，而且是建构虚拟的美好世界或天堂胜境的灵感来源。在远古的神话中，众神常常处于人迹罕至的崇山峻岭中。古希腊圣峰奥林匹斯山顶终年积雪，云雾笼罩，古希腊人认为众神、半神和他们的仆人就居住在那里。传说山里有他们豪华雄伟的宫殿，花园里满是奇花异草，众神在此主宰世间万物。中国神话中也有不少仙界传奇，如《山海经》等描述的昆仑仙境和《列子》等描述的蓬莱仙境。这些化外之境中有超凡脱俗的仙人或者法力无边的神，他们居住在壮丽的宫阙和精美的园囿，环绕他们的是各种奇花异木和珍禽祥兽。除了神话传说，宗教典籍中也常常描绘奇异的空间，如《圣经》中的伊甸园和《净土三经》中的西方极乐世界。上述神话和宗教典籍所描述的奇异世界都有人类自然的影子，但显然要远远优于人类身处的自然，体现了人们对美好生存环境和无忧无虑幸福生活的渴望。

对美好环境和幸福生活的渴望，让人们幻想在充满遗憾的日常世界之外还有一个像天堂一样的存在，陶渊明的《桃花源记》就是一个典型的例子。文中记载了一个与外界隔绝的世界："土地平旷，屋舍俨然，有良田美池桑竹之属。阡陌交通，鸡犬相闻。其中往来种作，男女衣着，悉如外人。黄发垂髫，并怡然自乐。"文中百姓的祖先几百年前躲避战乱来到此地，男耕女织，关系淳朴亲切，没有官府压榨，到处是一片安乐祥和的气氛。中国历史上战乱频仍，在动荡的年代，人们特别希望能有这样一个世外桃源。在此文中，作者一开始就给读者展开了一幅美丽的画面："晋太元中，武陵人捕鱼为业。缘溪行，忘路之远近。忽逢桃花林，夹岸数百步，中无杂树，芳草鲜美，落英缤纷。"溪水桃林、芳草落英，再加上不知身处何处，这样的描写一方面刻画出优美的环境，另一方面渲染了桃源胜境的神秘性，这两点都能够激发读者的兴趣，尤其是那些原本就渴望自由平等、安宁祥和的生活环境的读者。

优美的环境和神秘的氛围是文学叙事建构理想世界的常见手段。英国作家詹姆斯·希尔顿的小说《消失的地平线》同样展示了一个神秘而美好的世界，名为香格里拉。小说刻画了一个隐藏在中国青藏高原群山之中的

---

① 惠特曼：《草叶集》，第584页。

秘境，这里与世隔绝，只有通过一个山谷才能进入，而这个山谷本身也很难被发现。除了神秘，此处壮丽的风景也令人叹为观止。作者通过男主角康韦的视角和感受，重点描绘了状如金字塔的山峰和宏伟的喇嘛庙。当康韦一行被带到山谷时，"山谷尽头的奇观一下子不可抗拒地牢牢吸住了他的目光。那是一座巍峨的山峰，浴沐在月华之下，幽明险峻，蔚为壮观。……它是那么雄伟，那么祥和，使他好一阵子分不清究竟是真景还是虚幻"①。随着小说叙事时空的转换，作者从不同视角反复表现这座夺人心魄的壮丽山峰，令人印象深刻。作者对喇嘛庙的描述也是如此："对康韦来说，第一印象，它好似一个从孤独的韵律中颤动而出的幻想。它的确是一幅神奇的令人难以置信的图景：一排彩色的建筑紧紧依偎在山边，它的外表没有一丝德国莱茵古堡刻意营造出的恐怖与不祥，反而像几瓣偶然盛开在危崖上的鲜花。它华美、典雅……"② 作者通过康韦的眼睛，逐步将视角从自然景观转到人造景观，再到景观中的人，即在香格里拉生活的居民。这里以藏族为主的数千居民尽管信仰不尽相同，但相互尊重、相互关照，人人遵守"适度"的美德，因此整个社会祥和安宁。希尔顿笔下的香格里拉神秘、美丽、宁静、和谐，仿佛陶渊明笔下的世外桃源。小说出版的20世纪30年代正是西方各国经济问题日益严重的阶段，西方社会普遍处于沮丧、恐慌与动荡的状态，该书恰好满足了人们对安宁生活的需求，因此出版后获得了巨大成功。

　　小说中神话般的香格里拉，也包含了西方人对异域乌托邦式的幻想，希望在世界的某个角落存在着人间天堂。这种地方最好未受西方工业化或现代文明污染，天然纯净、民风淳朴，能够洗涤人的心灵，让人无忧无虑，在那里永享幸福。香格里拉是如此奇妙，一个重要原因是那里的人都十分长寿，过了百岁的人还显得很年轻，但是他们一旦离开香格里拉，便会迅速衰老死去。让人永葆青春是秘境的一个诱人之处，很多民族都有长生不老的传说，其中包含了许多对凡人如何实现永生的探索。中国的传说往往涉及让人长寿的神药，据说秦始皇曾派人到海外仙山寻找长生不老药，也有不少道士终生隐居山林，试图炼就丹药或通过修炼内丹延缓衰老，甚至羽化登仙。西方传说则往往与大自然或神创造的世界中出产的具有魔力的物品有关。《圣经》中记载了上帝在伊甸园里安置了生命之树，人吃了上面的果子就可以永远活着。北欧神话中的神和人一样会老死，但

---

① 詹姆斯·希尔顿：《消失的地平线》，罗尘编译，陕西师范大学出版社，1999，第173页。

② 詹姆斯·希尔顿：《消失的地平线》，第188页。

只要尝一尝具有魔法的金苹果即可返老还童。

除了生命之树和金苹果，西方传说中另一个让人青春永驻的神奇自然之物就是不老泉。不老泉的传说由来已久，甚至可以追溯到古希腊时期。随着15世纪末欧洲的探险船队来到美洲，不老泉的传说逐渐流行于加勒比海地区。加勒比地区拥有西方文化中迷人异国情调的主要元素：路途遥远难以到达，风景宜人却暗藏凶险，丛林中有古老的文明和神秘的土著，等等。这些都是编造探险传奇的好素材，于是人们产生了共识，认为这种神奇的泉水隐藏在美洲中部某处蛮荒之地。现代不老泉的文学故事也多以此为背景，例如丹麦作家弗雷德里克·帕卢丹-米勒所著的《不老泉》和美国作家霍桑的《海德格尔博士的实验》等，它们常常聚焦于探险过程中或面对奇异的泉水时人性的剖析。

纳塔莉·巴比特的小说《不老泉》是一部儿童文学作品，也有深刻的思想性，女主角温妮在11岁时就可以饮用到不老泉水，并且能够因此和恋人永远在一起，但她从未尝试，直到去世。她宁愿做一个普通人而老死，也不愿永生于世。有时候，死亡能让人彻底获得解放和自由，而长生不老则仿佛一种永远不得解脱的诅咒。与其他不老泉的叙事相比，巴比特小说的深刻意义在于，它将人们从对超自然生命的渴望中唤醒，表现了只有真正回归自然、融入自然才能得到永恒的安宁和幸福，而死亡正是自然规律的一部分。

大自然不仅能给人以美的享受和心理慰藉，帮助人们生发出对人间天堂的幻想，还能激发人们思考哲理而获得知性体验。中国的禅宗大师们常常将身心融入自然山水来提升修为，试图通过自然观照内心，认为一个人对外在世界的看法和其内心世界是相通的。宋代青原惟信禅师给弟子们讲课时说："老僧三十年前未参禅时，见山是山，见水是水。及至后来，亲自拜见高僧大德，有个入门处。见山不是山，见水不是水。而今得到休息安歇之处，依然像以前一样，见山只是山，见水只是水。"[①] 这段话含义深刻，我们无意妄自猜测，但可以肯定的是，它反映了一个禅修者通过长期修行，不断更新对内在和外在世界的认识，直至最终悟道。

禅诗中常常表现自然对禅修的启示作用，或通过理解自然提升修行的层次。且看一首禅诗："尽日寻春不见春，芒鞋踏遍陇头云。归来笑拈梅花嗅，春在枝头已十分。"该诗通篇隐喻，用寻找春天比喻修道，踏遍世间无处寻，归来却发现春已在家中梅花枝头。从禅修视角来看，诗中的春

---

① 释普济辑：《五灯会元》，张恩富、钱发平、吴德新编译，重庆出版社，2008，第485页。

天就是我们的佛性真如。禅宗认为佛性在人本心，因此莫向心外求法，人在六尘中会迷失自我，只有修心和回归自我才能开悟。开悟的一种心理体验就是自身与自然合而为一的深刻感受。宋代怀深禅师曾作一诗："万事无如退步人，孤云野鹤自由身。松风十里时来往，笑揖峰头月一轮。"人若能解脱凡尘俗世，无争无执，寄身于自然，像闲云野鹤一般，与松风、明月同在，那么就真正实现了无我。这种状态也是宋代无门慧开禅师所说的"春有百花秋有月，夏有凉风冬有雪。若无闲事挂心头，便是人间好时节"。当人心中不再被闲事困扰，而是被花月风雪占据，那么就会实现身心自由。上述两首诗表达了将人融入自然、体会两者合一的无我境界，王维的《辛夷坞》则更进一步，诗中已不见人的踪迹，完全是自在自然的禅境："木末芙蓉花，山中发红萼。涧户寂无人，纷纷开且落。"花开花落，顺其自然，不为物喜，不为己忧，无我无物，涅槃寂静。更高层次的修道境界，是消融自我后的自然状态：曾经物我两分，而后物我合一，最终物我两忘。上文青原惟信所总结的禅修三个层次，可能即是如此。

由人与自然的关系引发的哲学思考在西方也层出不穷。出生于德国风景如画的黑森林地区的海德格尔，对自然有其独特的理解，他特别欣赏19世纪德国浪漫主义诗人荷尔德林，并将后者的诗句"充满劳绩，但人诗意地，栖居在这片大地上"进行了哲学阐发，通过分析"诗意栖居"的本质来探讨存在的自然本性。海德格尔认为："当荷尔德林谈到栖居时，他看到的是人类此在（Dasein）的基本特征。而他却从与这种在本质上得到理解的栖居的关系中看到了'诗意'。"[1] 人的存在天然是自在、个性化、无拘无束的，而人能够诗意栖居的根源，是自然对人无私的开放和包容，使人即使历尽艰辛也能够拥有此在的自由，诗中明确指出："大地上确有一把尺规吗？没有。"[2] 工业文明将人变成了机器，是生产链条上一个固定的环节，或者网络上一个循规蹈矩的程序，而"诗意地栖居"呼唤人们寻找回家之路，回归个体原始的自然存在本身。

美国超验主义通过充分地接触和认识大自然来实践其哲学和文学理念。其代表人物爱默生在《论自然》中阐释了自然对人的重要意义，他认为自然有它的精神和伦理，自然精神是绝对而神圣的存在；自然赋予人类活动无限的领域，带给人力量和知识，"大自然是一种理解的纪律，它帮

---

[1] 马丁·海德格尔：《演讲与论文集》，孙周兴译，生活·读书·新知三联书店，2005，第198页。

[2] 荷尔德林：《荷尔德林诗集》，王佐良译，人民文学出版社，2016，第514页。

助人认识真理"①。爱默生指出，人和自然建立起心灵上的沟通时，人就能得到最大的快乐，"产生这种欢愉心情的力量并不存在于大自然之中，它出自人的心灵，或者出自心灵与自然的和谐之中"②。但是，爱默生发现成年人很少能够发现自然，因此他主张回归自然，在自然精神的影响下完善自己。梭罗正是践行超验主义自然观的第一人，在爱默生的支持下，梭罗在瓦尔登湖畔的树林中建造了一所简陋的小木屋，在两年多时间里开荒种地，自食其力，独自体验与自然的亲密接触。在其代表作《瓦尔登湖》中，梭罗告诉众人："我到林中居住，因为我希望生活得从容一些，只面对基本的生活事实，看看是否能够学到生活要教给我的东西，而不要等到死之将临时发现自己没有生活过。"③ 梭罗的选择，其实也是"诗意地栖居在大地上"，在他的文字中处处可见熠熠生辉的诗情，如："时间只不过是我钓鱼的小溪。我喝它的水，但是当我喝水的时候，我看到了细沙的溪底，发现它竟是多么浅啊。浅浅的溪水悄悄流逝，但永恒长存。我愿痛饮。在天空钓鱼，天底布满了卵石般的星星。"④ 这是一个微小短暂的生命在与伟大恒久的自然一对一零距离接触时产生的纯粹个性化的体验，是个体全身心真正融入自然的感受。梭罗领略到了常人无法发现的自然的灵性和精神，他说："我不愿在房舱里航行，而愿在世界的桅杆前面和甲板上航行，因为在那里我能更好地欣赏群山中的月色。现在我不愿意到舱底去了。"⑤ 美国超验主义的理念代表了现代意义上的人对自然的崇拜和回归，而梭罗当之无愧地成为美国自然文学和生态文学的先驱，在他之后，美国出现了一系列描写自然和生态的文学经典之作，如奥尔多·利奥波德的《沙乡年鉴》、蕾切尔·卡森的《寂静的春天》、西格德·奥尔森的《低吟的荒野》等。

总而言之，我们从自然而生，也终将回归自然。自然仿佛人类的母亲，每个人都以自己的方式寻求自然的庇护和帮助，并常常表现在文学当中。人在自然中是弱小的，但拥抱自然也会让人变得无比强大。至此，不妨用荷尔德林的诗《致大自然》的前两节来结束本节：

  那时我围着你的面纱嬉戏，

---

① 爱默生：《论自然·美国学者》，赵一凡译，生活·读书·新知三联书店，2015，第33页。
② 爱默生：《论自然·美国学者》，第9页。
③ 梭罗：《瓦尔登湖》，王家湘译，北京十月文艺出版社，2009，第86-87页。
④ 梭罗：《瓦尔登湖》，第92-93页。
⑤ 梭罗：《瓦尔登湖》，第278页。

我像一朵花那样依恋着你，
我感觉着你心的每一次跳动，
那声音围绕我的心轻轻搏动，
那时我满怀着憧憬和渴望，
像你一样，面对你的倩影，
我为我的眼泪找到一个地方，
也为我的爱找到一个世界。

那时我的心向着太阳寻觅，
仿佛她听见我的心音，
我把繁星称作它的兄弟，
把春天当作神祇的旋律，
那时微风轻轻吹过树林，
那是你的精灵，快乐的精灵，
它在平静的心波中移行，
那时我在金色时光里沉浸。①

## 第三节 理想

  本章前两节阐述了人对爱情和自然的寄托及其多样化的文学呈现，本节讨论人对理想的心理寄托。诚然，某些追求爱情或者融入自然的愿望在一定程度上也属于理想，而本节分析的是文学作品中除这两者以外的其他理想形式。理想是人们面向未来的目标或志向，包含物质和精神的追求，涉及个体、民族或国家的发展和进步，理想的实现往往难度较大，且需要较长时间，因此，理想的建立不仅出于个体本身的需求，往往还具有利他性和长远性，愿意为了更宏大的目标而奉献自我。我们首先要区分的是文学的理想和文学中的理想寄托。一般而言，文学的理想或精神是作家通过作品体现的对社会、人类、生态等问题的责任心和使命感，是指文学的社会和历史责任，也是文学教化作用的一种表现。例如，大众文学不等于低俗文学，底层文学也绝非庸俗文学，如果低俗文学或庸俗文学泛滥，那么文学的精神或作家的文学理想也就出现了偏差。但是，本节中所讨论的理

---

① 荷尔德林：《荷尔德林诗集》，第160页。

想与上述文学理想不属于同一范畴，此处的理想是人们借助文学作品所反映的心理寄托的对象，换言之，是作者或读者通过寄托于能够改善自身处境或心理状态的理想而实现弱者反抗的一种方式。当然，文学作品中反映的理想寄托也是一种替代性的满足。

  人的状态和处境大多是不完善、不如意的，社会、国家、环境亦如此。当人意识到这些不完美，并且希望改善现状，那么理想就产生了。包括人在内的世间万事万物千姿百态，因此也会有形形色色的理想，"理想"这个词的内涵和外延不可能一语道尽。人的理想首先体现在人希望能够拥有某种引以为傲的社会身份或超越常人的能力，并且利用这种身份或能力帮助自己或他人。小孩常常会被问到长大后想当什么样的人或做什么工作，这就是理想的朴素形态。可以说，这种理想是人在意识中对更优秀、更能满足心理需求的自我形象的建构，它和文学一样，属于虚拟性的叙事。因此这种理想也会以幻想的形式出现在人的思想中，白日梦就是其典型表现。弗洛伊德曾将白日梦和文学创作联系，认为它们的发生有一致的内在机制，那么基于理想的白日梦应该也与某些文学的起源相似，其中的典型之一就是白日梦和文学都会塑造正义的超能英雄的形象，让现实中的弱者在虚拟叙事中得到心理满足。

  美国作家詹姆斯·瑟伯的短篇小说《沃尔特·米蒂的隐秘生活》(*The Secret Life of Walter Mitty*)，把文学创作和白日梦英雄完美地结合在一起。他在小说中塑造了一个生活中受妻子控制的懦弱男人沃尔特·米蒂，而沃尔特反抗控制的方式就是沉迷于自己的白日梦中，他常常被生活中某个普通场景触发而进入幻想中的英雄世界。小说因此建构了互相嵌套的双重叙事模式，两条线索交替发生：在沃尔特的"现实"生活中，他似乎没什么用，时刻受到他人的管制，尤其是妻子；在幻想世界中，他却是一个统治性的英雄，几乎无所不能，甚至还能像英雄一样英勇就义。这部小说浅显易懂，反映了很多人希望拥有过人之处的无意识心理，尤其是生活现状不如意者，曾受到广泛关注。这部小说于1947年和2013年两次被改编成电影，由此也可看出白日梦英雄叙事具有普遍性，并没有因为时代变迁而过时[①]。人们在白日梦中把自己幻想成无所不能的英雄，在创作或阅读文学中的英雄叙事时，也会认同这些英雄。

  人类历史上的英雄叙事可能起源于神话。弱小的原始人会面临环境的

---

  ① 两部电影的英文名都与小说相同，但中文译名不一样，分别是1947年由诺曼·麦克劳德执导的《梦里乾坤》和2013年由本·斯蒂勒执导的《白日梦想家》。电影对小说内容做了大幅扩充和改写，但基本叙事遵循了小说中的模式。

挑战，他们难以理解奇异的自然现象，于是设想某种超自然力量的存在，并且在灾害发生时寄希望于超自然英雄人物（神化英雄）的拯救。中国上古传说中的后羿射日和女娲补天、古希腊神话中的普罗米修斯为人类盗取天火等，都可被视为拯救或造福人类的神化英雄叙事。后羿、女娲和普罗米修斯都兼具神和人的特征，他们用神力让凡人免于灭亡或战胜困境，反映了古人对神化英雄的崇拜和情感寄托。史诗中的人类英雄也常常拥有神的属性，成为神化的英雄。这些出身凡人的英雄往往与神怪等超自然存在相联系，要么受到神怪的指引和帮助，要么奋起反抗神怪的统治或暴行。这种神化或超越常人的英雄的传说还有古巴比伦诗史《吉尔伽美什》中的吉尔伽美什、古希腊史诗《奥德赛》中的奥德修斯、英国古代史诗《贝奥武夫》中的贝奥武夫等。他们都能够以一己之力对抗妖魔鬼怪，是普通人所歌颂的英雄，也是人类奋起战胜各种强大挑战的精神支柱。

在文学中，从英雄之神到神化英雄，再到幻想成为英雄的白日梦者，人类一直都怀有英雄情结。英雄承载了人类克服挑战、突破困境从而能够平安幸福地繁衍生息的美好愿望，因此对英雄的崇拜从未断绝，文学对象征着正义力量的英雄形象的塑造也长盛不衰。人们理想中的英雄各有特点，但一般都具有高尚的道德和超常的能力，坚持自己的原则，并且勇于反抗压迫。中国古代的游侠和西方古代的骑士都具有英雄的特质。司马迁曾赞扬游侠的高贵品德："其言必信，其行必果，已诺必诚，不爱其躯，赴士之厄困，既已存亡死生矣，而不矜其能，羞伐其德，盖亦有足多者焉。"（《史记·游侠列传》）司马迁认为游侠言语守信，行为果敢，肯牺牲生命去救助别人的危难。这种侠义精神在中国一直流传，也产生了许多文学传奇人物，如唐代裴铏所著《传奇》中的聂隐娘。聂隐娘这个人物的成功之处在于她匡扶正义，利用自己习得的高超剑术和玄术对付奸恶之人，为民除害，同时又淡泊名利，超脱世俗。这是中国人最喜爱的侠客形象，这样的侠客英雄在当代文学作品中也不罕见，比如广受欢迎的金庸武侠小说中就比比皆是。欧洲中世纪的骑士也崇尚真诚守信、勇敢奉献、锄强扶弱等精神，其文学形象的典型之一是亚瑟王的一个圆桌骑士高文爵士，相关文学作品如《高文爵士与衣绿骑士》和《高文爵士与瑞格蕾尔小姐的婚礼》等。这两部作品中高文的英雄形象很饱满，他不仅侠肝义胆、信守诺言，而且也有普通人的思维方式和弱点，他的勇敢是在克服恐惧之后的结果。可以说，高文爵士的传说是西方现代奇幻文学和孤胆英雄叙事的雏形。

聂隐娘和高文的传奇风格迥异，但有趣的是，从英雄豪杰形象塑造角度来看，它们倒有一些相似之处，即主人公都英勇、无私、守信，效忠于赏识自己的正直的官员或英明君主，遇到超自然的强大对手时勇于迎接挑战，最终结局圆满。显然，读者也会从他们的传奇中得到激励和教育。

除了令人景仰的侠士英雄，为国奉献甚至牺牲的民族英雄也是文学中的常见形象，体现着世人所寄托的爱国主义理想。中国的岳飞和法国的圣女贞德都因英勇抵抗外敌入侵而受到后人的纪念，并产生了大量相关的文学作品，如清代钱彩编次、金丰增订的长篇小说《说岳全传》和英国剧作家萧伯纳所著悲剧《圣女贞德》。岳飞和贞德生活于完全不一样的国家和时代当中，持有不同的信仰，但他们的遭遇却惊人地相似。他们没有战死疆场，因被人陷害受到不公正的审判而亡，岳飞死于朝廷中的奸臣之手，贞德死于互相勾结的教会和贵族之手，而他们所效忠的君主都没有试图进行营救。幸运的是，这两位英雄身后都得到了平反，受到世人的敬爱和歌颂，并且成为各自民族的圣人。他们也因此成为文学典型的悲剧英雄，其事迹被反复歌颂。上述两部作品都在史实的基础上增加了丰富的艺术想象，最后让两位英雄在冤死之后魂归天国，成为天上的神灵。这显然是人们希望借助文学的虚构，让遭受苦难却壮志未酬的英雄能够得到美好归宿。

普通人对英雄的崇拜其实是渴望幸福生活的一种表现，因为英雄能够拯救世界，帮助世人，彰显个体的人生价值。每个人都会有在美好的世界中过着幸福生活的理想，那么什么样的生活是幸福生活？什么样的世界是美好的世界？针对这两个问题的回答当然也是多元的，我们不妨从东西方哲人的思想中寻找一些线索。中国的道家对社会和国家的理想是"小国寡民"，"甘其食，美其服，安其居，乐其俗。邻国相望，鸡犬之声相闻，民至老死不相往来"（《道德经》）。老子认为道之本性是自然无为，无为而治是最好的国家治理方式。无为意味着保持原始的自然淳朴，摒弃不应有的欲望，这样可以避免狡诈、贪婪等社会丑恶现象，也不会有国家之间、种族之间的掠夺和战争。从这一点可以看出，道家的理想是强调人完美的内在修养，以及人与世界的和谐共处，这样国家也就实现了无为而治。如何加强人的内在修养？庄子在《逍遥游》中点出："至人无己，神人无功，圣人无名。"道德修养高的人能顺任自然、忘掉自己，无意于追求功名。由此可见，道家追求精神世界的绝对自由，竭力摆脱现实的束缚。

但是要做到绝对的精神自由显然非常困难，于是人们往往通过文学来激励自己实现这样的理想。上文提及的陶渊明即是如此，《归去来兮辞》不仅反映了他回归自然的迫切心情，也表达了他追求精神自由的强烈愿望。李白有感于庄子《逍遥游》中大鹏的形象而作《大鹏赋》，并且以大鹏自喻，描写了它遨游九天、搏击万里的壮观场景和豪情逸致。诗中充满了气势磅礴的词句，如大鹏腾空翱翔时，"簸鸿蒙，扇雷霆。斗转而天动，山摇而海倾。怒无所搏，雄无所争"。这些诗句充分抒发了作者强烈的摆脱现实羁绊、追求自由的理想。但天不遂人愿，李白未能实现理想，临终前无奈地写下"大鹏飞兮振八裔，中天摧兮力不济"的诗句。除了豪迈的浪漫主义文学作品，很多隐逸题材的诗词也是道家思想的体现。张志和曾作《渔歌子》："西塞山前白鹭飞，桃花流水鳜鱼肥。青箬笠，绿蓑衣，斜风细雨不须归。"张志和自幼聪慧过人，深得皇帝赏识，却无意官场，情愿归隐，这首词正表达了他超脱尘事的志向。明代杨慎所著《临江仙》也有相似的意趣："滚滚长江东逝水，浪花淘尽英雄。是非成败转头空。青山依旧在，几度夕阳红。白发渔樵江渚上，惯看秋月春风。一壶浊酒喜相逢。古今多少事，都付笑谈中。"词中的渔樵是中国传统中典型的隐士形象，也是道家思想的实践者。杨慎一生刚正不阿，坚持原则而毫不顾惜个人政治前途，遭流放数十年，九死一生却不改其志。从这些诗词可以看出，很多影响深远的文学作品背后，其实是作者的人格魅力。同时也可看出，封建社会文人的隐逸，也有许多是无法自由地施展才华的不得已之举。

儒家的政治理念显然与道家不一样，儒家的治国理想是实现天下大同。《礼记·礼运》描述了大同世界的社会景象："大道之行也，天下为公，选贤与能，讲信修睦。故人不独亲其亲，不独子其子，使老有所终，壮有所用，幼有所长，矜寡孤独废疾者，皆有所养。男有分，女有归。货恶其弃于地也，不必藏于己；力恶其不出于身也，不必为己。是故谋闭而不兴，盗窃乱贼而不作，故外户而不闭，是谓大同。"从这一段可以看出，大同世界是尊老爱幼、无私平等、平安富裕的理想社会。要实现这样的社会，孔子认为要"为政以德"（《论语·为政》），施行德治仁政，用礼教维持人际伦理关系。在中国历史上这样的大同世界几乎从未实现过，但这并不妨碍仁人志士为之而奋斗。范仲淹在其名篇《岳阳楼记》中表达了自己的志向："不以物喜，不以己悲，居庙堂之高则忧其民，处江湖之远则忧其君。是进亦忧，退亦忧。然则何时而乐耶？其必曰先天下之忧而忧，后天下之乐而乐乎。"范仲淹因秉公直言而屡遭贬斥，但始终坚持为国为民的理想，致力于国家强盛、人民安居。他"宁鸣而死，不默而生"（《灵乌赋》）的信念赢得了后人的景仰，也使他成为儒家贤臣的典范。

儒家天下大同的信念激发了无数人为国奉献百折不回、九死无悔，他们受挫的理想也在文学中得以体现。岳飞的《满江红》和文天祥的《过零丁洋》这两首诗词，就是其以儒家思想为基础的爱国主义精神的千古绝唱。在遭遇外敌入侵、生灵涂炭时，他们所面临的挑战无比强大，治国理想不可能实现，只能以身殉国。文天祥在就义前曾作绝命诗藏于衣带中："孔曰成仁，孟曰取义，唯其义尽，所以仁至。读圣贤书，所学何事？而今而后，庶几无愧。"该诗明确表示作者的人生选择深受孔孟之道的影响，虽不能成就大业，但因为始终坚持圣贤的教导，自觉死而无愧。诸葛亮的《出师表》不仅表明了自己忠君爱国的决心，而且还向君主指出，正确的治国之策是"亲贤臣，远小人"，需要"咨诹善道，察纳雅言"才能兴复汉室。令人遗憾的是，在各种历史局势的限制下，从孔子到诸葛亮，中国历代的许多贤臣一生都未能实现心中的抱负。杜甫在《蜀相》一诗中悲叹道："出师未捷身先死，长使英雄泪满襟。"事实证明，在中国封建社会，忠君和爱民往往是矛盾的，要实现天下大同绝无可能。连孔子本人也不得不说："道不行，乘桴浮于海。"（《论语·公冶长》）根据不同的政治环境，要么独善其身，要么兼济天下。

古希腊的柏拉图在《理想国》中论述了理想中的国家构建和治理方式，尤其探讨了以正义为核心的政治伦理。柏拉图在书中表明正义是一种美德，也是建立理想国家的总的原则，强调正义是维护包括被统治者在内的国家全体公民的利益。他认为国家应由体力劳动者、护卫者阶级以及统治者阶级组成，三个阶级应该分工合作，协调一致。在一个实行正义的国家中，每个人都为了国家而工作，而且做的是符合自己天性的事。正义体现于人们稳定的社会关系和内心状态，只有这样才能实现社会和个体精神的和谐。柏拉图把正义看作既是和其他美德并列的第四种美德，又是节制、勇敢、智慧的和谐统一。柏拉图后来强调以德治国和依法治国相结合。在《法律篇》中，他提出"法治"的基本思想，重点强调立法和守法的重要性，官吏必须服从法律，并且主张多人分权而治。亚里士多德在《政治家篇》中论证了如何通过教育和公民素质的培养建设理想城邦，以及法治的重要性，提出法治优于人治的观点。柏拉图和亚里士多德的理论对西方政治产生了深远影响。

但是，柏拉图等人过于理想化的治国理念也难以实现，阶级之间本就不平等，而古代社会中法律往往是统治阶级用以压迫社会底层的手段。西方文学对此进行了探索和反思，由此产生了乌托邦或反乌托邦的作品。托马斯·莫尔于1516年出版了游记小说《乌托邦》，小说先抨击了当时英国的圈地运动和"羊吃人"的血腥现实，接着描绘了一个秩序井然、人人平等的海外新世界。新世界位于一个名为乌托邦的岛上，那里民风淳朴，政治开明，制度合理，法律公正。每个人都安居乐业，按需分配，没有私有财产。莫尔的小说和柏拉图的著作一样，是对理想中完美世界的虚构。当人们逐渐意识到这种空想的理论无法成功时，就开始剖析它的问题，反乌托邦主义的文学应运而生。阿道斯·赫胥黎的长篇小说《美丽新世界》从人性和个体需求角度探讨社会治理的问题。在小说中的未来世界，虽然人人安居乐业、衣食无忧，一切按部就班，但在严密的科学控制下，人们从一出生身份和阶层就已固化，没有喜怒哀乐，没有个性追求，很多人甚至被人为地制造成弱智，像机器或牲畜一样终生劳役。这样的世界看上去很美好，却是对人性的泯灭。因此，真正的理想世界应该关注和满足每一个个体的合理需求，文学的目的也在于此。

宗教思想也是建构理想世界的重要源头之一。千百年来，宗教精神以多种多样的形式体现在文学中，人们通过文学作品诠释宗教思想，或者依据宗教思想构建作品的情节、人物，探讨宗教在精神信仰和世俗生活等方面的意义，如但丁的《神曲》、约翰·班扬的《天路历程》和考门夫人的《荒漠甘泉》等。这几部作品中含有丰富的宗教隐喻，表现作者们各自对天国的想象和期待。《神曲》中的诗人游历了地狱和炼狱之后，在自己的恋人贝雅特丽齐的引领下来到天堂。他发现天堂中充满辉煌灿烂的光芒，鲜花芬芳，天使环绕，拥有美德的善人和有功者都在此拥有一席之地，永享天福。诗中表达了对天主的赞颂，也通过地狱、炼狱和天堂的对比，劝导人们积德行善，以在死后升入天堂。长篇小说《天路历程》讲述了一个基督徒为了避免末日来临而前往天堂朝圣的艰辛历程，告诉人们，要获得拯救，必须遵循基督教义，不断战胜自身弱点与身外的邪恶，只有真正道德高尚的善人才能进入天国。小说里描述了天国之城的壮观景象："天城像太阳一样金光灿烂，街道也用黄金铺垫而成。许多人头戴冠冕，手持棕榈叶，弹奏着黄金制作的竖琴，咏唱着赞美的诗歌，在天国之城的里面走着。"① 竖琴用于赞美，而冠冕是荣耀的象征。散文集《荒漠甘泉》从一开始就充满热情地劝导人们积极向上，不畏艰难，追寻基督的教导。作者将上帝赐予人类的福地比作山中之城，那里景色美妙，泉水清澈，土地肥沃，盛产鲜果。但是要到达那片福地必须充满信心，不贪恋平地的舒适，不畏惧攀山越岭的艰苦。上述三部作品不约而同地将信徒的心灵历练比喻成修行之路。在路上他们必须克服无数困难和阻力，摒弃世俗的私欲，一

---

① 约翰·班扬：《天路历程》，王汉川译注，中国工人出版社，2003，第276页。

心向善，坚守信仰，才能最终抵达理想的归宿。

对许多贫苦无助的人而言，宗教思想所建构的虚拟空间是他们能够依托的最后的精神港湾。文学有时会以宗教精神为背景，反衬现实生活的艰辛，在揭露问题的同时，也间接表现了宗教在解决人民实际生活困苦方面的无能为力。安徒生的童话故事《卖火柴的小女孩》中含有宗教的元素，如圣诞树，"她点了另一根火柴。现在她是坐在美丽的圣诞树下面。它比上次圣诞节时她透过玻璃门所看到的一个富有商人家里的那株还要大，还要美"①。这棵美丽的圣诞树不属于小女孩，甚至根本不存在，只是女孩的幻觉。幻想中的美好世界无法给小女孩带来温暖和食物，她在新年前夜饥寒交迫而死。安徒生借这个童话表明了资本主义制度下的宗教看上去光鲜隆重，但并不能真正拯救贫苦的百姓。这一点在欧·亨利的一些作品中也得以体现。《麦琪的礼物》中贫穷的年轻夫妇竭尽所能要在圣诞节给对方送礼物，他们想赋予这个特殊的日子特别的意义，但终告失败。《警察与赞美诗》中的流浪汉受到教堂里赞美诗的感召，决定奋发向上、征服驾驭自己的恶魔重新做人时，却莫名其妙遭到逮捕。欧·亨利试图告诉人们，生活中充满了不能预料的变化和阻碍，即使将情感寄托于宗教精神或在宗教的感召下觉悟，付出很多努力，也往往事与愿违，不能一帆风顺地实现理想。

从中西方哲学、政治、宗教等方面的理想及其在文学中的呈现可以看出，人类自古就在不断地探索理想中的美好世界，希望通过努力奋斗实现身心的自由和解放，实现民族的兴旺和国家的富强。但在此过程中遇到了无数挫折，越是美好的设想越难以如愿。尽管如此，人类的愿望还将继续下去，文学对理想的激励和反思也会不断产生。到了近现代社会，随着科技的发展，人类越来越依赖科技来实现自己的理想。就文学而言，产生了各种基于尖端科学技术的科幻文学作品，这些作品畅想了人类在科技帮助下体验的新世界，同时也揭露了科技带来的伦理问题等。从科幻小说的经典作家作品中可以发现这两种倾向，分别以儒勒·凡尔纳和赫伯特·威尔斯为代表：凡尔纳的科学幻想冒险小说展现了积极乐观的精神，深信人类无穷的创造力和科学的巨大力量将帮助人类建立一个理想的社会；威尔斯的科幻作品则表现了对人类前途的忧虑和不安，凸显科技发展造成的社会不公和危害。这两位作家众多的作品中各有一部以岛为名，前者是《神秘岛》，后者是《莫罗博士的岛》，它们表现了两种截然不同的倾向，形成鲜

---

① 安徒生：《安徒生童话故事集》，叶君健译，人民文学出版社，1992，第335-336页。

明的对比。

　　总而言之，随着时代的进步，人类将在希望和恐惧中不断向前。符合伦理要求的科技新突破将会改善人们的境遇、提升人们的生活品质，成为实现理想的助力。文学在其中也会继续扮演重要的角色，一方面以不同的形式表达人们英雄主义和爱国主义的理想，另一方面反思理想实现过程中的重重障碍。文学告诉我们，理想总有一天会实现，即使是在很远的将来。

# 第七章　文学中弱者的成长型需求

　　至此我们已经探讨了文学中两种类型的弱者需求，即对立型和寄托型，本章将要分析成长型。如果说对立型需求针对的是外界强权，寄托型需求针对的是当前命运，那么成长型需求针对的就是自我束缚。一般而言，随着从小到大生理、心理的发展，以及家庭、社会等环境的变迁，人的一生都必须不断成长。在成长过程中，要常常突破过去或当下自我的束缚，才能调整心态，实现蜕变，更好地适应环境或实现自身价值。否则，就会在人生的某一阶段僵化或固化思维，不再随着年龄和环境的变化调整自己，最终无法实现自己的价值，甚至也无法适应变化了的环境。罗曼·罗兰在《约翰·克利斯朵夫》中对人成长的停滞有过精辟的议论："大半的人在二十岁或三十岁上就死了：一过这个年龄，他们只变成了自己的影子，以后的生命不过是用来模仿自己，把以前真正有人味儿的时代所说的、所做的、所想的、所喜欢的，一天天地重复，而且重复的方式越来越机械，越来越荒腔走板。"网络上曾流传着一个与之相似的很有震撼力的言论：有的人在30岁已经死了，80岁才埋。意思是这些人到了30岁就不再成长和突破，后面的几十年只是在循环重复中过日子，不再有新的建树，相当于已死。因此，成长是一个人需要终生面对的挑战，而成长过程中需要克服的最主要的就是人的内因——自我的束缚。我们更喜欢躲藏在舒适区，臆想一个可以接受的自我形象和虚幻的安全空间而拒绝进步，最终一生碌碌无为。只有勇于自我突破，才能实现成长。

　　美国心理学家、自我心理学的开创者埃里克·H.埃里克森曾提出人的社会心理演变的八阶段理论。自我心理学认为，自我是在本能需要得到满足或遭到挫折的矛盾之间发展起来的，埃里克森的理论正是对这些矛盾的阐述。他指出，人在每一成长阶段都有一个自我意识中的特殊矛盾，矛盾得以顺利解决是人格健康发展的前提。根据埃里克森的观点，这八个阶段的主要矛盾分别是：信任对怀疑（0—1.5岁），自主对羞怯（1.5—3岁），主动感对内疚（3—6岁），勤奋感对自卑感（6—12岁），角色同一性对角色混乱（12—18岁），友爱、亲密对孤独（18—25岁），繁殖对停滞（25—60岁），完美无憾对悲观绝望（60岁以后）①。这些阶段涵盖了人的一生，包括四个童年期阶段、一个青春期阶段和三个成年期阶段。它们紧密相连，每个阶段都建立在前一阶段之上。该理论对精神分析的主要贡献在于：第一，强调自我的重要性和社会文化对自我发展的影响；第二，突出人的发展是终生的，而非止于青春期或成年初期。总之，埃里克森看到了人生不同时期各种内外在因素对自我的综合影响，以及它们之间的冲突，并且据此建立人格发展的模型进行描述。

　　但是，埃里克森的模型是一个抽象的或理想化的描述，其实世界上每一个个体所面临的具体情境要复杂得多。历史和文化的不同，导致人们内心冲突的因素既有普遍的共性，也有多样化的个性，难以用一个理论完全涵盖，而文学以其丰富的形式和手段，为自我成长叙事提供了表现的舞台。在各种类型的小说当中，有一类被命名为成长小说（又名教育小说、启蒙小说等），起始于18世纪末的德国。在这类小说中，主角往往是青少年，而且多为男性。原本天真无知的主角在家庭、学校等环境中经历了某种事件，造成心理冲击。在此过程中，主角不得不竭力应付挑战，尝试理解世界和自我，重新解释世界和自我的存在，由此获得领悟而成长。成长小说聚焦于青少年的心理发展，是成长类型叙事的特别模式，但自我心理成长的文学呈现远远多于成长小说这一特别类型。不仅青少年需要成长，中老年人也需要成长，因为在人生的不同阶段会遇到不同的挑战。这些挑战不仅会带来外在境遇的变化，还会冲击既有的自我意识和身份认同。在这种情况下，人必须寻求自我突破，根据不同形式的挑战采取不同的策略，力争达到心理认知建设性的统一。

　　人为什么要突破自我的束缚？其实不是每个人都有这样的需求，很多人甚至连自我意识都不曾有效地建立，更不要说突破自我了。只有对自己不满的人，尤其是源自无意识的心理需求未得到满足的人（即心理弱者），才会想到要去突破，要通过成长来反抗自身的不足。只有成长了，需求才能得到满足，反抗才能成功。涉及成长的需求也是多种多样的，主要可归纳成三种：自我救赎、自我实现和自我超越。自我救赎表现的是修正自己以往的问题、错误或过失的需求；自我实现表现的是实现自己的才能、抱负和价值的需求；而自我超越表现的是除上述两种情形以外的、因不满意

---

① 参见埃里克·H.埃里克森：《同一性：青少年与危机》，孙名之译，中央编译出版社，2015，第91-141页。

自己当前的状态而力图超越自身的需求,也就是说试图超过目前的自我状态或身份而获得一个更好的、更合意的自我,包括放弃自我中心、将自我融入世界的努力。这些需求在文学中当然也有丰富的呈现,本章将从这三个方面详细论述。

## 第一节 自我救赎

人在或长或短的一生当中,不可避免地会犯错误,有的是因为无知或失误,有的则是主观故意。错误程度也轻重不一,有些无伤大雅、不为他人所知,有些则造成严重后果、带来巨大伤害。无论错误或罪行出于何种原因、带来何种后果,都可能给实施者本人内心带来困扰,如羞愧、悔恨、绝望。这种由伦理冲突产生的负面心理体验会被压抑进无意识中,不会轻易消失,有的甚至还会伴随终身。为了缓解或消除这种心理压力,实施者会试图重新解释自己的行为,或者采取行动进行弥补,当然也可能不堪压力而自我毁灭。这些都可看作自我救赎的方式,当然其中有建设性的,也有破坏性的。换言之,自我救赎目的在于恢复心理平衡,得到内心的安宁,而从外在效果来看,自我救赎的驱动可能会改善现状,也可能造成更大的伤害。

自我救赎的心理需求是文学的一个重要表现类型。救赎往往与忏悔相联系,即因为忏悔而产生救赎的需要,或者希望通过忏悔实现救赎。西方文学史上出现过三部著名的《忏悔录》,作者分别是奥古斯丁、卢梭和列夫·托尔斯泰。它们都记载了作者一生的心路历程,相当于个人心理发展的回忆录。其中,奥古斯丁的《忏悔录》明显突出了忏悔的主题,是他对自己皈依基督教之前种种放荡行为的幡然醒悟,希望借助上帝的帮助重获新生。之前在世俗生活中的所作所为,他当时并未感到不妥,而在母亲潜移默化的影响下,在宗教精神的感召下,他突然觉悟了,希望能够痛改前非,获得拯救。虽然奥古斯丁求助的是外在力量,但他忏悔的思想是自发的,发自内心,而且试图求得的是内心平静,因而也应是自我救赎。奥古斯丁的忏悔具有普遍意义,可以想象,古往今来很多人在宗教或其他精神力量的感召下,认识到曾经的过失,希望通过忏悔或皈依的方式减少甚至消除罪恶感。

列夫·托尔斯泰的《复活》也是一个在宗教影响下自我救赎的故事。男主人公涅赫柳多夫引诱姑妈家的女仆玛斯洛娃,使她怀孕并被赶出家门，因此造成了她不幸的命运。涅赫柳多夫是一个精神苦闷、生活空虚的贵族青年，渴望进步，又受到贵族奢侈生活的诱惑。数年后他再次遇到被诬陷入狱的玛斯洛娃时，终于良心发现，决定帮助她，也让自己求得心理安慰。这时，原本处于强势地位的男主人公转变成了心理弱者。托尔斯泰将整个故事以及其中人物的心理活动置于宗教环境之中，宗教是人物生活中的一个重要组成部分。在法庭审判确认嫌犯身份时，玛斯洛娃等人要说明信奉的是什么宗教（她信奉的是东正教）。当玛斯洛娃开始从事妓女职业时，叙述者评论道："玛斯洛娃从此过起了违反上帝戒律和人类道德的长期性的罪恶生活。"① 当玛斯洛娃被涅赫柳多夫抛弃后，"她认定没有人相信善，认定人们谈论上帝、谈论善，这样做全都是为了欺骗别人"②。上帝及其所代表的宗教伦理在小说中作为评判标准，规范人们的生活和思想，对人们进行善恶的道德评价，所有的罪恶和堕落都被认为是违背了上帝的教导而产生的。

  正是在这种环境下，涅赫柳多夫意识到自己的罪过，决定采取行动进行自我救赎。他为玛斯洛娃奔走申冤，并请求同她结婚以赎罪。当玛斯洛娃问他为什么这么做时，他回答道："我觉得我在上帝面前有这个义务。"③ 但是，托尔斯泰笔下的人物思想与赎罪的关系并非如此简单，作者对整个事件进行了深入思考，并通过角色表达出来。第一，玛斯洛娃对这种以上帝名义赎罪的认识非常深刻，她意识到双方身份的差距，没有接受涅赫柳多夫的求婚。她对他的评价一针见血："你在今生利用我来消遣取乐，来世还想用我来拯救你自己！"④ 所谓的帮助别人，只是求得自我心理安慰而已，而且这种婚姻并非建立在爱情的基础上，只是同情和施舍。第二，涅赫柳多夫在赎罪过程中存在心理冲突，小说体现了他心中的善恶两面。他一边想帮助玛斯洛娃，另一边却又想摆脱她；一边是上帝的指引，让他终身照顾她，另一边是魔鬼的诱惑，让他花点钱后与她一刀两断。涅赫柳多夫必须克服内心的冲突，才能真正做到自我救赎。第三，出身于地主家庭的涅赫柳多夫，在整个事件中对穷苦人民的遭遇有了清晰而深刻的认识，得知他们的不幸来自社会特权阶层的压迫和剥削，最终领悟到，高高在上的统治者并不代表善良一面，他们的统治也不天然具有合理性。

---

① 列夫·托尔斯泰：《复活》，安东、南风译，上海译文出版社，2011，第 7 页。
② 列夫·托尔斯泰：《复活》，第 115 页。
③ 列夫·托尔斯泰：《复活》，第 144 页。
④ 列夫·托尔斯泰：《复活》，第 145 页。

可以看出，托尔斯泰描述了一个青年的成长过程，这种成长是他产生了自我救赎的心理需求后，在生活实践中实现的。过去所造成的伤害已不可挽回，他必须克服内在和外在的阻力，采取行动改变现状，才能真正地认清现实，拯救自我。托尔斯泰在小说中探讨了阶级压迫、社会不公等现象，他的解决方式是通过宗教教义来启发涅赫柳多夫，让他意识到，遵从上帝的教导、执行上帝制定的戒律，人类才能实现幸福。这时，小说中的救赎已不限于个体，而是对人类命运的探讨。

当然，是否仅仅依靠上帝的指引就能实现幸福，不同的人会持不同的见解。文学作品中的宗教也常常被描述成人性的对立面，甚至给人带来伤害和毁灭。霍桑的小说《红字》可被视为另一个宗教与自我救赎的故事，其背景是17世纪中叶的波士顿。早期的欧洲移民在那里生活艰苦，"他们将宗教和法律视为一体，二者在他们的品性中融溶为一"[1]。教义和法条都必须遵守，犯了罪的人既会受到法律的处分，又会受到宗教的制裁，在身体和精神上同时受到惩罚。女主人公海丝特·白兰与人通奸生下一个女儿，于是受到审判和处分。她勇敢地接受处罚，她所保护的牧师丁梅斯代尔则受到良心的谴责。经过数年的心理折磨后，丁梅斯代尔的身心遭到了毁灭性的打击，最终在临死前公开了自己的秘密。与涅赫柳多夫相比，丁梅斯代尔是一个失败的自我救赎者（当然前者也并没有真正成功）。作为牧师，他的使命是传播教义，却严重违反了宗教戒律。他一方面灵魂上受到折磨，日夜不得安宁，痛不欲生；另一方面又不敢面对现实，不敢公开承认自己就是白兰的情夫。他产生了自我救赎的心理需求，却无法付诸实施，这是他痛苦的根源，也最终导致了他的死亡。换言之，他的死亡是在宗教伦理的压力下为了实现自我救赎而付出的代价。从上述两部作品可以发现，宗教戒律和其他一些社会道德规范在人的成长过程中扮演重要角色，起到多重作用。它们会使犯错误的人面临道德审判，给人带来巨大压力而使之产生赎罪心理，但反过来又会成为人自我救赎的巨大障碍。究其原因，自我救赎只是一种替代性的改变，曾经发生的错误或创伤不可能真正得到弥补。同时，自我救赎还需要极大的勇气，可能还要付出昂贵的代价。

佛教、印度教等宗教也鼓励人们通过拜忏表示虔诚悔改，发誓不再造恶业，以此来进行自我救赎。莫言小说《蛙》中的"姑姑"万心正是一个典型形象。作为产科医生的万心，早年曾因高超的接生技术被誉为"送子

---

[1] 霍桑：《红字》，胡允桓译，人民文学出版社，1991，第34页。

娘娘",后来又因严格执行计划生育政策而遭受咒骂。虽然当时万心认为自己的行为是正当的,但是无意识当中的负罪感也在不断增强,年老以后她深受精神折磨,渴望能够赎罪。万心的方法是将死去的胎儿都想象成活生生的婴儿,并让丈夫把这些可爱的婴儿形象都捏成泥人,整整齐齐排在架子上,如她所言,"这些孩子,个个都有姓名。我让他们在这里集合,在这里享受我的供奉,等他们得了灵性,便会到他们该去的地方投胎降生"①。很明显,万心依靠民间信仰中转世投胎的传说,通过祈愿来弥补她对那些没能来到人世的胎儿的歉疚。她想象那些孩子转世后都得到了好的归宿,借以获得心理解脱。同时,这也反映了佛教的因果轮回说,万心年轻时的行为所种的因,成为其老年后心理负担的果,给她的精神带来极大困扰,甚至出现幻觉。于是她试图扭转这种困境,通过种下新的因来收获好的结果,通过(虚拟地)改善别人的命运来调节自己的内心。莫言的小说《蛙》表现了在中国民间信仰的影响下,一个老人对自己内心愧疚的补偿。这种补偿当然也是替代性的,并不能真正改变既成事实,但它能够帮助人减轻心灵的困扰,成为一个人心理成长的有效手段。

这种寄希望于超自然力量重新解释现状的方式,也可被视为一种虚拟叙事,在日常生活中常常发生,尤其体现于人对死亡的态度和理解。在死亡面前,人是弱小的,没有人能够战胜死亡,只能赋予死亡新的解释,希望死亡不是生命的终结,而是无限生命的一个部分,今生的遗憾能够通过来生得到弥补,或者今生的罪行能够在死之前得到救赎,以在死后有一个好的归宿。于是,在世界上很多宗教信仰和传说中都有对死后世界的想象,从天堂到地狱,从基督教的天国到佛教的极乐世界,从古埃及《亡灵书》中对冥界的恐惧到墨西哥亡灵节上生者与死者"团聚"的欢乐,人们以不同形式解释生命的流转和死后的世界。其实这是一种无奈之举,也是弱小的人类通过文学式的虚拟叙事对强大的死亡的反抗。而文学作品中对死亡的解释则是作品的虚拟叙事和小说人物本身虚拟叙事的结合。莫言的小说《蛙》虚构了万心的故事,万心通过虚拟性地解释死亡和生命实现了自己的救赎。这种双重虚构的模式增添了作品的魅力,让更多拥有不同需求的读者得到心理安慰。

由此我们可以发现,人曾经犯过的错误或罪行会带来深深的心理创伤,要弥合这样的创伤,实现自我救赎,不仅可以通过切实的行动和付出,也可以通过虚拟的解释和幻想,有时候两者兼而有之。其目的都是缓

---

① 莫言:《蛙》,上海文艺出版社,2012,第270页。

解焦虑和紧张，试图以平静安宁的心态面对自己的过去和当下。然而，自我救赎改变的不是既成事实，而是自我心理认知，其实无论采用什么方式都难以真正弥补。同时，错误或罪行及其带来的创伤也是多种多样的，有的会相当严重，因此心理创伤的伤痕不会轻易消失。总而言之，要想赎罪，并非易事。文学作品中的很多自我救赎是通过自我惩罚的极端方式进行的，通过增加新的伤口，甚至付出生命，来求得心理安慰和解脱。索福克勒斯的悲剧《俄狄浦斯王》中，俄狄浦斯在得知自己成了杀父娶母的罪人后，刺瞎了自己的双眼，然后自我放逐，远离忒拜城到处流浪，来惩罚自己的弥天大罪。这正是一种以自虐的方式来缓减心理创伤并试图赎罪的行为。索福克勒斯在这部悲剧中展现出高超的戏剧冲突呈现方式，开场让俄狄浦斯处于自己人生的顶点，似乎已避开了弑父娶母的预言，然后慢慢揭露出真相，人物心理越来越焦虑，最终全剧以绝望之中的俄狄浦斯自残流放结束。剧中俄狄浦斯种种改变命运的努力，反而让他一步步地陷入绝境，始终无法逃脱命运的枷锁，接受惩罚似乎是唯一的结局。索福克勒斯让主角的心态逐步从自信和充满希望变为绝望和极端悔恨，为他的自残创造了合理的情境，也极大地增强了艺术感染力。

索福克勒斯在晚年创作的另一部戏剧《俄狄浦斯在科罗诺斯》中，刻画了在流放中衰老的俄狄浦斯，揭示了其自我救赎的结果。与上一部戏剧相反，这部剧中的俄狄浦斯开场的状态是双目失明、年老体衰、穷困潦倒、在异乡四处漂泊。在长期流放和忏悔的过程中，俄狄浦斯的精神状态逐渐变得平和宽容，他已坦然接受自己的命运。随着故事的发展，到了剧终他得到了好的结局，死后成为科罗诺斯的守护神。作者依然用了一个来自神的预言安排俄狄浦斯的未来，给他的人生新的转机，同时也暗示了他的自我救赎获得了成功，罪行得到宽恕。俄狄浦斯在神的指引下找到了自己的归宿，无人知道他的坟墓所在，但是显然他得到了安息，而且他自我救赎的成功也给帮助过他的人带来好运，如他的两个女儿和善待他的雅典国王忒修斯。索福克勒斯在作品中让俄狄浦斯的命运有了一个圆满结局，这似乎告诉人们，即使一个人曾经犯下弥天大罪，只要能够虔诚忏悔、愿意接受惩罚，最终也会得到谅解，并且造福他人。

索福克勒斯关于俄狄浦斯的这两部作品代表了文学中的一类主题，即弱小的英雄人物试图对抗命运或强大的外部力量，因为自己的错误或弱点而失败，随后经过长期痛苦而艰辛的反思和弥补，最终自我救赎成功。这样的情节也发生在中国古典小说《西游记》中的孙悟空身上。在某种意义上，《西游记》可被视为一部描述孙悟空曲折成长经历的宗教小说，一开始他是一个无拘无束、勇于斗争（对于统治者来说则是目无法纪、犯上作乱）、充满自由主义理想的石猴，对抗天庭或反抗命运失败后被压在五指山下五百年。这五百年的囚禁让他的内心逐渐平静，随后保护唐三藏赴西天取经，取经途中也经历了许多历练，慢慢醒悟，最终得道成佛。从宗教视角而言，小说宣扬了皈依佛祖而非外道妖魔才是获得解脱的正途。从人物成长视角而言，小说启示人们，无论曾经有过多大的过失，只要勇于面对自我，正视自己的内心，重新开始，不畏艰难，积极进取，终将补偿曾经的罪行，切实改变命运，成就非凡功绩。此类叙事模式的文学作品在人类历史上并不罕见，也是遭受过挫折的人实现弱者反抗所能够依靠的有力精神支柱。

俄狄浦斯和孙悟空反抗的表面上是外部命运，其实主要还是其自身的性格特征。换言之，他们改变命运的最大挑战是自己的内心。他们都易暴怒，并因此而轻易杀戮，这是英雄人物常具有的缺陷。只有在遭受挫折后深刻反思，达到宁静平和的心态，才是改变命运的开始。爱伦·坡的短篇小说《黑猫》的呈现形式虽然与前两者都不同，但也表现了类似的自我救赎主题。小说以主人公自述的形式展开，叙事者在即将被执行死刑前承认了自己的严重罪行：虐杀无辜的黑猫并因发怒而杀了自己的妻子。主人公的内心一直为善恶两个观念的冲突所折磨。他从小善良温顺，喜爱小动物，但成年后心中的恶念时常涌现，在善恶交锋中，恶往往占据上风。整部小说表现了叙述者的自我反思，面临死亡时他终于清醒，称自己的行为是伤天害理的罪孽，还剖析了自己的"反常心态"："就像我相信自己的灵魂存在，我也相信反常是人类心灵原始冲动的一种，是决定人之性格的原始官能或原始情感所不可分割的一个组成部分。谁不曾上百次地发现自己做一件恶事或蠢事就仅仅是因为他知道自己不该为之？"① 人性中的恶深刻影响了他，恶念带来恶行，恶行导致恶果，恶果产生恶报，这毁灭了他的人生。他通过讲述卸下灵魂的重负，认为自己死有余辜，平静地接受即将到来的死亡，因为被处死是他赎罪的最好方式，也是他得到永远解脱的最好方式。

通过结束自己的生命来寻求解脱和救赎在文学中的呈现很普遍，每一个负罪自杀者面临的情境也许各不相同，但寻求自我救赎的执念却往往是相似的。在此我们可以比较分析两部长篇小说：威廉·斯泰龙的《苏菲的选择》和本哈德·施林克的《朗读者》。这两部作品都反思了战争和屠杀，

---

① 爱伦·坡：《爱伦·坡短篇小说集》，曹明伦译，文汇出版社，2018，第171页。

表现了受到战乱伤害的普通人的无奈和悲痛，它们的女主角——苏菲和汉娜——都是经历过二战的不幸女性。波兰人苏菲受过良好的教育，曾有一个幸福家庭，但德军杀害了她的父亲和丈夫，并把她和年幼的子女抓到奥斯威辛，使她的子女丧生于集中营。德国人汉娜则是个文盲，她受纳粹蛊惑，自愿加入党卫军并成为奥斯威辛的看守，在那里她尽忠职守，却不知犯下了滔天罪行。两部小说都以倒叙展开，尤其表现了女主角在回忆奥斯威辛的往事时所遭受的心理冲击和灵魂上的折磨，最终她们都选择了自杀。

小说情节的核心要素之一是苏菲和汉娜曾经做出的伦理选择。在去往集中营的列车上，一个纳粹医生强迫苏菲在两个孩子中选择一个留下来，另一个立即送到毒气室去，她迫不得已选择了儿子吉恩，女儿伊娃被带走杀害了，而她最终也没能保住儿子的性命。汉娜当看守时，一次锁在教堂里过夜的几百名女囚被空袭引发的大火活活烧死，而她却因为没有得到上级的命令，害怕犯人逃脱和造反，没有打开教堂的门放她们逃生。这些选择都不是她们的本意，都是在特定环境下不得已而为之，是当时她们自以为能够做出的最好的选择，但是由此产生的负罪感永远无法消除。两部小说都向读者展示了主角试图摆脱内心挣扎、治疗心理创伤、重新开始生活的努力。苏菲喜爱古典音乐，而汉娜喜欢听经典文学作品。苏菲在布鲁克林简陋的房间中布置了色彩鲜艳的家具，到处摆放着鲜花，"这与病房的满室鲜花不同，有的只有喜庆的气氛，与整个房间欢快明亮的颜色融为一体"①。被判处终身监禁的汉娜在牢房的墙上贴着表现对大自然的喜爱和向往的诗歌，还有春意盎然的美丽风景的图片。但是，她们都没能与过去一刀两断，没能接受新的生活，而选择自杀来赎罪，通过终结生命将自己从无尽的痛苦中解脱出来。

这两部小说还表现了受到创伤的女主角各自不正常的两性关系。苏菲依恋纳森，将他视为自己的拯救者，这不仅因为他曾在他们相识之初把她从濒死的虚弱中拯救出来，也因为他能给她强烈的性的刺激，使她摆脱空虚的折磨。虽然纳森是个精神病人，每逢犯病时就拼命折磨苏菲，但苏菲在身体上和精神上都无法离开他，最后两人一起自杀身亡。汉娜没有正常的家庭，三十六岁时爱上一个十五岁的少年米夏，并且引诱他与自己发生性关系。她最终自杀，也在于无法面对出狱后衰老的自己和还处于壮年的米夏。但是很明显，情欲的满足并不能真正治愈苏菲和汉娜内心深处的创

---

① 威廉·斯泰龙：《苏菲的选择》，周玲、杨素娟译，中央编译出版社，2002，第73页。

伤，只能让她们暂时麻醉自己。现实无法给她们带来真正的安全感。苏菲经常做各种各样的梦，在梦中得到抚慰；汉娜则一再隐瞒自己不识字的秘密，不断地逃离。最终两人在精神上都陷入绝境，无处可逃。

自我救赎是替代性地挽回过失、恢复心理平衡的方式，但当错误无法改变又不能重新解释或找到新的出路时，似乎唯有自杀才能一劳永逸地解决精神痛苦，当生命停止，个体就无须再成长，也不必再遭受成长中的痛苦。然而，很多文学叙事中的犯错者还是被给予了新的机会，让他们能够在有生之年弥补过失，顺利地跨过障碍而继续成长。卡勒德·胡赛尼的小说《追风筝的人》就是其中一例，这部作品描述了叙述者阿米尔的成长与救赎之路。生长于阿富汗的阿米尔和哈桑是主仆关系，也是童年玩伴。哈桑倔强坚强，阿米尔则懦弱自私。童年的哈桑为了保护阿米尔的战利品——风筝而受到恶徒的强暴，阿米尔目睹整个事件却不敢挺身而出保护哈桑，甚至还诬陷哈桑偷窃，导致哈桑父子被迫离开他家。从此阿米尔背负起沉重的心灵枷锁，直到三十八岁时获得了"再次成为好人"的机会：他必须从美国回到塔利班控制下的喀布尔，救回已成为孤儿的哈桑的儿子索拉博。这次回乡之路也是他重新发现自我、剖析自我的心路历程。在此过程中，阿米尔不得不克服心中的胆怯，逐渐坚定信念，冒着生命危险，克服各种困难，最终找到并救出了索拉博，也完成了自我救赎。当年他没能保护哈桑，现在他保护了哈桑的儿子，小说通过这样的情节安排告诉人们，生命的循环永不停歇，会给每一个真心忏悔并愿意弥补过失的人新的机会，帮助他们找到新的人生意义，实现自我救赎。

从上述对文学作品的分析可以看出，对一些人来说，人生在某个阶段会因为自己的错误而留下痛苦不堪的记忆，这些错误可能是无知或无心之失，也可能是性格上的缺陷，或一时欲望的冲动，或不得已的选择，这些错误所酿成的苦果始终无法消除，造成精神压力，驱动人采取行动进行弥补，哪怕要付出很大代价。这样的心理需求得到满足后，人才能够继续成长，否则就会长期陷入其中无法解脱，直至生命结束。自我救赎类的文学作品以多样的方式揭示了这样的心理需求，并为读者所喜爱。

## 第二节　自我实现

自我实现即自我价值的实现。在心理学中，自我实现是指个体的各种才能和潜能在适宜的社会环境中得以充分发挥、实现个人理想和抱负的过程，也指个体身心潜能得到充分发挥的境界①。马斯洛认为达到自我实现境界的人能够实现个人理想、抱负，发挥个人的能力到最大限度，他们接受自己也接受他人，具有很强的解决问题的能力和很高的自觉性，善于独立处事，喜欢不受打扰地独处，能够完成与自己的能力相称的一切事情②。有鉴于此，人们会把这个概念理解为主要适用于社会上的精英分子或各个领域的成功人士，因为这类人价值的实现或作用的发挥更易被人关注，也具有更大的意义。但是，每一个人都可以有其希望实现的自身价值，这种价值兼具个体性和社会性。价值的实现首先应有益于自身，满足自身的需要，同时也应有益于他人和社会。

可能有人对上述观点不予认可，现试举一例来证明。雷锋生前做了很多好事，其原因首先是他产生了帮助他人的心理需求。从表面看，他在帮助他人时自我利益会受损，比如花了时间和金钱、出了力气，但实际上自己的心理需求也得到了满足，因而也是利己的，他在帮助他人的过程中实现了自己的人生价值。因此，雷锋的价值实现既有益于他人也有益于自身，是利他和利己的完美结合。自我实现首先必须要利己（即满足自己的心理需求，实现自我价值），任何不利己的自我实现都不是真正的自我实现。但这种利己也要利他，至少不能损害他人利益，否则也不能称为自我实现。这是因为，从人的成长角度而言，建立在损人利己基础上的成功不仅无助于人的成长，还造成人格的损害，其本身不具有价值，也就谈不上自我价值的实现。

个人价值体现于不同的历史、社会和文化环境中，因此具有多样性或多元性的特点，没有统一的标准来评判孰优孰劣。每个人对自己都有独特的认识，其自我价值取向也会不一样，人们关于自我价值内涵的理解可能截然不同。社会客观评价标准不应成为自我价值实现与否的标准，一般意义上的成功人士不一定实现了自我价值，比如他们的成功可能并非心中所愿，或这种成功是通过损害他人利益而取得的，而看似碌碌无为的无名之辈也可以有实现自我价值的需要和可能性。自我价值的实现往往并非易事，不是每个人都能成功。价值的实现伴随着人的成长，人在成长过程中产生了价值追求，希望能够实现自己的价值和理想。但是，环境中的各种因素往往成为个人价值实现的阻碍，使人遭受挫折。或者反过来讲，正是各种阻碍才使人产生了价值追求，希望能够冲破阻碍获得自我实现。

---

① 参见林崇德等主编：《心理学大辞典》，上海教育出版社，2003，第1349页。
② 参见亚伯拉罕·马斯洛：《动机与人格》，许金声等译，中国人民大学出版社，2013，第138-161页。

因此我们可以说，力争突破阻碍而达到精神上的自由是自我实现的前提，不然再大的成就也不能称为成功。对于有自我实现需求的人而言，如果成功反而带来精神上的束缚，那么这样的成功相当于失败。追求精神自由是诗歌中常见的主题，海子那首著名的诗《面朝大海，春暖花开》是其追求精神自由的写照："从明天起，做一个幸福的人/喂马、劈柴，周游世界/从明天起，关心粮食和蔬菜/我有一所房子，面朝大海，春暖花开//从明天起，和每一个亲人通信/告诉他们我的幸福/那幸福的闪电告诉我的/我将告诉每一个人//给每一条河每一座山取一个温暖的名字/陌生人，我也为你祝福/愿你有一个灿烂的前程/愿你有情人终成眷属/愿你在尘世获得幸福/我只愿面朝大海，春暖花开。"

诗人从一开始即表达了他的人生志向，声明要做一个幸福的人。什么是幸福？诗句告诉我们，幸福就是自在而充实的生活。这种生活由两部分组成：简单朴素的物质需求（粮食和蔬菜）和超脱尘世的精神追求（大海和鲜花）。同时，诗人并没有将自我价值追求与他人隔离开，他愿意与亲人分享幸福，愿意祝福陌生人，希望他们也幸福，当然诗人体会到的幸福和其他人在尘世中的幸福不一样。他通过诗句表达了自己的理想价值，读者也在阅读中收获快乐。诗中充满积极向上的力量，每一个意象都反映了乐观的心态。浩瀚无边的大海可看作无限的精神自由，春暖花开表现了诗人领悟到了精神自由后喜悦的心情。读者从诗中仿佛看到了一个光明的未来。

但是，从另一个角度来看，诗人并没有真正获得自由，诗在此处又一次扮演了替代性地实现人生愿望的角色。第一句中，诗人在"做一个幸福的人"之前加上了"从明天起"；最后一句中，诗人在"面朝大海，春暖花开"之前加上了"我只愿"。这些都暗示了一切尚未发生，而且可能永远都不会发生。明天尚未到来，幸福只能发生在今天。如果今天不幸福，就永远不会幸福。而精神自由的获得更为艰难，也许只能存在于虚拟的愿望之中，如果现在没有，将来也不会有。这就是为什么人要"活在当下"。海子可能也意识到了这一点，在写作此诗后两个多月，他选择了卧轨自杀，这种方式即使在自杀者中也是极其令人震撼的。他似乎在借此告诉世人，他要与过去彻底决裂，要将愿望中的"明天"变为"今天"，要真正成为一个幸福的人。

将大海与精神自由相联系，也体现在19世纪俄国诗人莱蒙托夫的诗歌《帆》之中："蔚蓝海面雾霭漫漫，/白色孤帆时隐时现。/它来到远方寻觅何物？/它把什么抛弃在家园？//呼啸狂风翻卷海浪，/弯曲桅杆嘎吱作响。/哦，它不是寻找幸福，/也不为逃离温馨之乡。//船下波涛清澈碧蓝，/上方阳光金黄灿烂；/不安分的帆却在祈求，/仿佛风暴中才有安恬。"① 这首诗仿佛是对海子的诗的补充阐释。海子只是告诉人们他要面朝大海，但是并没有对大海进行描述，似乎面朝大海就会春暖花开，但往往并非如此。有时候，为了获得大海所带来的精神自由，必须付出很多，甚至是生命的代价。莱蒙托夫在诗中将追求自由者（也许是他本人）比喻成大海中孤独而不安分的白帆。这一叶孤帆力图抛弃过去的束缚和枷锁，乘风破浪到遥远的异地寻找自由。诗中的帆船在大海中经历了不同的处境。有时候大海是可怕的，呼啸的海风和翻卷的波浪几乎要摧毁小船，但小船不畏艰辛和危险，因为它到海上不是为了世俗的幸福，而是为了更高层次的精神追求。有时候大海是安详的，金色阳光照耀下涌动着清澈的碧波，但小船不愿沉迷于享受，它需要在风暴之中经历磨炼。莱蒙托夫的诗表明，当人决定面朝大海时，无论是顺境还是逆境，都要坚守精神领地，而且逆境更能促进成长，唯有如此才能守到春暖花开、自我实现。

人们对海子和莱蒙托夫的诗有多种解读，有的考察诗人本人的生活和情感经历，有的赋予诗歌积极的社会意义。无论他们诗的实际意义如何，诗中首先表现的是精神自由的追求，只不过这种诗意下的精神追求在不同环境中表现为不同的具体形态。每一个需要自我实现的人都有精神追求，以中国古代文人的精神追求为例，有的表现为愿意为国牺牲的爱国壮志，如南宋文天祥《过零丁洋》中的名句："人生自古谁无死？留取丹心照汗青"；有的表现为面临严峻考验而从容不迫，誓死坚守道德底线，如明代于谦的《石灰吟》，"千锤万凿出深山，烈火焚烧若等闲。粉骨碎身浑不怕，要留清白在人间"；有的表现为刚正不阿、坚强不屈的正直品格，如清代郑燮的《竹石》，"咬定青山不放松，立根原在破岩中。千磨万击还坚劲，任尔东西南北风"。总而言之，这些深受儒家思想洗礼的文人，将个人品格的发展和为国尽忠的志向紧密结合，力求张扬个性，而他们的一生也始终践行着自己信奉的价值观念。

这样的自我实现的需求从一些精彩的历史小说里也可以发现。当代作家马伯庸在《长安十二时辰》中塑造了一系列艰苦奋斗的小人物。他们只有朴素的自我意识和世界观，本没有高尚的追求，只希望能够靠自己的打拼出人头地，得到更高一点的社会地位。但是在小说所设置的历史时代背景下的矛盾冲突中，他们被迫面临与之前设想的人生道路不一样的情境，要做出新的伦理选择。是选择逃避还是接受挑战；如果接受挑战，是为自

---

① 莱蒙托夫：《莱蒙托夫诗选》，骆继光、温小红译，花山文艺出版社，1995，第38页。

己还是为他人；如果为他人，是为达官贵人还是为平民百姓。这些选择往往必须在很短的时间里做出，容不得反复考虑。随着冲突的不断演变，人也在不断成长，在生死考验中最终领悟到人生真谛。

小说人物之一崔器，就是一个随着环境变化而成长的典型。崔器原本是一个思想简单、尽忠职守的旅贲军头领。他托关系从军队调入都城长安，谨小慎微、勤勤恳恳地履职，希望仕途一帆风顺。但是有一次执行任务失败，他的哥哥也因此丧命，他从此背上了思想包袱，竭力要将功折罪并且为兄长报仇，这成为他新的行事准则。但在此过程中，他仍然受制于等级制度，不敢违反上司的命令或得罪权贵，因此能力得不到施展，报仇的目的很难如愿。随后，在一次敌人的突袭中，崔器没有逃跑，而是奋勇抵抗，杀死强敌，保护了弱小，自己却受重伤而亡。他在危机中做出的选择反映了他所认可的自我价值，他不再纠结于个人利益得失，在死之前明白了自己到长安来是一个错误，长安的功名利禄将他异化成了失去自我的懦夫。作者给了他一个完美结局，因为他最终还是寻回了自我，并主动保护他人，从而实现了更有意义的自我价值。

日本作家井上靖的小说《敦煌》是一个关于主人公赵行德的个人成长与价值实现的故事，整部小说可以视为宋朝人赵行德到西域的历险，以及在历险过程中对世界、他人和自我的审视。他逐渐意识到自己存在的真正意义是什么，这促使他在危险到来时做出正确选择。小说中，赵行德的人生不断起起伏伏，命运不停地捉弄他，每次刚有希望或转机，就遇到毁灭性的打击。他最初是一个优秀的举子，赴京赶考一路都很顺利，却在最后一场因为瞌睡错过了考试。他在西夏被抓参军，偶然救了一名回鹘女子，眼看一段姻缘即将产生，却被迫分离，后女子被李元昊霸占跳城自尽。他学会西夏文字后，立志组织人翻译佛经，译经刚取得一些成果，就被战乱破坏，损失殆尽。总而言之，赵行德似乎陷入了无法解脱的失败轮回。这样的叙事暗示了佛教中所宣扬的世事无常、万物皆空。世人所做的所有努力和追求，包括功名、地位、感情甚至佛法，到头来都是一场空。

但这一切都是成长道路上不可或缺的体验，在此过程中，赵行德一直在反思自己的遭遇，试图重新解释命运，找到新的出路。他最终完成了一个壮举，即在战火烧来前将大量佛经藏到莫高窟的石洞中。在抢运佛经时，"他不禁想到：难道自己长期以来辗转流徙沙漠地带，竟是为了今夜吗？"[①] 过往的一切似乎都是在为这晚做准备。在这一刹那，赵行德终于

---

[①] 井上靖：《敦煌》，董学昌等译，人民文学出版社，2002，第139页。

发现了自己应该担当的使命，顿悟到了找寻已久的自我价值。井上靖的这部小说虚构了敦煌藏经洞经书的来源，他成功地将没有生命的经书与一个不断探索的生命相结合。在现实世界，无论事实真相是什么，藏经洞都是人开凿的，经书都是人抄写的，虽然这些人已湮灭于历史，但我们知道他们必然曾经存在过，有过切实的信仰和美好的愿望。在这层意义上，虚拟叙事中的赵行德也具有历史的真实性和普遍性，是无数有过梦想、追求自我实现的人当中的一个。这些人孜孜以求的价值观念和精神境界，正是人类不断繁衍、兴旺发达的保障。

文学中的自我实现除了将个人成长与国家、民族命运相结合，还常常聚焦个人的成功和个体精神的追求，尤其体现在个体征服自然或历险类的文学作品中。丹尼尔·笛福的《鲁滨孙漂流记》堪称西方传统历险小说的典范，这部小说里鲁滨孙在荒岛上数十年的辛苦经营给人留下深刻印象，同时作者还设置了一条不太为人所注意的线索，即鲁滨孙对命运和自身的思考。小说中提到，"在人类的感情里，往往有一种神秘的原动力，这种原动力一旦被某种目标吸引，就会以一种狂热和冲动促使我们的灵魂向那目标扑去，不管是看得见的目标，还是自己头脑想象中的看不见的目标。不达到目标，我们就会痛苦不已"。这段话解释了主人公鲁滨孙最初各种乖张行为的原因，同时也可给我们探索自我实现的心理提供启示。当人在有意识或无意识中产生了实现自我价值的需求，他的行为就始终趋向这种需求的实现，所有的心理动力和能量都指向这一特定方向，为了实现需求不择手段（有时还是完全错误的手段），甚至甘愿为此冒生命危险。

小说中的鲁滨孙放弃了父母提供的优厚条件，不愿待在家里，一心只想航海冒险。但这显然是在和自己的命运作对，他参加航海一次次失事，不仅自己九死一生，还连累许多人丧命。最终，他把所有的挫折归因于上帝对自己的惩罚，也把自己的幸存归因于上帝的网开一面："至今我已遭遇了种种灾难，但我从未想到这一切都是上帝的旨意，也从未想到这一切都是对我深重罪孽的惩罚，是对我拂逆父亲的行为、对我当前深重的罪行，以及对我邪恶生涯的惩罚。……我庆幸自己能活下来，却没有好好想一下，别人都死了，唯独我一人幸免于难，难道不是上帝对我的特殊恩宠？也没有深入思考一下，上天为什么对我这样仁慈？"于是，流落荒岛的鲁滨孙开始笃信上帝，上帝成为他的精神支柱，他把最终获救也归因于上帝的恩赐。

与《鲁滨孙漂流记》相比，马克·吐温的《哈克贝里·费恩历险记》

充满了更多的叛逆色彩。作者塑造的哈克贝里是一个聪明、善良、勇敢的白人少年，从小就追求无拘无束的自由生活。他极其反感宗教说教和教条式的家庭生活，渴望冒险，这与航海前的鲁滨孙相似。此外，哈克贝里离家之初也是通过划独木舟到密西西比河中没有人烟的小岛上躲藏，并巧遇黑奴吉姆，还帮助他逃亡，这也类似于鲁滨孙航海中流落到荒岛并救下野人"星期五"。吉姆后来被他人偷卖掉时，哈克贝里甚至也像鲁滨孙一样，把自己遭到的挫折归因于上帝或上天的惩罚："现在分明是老天爷打了我一个耳光，让我知道我干的坏事一直都有上天的神灵在看着，眼前的事就是要让我明白，上天总是睁着眼睛的。"① 然而，当读者正期待另一个鲁滨孙式的成长时，马克·吐温却峰回路转，让哈克贝里做了相反的选择，即放弃祈求上帝的宽恕和帮助，宁愿下地狱也要坚持把吉姆从奴隶的境地中救出来。哈克贝里年龄虽小，但无所畏惧，愿意一力担责，因为他意识到这样做是正确的。他不仅因此保持了自己精神上的独立性，而且也从一个自发的利己者变成了一个自觉的利他者。他出发历险时是为了自己的自由，随后渐渐领悟到，生命更大的意义是帮助更多人获得自由。

如果我们再深入一点探讨小说的内涵，就可以发现马克·吐温为什么要让哈克贝里做出这样的选择。其实哈克贝里反对的不是上帝，而是当时的奴隶制和种族主义。小说讥讽了一些口是心非的基督徒，他们表面宣扬信仰、积德、普济众生，实则唯利是图、损人利己，尤其是无情地剥削并残害黑人和穷人。如果笛福无意揭露小说中隐现的殖民主义剥削，主要试图表现的是新兴资产阶层的追求和奋斗，那么马克·吐温则在赞颂好心人的同时，也有力地讽刺了伪善者。哈克贝里非常厌恶伪善者和他们的"文明"世界，而欣赏自己在漂流中所乘的简陋木排，认为"没有比木排更好的家啦。别的地方似乎都那么逼仄，令人窒息，而木排却不会。你待在木排上就会觉得自由自在，轻松自如，舒服惬意"②。这只木排堪称他所建构的人间天堂，是逃离遭到污染的罪恶世界的方舟。

每个人的人生都可看作一场探险或历险，总会有各种各样的状况发生，不得不去应付。在历险的过程中不断反思，人就会慢慢成长。反之，不愿历险的人难以成长，也难发现自我或实现自我。索尔·贝娄的《奥吉·马奇历险记》讲述的是出生于贫民窟的奥吉在荒谬、不确定的世界中

---

① 马克·吐温：《哈克贝里·费恩历险记》，徐崇亮、赵立秋译，长江文艺出版社，2000，第252页。

② 马克·吐温：《哈克贝里·费恩历险记》，第136页。

的成长经历。家境贫寒的奥吉从小到大受到周围人的各种影响，似乎人人都想按照自己的想法来改造他："一切于我有影响的人，都对我集合以待，我一出世，他们便来塑造我。"① 他在这张纷繁复杂的社会关系网中不停地探索，学习跟不同的人打交道，做过很多错事，也不断反思自己的命运。在长期的漂泊和挫折之后，奥吉终于意识到在现代文明的影响下，人变得异化了。他发现"人造的东西就是笼罩着我们的阴影"②，因为技术成就让人们按照它们所设想的方式存在。为了避免异化，他决定简化自己的生活，并且突然醒悟："人生的轴线必须是直的，要不你的一生只是一场丑角的表演，或者是见不得人的悲剧。……刚才我躺在这张长沙发上，这些轴线突然一下子笔直贯穿我的全身。真理、爱情、和平、慷慨、有益、和谐！而一切杂念、隔阂、歪曲、饶舌、困惑、勉力、奢望，全都像虚幻的东西似的烟消云散了。我相信，任何人任何时候都可以回到这些轴线上来……"③ 奥吉认为，有了这样的原则和底线，人就会变得强大和无所畏惧，就会坚守自我而不再为他人所左右。他决定找一个地方安顿下来，开始自己实实在在的人生。然而，具有讽刺意味的是，奥吉的人生新计划还未来得及实施，珍珠港事件爆发了，他又被裹挟到历史的洪流之中，面临各种荒诞的新情境。

从以上分析可以看出，自我实现的过程就是一个自我发现和成长的过程。自我实现是一种精神追求，体现于各种各样的人生实践中，由亲身经历获得感悟，通过反思不断成长。人首先要认识自我，知道自我的需求和人生的意义所在，才能进一步实现自我。但是，我们也应该知道，认识自我的过程往往充满痛苦。在某些极端的体验中，人仿佛被置于无边的黑暗中而看不到光明，或者处于广袤无垠的荒漠中而找不到方向。这是一个挣扎向前的艰难旅程，无限的烦闷苦恼压得人无法呼吸，似乎在一步步堕入深渊。但是，痛苦到极点时往往就是转折的开始，人们会努力寻找新的出路，重新认识自我、他人和世界，会感觉仿佛眼前突然出现了黑暗中的一道光亮或荒漠中的一泓清泉，紧张和压力得到释放，雨过天晴，于是人就成长了。

很多青少年都不得不面对环境和自我的双重挑战，在遇到困惑时不知所措，而且得不到应有的指导，从而误入歧途。赫尔曼·黑塞的小说《德

---

① 索尔·贝娄:《奥吉·马奇历险记》，宋兆霖译，人民文学出版社，2016，第80页。
② 索尔·贝娄:《奥吉·马奇历险记》，第690页。
③ 索尔·贝娄:《奥吉·马奇历险记》，第696-697页。

米安：埃米尔·辛克莱的彷徨少年时》深刻揭示了少年辛克莱在认识世界和自我的过程中所遇到的挑战和内在精神体验。小说中的人物、场景和事件充满了象征和隐喻，其核心是通过对善恶关系的探讨来指引少年的成长。辛克莱从小就有很强的自我意识，对周围环境和人群也很敏感。他十岁时意识到身边存在两个世界：一个是父母给他创造的温馨和谐的光明世界，另一个是家庭之外恐怖神秘的黑暗世界。随着年龄的增加，辛克莱不得不冒险进入外面的世界，与那个世界中各种潜在的"恶魔"打交道。同时，他自己内心的恶也在萌发，他必须竭力控制恶念和随着身体发育而出现的性意识，或者把这些恶念和意识引向正确的方向。这些都不是父母能够帮助他的，幸运的是，黑塞为辛克莱创造了几个象征性的精神导师，其中包括德米安，他们在不同阶段给予他适当的指导，将他从精神堕落的泥沼中解救出来，成为自己的主人，而不再受制于自我欲望或他人束缚。全书的主题就是自我的成长和解放，正如黑塞在序言中所述："个人的生命都是通向自我的征途，是对一条道路的尝试，是一条小径的悄然召唤。人们从来都无法以绝对的自我之相存在，每一个人都在努力变成绝对自我，有人迟钝，有人洞彻，但无一不是自己的方式。……所有人都拥有同一个起源和母亲，我们来自同一个深渊，然而人人都在奔向自己的目的地，试图跃出深渊。我们可以彼此理解，然而能解读自己的人只有自己。"① 变成绝对自我即是自我的彻底解放，但是很多人终其一生也无法做到。

　　黑塞在《谈一点神学》一文中曾提及："人生之路从纯洁无邪通向罪责，从罪责通向绝望，从绝望走向毁灭或走向解脱：这种解脱不是经历道德和文化后又回到童年的天堂，而是超越道德和文化进入一种以信仰为基础的生活意境。"② 他塑造的辛克莱对自我的寻找也经历了这几个阶段，只是最后没有毁灭，而是走向了理想化的自由境界。《德米安》以第一人称叙事，被誉为黑塞的精神自传，是黑塞在一战期间因为反战立场遭到攻击以后的作品，反映了作家克服精神危机对自身成长的思索。不仅是黑塞，在20世纪初期，随着现代工业社会造成的精神危机日益加重，加上第一次世界大战带来的创伤，在当时兴起的精神分析理论的影响下，很多文学家也开始反思社会问题、剖析自我心理，产生了一系列探索自身精神世界和个人成长的小说。其中很多都具有自传的性质，是作家本人的精神成长在文学作品中的反映，如威廉·毛姆的《人生的枷锁》、詹姆斯·乔

---

① 赫尔曼·黑塞：《德米安：埃米尔·辛克莱的彷徨少年时》，丁君君、谢莹莹译，上海人民出版社，2009，第4-5页。
② 赫尔曼·黑塞：《谈一点神学》，王蔚译，《世界文学》，1990年第4期，第169-179页。

伊斯的《一个青年艺术家的画像》、弗吉尼亚·伍尔夫的《到灯塔去》和托马斯·沃尔夫的《天使，望故乡》。这些作品具有双重意义：一是表现了作品中人物作为个体的人的成长，二是反映了作家作为个体的人的成长。它们给人类留下了宝贵的财富，让读者从前人的经历中获得精神支持。读者通过这些作品更深刻地理解自我，明白自我的成长将往何处去，以及最终如何实现自我的价值。

## 第三节 自我超越

自我超越是指超越不完善或不令人满意的自我的努力和渴望。前文所述的自我救赎和自我实现也含有改变当下自我的因素，但总体上对自我还是认可的，目的是获得心理安慰、恢复心理平衡，或者发现和实现自身价值。而自我超越强调的是对自我存在的不满足，试图突破自我，寻找自我以外的出路。可以这么说，自我救赎意味着弥补或修补自我，治疗自我遭受的创伤；自我实现意味着发现或找到自我，实现自我应有的价值；自我超越则意味着抛弃或颠覆自我，寻求自我之外的意义。以到寺庙烧香拜佛的人为例，他们也许各有不同目的：如果是忏悔曾经的恶业，发誓不再造恶，就可视为自我救赎；如果希望神佛保佑自己人生幸福或事业有成，就可能属于自我实现；如果认识到万物缘起性空的本质，超脱我执，希求摆脱轮回，则可归为自我超越。

自我超越也可被视为一种更高层次的自我实现，只不过这种实现以摆脱自我、与自我分离为代价。自我实现和自我超越之间有时候并没有明显的界限，从外在行为上看似乎没有太大的区别。但是从行为的出发点或动机看，也许我们可以说，自我实现的人心中有一个"我"的存在，一直试图寻找自我、实现自我价值，但是会有走向自我中心主义的危险；自我超越的人心中的"我"已淡化，甚至消失，不再满足于自我价值的实现，而是关注自我以外的世界，寻求一个更高的境界，但是也可能会因此失去自我而误入歧途。

在西方，马斯洛和维克多·弗兰克尔是较早提出自我超越概念的心理学家。1954年，马斯洛在《动机与人格》中提出了他的需求五层次理论，但经过反思，他渐渐感到这一层次架构不够完整。1968年，马斯洛在《存在心理学探索》的第二版前言里提到超个人心理学，并指出这种心理学比人本主义心理学更高级，是"超越个人的、超越人的、以宇宙为中心的，而不是以人的需要和兴趣为中心的，超出人性、同一性、自我实现的那种心理学的准备阶段"①。马斯洛意识到人们需要超越自我实现，即需要自我超越，他在去世前一年（1969年）发表了一篇重要的文章《Z理论》，重新反省需求理论，用Z理论表示人的最高需求是超越性的灵性需求，并且用一系列词语来描述这种需求及其实现，例如"灵性"、"超越自我"、"忘我"、"神秘的"、"超人本"（不再以人类为中心，而以宇宙为中心）、"天人合一"、"高峰体验"等②。

在同一时期，创造了"意义疗法"的维克多·弗兰克尔也提出"自我超越"概念，指导人们面向未来，寻找未来的人生意义。他强调，自我超越意味着"人生的意义应从外在世界中发现，而非从人自身或内在精神中找寻，因为人不是一个封闭的体系"③。弗兰克尔进而指出自我超越和自我实现之间的辩证关系："一个人越是忘我——无论是献身一项事业、服务他人还是付出爱心——他就越能成为一个自我实现的人。所谓的自我实现根本无法达到，原因仅仅在于一个人越想得到它，就越会失去它。换言之，自我实现只可能是自我超越的副产品。"④ 这段文字告诉我们，真正的自我实现和自我超越密不可分，自我实现建立在自我超越的基础之上，而后者又是基于人对自我以外的世界的关爱。具有自我超越意识的人，不再执着于"我"是什么，或"我"有什么需求，而是将自我与更广阔的时空相联系，从他人、自然或宇宙视角来考虑问题。

由上述理论可以看出，人们一般很难意识到自我超越的需求，即使意识到也难以实现。但这并不意味着自我超越只发生在社会成功人士身上，恰恰相反，自我超越者往往不为人所知，如无意于功名的隐士和潜心修行的出家人。和自我实现者相比，自我超越者更难用社会普遍接受的评价标准来评判。一个人是否具有自我超越的需求、是否具有放弃自我中心的初心，只有其自己知道，很难用语言表示出来，而且，即使表示出来也会被视作另类。反过来讲，有些人过于标新立异，特立独行，或夸夸其谈地自我标榜，其实也不一定是真正的自我超越。那么，什么样的人才能称得上是自我超越者呢？我们不妨从文学中寻找一些启示。按照上述标准，杰

---

① A. H. 马斯洛：《存在心理学探索》，李文湉译，云南人民出版社，1987，第二版前言第6页。
② 马斯洛：《自我实现的人》，许金声、刘锋等译，生活·读书·新知三联书店，1987，第56-74页。
③ Viktor E. Frankl, *Man's Search for Meaning*: *An Introduction to Logotherapy* (4th edition) (Boston, M.A.: Beacon Press, 1992), p.115.
④ Viktor E. Frankl, *Man's Search for Meaning*, p.115.

克·凯鲁亚克的小说《达摩流浪者》中所塑造的几个主要人物，可被视为力图摆脱个人中心主义、超越自身局限、探索宇宙视野的代表。小说的叙述者、主人公雷蒙是一个佛教的追随者，通过在各地漫游的方式苦修，经常食不果腹，居无定所。他在途中遇到先行者贾菲，贾菲对佛教有着更深刻的认识，他崇拜中国诗僧寒山，希望像寒山一样在深山中修行，感悟宇宙，解脱烦恼。贾菲看到了现代文明中的世人之苦，认为"现代人为了买得起冰箱、电视、汽车（最少是新款汽车）和其他他们并不真正需要的垃圾而做牛做马，让自己被监禁在一个工作—生产—消费—工作—生产—消费的系统里，真是可怜又可叹"①。雷蒙也感叹现代社会中被迫处于类似生活模式和思维方式的众生："是谁开了这个残忍的玩笑，让人们不得不像老鼠一样，在旷野上疲于奔命？"② 而他们这群"禅疯子"则竭力超脱世人之苦，并且希望有更多人能够像他们一样，在宏伟的大自然中获得活力，感受生命之本质。

杰克·凯鲁亚克被称为美国二战后"垮掉的一代"的代言人。这些人看上去行为乖张，玩世不恭，不被人理解，流浪时还得躲避警察的巡视，但是，在精神上他们也许并未垮掉，而是以另类的方式表达对现代资本统治下的腐朽价值标准的反抗。也可以说，他们是积极的一代，超越了一般人所拥有的平庸的自我意识。当然，这些年轻人当时的具体处境、行为和思想也各不相同，不能一概而论。《达摩流浪者》中塑造的人物，依靠各自所理解的东方佛教思想（有些理解并不完全准确），来改造自我和逃离异化的社会，通过漫游险峻的山川来体验生命的美好，并且希望用自己的诗歌把永恒自由的意向带给所有人和生灵，这样的勇气和意志确实令人敬佩。作者借贾菲之口表达对自然和自我的看法："在我看来，一座山就是一个佛。想想看它们有多大的耐性——千万年来就这样坐着，默默为众生祷告，祈求我们可以完全摆脱苦恼与愚昧。"③ 当"我"心中有佛时，眼前的山就是佛；当"我"在佛之山当中时，就不再有"我"。雷蒙独自在人迹罕至的孤凉峰上当林火瞭望员，每天面对瑰丽壮阔的自然风貌，也终于开悟："我终于明白了。我已经不再知道些什么，也不在乎，而且不认为这有什么要紧的，而突然间，我感到了真正的自由。"④ 当人能够完全放下内心深处紧紧攀附着的自我意识，放弃对自我的追求，将自我融入宇

---

① 杰克·凯鲁亚克:《达摩流浪者》，梁永安译，上海译文出版社，2008，第 95 页。
② 杰克·凯鲁亚克:《达摩流浪者》，第 102 - 103 页。
③ 杰克·凯鲁亚克:《达摩流浪者》，第 66 页。
④ 杰克·凯鲁亚克:《达摩流浪者》，第 234 页。

## 第七章 文学中弱者的成长型需求

宙时,才能得到真正的解脱和自由。

当然,人的自我超越需求并非生而有之,而是在实践中有一个认知发展的过程。在歌德的诗剧《浮士德》中,如果我们透过充满寓意的叙事来看待主角浮士德,就可发现该剧刻画了他不断追求自我超越的努力。浮士德是一生在书斋从事研究的学者,但他功成名就之时却发现内心仍不满足。他试图摆脱这种不满足,甚至打算自杀来获得解脱,毕竟自杀也是放弃自我、融入宇宙的一种方式,只不过这种方式不具备建设性和成长性。随后,他在魔鬼的帮助下经历了向往中的每一件事或每一种人生,希望借此满足需求,但都归于失败。他失败的原因在于,那些都属于以自我需求为中心的价值实现,它们永远都不可能得到满足。欲望会促使人们不停地去追求新的事物,而厌倦已获得的成就。更有甚者,在满足自己欲望的同时还会伤害他人,如浮士德将玛格丽特诱骗致孕,使她家破人亡。浮士德曾自述:"在我的胸中,唉,住着两个灵魂,一个想从另一个挣脱掉。一个在粗鄙的爱欲中以固执的器官附着于世界,另一个则努力超尘脱俗,一心攀登列祖列宗的崇高灵境。"[①] 用弗洛伊德的理论来阐释,这两个灵魂,一个相当于人的本我,一个相当于人的超我。本我遵循享乐原则,表现为人最原始的满足本能冲动的欲望;超我受完美原则支配,是道德化的自我,由社会规范和伦理所制约。本我和超我在自我当中妥协,自我遵循现实原则,以合理的方式来满足本我的要求[②]。但是,浮士德的超我并不能真正让他克服本我的欲望,只是不断地处于善恶交替的轮回当中,因为他始终都是为了"我"的需要而做出各种选择。

浮士德经过种种失败,直到临终时突然醒悟,发出了最后的声音:"只有每天重新争取自由和生存的人,才配有享受二者的权利!那么,即使这里为危险所包围,也请这样度过童年、成年和老年这些有为的年岁。我真想看见这样一群人,在自由的土地上和自由的人民站成一堆!那时,我才可以对正在逝去的瞬间说:'停留一下吧,你多么美呀!我的浮生的痕迹才不致在永劫中消退。"[③] 很多人对浮士德获得满足后灵魂却没有被魔鬼收走,反而被天使带入天堂感到不解,其实我们可以从超越自我的视角来解释。此处的满足和浮士德之前所追求的满足不可同日而语。之前他要满足的是自我的需求,而这里他为世人的自由而欢欣,在这一瞬间忘

---

① 歌德:《浮士德》,绿原译,人民文学出版社,1994,第 30 页。
② 参见弗洛伊德:《自我与本我》,载车文博主编《弗洛伊德文集》(第四卷),杨韶刚译,长春出版社,1998。
③ 歌德:《浮士德》,第 383 页。

记了自我的追求。他在有生之年留下的痕迹也不是为了自己，而是为了子孙后代的福祉。因此他最终突破了自我，提升了精神境界，得以充满幸福感地离开人世。总之，歌德塑造的浮士德人生分为三个阶段：书斋中的碌碌无为、世俗生活中的自我追求，以及临终前的忘我和开悟。第一个阶段是在命运安排之下，如蝼蚁般辛苦工作，取得的成绩其实并无价值；第二个阶段是自我意识觉醒后，主动进行多种尝试，希望实现自我价值，但都以失败告终；第三个阶段是超越自我的终极体验，获得了至高的幸福感。前两个阶段都不能使他的灵魂安宁，第三个阶段虽然只有一瞬，但足以让他洞彻世间真相，仿佛马斯洛所提出的"高峰体验"。由此可见，自我超越的需求虽然常被压抑在无意识中，却是人的行为和精神追求的根本动力，只不过绝大多数人在类似浮士德人生的前两个阶段的某一处就停止了，一生都无法达到这样的高度。歌德在去世前不久才完成这部耗时六十多年的巨著，也许剧中浮士德最后的体会就是歌德本人思想的体现。

和歌德塑造的浮士德不同，毛姆的《月亮和六便士》中的主人公思特里克兰德只有一次选择自己人生的机会。四十岁的思特里克兰德面临着精神追求和现实利益的冲突：一方面他虽然没有画画的基本功，但一直想当一名画家，通过绘画表现自己的内心；另一方面他必须当证券经纪人，做一个好丈夫和好父亲，以维持妻子儿女体面的中产生活。他的妻子毫不理解他，认为他没有艺术的天赋。当创作的欲望日益增强而不可抑制时，他就毅然放弃一切世俗成就，抛妻别子，远走他乡，成为一个穷困潦倒的画家。如他自己所言："我告诉你我必须画画。我由不了我自己。一个人要是跌进水里，他游泳游得好不好是无关紧要的，反正他得挣扎出去，不然就得淹死。"①

很明显，毛姆塑造了一个力图超越自我的人物，这在小说中通过几个方面表现出来。首先，他作画的驱动力来自内心深处，而非外在世界，更不是世俗的功利。用布吕诺船长的话来说，"使思特里克兰德着了迷的是一种创作欲，他热切地想创造出美来。这种激情叫他一刻也不能宁静，逼着他东奔西走。他好像是一个终生跋涉的朝香者，永远思慕着一块圣地。"② 其次，让思特里克兰德着迷的不是作画的结果，而是过程。小说的叙述者对此也有评论："他好像把自己的强烈个性全部倾注在一张画布

---

① 毛姆：《月亮和六便士》，傅惟慈译，上海译文出版社，2006，第58页。
② 毛姆：《月亮和六便士》，第247页。

上，在奋力创造自己心灵所见到的景象时，他把周围的一切事物全都忘记了。而一旦绘画的过程结束……他把一阵燃烧着他心灵的激情发泄完毕以后，他对自己画出来的东西就再也不关心了。"① 最后，从作品的内容来看，他表现的不是自我，而是一种忘我的境界。画家施特略夫很欣赏他，曾激动地描述他的一幅画："思特里克兰德已经把那一直束缚着的桎梏打碎了。他并没有像俗话所说的'寻找到自己'，而是寻找到一个新的灵魂，一个具有意料不到的巨大力量的灵魂。这幅画……有一种纯精神的性质，一种使你感到不安、感到新奇的精神，把你的幻想引向前所未经的路途，把你带到一个朦胧空虚的境界，那里为探索新奇的神秘只有永恒的星辰在照耀，你感到自己的灵魂一无牵挂，正经历着各种恐怖和冒险。"② 这些都表明了，思特里克兰德通过作画的行为表现自己不同寻常的精神世界，他忘记了自己，也忽略了周围的人和物，而是沉浸在超越性的精神享受之中。

　　小说中不同的人物各自表达了对思特里克兰德及其作品的理解，他们不约而同地认识到，思特里克兰德的精神追求远超常人。最终，他的画作被世人追捧，但是他自己对此毫不关心。他也不关心身后是否留名，他将一生的感悟画在房间的墙壁上，却让第二任妻子爱塔在自己去世后将屋子烧毁。他通过壁画完成了最后的使命，内心得到了永恒的安宁，死而无憾。这是一个与现实毫不妥协的精神斗士，放弃一切而获得成功。当然，这种成功不能用外在标准来评判，虽然小说中他的画作在死后被卖到了天价。这部作品也让我们看到了毛姆本人对艺术的态度和超越自我的精神追求。毛姆不到十岁时父母就已去世，他身材矮小，严重口吃，经常受到别人的欺凌和歧视，这些遭遇促使他对自我和人生进行深刻思考，创作出了一系列富有深刻思想的作品。

　　自我超越的出发点都是要突破目前的状态，达到更好的境界。但是，这也是极具风险的尝试，因为突破当前的状态不一定就会更好，也可能更糟。人生中常有事与愿违的情况发生，即使追求精神自由的人能够毅然抛弃过去的自己，摆脱旧的束缚与纷扰，接受新生活的挑战，也不一定就能达成愿望。在文学中有不少探讨女性命运的作品，她们各有不同的境遇，也有不同的人生选择，而这些选择又会带来新的境遇。亨利·詹姆斯的《一位女士的画像》描绘了一位试图主宰自己命运的年轻貌美的美国少女

---

① 毛姆：《月亮和六便士》，第 95 页。
② 毛姆：《月亮和六便士》，第 172 页。

伊莎贝尔·阿切尔。伊莎贝尔思想单纯，充满热情，她的最具特色之处就是拥有自主精神，不愿受到既有秩序和人际关系的束缚。小说情节最重要的一点就是伊莎贝尔所做的人生选择。她拒绝了英国贵族沃伯顿和美国富商戈德伍德的求婚，主要原因是他们都已拥有很多，她不愿去锦上添花，或者成为附属品。她心仪的对象是看起来儒雅斯文、富有教养的"半吊子艺术家"奥斯蒙德，此人没有财产和社会地位，但符合伊莎贝尔的需求，即跟他结婚后可以保持自己的独立性和自由，也可用自己继承的遗产帮他成就一番事业。然而，这个婚姻是奥斯蒙德和他的情妇梅尔夫人觊觎伊莎贝尔所继承的巨额遗产而设的圈套。因此很明显她试图实现自我价值的追求未能如愿以偿。

小说情节最易引起争议之处在于，伊莎贝尔得知真相后，本有机会离开奥斯蒙德，最终却又回到他身边。读者和评论家们各抒己见，但如果我们从自我超越的心理需求角度来分析，也许可以提供一点新的启示。如果说女主角第一次选择是为了逃避束缚、实现自我价值，那么在经过痛苦反思后，她维持婚姻的第二次选择则超越了自我价值。此时她看重的不是个人得失，而是对人生的探索。既然已选择这样的人生，就要为此负责，坚持走下去。对她而言，生命的意义已不在于外在标准下的成败，而是是否有机会继续做出自主的选择，哪怕这种选择在外人看来是错误或不可思议的。也许已经放弃自我中心的伊莎贝尔才真正领略到自由选择给她带来的好处，她也因此不可能再回到过去，自己选择的"错误"要远远胜过别人安排的"正确"。因此，她仍然对未来充满信心："在未来的漫长时期里，生活还是她无从捐弃的任务，有时这信念也使她受到鼓舞，几乎感到振奋。这是一种力量的证明——证明她有一天还会重新获得幸福。"① 这种幸福，不是世人一般意义上的幸福，而是一个精神上觉悟了的女性不惧挑战、坚持自主选择而获得的幸福感。可以说，伊莎贝尔的回归家庭和《月亮和六便士》中思特里克兰德的离家出走，都是个体自由意志的表现。他们不知道回归或出走后会面临何种困难，但是在超越自我需求的驱动下，这是他们的必然选择。

姜文振指出："中国传统文学价值观的心灵之维的最高指向是在文学艺术中实现自我超越。"② 从本书的分析来看，这样的评论也适用于外国文学。文学作品中大量的例子表明，自我救赎、自我实现和自我超

---

① 亨利·詹姆斯：《一位女士的画像》，项星耀译，人民文学出版社，1984，第679页。
② 姜文振：《文学何为：中西传统文学价值观比较研究》，人民出版社，2014，第279-280页。

越都是人在成长道路上与自我的较量。不同的人有不同的自我意识，受到自我需求的驱动而做出各自的人生选择，试图克服自我束缚而成长。没有人能够保证所有的选择都能成功，生活往往不能如人所愿。作品中的理想化模型不仅反映了作者对自我的反思，也能给读者鼓舞、勇气和深刻的启示。

# 第八章　互联网时代文学与弱者需求

到上一章结束，本书基本完成了对跨文化视域下的文学需求理论的阐述。本书博采东西方文化传统中的思想和文学，围绕人对文学的心理需求展开论证，其基本线索如下：人在社会生活实践中产生了社会性安全本能，在社会性安全本能的驱动下引发了各种心理需求（爱与归属、尊重、求知、审美、自我实现、自我超越等），心理需求无法满足的人成为无意识的心理弱者。心理弱者为了内心的安全感而采取行动，其中一个重要选择就是文学。文学的主要特征之一是呈现弱者的心理需求，文学作品能够在对立型、寄托型、成长型等弱者需求的模式下提供多种隐藏话语，让处于心理弱势地位的读者通过审美移情参与虚拟空间的建构，并且结合作品解读自身生活环境和心理状态，借此获得抚慰和激励，改善自己的精神世界，为人在现实中改造自我和世界提供启示与动力。

那么，到了互联网时代，随着电子通信和多媒体技术日新月异的发展，人们的生活方式发生了巨变，文学还有其重要性吗？人们还需要文学吗？文学会不会消亡？文学的基本特征是不是还适用？这是本书从文学需求理论出发所要回答的重要现实问题，也是本章所要讨论的内容。

## 第一节　互联网时代文学的发展与传播

众所周知，随着人类文明的发展和技术的进步，文学的载体或传播文学的媒介在历史上不断发生演变。首先出现的是口头文学。人类早期生产力水平低下，物质条件简陋，文学的表现形式多为口头传播，如神话、传奇、歌谣、史诗等，但是口耳相传非常不利于作品的记录和保存。《诗经》中的《国风》汇集了西周初年至春秋中叶约五百年间各诸侯国的优秀民间诗歌一百六十篇，但我们可以想见这五百年产生的民歌作品肯定远远不止这么多，大量诗歌显然都已失传①。史诗常用于歌颂英雄事迹或记载重大事件，但起源于数千年前口头创作的史诗，往往依赖说唱艺人的记忆和表演而传播，现在能够完整保存、为我们所知的寥寥无几，如荷马史诗《伊利亚特》《奥德赛》、印度史诗《罗摩衍那》《摩诃婆罗多》等，其他绝大多数人类早期的传说早已消失或者只余片段。能够流传至今的史诗、民歌等早期文学作品多得益于后来的文字记载，而且，即使能够流传下来，也大多经过后人不断加工而产生了各种版本，失去作品初创时的原貌。

　　文字产生后，人们可以将头脑中的想法刻录书写在自然材料或人工制品上，包括石木、兽骨、布帛、金属或陶瓷器具等，更复杂的如古代中国的竹简书、古代西亚地区的泥板书以及古埃及的莎草纸书。文学因此由无形的口头创作和传播发展至可视、可触的物质传承。记录于这些物品上的文学作品得以更稳定持久地保存，但是这些物质材料的制作或保存的难度较大，刻录时工作量巨大，要耗费大量人力物力，在文学记载和传播方面发挥的作用受到很多限制，尤其是长篇作品不太容易储存。纸张和印刷术的发明，以及后来相关造纸和印刷技术的不断革新推广，极大地推动了文学的创作和流传，包括诗歌、戏剧、小说等在内的各种文体都繁荣发展起来。到了19世纪末、20世纪初，电影、广播和电视的发明接踵而来，文学传播的方式更加多样化，很多纸面书写的文字作品被生动形象地表演出来，文学不仅可读，而且可视、可听、可感。因此我们可以发现，技术进步越来越利于文学的创作、储存和传播。

　　从20世纪中期开始，得益于计算机、电子网络和数字媒介的发明和迅猛发展，文学进入数字时代，文学的储存和传播技术上了一个新的台阶，文学的创作和阅读也产生了一些新的形式，如20世纪后半期源于美国的超文本小说（hypertext fiction）和主要流行于日本的视觉小说（visual novel）等。超文本小说也称超链接小说，是一种集语言、视觉艺术、音乐、电子媒体和网络于一体的新媒体艺术。超文本小说已超越传统的印刷小说文本概念，是由文字、图片、视频组成的非线性电子文本，读者在阅读时可从多个路径进入，并且通过超文本系统中的链接随意跳转，获取自己感兴趣的内容和信息，读者不同的路径选择会带来小说叙事不同的走向和结局。超文本小说的一个实验性创作是迈克尔·乔伊斯于1987年发

---

① 相传周代设有采诗之官，每年春天深入民间收集歌谣。关于《诗经》中诗歌的数量，自古有"孔子删诗说"，但此说法也有许多争议。此处重点不在于最初被采纳的歌谣有多少，或者被采歌谣是否被孔子大量删除，而是强调若无文字记录，仅靠口头吟唱的诗歌容易失传，难以为后人所知。

布的《下午，一个故事》，1990年由东门系统公司以磁盘版的形式发行。该小说在每页底部有多种选择的链接按钮，由此实现小说在情节发展过程中的多重路径选择，这是后来更加复杂的基于网络技术的超文本小说的雏形。相较于传统小说，超文本小说的主要特征如下：第一，作者和读者界限模糊，作者对于文本的权威性被削弱，读者有更多机会参与叙事的进展，获得自己满意的故事结局；第二，叙事方式更加生动和多样化，读者可借助多种媒介理解并参与情节演变和人物形象塑造；第三，叙事情节具有互动性、开放性、发散性、非线性特征，因而产生了去中心化的效果，文本意义也不再确定。这些特征体现了解构主义思想，表现了超文本小说后现代性的一面。但是超文本小说也因此产生了一些缺陷，最主要的是文本结构松散和情节缺乏连贯性，容易让读者失去耐心和兴趣，甚至产生阅读焦虑。可见，要制作一部优秀的超文本小说并且获得读者的广泛认可存在相当大的难度。

与超文本小说相似，视觉小说也是把文字、图像、音乐结合在一起的综合艺术，也就是说小说的呈现方式是多种媒介的综合，通过网络和电子终端让读者参与。与超文本小说相比，视觉小说的呈现和参与方式与电子游戏更相似，但互动性和操作性低于常规意义上的游戏，对文字描述的剧情依赖程度较高，因而一般认为更接近于文学范畴。和传统文字类小说相比，视觉小说有如下特点。第一，情节主要由对话驱动。视觉小说常常以第一人称代入故事，除了必要的背景介绍以及人物心理描写外，几乎所有的情节都是以对话形式表现的，对话文本可占总文本的八成以上。第二，故事的演绎可以由读者进行分支选择。传统小说都是单一结局，无论结局是开放式还是闭合式，通常都会将故事带到一个终点，而视觉小说的制作公司会让读者在情节发展的关键之处做出选择，读者可以按照自己的想法，带领主角走向不同的结局，仿佛参与了小说人物的命运选择。第三，人物塑造方式更加丰富立体。小说无须用文字大量描写人物心境，用一个细小的表情变化或者一段背景音乐便可以表现人物心情，有时候人物的性格甚至能通过声音辨析出来。所以厂商在制作视觉小说时，会根据所需要的人物性格来精心挑选配音，以达到最好的效果。由于上述几个特点，视觉小说在阅读过程中的代入感很强，更易获得强烈的审美享受。

视觉小说突破了传统单纯依靠文字的文学形式，读者的参与度更高，值得我们重视，但当前的视觉小说也存在一些问题。首先，视觉小说题材范围狭小。目前"恋爱"与"亲情"成为视觉小说创作的主流，原因之一是这两种主题更适合用对话来推动情节发展。其次，视觉小说的制作技术要求较高。自20世纪至今，日本的一些公司经过数十年的发展垄断了视觉小说市场，从文本创作到配音录制、从程序制作到上市发售，形成了一套成熟的体系，其他国家难以与之竞争。最后，视觉小说的发售与传播有其先天缺陷。小说的运行程序容易被拷贝盗版，这会影响制作厂商的收入和积极性。而且制作视觉小说的公司都以盈利为主要目标，它们会选择更被市场接受的题材进行制作。遗憾的是，就目前的日本市场而言，销量最高的一类题材是带有色情成分的恋爱小说，这在很大程度上限制了视觉小说进一步发展的空间。所以视觉小说要想得到更多人的认可，还需在作品质量和制作技术上面取得新的突破。

20世纪末互联网逐渐普及，给当代文学的发展带来了新的契机，如在中国兴起的网络小说。早期的网络小说作品中，蔡智恒于1998年在网上连载的《第一次的亲密接触》被誉为开山之作，深受读者喜爱。该小说能够成功固然有很多因素，但显然互联网的传播优势和对年轻网民的吸引力功不可没。很快，通过网络连载的方式发表小说的人越来越多，一些专门用于发表网络作品的网站也应运而生。例如于2002年5月创建的起点中文网，是国内领先的原创文学门户网站，建立了完善的集创作、培养、销售于一体的电子在线出版机制，目前已发展成为国内最大的文学阅读与写作平台之一。网络文学的主体为长篇小说，这些小说大多想象力奇特，叙事天马行空，而且主题和人物高度类型化，主题类型主要包括玄幻、仙侠、武侠、奇幻、科幻、现实、都市、言情、军事等。网络发表的优势是可以每天更新，通过留言发帖随时与读者互动，解答疑问，根据读者反馈和需求而调整，甚至能够临时修改情节。在网络上连载的小说如果受粉丝追捧，可以一直写下去，有些勤奋的网络作家一天甚至可以写数万字，因此作品往往篇幅巨大，可达数百万字。但是，起势宏大最终烂尾而无法收场的小说也比比皆是。因此，网络小说多属快餐文学，鱼龙混杂、良莠不齐，很多网络写手的目的是赚钱，功利性强，艺术性弱，会造成作品情节离奇冗长、结构松散等缺点。虽然网络上每年产生的小说数量庞大，但竞争激烈，平庸之作或者不受大众赏识的作品很快被淘汰，最终只有少量优秀作品能够脱颖而出。现在网络文学越来越受重视，中国作家协会自2014年开始进行中国网络小说排行榜评选，2019年中国网络小说排行榜升级为中国网络文学排行榜，在原来中国网络小说排行榜基础上，增加了网络文学IP影响排行榜和海外传播排行榜，2020年又增设了针对"90后"作家的新人新作榜。该排行榜的设置和升级反映了网络文学与日俱增的影响力。

从2013年左右开始，在"媒介融合"的大背景下，我国网络文学的传播取得了新的突破,即小说改编成影视、动漫、游戏等,又称 IP(intellectual property)改编。IP 本是国际通用法律概念,意为"知识产权"或"版权",在网络文学传播的语境下,被转译成一种作为泛文化娱乐全产业链的内容价值洼地和故事创意源泉的"版权内容与价值"概念。大量网络文学作品改编成影视作品后,又进一步扩大了原著的影响力,网络文学的影响力正日益冲破文学圈、网络圈,开始涉及当今社会的各个方面①。在 IP 改编方面最成功的作品之一是张戬(笔名萧鼎)于 2003 年前后开始创作的长篇仙侠传奇《诛仙》,该小说不仅被出版,还被改编成电影、电视剧、网游、手游等产品,至今长盛不衰。其他类似的成功作品还有很多,不一一列举。与此同时,中国网络文学的海外传播也方兴未艾,如 2017 年起点中文网正式推出以英文小说为主的起点国际版网站,开启了走向海外的第一步,吸引了越来越多的外国读者,既能够扩大市场,也能够传播中国文化。截至 2020 年底,起点国际全球累计访问用户达 5 400万,已上线约 1 300 部翻译作品,其中 860 部为英文作品,其余为西班牙语、印尼语、印地语、马来语等翻译作品②。同时,根据网络小说改编的电视剧,如《琅琊榜》等,也在多个国家和地区掀起了热潮③。

  方便、快捷、低成本的互联网创作开创了大众文化的新时代。人们(尤其是年轻人)不需要高学历,不需要受过专业训练,不需要人脉资源,更不需要什么金钱投入,就可以在网上发表作品,一展才华,实现文学梦。在互联网面前,机会更加平等,充满热情的读者可以随时发表文学作品,转变为作者,真正优秀的作品能够迅速被大众发现而走红。"网络文学的底层意识、读者中心、人间烟火、民间立场,其所蕴含的人文气息和为民情怀,满足了广大群众'对美好生活的向往',在一定程度上体现了'以人民为中心'的价值导向,传承了中华文化的'民本'思想和亲民特色。"④ 当然,中国特色的网络文学还在发展当中,未来还有很多可能,还需作者、读者和管理者共同努力而不断完善,比如如何处理好文学与资本之间的关系、网络的虚拟世界与现实生活的关系、以互联网为媒介的作

---

  ① 安晓良,只恒文:《中国网络文学排行榜升级的背后——中国网络文学排行榜(2019 年度)评述》,中国青年报 2020 年 9 月 30 日,https://s.cyol.com/articles/2020-09/30/content-1QQVj6SW.html。

  ② 中国作家网:《2020 中国网络文学蓝皮书》,http://www.chinawriter.com.cn/n1/2021/0602/c404023-32119854.html。

  ③ 曹文刚:《我国网络文学的海外传播——兼谈网络小说〈琅琊榜〉》,《湖南工程学院学报(社会科学版)》,2019 年第 2 期,第 27-31 页。

  ④ 欧阳友权:《中国网络文学二十年》,《文艺论坛》,2018 年第 1 期,第 32-41 页。

者与读者的关系，等等。网络文学也是一种文学和艺术形式，资本的介入会极大推动文学的创作和传播，但是也可能使之落入过于追求功利的陷阱，扼杀不能满足出资方短期利益的优秀作品。网络文学若想取得更大的成果并持续健康发展，有责任引导读者的审美趣味，提升读者的阅读品位和思想境界，不仅要实现文学的经济价值，还要实现其艺术价值和社会价值。

近些年来，随着互联网和数字技术的进步，其用户终端的功能不断更新，各种形式的自媒体日益盛行。人们不仅可以利用手机阅读，还可通过微博、抖音、微信、推特、脸书等各种平台进行创作。文学的载体、传播和表现形式都在发生变化，人们的阅读和创作习惯也在发生变化，这又是一个值得研究的新课题。与纸质出版相比，电子阅读和创作越来越容易，成本也越来越低。人们不需要经过写作、投稿、审稿、印刷、发行等烦琐的流程，直接在手机上就可输入和发表文字，随时可以成为作者，其他人也可方便地随时阅读，并且可以留言和作者互动。同时，多种媒介融合的创作使作品更加生动有趣，吸引力强，人们不仅可以读书，还可以听书，甚至还可在手机上一边阅读一边欣赏背景音乐，新时代的心理弱者可以更方便地用自媒体表达自己的思想感情和人生诉求。但是，自媒体创作和阅读的即时性和碎片化也会带来问题，比如导致文字质量良莠不齐、内容失真和误导，有的作品甚至会产生不良社会后果。

总之，印刷术的普及产生了现代文学的物质基础，互联网的普及改变了当代文学的传播方式。现在人们不仅能够通过各种或传统或新潮的方式阅读文学作品满足自己的精神需求，还能随时随地在文学网站、博客、微博或微信上发表风格各异的作品来实现自己的人生价值。可以说，文学并没有衰败，而是已经以更好的方式融入人们的日常生活中了。

## 第二节　互联网时代文学特征与弱者需求

根据本书对文学性质的分析，互联网时代的文学如果还属于文学，那么需要和以传统媒介为载体的文学一样，具有提供虚拟空间的潜质和满足弱者心理需求的功能。一般而言，将一部小说在网络上发表与以纸质书出版或者通过电脑软件进行语音朗读相比较，只是文本载体的形式不同，它们的文字在同一个读者头脑中产生的虚拟空间应该是相似的。在自媒体时代，通过手机软件发表作品更加便捷，对许多中国人来说，QQ空间和微信群等是建构文学虚拟空间的新阵地。从每个人QQ名、微信名以及头像的选择，到日常发表的感想、观点甚至生活点滴的记录，都会成为虚拟空间的触发因素，其网络好友可以根据各自的理解和需求做出不同的解读。试以笔者一位微信好友在朋友圈发的一段文字为例：

> 6年前几乎是最后几次做陪同翻译时，对方是个特别可爱的日本匠人老爷爷。当时中方请他去米其林吃饭，我觉得清汤寡水实在不知道哪里好吃，就没吃两口。他看见了，问我想吃点什么，我说这种场合不知道为什么只想喝可乐。他说他也是，吃不惯这些所谓的大餐。结果一众名人吃着蔬菜，著名作家和艺术家们聊着高雅的话题，只有我们俩点了两罐可乐，有一搭没一搭聊着没营养的天。
>
> 原来时间真那么快，人生里偶然遇见的可爱的老爷爷如果不是看到了讣告只会静静地尘封在过往里。但是有的美好的人，不经意想起，还是会让记忆变成暖色调的风景。R.I.P.

作者描述了曾有一面之缘的一位可爱的老爷爷，以及和老爷爷分享过的短短的一段时光。这次经历早已消失在历史中，而现在老爷爷也离开了这个世界。作者用文字将逝去的时光和对老人的温暖印象讲述出来，让已经消失的人和事能够通过文字继续存在并且为人所知，这也相当于一种利用文学进行的弱者反抗。读者通过阅读在脑海中形成虚拟空间，可以想象老人的形象和人生经历，也可联想起自己曾有的类似经历。这段简短而美丽的文字表现的纯粹是私人的经历和感想，若不是借助微信朋友圈的发表途径，其他人很难有机会了解到。类似的利用互联网和自媒体随时发表个人经历和感想的方式，在当今已相当普遍，是文学表现形式大众化和多样化的标志之一。

随着人工智能的发展，有的文本甚至已经可以由人工智能生成，至于那些文本是不是文学作品一直存在争议。从虚拟空间视角来看，人工智能通过选择和组合文字进行"文学创作"也不无可能。因为文学的创造既与作者意图有关，也与读者心理有关，主观性很强。韩少功曾将秦观的一首诗和IBM公司开发的名为"偶得"的玩诗小软件生成的一首"诗"拿到大学课堂，让三十多位文学研究生进行辨别，结果很多人发现真假难辨①。秦观写的诗是："西津江口月初弦，水气昏昏上接天。清渚白沙茫

---

① 参见韩少功：《当机器人成立作家协会》，《读书》，2017年第6期，第3-15页。

不辨，只应灯火是渔船。"（《金山晚眺》）人工智能写的"诗"是："西窗楼角听潮声，水上征帆一点轻。清秋暮时烟雨远，只身醉梦白云生。"难以辨别的原因可能是两者在形式和主要意象的选择上都是中国传统诗歌中常见的，同时现在很多文学研究生对古诗往往也只知皮毛，未能深入研究。但另一个重要原因可能在于，这两部作品的语言风格都能够在读者脑海中形成特定的虚拟空间，而且还很相似，这就造成了识别的困难。如果其中的意象或场景还碰巧契合了某位读者的心理需求，那么人工智能的无心之作被视为真人创作的文学作品也是可以理解的。

通过互联网和自媒体创作的文字当然不能全都理解为文学，但按照本书的观点，其中有很大一部分可视为文学作品。很多优秀网络小说的主题或风格与传统纸质文学没有太大的区别，只是带上了一些网络特色。如蔡智恒的《第一次的亲密接触》（作者署名为"痞子蔡"），其叙事方式与埃里奇·西格尔 1970 年发表的中篇小说《爱情故事》具有很多相似之处。它们最主要的区别在于前者在网络上连载，而且故事也以网络世界为背景，这种模式不仅能让作品更快地传播，而且更容易让同时代的年轻人产生心理认同。与此类似，曾雨（笔名今何在）的长篇网络小说《悟空传》虽然颠覆性地改编了传统小说《西游记》的人物塑造和情节，但是表现的还是反抗命运、追求爱情的传统主题。因此，从文学的特性和价值来看，网络文学与传统纸质文学相比，主要还是形式上的更新和新的时代特征的体现，其满足弱者心理需求和表现弱者反抗的模式依然没有变化。有趣的是，这两部作品后来都有纸质版出版，而且销量颇大。这种优秀网络文学转为传统纸质出版的现象说明了，纸质阅读依然存在某种优势，至少在目前还是被很多人喜爱的。由此我们可以看出，决定文学命运的核心因素不是载体和发表形式，而是作品本身是否足够优秀，而作品优秀与否的评判标准，正是本书一再强调的文学的性质（能够提供虚拟空间的文本）和价值（能够以弱者反抗方式满足人们社会性的心理需求）。

从本章第一节的回顾分析来看，在网络和数字媒体时代虽然文学创作有不少创新，但目前能够取得成功并产生较大影响的文学形式还是以网络小说为主的网络文学。截至 2021 年 12 月，我国网络文学用户规模达到了 5.02 亿[①]，这是网络文学得以繁荣的基本保障。网络文学以网络为载体和传播手段，体现了网络时代特征，其优势是门槛低、传播快、易普及、

---

① 中国互联网络信息中心：第 49 次《中国互联网络发展状况统计报告》，http://www.cnnic.org.cn/xw/tjsj/1249702.html。

文字发表成本低，不需要专业公司制作，人人都可当写手，可以充分反映普通人的真实心理和情感需求，是大众文化的代表。被读者认可、有庞大粉丝团体的优秀作品还可进行影视或游戏改编，进行多次跨媒介开发，取得比小说本身多得多的经济效益和社会影响力。这些是网络小说能够成功的外部因素，那么能够成功的内部因素是什么？我们可从网络小说的艺术特色、叙事方式以及网络小说如何满足弱者心理需求和表现弱者反抗等角度来探讨，下面以本书所阐释的文学需求理论为基础，以热门网络小说《琅琊榜》为例进行简要分析，也相当于尝试将本书理论应用于当代文学作品分析。

《琅琊榜》是作家海宴创作的长篇小说，2006—2007年首发于起点女生网，2007年首次出版。《琅琊榜》以复仇作为主线，主人公梅长苏通过多年谋划和精心布局，击败阴险、卑劣、腐败的政治对手，惩处制造赤焰军谋逆冤案的罪犯，恢复了国家政治的清朗。我们可以发现，这部21世纪发表于网络上的现象级小说，其故事背景是中国古代的宫廷与江湖，表现的是复仇这一古老的文学主题，这种类型的作品无论是在纸质文学时代还是数字文学时代都屡见不鲜，为什么这部小说能够脱颖而出、广受赞誉？其原因是多重的，首先来看小说的呈现方式。第一，从小说叙事特点来看，一条主线贯穿，多条辅线结合，环环相扣，悬念迭起。主线是梅长苏等人平反冤案，辅线是在主线发展过程中引发的各种冲突。主线和辅线互相推动，使得错综复杂的情节既跌宕起伏，又逐渐明朗，仿佛一个缓慢接近真相的解谜游戏，这种方式的叙事非常能够吸引读者。第二，从语言表达来看，小说中的对话和叙述基本上是当代语言，但是也适当掺杂了一些根据上下文较好理解的文言词语，如"甚是平静""物事"等，而且在情感表达的关键之处会恰到好处地使用古诗文[①]，整部小说充满古色古香的意境和韵味，容易让读者产生审美的心理距离，读之赏心悦目，这也是语言带来的美感。第三，从人物塑造来看，人物形象鲜明，各种身份各具特色，主要人物塑造生动饱满，尤其细腻刻画了在各种利益纠葛当中人的心理冲突，令人印象深刻。第四，从主题内容来看，小说的核心主题是复仇，但并没有仅仅渲染仇恨或复仇心理，而是用大量笔墨正面描写爱情、友情、仁义、忠孝、爱国等情感，最终的成功平反冤案振奋人心，而主人

---

[①] 如梅长苏到聂锋墓前凭吊时所吟诵的祭词："将军百战身名裂。向河梁、回头万里，故人长绝。易水萧萧西风冷，满座衣冠似雪。正壮士、悲歌未彻。啼鸟还如许恨，料不啼清泪长啼血。谁共我，醉明月？"该词出自宋代辛弃疾的《贺新郎·别茂嘉十二弟》，用在此处恰到好处地表现了祭奠者对将军受冤战死疆场、壮志未酬的悲愤和怀念之情。

公梅长苏的为国献身也是一个符合人设和读者预期的结果。总之，小说呈现方式清晰明了，人物典型化，叙事类型化，充满传奇色彩，悲喜交汇，雅俗共赏，符合大众审美和心理期待。这样一部构造精巧复杂的小说显然具有能够提供广阔的虚拟空间的潜力，不同人生经历、不同需求的读者可以有不同的理解，可以在阅读过程中借助小说文本在大脑中建构令自己满意的虚拟空间，让小说叙事与自我需求在精神上合而为一，获得精神享受。

那么读者的心理需求在小说中得到哪些体现？根据本书之前的论述，社会性的安全需要主要包括爱与归属、尊重、求知、审美、自我实现以及自我超越。在《琅琊榜》的叙事中我们可以发现，该小说和其他大多数小说一样聚焦于爱与归属和尊重的情感需要。小说中的主要人物都与赤焰军有着千丝万缕的联系，赤焰军七万将士受冤蒙难，冤死者、幸存者和他们的亲人朋友的爱与归属和尊重的情感被剥夺破坏，各种人际关系，包括夫妇、情侣、师徒、主仆、君臣、父子、兄弟等，莫不受到赤焰军事件的影响。从心理需求的角度而言，小说叙事聚焦于重建、恢复被剥夺的爱与归属和尊重的情感需求，读者也通过这样的重建满足了自己无意识中的相应心理需求，抚慰了曾经受过伤害或者未能得到满足的情感。除此之外，自我实现和自我超越也是小说描述的重点。小说中的很多人物都有各自的人生目标和追求，而主人公梅长苏显然是自我实现和自我超越的典型。作为赤焰军的一员，他被陷害侥幸生还后，不惜一切代价要借助权谋斗争铲除奸恶、昭雪冤案，他复仇不仅是为了自己，也是为了数万同袍和他们的亲友。同时，这样的行为是基于爱国主义的深层情感，梅长苏利用生命最后几个月的时光再次踏上疆场，超越了自我，实现了个人价值的最大化。梅长苏和其他正面人物的自我实现与自我超越能够激励读者以更加积极昂扬的心态迎接人生的挑战，志存高远，奋发向上，这是正能量的传递。就小说人物本身的求知和审美需求而言，其并非该小说所要重点表达的内容，但是小说作为艺术创作，也能够满足读者相应的求知和审美需求，比如景色描写和古代生活场景描写等，当然这些都是作者虚构的。

上述需求又是通过何种方式满足的？简而言之，弱者反抗。从上文分析可以看出，小说主要描写了两个方面的内容：其一是揭露真相、惩治恶人，其二是舍己为人、保家卫国。这两个方面糅合于一条主线当中，掺杂了多重社会性安全需要。以作者重点描述的复仇过程为例，复仇者梅长苏等人显然处于心理弱势地位，需要通过复仇行为重塑正确的价值观，重获被剥夺的情感，恢复心理平衡。对于他们而言，所做的一切当然是心理弱者的反抗。而对于主人公梅长苏而言，他还需要付出比其他人更多的代价，承受更多的痛苦，因此他处于更弱的心理地位。当所有正义的心理弱者都得偿所愿时[①]，他们的反抗便取得了成功，虽然失去的已不可能重新得到。读者的人生经历诚然几乎不可能像小说叙事那样极端化和戏剧化，但是由于该小说叙事的深度和广度，很多读者也会和小说描述的某种境遇中的某个人物有相似的心理体验，将自己的需求寄托于小说的情境或人物，产生心理认同，通过阅读替代性地实现弱者的反抗。值得一提的是，小说将复仇主题置于中国传统文化的语境中，因此这样的复仇不仅表现一般意义上的弱者内心对正义的天然渴望，还是对中国传统文化中的仁义礼智信等价值观念的重塑。这些传统价值观念早已植根于中国人的集体无意识之中，成为中国人弘扬真善美、批判假恶丑，让自己在精神上真正变得强大的源头，如我们常见的"君子以自强不息"（《易经·乾卦》）、"我善养吾浩然之气"（《孟子·公孙丑上》）等，它们都是弱者与强权黑暗抗争的有力武器。

《琅琊榜》的叙事结构也契合了弱者反抗的模式。加拿大文学理论家诺思洛普·弗莱曾提出一个U形叙事结构的理论，他发现整部《圣经》都讲述了人类种种如何因罪而堕落受难，又如何因忏悔而获得拯救的过程。这种叙事曲线可以形象地表示为英文字母U，即"一系列的不幸和误会使情节发展到危难的低点，此后，情节中某种吉利的线索使结局发展为一种大团圆"[②]。《琅琊榜》中主要人物的遭遇就仿佛一条U形曲线。最初赤焰军和相关人等都处于巅峰状态，他们意气风发，兵强马壮，以能够奔赴沙场杀敌卫国为荣。但是很快他们被陷害而杀戮殆尽，命运陷入低谷。随后幸存者经过多年卧薪尝胆，最终冤案昭雪，大仇得报，他们又能够到前线抵抗外敌入侵，命运回到了最初的状态。这个从高峰坠落到低谷又回到高峰的历程恰如一个U形，也是一个从强到弱再回到强势地位的过程。但是作者并没有将笔墨均匀分配在整个过程中，赤焰军被陷害成为叙事背景，通过回忆插叙的方式呈现，而复仇平反是主题，小说着重描写从低谷努力回到高峰的上升阶段，这正是一个弱者反抗的历程。该小说类似于网络文学中的"爽文"。"爽文"的特点是主角仿佛天生有光环，不断

---

[①] 此处强调"正义"是因为奸恶者也可能在某个阶段或某种情形下是心理弱者，只不过他们的"弱者反抗"采用了非正义的方式。这样的人物在文学作品里面比比皆是，如我们常见的一些反派人物。这些人物并非一开始就是邪恶的，只是在满足心理需求的过程中走上了邪路，导致自我毁灭。

[②] 叶舒宪：《神话——原型批评》，陕西师范大学出版社，1987，第405页。

由弱到强、顺利成长，从故事开始到结尾都能够解决所有难题，逢凶化吉，最终实现大团圆的结局（"虐文"类的小说则与此相反），这种叙事方式更能够让读者感受到成功的喜悦。读者可以放心地知道自己所喜爱的人物（一般是主人公）最终一定能胜利，而且最终的胜利会由很多阶段性的成功组成，在小说叙事过程中不断取得进展，读者一再享受到和所认同的人物一样的喜悦。这样的阅读体验仿佛电子游戏中的角色不断升级，不断过关，最终打败所有对手通关。

《琅琊榜》中的梅长苏正是这样的角色，他能够熟练驾驭各种人际关系，运用谋略一步一步地击败强敌，帮助自己和同伴实现目标。当然，《琅琊榜》并不是那种主人公一路开挂的肤浅"爽文"，在小说中人物所遭受的痛苦和命运起伏也有比较充分的呈现，这使人物形象更加饱满，更具可信度。换言之，小说对人物心理强弱转变的描述更加复杂，虽然总的趋势是由弱到强，但在此过程中也有跌宕起伏、强弱互现，甚至还会遇到较大的挫折，很难一帆风顺。这种成长模式更能受到读者喜爱，因为读者在自己的现实生活中也常常遭受挫折，更能对这样的文学人物产生心理认同。在网络连载的小说中，读者可以与作者互动，探讨情节发展走向，他们明知小说故事是虚构的，但为什么还那么喜爱？因为读者喜爱的不仅仅是故事或人物本身，更多的是阅读过程中自己的切身感受和心理需求的满足，读者寄希望于遭受挫折的小说人物奋起反抗和成功，并借此获得精神上的享受。

这种聚焦于 U 形结构后半段、曲折成长的叙事模式在其他热门网络小说中也很常见，其中比较优秀的作品如上文提到的《诛仙》等。欧造杰对《诛仙》为何广受欢迎的回答一针见血："在《诛仙》中，作者在一个虚幻世界里塑造出了主人公张小凡这一个极其普通的农家男孩，其资质甚至远远不如与他同村的玩伴林惊羽，是常被他人忽视的小人物。但在一次次的变故之后，张小凡的身份竟有了出人意料的变化。他由一个普通的农家男孩变成了正道之首的青云门大竹峰一脉的普通弟子，再变成一个噬血成性、连魔教中人亦闻名丧胆的'血公子'鬼厉，最后变成一个融会魔、道、佛三家真法于一身，手持诛仙剑催动诛仙剑阵拯救苍生的英雄。这些都是作者乃至整个现代社会的年轻人的精神欲望，是他们想逃离现实的物质世界，在艺术世界里活出一个理想的自己的精神欲望。"[①] 这样的精神

---

[①] 欧造杰：《从〈诛仙〉看网络玄幻小说的艺术特征》，《河池学院学报》2013 年第 1 期，第 23-26 页。

欲望也体现在其他优秀网络小说的作者和读者身上。

## 第三节 文学的跨媒介演变与文学研究的未来

通过本书的研究与分析我们可以得知：只要有弱者，就会有文学，虽然它的形式会随着人类思想和技术的发展而变化。可以毫不夸张地说，文学史就是弱者的历史，是人类成长的真实体现，人类就是在文学所展现的弱者的奋斗中向前发展的。在当今社会，随着互联网技术的不断进步，传统形式文学的生存确实面临巨大的挑战，但文学并不会就此走向灭亡，因为不仅文学有自我更新的机能，而且心理弱者会不断产生，网络时代各种新的文学形式会提供更加广阔的虚拟空间，人类对文学的需求会始终存在。而文学理论的发展，就是要在各种传统的或现当代形式的文学作品中，敏锐地发现这些弱者及其需求，并且唤醒人们对弱者的关注和同情。目前文学研究的新方向包括数字时代的文学、数字人文、后人文主义、人工智能写作、数字媒介的新表现方式等。它们关注在数字技术和人工智能迅猛发展的时代文学的新特征，并试图进一步探讨在这样的时代中人、文学和技术之间复杂的联结，以及这样的联结对人生活状态和心理带来的影响等。

当代文学发展的趋势可以归纳为如下几个方面：即时迅捷，互动共享，受众广泛，形式多元，数字传播，媒介融合。媒介既可包括表情达意的符号体系，也可包括承载符号体系的载体。未来媒介融合将会进一步加强，人们对文学的体验将会更加多样化。除了文字，图像、音乐、动画、游戏甚至人的行为将会更多地参与文学呈现，人们不仅通过眼睛阅读和观看，通过耳朵听，通过大脑思考进行创作，还会通过行动亲自参与作品的完成。在一部跨媒介文学作品的产生和传播过程中，读者和作者之间的界限会更加模糊，现实和虚构之间的界限也会更加模糊，读者可以有多个途径参加创作，一部作品可能由很多人共同完成。在大众的参与下，作品在网络流传时会被不断添加新的信息而发生演变，偏离其最初的形态或主旨，有的新信息使作品更加完善，而有的新信息则让作品的意义和导向发生反转。

文学的性质和价值在于提供虚拟空间和呈现弱者反抗，而其形式和表现方式则可以是多样化的，互联网时代更为文学的多样化提供了无数可能。例如，从当代文学发展的趋势可以发现，文学在创作和传播形式上与新闻报道相差无几,新闻报道一般都是真实发生的事件,但网络书写的即时性、连载性、生动性使得一些新闻与精心创作的小说没有什么差别。我们因此甚至可以提出:网上的很多叙事性的新闻报道也可被认为属于文学范畴,就像报告文学一样①,重要原因之一是它们不仅在创作和传播形式上与当代文学相似,而且也体现了心理弱者的需求,能在不同读者心中产生不同的虚拟空间。下面以一则新闻报道为例来分析。2020年8月底,很多网站刊登转载一则济南老人给公交车司机写感谢信的新闻,新闻一般以"济南一老人往公交车上'扔'了个塑料袋"为开头②。这则新闻由几个部分组成:第一,对整个事件的报道,包括老人往公交车上扔塑料袋的行为及其前因后果;第二,描述塑料袋里面的东西,赠送给车队司机的十三双红袜子、感谢卡和一封感谢信;第三,收到塑料袋的司机的反应和网友的评论;第四,车载摄像头录下的老人往车上扔塑料袋的视频(有的还配上了抒情音乐)和袜子、感谢卡、感谢信的图片。

这个报道的主角显然是写感谢信的老人,她在感谢信中提到自己之前出门经常乘坐13路公交车,因腿脚不便,上车下车总是会耽误一些时间,但司机总是耐心等待,很感谢大家的关心和照顾。老人过两天就要去养老院生活,以后可能不会坐公交车了,所以特意送来新的红袜子和感谢卡向全体司机道谢③。显然老人此刻的心情是复杂的,一方面她因为长期受到公交司机的照料而心怀感激,另一方面她也因为可能将与13路公交车永远告别而感伤。她的身体状况越来越糟糕,决定在从"正常"的社会生活中彻底消失之前,做点什么回报曾经帮助过自己的人。老人是在书写自己的人生故事,是自己故事中的主人公。她感受到了被关怀的温暖,并且想把这样的感受传达出去。这既表现了她的感情需要得到了满足,也表现了她试图以文字和行动来进一步实现自己的价值。

收到老人塑料袋的司机一开始很意外,但看到感谢信后既激动又欣慰,因为他们的付出得到了乘客的认可。公交车司机的工作很辛苦,这些感谢信和小礼物也是对他们价值的肯定,从中司机能够体会到关心和温暖。网

---

① 一般而言,报告文学是散文的一种,介于新闻报道和小说之间。

② 如网易新闻(https://www.163.com/dy/article/FLBJSNM30512ES8F.html)、澎湃新闻(https://www.thepaper.cn/newsDetail_forward_8961591)等媒体的报道。

③ 感谢信原文如下(引自网易新闻):13路车司机师傅:您好!我是经八路的小区居民。多年来,因雇出租车难,所以,经常坐您的车。因腿关节炎,上下车耽误您不少时间,很对不起,对您的关心照顾,我特印了感谢卡,以表感谢之情。我的腿近二年连公交车也不能坐了,这几双袜子是前二年买的,一直放着没用,过二天我上养老院了,所以我想一次送给您们用了吧。谢谢!祝您们幸福!安康!一老年乘客拜谢,2020.8.26。

友看了这个新闻也深受感动，他们纷纷留言对老人和司机表示赞赏，同时也有不少读者留言回忆自己乘坐公交车的暖心经历。可以看出，新闻报道中参与的各方——老人、司机、读者——都得到了心理抚慰，他们在实际生活中的心理需求——爱与归属、尊重、自我价值的实现等——经过这个事件得到满足，并且通过各自的文字表述彰显出来。同时，新闻报道的文字加上各种形式的副文本（图片、音乐、短视频等）不仅使叙事的结构层次更加丰富，而且为读者建构虚拟空间提供了多样化的素材。新闻报道和老人写的感谢信也形成了互文本，具有文本间性。它们互为因果、互相阐释，使叙事更加生动多样。这不仅是一场新闻事件，也是一场文学事件。总之，这则新闻具有文学的基本特征，被理解为一个基于当代互联网技术的、综合多种媒介的文学作品也不无道理，可以归入当代老年文学范畴。

　　文学与人生不是割裂的，甚至也不只是人生的一部分，而是人生的全部。古往今来，当一代又一代的人仰望苍穹探索宇宙的奥秘时，经历各种磨难甚至生离死别时，拥抱自然感受生命的美好时……文学就在他们的心中。每个人的思想言行都是文学的源头和注脚，每个人的人生都是一首诗、一篇散文或一部小说。互联网时代的到来更加印证了这一点，上述新闻报道正是当代文学新的类型和呈现方式的一个最佳例子。网络上经常会出现反映人们在现实生活中如何应对各种境遇的新闻报道，这样的例子不胜枚举。它们采用多种媒介的生动叙事，能够借助互联网和自媒体迅速传播，吸引力强，社会关注度高，容易形成热点话题，是具有旺盛生命力的文学新形态的一个重要表现。多种媒介呈现的文学还是必须提供虚拟空间，还是能够反映弱者需求。可以想见，未来随着数字技术的不断更新，随着人们生活方式的不断变化，会有更多新形态的文学涌现。

　　在这种大融合的背景下，文学的创作、阅读、储存和传播可以轻而易举地借助多种方式，似乎文学焕发了新生。但是新的问题又产生了，我们不禁要问：文学和其他视觉、听觉艺术形式之间还有没有界限？在各种艺术形式跨媒介研究日益繁荣的当下，文学研究会不会被进一步边缘化？我们是需要引进一个体现媒介融合的"多媒介文学"概念来解决这个问题，还是需要进一步明确文学的边界，以免文学失去其领地、消失在新媒介的浪潮中？如果用"多媒介文学"这个概念来解决问题，那么怎么定义它？如果要明确文学的边界，那么采用什么标准？总而言之，文字、图像、音乐、动画、影视、电子游戏等都可以各自的方式表现虚拟世界，一部作品也可融合上述媒介共同表现一个虚拟世界，以及在虚拟世界中的弱者需求，那么媒介融合的文学还能不能称为文学，相关的研究还能不能称为文学研究？

关于这些问题，我们首先要明确的是，任何一个概念都有其内涵和外延，其指称的对象可分为核心类型和边缘类型，文学也应如此。从媒介视角来看，纯文本的作品当然属于文学的核心领域，而单纯的雕塑、绘画、音乐等作品不属于文学，戏剧、影视等形式的艺术可属于文学的边缘类型，因为它们的剧本和对话也使用语言。其他一些综合了多种媒介的作品，如果依赖语言的描述，或者语言是叙事中不可缺少的一环，那么也可属于文学的一种类型，或者至少是一种具有文学特征的跨界艺术呈现方式。从古至今，文学的外延从大到小，又从小到大。文学一方面要坚持以文字为基本表达方式，另一方面要重视以跨媒介的形式呈现和传播。脱离文字不能称其为文学，只靠文字无法适应时代发展。实际上，文学固然产生于文字，但文学的传播从一开始就不仅仅限于文字。例如古希腊荷马史诗是以说唱的形式流传的，荷马背着七弦琴，四处漂泊，把自己的诗吟唱给人们听，他的诗在七弦琴的伴奏下，美妙动听，情节精彩，深受人们的欢迎。这种在简单乐器的帮助下以弹唱的形式讲故事的方式在中国古代也很常见。与此类似，很多民族都有的戏剧或戏曲表演则是通过音乐和动作演示文学的方式。印刷技术出现后，书本上不仅有文字，还会用插图来帮助读者理解和增加阅读的趣味性。米勒曾经研究文学文本的变迁史，尤其是带有插图的小说文本，发现维多利亚时期的小说实际上是混合媒介，"语言文本从一开始就具有多媒体的特征，只不过是以不同的形式和形态出现的"[1]。文学自古就是文字与其他媒介融合传播的艺术形式，在未来也应当如此。

鉴于此，文学研究显然也应当包含许多跨媒介研究的课题。但是跨媒介研究并不等于文学研究。首先，跨媒介不一定包括文学，也可能是文字作品以外的其他媒介的互相融通；其次，以跨媒介为对象的研究有很多是从传播角度进行媒介研究，而非以文学为中心。就目前学界的研究成果来看，比较文学框架内的跨媒介研究较为突出。"从美国比较文学三大期刊发表的相关文章来看，文学与其他艺术的比较研究主要表现在文学与音乐、文学与绘画、'艺格敷词'（Ekphrasis，指的是以文述图、论画诗）专题、文学与戏剧、文学与建筑、文学与电影、文学与艺术风格、文学与

---

[1] J. 希利斯·米勒：《萌在他乡：米勒中国演讲集》，国荣译，南京大学出版社，2016，第311-314页。

多种视觉艺术以及其他艺术综合比较研究等方面。"① 其模式包括探讨文学文本中涉及的音乐、美术等其他艺术形式，文学跨媒介改编的历史和影响，跨文化背景下的媒介研究，文学与其他媒介的艺术特征、技术特点、传播方式和叙事特征的区别，等等。关于跨媒介研究下一阶段的方向，何成洲指出："一方面要关注跨媒介的效果和接受研究，跨媒介现象的发生作为一个事件不仅对相关的作品产生影响，也作用于特定的社会和文化情境，因而它的操演性值得研究。另外一方面就是相关理论的建设，既要引入更多的理论资源，又需要融合它们，生成跨媒介领域的核心概念和理论范式。"② 这表明了，在进行跨媒介研究时，我们不能仅仅从技术层面和历史层面进行挖掘，还需要从现实的社会和文化层面关注跨媒介传播对人的影响，而这样的研究需要相应的新理论和研究范式的介入。周宪、朱国华在论及文学和文学研究的未来时，持有与何成洲相似的见解。他指出，鉴于当代文学的许多新形态和新发展，尤其是跨媒介呈现方式的日益发达，我们需要努力取得研究范式上的新突破来研究新问题，探讨如何更好地将"西方理论与中国问题和中国话语相结合"，"文学理论如何向跨学科、跨媒介的研究方向发展"，更重要的是，文学理论如何"超越技术性"，转向"思想性研究"，实现"从知识型研究向智慧型研究的转变"③。总之，文学理论的突破需要一方面关注现实问题，另一方面挖掘思想深度，不能仅仅从事简单的资料性、技术性的归纳和介绍（虽然这样的工作也必不可少）。本书在某种意义上可以说是对周宪和何成洲等具有前瞻性思想的专家所提目标的初步尝试，希望这条路未来会越走越宽。

---

① 詹悦兰：《比较文学视域中的跨媒介研究——美国比较文学的一个文献学考察》，《中国比较文学》，2020 年第 3 期，第 56-72 页。
② 何成洲，《跨媒介研究的问题意识》，《艺术理论与艺术史学刊》2019 年第 2 期，第 9-12 页。
③ 周宪、朱国华：《文学与文学研究的未来（中）》，《名作欣赏》2021 年第 6 期，第 33-38 页。

# 后　　记

　　十多年前，我在学习中外文艺理论时，有意识地思考在那些著名的理论之外还有没有可以创新之处。渐渐地我发现大多数理论都没有从人的需求视角专门研究为什么会有文学或者人为什么需要文学。有少数理论，如精神分析和接受美学等，提到了人的需求和人在阅读过程中与文学文本的互动，但并没有形成有说服力的系统论述。同时，我在自己从小到大阅读的各种中外文学作品中发现了一个被研究者忽略了的共同之处，即它们几乎都描述了某种形式的弱者反抗。于是我就产生了一个初步的思路，即文学产生于人类作为弱者的精神需求，是弱者以一种替代性的形式进行反抗的手段。在过去的半个多世纪中，以互联网的迅猛发展为特征的全球化深刻改变了世界，包括人的生活方式、交流手段和阅读习惯，传统意义上的文学和文学研究也日益衰落。那么，文学是将要消亡、被新时代彻底抛弃，还是将会以某种新的方式继续存在？关于这个问题众说纷纭，莫衷一是。我认为文学会不会消亡，不是由人的主观愿望决定的，而是由我们对文学本质的认识和文学能够发挥的作用决定的。这一点就构成了整个课题思想的基础，其论证过程和结论也在整本书中得以实现。

　　从产生初步的想法到写出全书大部分初稿，从申请国家社科基金后期资助项目到最终本书修改完成，经过了十年时间。十年磨一剑，我这把"剑"是磨成了，然而是不是足够锋利、能不能防锈防腐，还需要实践和时间的检验。在此过程中，我除了任教于扬州大学，还到美国得克萨斯大学达拉斯分校度过了五年时光，顺利拿到了博士学位。那艰苦的五年也让我在学术道路上得到很多收获，我所学和所思的很多内容都体现在这本书中。

　　因此，我非常感谢扬州大学外国语学院和美国得克萨斯大学达拉斯分校人文艺术学院。在过去十年中，我得到了这两所大学许多人的慷慨帮助，包括扬州大学外国语学院的俞洪亮、秦旭、王金铨、何山华、段国重、张强、仇湘云、孔苏婧、吴华佳、郭松廷等领导和同事，得克萨斯大学达拉斯分校人文艺术学院的 Dennis Kratz、杨晓红、Michael Wilson、Rainer Schulte、Charles Hatfield、Shilyh Warren、Pia Jakobsson、Alice Salazar 等领导和老师。尤其要感谢的是我的导师顾明栋、René Prieto、Adrienne L. McLean 和 David F. Channell，他们四位都是得克萨斯大学达拉斯分校的资深教授，在他们严格的学术训练和热心的帮助下，我受益匪浅，终生难忘。此外还有很多没有提到名字的老师和同事，在此一并表示感谢。

本课题得以通过和完成，特别要感谢的是包括五位课题匿名评审专家在内的国家社科基金的评委，他们仔细阅读了尚未完全成形的初稿，提出了许多非常有价值的意见和建议，还有很多勉励之辞，对本课题寄予厚望，这给了我极大的鼓舞。我按照他们的意见做了认真补充和修改，全书质量得到明显提高，希望最终的成果没有让他们失望。同样需要特别感谢的还有课题申请结项时的三位匿名评审专家，他们审读书稿后都同意结项，感谢各位专家的赏识和支持。

中国人民大学出版社的黄婷老师在本书编写过程中自始至终给予了热心帮助，我寄给出版社推荐盖章的申报材料第一次返回途中被快递公司丢失，黄老师在疫情期间专门帮我到单位再次盖章并寄出，非常感谢。此外，一些爱好文学的学生也让我收获良多，扬州大学化学 2001 班吴承骏同学提供了视觉小说的相关素材和阅读体验的总结，张申同学介绍了他对网络小说及其影视、游戏改编的深刻体会。最后，我要感谢家人和朋友的鼓励与支持，没有他们的长期无私帮助，本书也难以顺利完成。

在本书的构思和写作过程中我进行了大量阅读，其中有很多文学理论，但更多的是作品，虽然本书中只引用和分析了其中的一部分。遗憾的是，我更容易接触到中国、日本、美国以及欧洲的文学作品，因此所引用的作品在地域上覆盖并不全面。而且，为了让读者更好地理解本书的理论阐述，我有意选择了更为常见的经典文本作为材料来分析。但我希望，我对于文学需求的主张也能适用于我没有读到过或者没有提及的那些优秀作品，它们一定也很有价值。

写作中我不仅付出了很多时间和精力，还要对抗身体上的伤病。颈椎病和偏头痛曾经一度非常严重，头痛发作时会持续多日，导致整夜无法入眠，或者终于睡着后又被痛醒。在阅读文学作品时我的心情常常悲喜交加：喜的是精彩的文学作品给我的精神享受和有机会表达自己的想法，悲的是思考过程中的焦虑和对文学人物痛苦的感同身受。文学批评既要能够融入文本，又要能审视文本，这很难。如阅读了卡森·麦卡勒斯的小说《心是孤独的猎手》后，我有好几天闷闷不乐——小说中辛格等人无助的孤独感和绝望的反抗正是很多人内心深处的体验。我深深陷入这部小说之中，最后只能放弃对它的分析和引用。

　　徜徉于美丽的大学校园和历史悠久的图书馆是极大的乐事，图书馆里丰富的藏书是我唾手可得的宝贵财富。得克萨斯大学达拉斯分校图书馆几乎每天二十四小时开放，我在那里度过无数时光。扬州大学瘦西湖校区和得克萨斯大学达拉斯分校图书馆里面都收藏了几十年甚至上百年前印刷出版的图书。看着这些纸张早已发黄的旧书，我常常想它们的作者不知身在何处，又是否还记得当年奋笔疾书的日子。

　　此时此刻，我不由想起三年半前患病去世的同事李晓妹。2000年前后的五六年中，扬州大学外国语学院招收了很多年轻教师，她是我们这群人中第一个去世的。每个人都有不同的经历，但都将有相同的归宿。我也想借此书缅怀曾经的同事和我们所有人已经逝去的青春岁月。在此意义上，本书的创作也可属于一种弱者的反抗吧。

冯　涛

2023年7月18日写于扬州瘦西湖畔湖西紫宸

图书在版编目（CIP）数据

心理弱者与文学需求/冯涛著. -- 北京：中国人民大学出版社，2024.4
国家社科基金后期资助项目
ISBN 978-7-300-32727-3

Ⅰ.①心… Ⅱ.①冯… Ⅲ.①文学研究 Ⅳ.①I0

中国国家版本馆 CIP 数据核字（2024）第 071812 号

国家社科基金后期资助项目
### 心理弱者与文学需求
冯 涛 著
Xinli Ruozhe yu Wenxue Xuqiu

| | | | | |
|---|---|---|---|---|
| 出版发行 | 中国人民大学出版社 | | | |
| 社　　址 | 北京中关村大街 31 号 | 邮政编码 | 100080 | |
| 电　　话 | 010 - 62511242（总编室） | 010 - 62511770（质管部） | | |
| | 010 - 82501766（邮购部） | 010 - 62514148（门市部） | | |
| | 010 - 62515195（发行公司） | 010 - 62515275（盗版举报） | | |
| 网　　址 | http://www.crup.com.cn | | | |
| 经　　销 | 新华书店 | | | |
| 印　　刷 | 唐山玺诚印务有限公司 | | | |
| 开　　本 | 720 mm×1000 mm　1/16 | 版　次 | 2024 年 4 月第 1 版 | |
| 印　　张 | 14 插页 2 | 印　次 | 2024 年 4 月第 1 次印刷 | |
| 字　　数 | 237 000 | 定　价 | 68.00 元 | |

版权所有　　侵权必究　　印装差错　　负责调换